シドモア日本紀行

明治の人力車ツアー

エリザ R. シドモア
外崎克久 訳

講談社学術文庫

JINRIKISHA DAYS IN JAPAN

By Eliza Ruhamah Scidmore

REVISED EDITION

1902

NEW YORK AND LONDON

HARPER & BROTHERS PUBLISHERS

(FIRST EDITION 1891)

はじめに

本書『シドモア日本紀行（明治の人力車ツアー）Jinrikisha Days in Japan』（明治三五年版）は、首都ワシントンのポトマック河畔《かはん》に日米友好の桜を植えることに尽力したことで知られ、米国立地理学協会の初の女性理事でもある紀行作家エリザ・ルーアマー・シドモア女史（Eliza Ruhamah Scidmore 一八五六―一九二八）によって書かれました。その記述期間は長く、初めて日本を訪問した明治一七年（一八八四）秋から始まり、初版（明治二四年刊）を改訂して、明治三五年（一九〇二）春までの約二〇年間にわたる写真・挿絵入りの記録になっています。

女史が初めて来日したのは二七歳のときで、以来四五年間日本との絆《きずな》を終生断《た》つことなく、日米友好に努めることになります。この紀行文の読後感が、他の外国人の書く日本案内記と違って快いのは、人文地理学者としての合理的視野に立っている点や、紀行作家（文学博士）としての経験豊富な世界観、宗教観によって白人社会によく見られるキリスト教文化圏の優位性を少しも強調していないという点にあります。そして何よりも、日本人の自然を愛《め》でる心をよく理解し、そのシンボル〝日本の桜〟に対する造詣の深さにあります。

本書前半にある上野公園や隅田川の春麗らかな情景は、母国へ桜を植樹するきっかけとなりました。特に墨堤《ぼくてい》・向島《むこうじま》の花見以来、水辺に映る景観をそのままポトマック河畔に移すことを夢見て奔走《ほんそう》します。しかも世界のベストセラー『武士道—日本の魂』を著した新渡戸《にとべ》博士夫妻と親しい女史は、その著書を通じて、ますます日本の心・サクラに魅せられてゆきます。女史は論文「日本の桜」（一九一〇年）の中で、次のように礼讃しております。「世界の中でも、サクラの花、日本の桜ほど愛され、褒《ほ》められ、崇《あが》められている花は外にはありません。それは単なる国の花ではなく、清廉《せいれん》と騎士道と名誉の象徴であり、少なくとも二〇〇〇年の間、はためく情熱をもって尊重されてきた春の祭典の紋章《シンボル》なのです」

ワシントンに活動拠点を置くシドモア女史は、日本の駐米外交官の面倒をよくみました。その結果、長年の夢が外務省経由で東京市長・尾崎行雄へ伝わり、明治四二年（一九〇九）に第一回の桜の寄贈が決定します。しかし、残念ながら最初の成木二〇〇〇本は、病虫害のため米国の植物検疫《けんえき》に合格できず焼却処分されました。二度目は周到な防虫害計画に基づき接ぎ木の段階からスタートし、静岡にある農商務省興津《おきつ》園芸試験場で一万本もの桜が手塩にかけられ、選《え》りすぐりの苗木三〇〇〇本が太平洋を渡りワシントンへ贈られることになります。

明治四五年（一九一二）三月、ポトマック公園において寄贈桜の植樹式が行われ、苗木がタフト大統領夫人と珍田《ちんだ》駐米大使夫人によって植えられました。二十数年来の女史の悲願は、こうして達成されたのです。今では八〇〇〇本の桜がポトマック河畔を包み、日米親善の生きたシンボルを祝う〝ワシントン桜まつり〟が毎春盛大に催され、日米サクラの女王のパレードには百万もの観光客が集まるほどです。

彼女の人生の後半は、日米の赤十字活動や国際連盟の運営協力に費《つい》やされます。さらに晩年は自国の日本人に対する移民差別政策に断固反対してスイスに亡命、二度と故国へ戻ることなく昭和三年（一九二八）晩秋、ジュネーブの自邸で亡くなります。七二歳でした。正義感に溢《あふ》れ武家の婦人のように凛《りん》とし、生涯を独身で通したシドモア女史、彼女を悼む外務省は翌年晩秋、横浜外人墓地で盛大な納骨式を営みました。そこにはかつて世話になった元駐米大使・埴原正直《はにはらまさなお》や外務省高官、さらに新渡戸博士夫妻、横浜市長、英米の外交官が多数参列し、国際社会に尽くした功績を称え、慈愛に満ちた面影《おもかげ》を偲《しの》びました。

シドモア女史悲願の日米友好の桜が植えられてから九〇年、さらに原著の改訂版が出されてから百年もの歳月が流れています。しかし今なお、ユーモアに富み自由闊達《かったつ》な女史のメッセージに触れるとき、爽《さわ》やかで温かな眼差《まなざ》しを感じ、読者の胸に熱いものが走るのを禁じ得ないでしょう。さらに往時《おうじ》のニッポンが、貧しいながらも清らかな情景と健やかな生命力に溢れ、国際社会から羨《うらや》まれる知的・芸術的財産を持っていたことを教えられ、改めて現在の日本の姿と重ね合わせるに違いありません。

この本を翻訳するにあたり、多くの人びとの協力を頂いたことに厚く御礼申し上げます。特に少女時代、ジュネーブでシドモア女史と親しく交流され、女史に関して御教示頂いた新渡戸稲造博士令孫・加藤武子氏、毎春女史の墓前祭を開催されている〝シドモア桜の会〟代表・恩地薫氏（シドモア女史研究の先達《せんだつ》・恩地光夫氏夫人）、（財）日本さくらの会、日本ウォーキング協会、講談社ペックの諸兄諸氏、そして本書の編集出版に一方ならぬ御尽力を頂いた講談社学術文庫の福田信宏氏、担当の布宮慈子氏に改めて感謝申し上げます。

平成一四年（二〇〇二）弥生

外崎克久

まえがき

この本は、日本を初めて旅する人だけでなく日本に住む外人も楽しめるように書いています。人力車に乗っていると繁華街の通りや田舎の道をすっと走り抜けるので、一人旅で見たり聞いたりする知識はかなり断片的なものとなります。またグループ旅行では、全く同じように面白い経験をし同じ車窓で景色を見ても、この刮目《かつもく》に値する国民について意見が必ずしも一致するとはかぎりません。本書はこれを補い、新生ニッポンの多種多様な面をできるだけ詳しく紹介しました。旅行中は毎日驚きの連続で、観光客も居留者も最終日まで、かぎりなく、もの珍しい光景に遭遇します。しかし、そんな情景は日本人にとって何でもないことで、日常茶飯事《さはんじ》の生活なのです。

これまで、科学者、学者、教授、詩人、政治記者があふれるほど日本を紹介してきましたが、気分を明るくしたり、心地よい印象を残す配慮に欠けていました。しかし、日本の水準は近代ヨーロッパに一歩一歩近づき、十年ごとに変わりながら新鮮な素顔を見せています。同時に世界八大文明国の一翼を担う伝統ある日本は、今や中世的美風や東洋的画趣を惜しげなく捨て去っています。

日本や日本人に関して生半可《なまはんか》な知識しか持たずに行き来する観光客の多くが、この国の新奇さや不思議さに戸惑います。しかも、そのような旅行者は近代化された港町や首都に泊まるだけなので、すぐ身近にいながら真の日本の生活が目に映らず、独特の珍しい風物を見落とし、貴重な経験もせず通り過ぎます。この旅行記がありのままの日本を紹介することで、読者のよい手引となり、しかも出無精《でぶしょう》の人がこの魅力的国民とその麗《うるわ》しい家庭に少しでも興味を覚えるなら、私の目的は達成されたことになります。

ところで、旅の妙味や楽しさを数多く経験させてもらった日本の友人や知人の厚意は、とても多すぎて謝意の芳名リストを掲げられず、とても残念です。ともあれ、外国からやってくる旅行者の誰もが、この国民から深い恩恵を覚えることは確かです。それほど日本人は世界でも際立《きわだ》つ興味深い民族で、しかも感謝の念は特定の個人にだけでなく日本全体に強く感じます。

初版が刊行されて以来、不平等条約は改正され、治外法権や旅券制度が廃止され、さらに保護関税［関税定率法］も実施されるようになりました。鉄道は日光や奈良の奥まで延び、本土縦断の線路も倍となり、外人専用ホテルが港や山の保養地にたくさん増えました。ガイド・ブックは現代風となって、いろいろ比較ができて面白くなり、しかも日本をテーマとする学術文献が降雨後の竹の子のように増えています。

銀価格の低下、金本位の採用、観光旅行団の増加は、日本国民の家計費や工芸製品のコストを倍以上に釣り上げています。それにもかかわらず、日本は再度、中国大陸へ遠征軍を派遣して勝利しました。しかも、北京での各国公使館救援と占領作戦［北清事変］は、武勇、規律、装備、敗者への人道的処遇の点で、日本の軍隊が最も統制されていることを国際的に証明しました。日本は他の連合国以上に熱く卓抜した愛国心をもって、存分に能力を発揮したのです。

六度目の訪問となるニッポンは、東京丸の遭難で初めて渚《なぎさ》へ漂着したときと同様、素晴らしい魅力と斬新《ざんしん》さに溢れています。

一八九〇年（明治二三）三月、首都ワシントンにて

一九〇二年（明治三五）三月、〃　　［改訂］

エリザ・R・シドモア

目次

＊本文中の小見出しと［　］内のコメントは、翻訳者による記述。

シドモア日本紀行

明治の人力車ツアー

第一章　北太平洋と横浜

アリューシャン列島

東洋の万事が西洋世界にとって驚異です。半信半疑になりながらも、この紛《まぎ》れもない非現実的姿に遭遇すると、全く摩訶《まか》不思議な感動に包まれます。とにかく日本の素晴らしさを味わうためにアジア大陸の果てへ足を延ばして、この島国へやってくるべきです。

東回りコースの船旅では、スエズ運河から長崎沖の手前まで、アジアの民衆は無言のまま腰を下ろし、汚物、ぼろ布、無知、悲惨の中に漬かり、何の不満もなく暮らしているのが目に入ります。不衛生で醜悪な環境にいる中国の民衆、あの濁った河、茫漠《ぼうばく》とした平原、黄褐色の丘陵を通過し、さらに朝鮮半島のうら寂しい海岸に別れを告げて進みます。

最初に出会う日本は、海岸線から離れた緑の島です。絵のように続く丘陵や頂上に至るまで、その光景はまるで夢の天国です。家並みは玩具《おもちゃ》に、住民はお人形さんに見えます。その暮らしのさまは清潔で美しく、かつ芸術的で独特の風情《ふぜい》があります。

この牧歌的島嶼《とうしょ》に住む国民と西方二ヵ国［中国、朝鮮］の国民、この東洋三大王国の間には、肉体的特徴以上に大きな違いがあります。礼儀正しく洗練された東洋の華《はな》・日本は、陽気で明るく友好親善に満ち、魅力あふれる審美的民族の島であることは、誰しも認めざるを得ません。

険しく変化に富む海岸は豊かな色彩にあふれ、山腹は一年中深く柔らかな緑に覆《おお》われています。さらに扇、提灯《ちょうちん》、箱、皿のデザインで馴染《なじ》み深い富士山、大空を背景にくっきりと映し出されたこの円錐形《えんすいけい》は周囲の景観を完璧に仕上げます。

庶民の日常生活は、とても芝居じみ、かつ芸術性に富み、装飾的工夫に満ちており、これが掛値なしの現実です。街道や店屋は入念に配置された舞台の大道具であり、気取ったポーズの群衆が行き交います。芝居の見物客は半ばこれを意識し、ベルが鳴って垂幕《たれまく》が上がり、やがて芝居終了の幕が下りるまで、じっとその成り行きを観覧する次第です。

一方、西回りコースで行く北太平洋横断の航海は、至って単調で寂しい旅となります。サンフランシスコ・横浜間ルートの船舶にお目にかかることはめったにありません。しかし、パシフィック郵船会社が中国航路を開拓し、汽船が規定ルートを進むようになってからは、ときおり洋上中央で外国向けや本国行きの定期船に出合います。現在、余儀なくホノルルへ寄港する以外、船長は独自にルートを選び、サンフランシスコ（北緯三七度四七分）から横浜（北緯三五度二六分）までストレートに横断したり、また私がいつも乗る船のように時間と距離を短縮する北寄り大圏コースに沿って舵《かじ》をとります。この大圏コースの北子午線上の気候はとても寒冷で、ときどき荒れ模様となり、激烈な大時化《おおしけ》になったりします。それ以外の着実な風向は、本コースをたどる一等航海士にはたいへん好都合で、長い航路を計画的に短縮し、時間どおり確実な日本到着を約束します。暑い風土に慣れた船客は急変する寒冷水域を嫌いますが、他の船客はむしろ面白がります。幸いにも狭いベーリング海域には恐ろしい氷山が浮かんでいません。その代わり大陸の山岳を吹き抜けてくる猛烈な突風がアリューシャン列島を撫《な》で回《まわ》します。

北緯四九度［バンクーバー］を出発するカナダ太平洋汽船は、ときどき長く延びたアリューシャン鎖状列島の末端にへばりつく、地球最後の残《のこ》り滓《かす》アッツ島の近くを航行します。ところで、あの忘れもしない苦難の冒険家レックス夫人とアレシャイン夫人が運よく発見した避難所は、「この辺ではなく、もっと南のミッドウェイ島である」と船員は断言しています。その島は円形状に点在する無人島で、中心から離れたところには狭く長い砂州《さす》があります。以前にもスクーナー帆船が難破し、漂流者は数ヵ月間島流しに遭い、ようやく救出されたという場所です。

サンフランシスコ・横浜間の航行距離は、四五〇〇マイル［七二四〇キロ］ないし五五〇〇マイル［八八五〇キロ］と幅があり、航海には一二日から一八日ほどかかります。コースを極端に南にとると、日本海流による温和な気候が感じられます。冬に見られる最初の陸地の目印は、はるか水平線の銀色の点です。夏には、これが青や菫色《すみれいろ》に変わり、海面から完全無欠の傾斜線が上方に向かい、徐々に延びて先細りの円錐形となります。船は何度も陸地へ

富士ヤマ

接近しますが、かえって富士の姿を見ることができません。日本に着いた初めの六ヵ月間、この無比の山はどの地点からも姿を見せるのを嫌がっていたことを覚えています。江戸［東京］湾を延々と守る［房総］半島の末端ケープ・キング［野《の》島崎《じまざき》］が、最初の絶壁、紫色の岩肌を見せます。丘陵正面の彩りは季節によって緑の稲や麦になったり、黄金の穀類や切り株となったりします。辺りには四角い帆の漁船団が漂い、漁師のほとんどが綿の青手《て》拭《ぬぐ》いを頭に巻き、緩《ゆる》やかに半纏《はんてん》を翻《ひるがえ》し、船頭は船尾で幅の広いオールを巧みに操《あやつ》ります。夜間は最初にケープ・キング灯台の歓迎の光が目に入り、次に湾を横断して輝く観音崎《かんのんざき》灯台の光、さらに相模《さがみ》湾の明るい灯光が見えます。続いて横須賀海軍工廠《こうしょう》の無数の閃光《せんこう》が走り、最後に灯船《とうせん》の赤電球が横浜バンド（海岸通り）や防波堤手前一マイル［一・六キロ］先の浅瀬を照らします。もし合衆国軍艦が現れると、米国の郵便物を運搬してきた合図として、その灯船は信号旗を掲揚し、軍艦に大砲を二発打つよう促します。連続する段丘は昼の陽の中で露《あら》わとなり、定期船は狭い緑の谷間や谷底の傍を切り開くようにして進みます。小さな村々、藁葺《わらぶ》き屋根の群落が松や棕櫚《しゅろ》、さらに竹林の陰に見え隠れします。富士はくっきりと青空に輪郭を描き、絶え間なく漁船が名画の前景のごとく浮かび、麓《ふもと》の重なり合う丘の背後に富士が見え隠れします。夏になると、紫の円錐形富士が頂上付近に雪によるリボン状の白い縞模様《しまもよう》を見せて一年中銀色に輝き、レーニア山［米国ワシントン州の山・タコマ富士］だけが唯一のライバルとなり、万年雪の青白い山は、ピュージェット湾の濃い森からそびえ、緑の水面に影を落としています。

横浜の港

風光明媚《ふうこうめいび》な湾岸風景を見た後、横浜の光景に旅行者はがっかりします。水辺のクラブハウス、ホテル、公邸の立つ海岸通りには、画趣に富む東洋的風情は全くありません。日本風と見るには欧州的すぎ、欧州風と見るには日本的すぎるのです。とはいっても、どっしりした石造建築物を持つ中国の港に似たウォーター・フロント（港湾地区）は低い瓦《かわら》屋根、単調な塀や生垣《いけがき》にもかかわらず、わが米国の乱雑な波止場《はとば》、岸壁とはなんと好対照でしょう。しかも、ここの港湾生活はとても潑剌《はつらつ》として壮観そのものです。

黒い商船、白い軍艦、不格好な赤ピンクの運河船、二檣帆船《にしょうはんせん》や三檣帆船の群がり浮かぶ海上交通の混雑は、到着した郵便汽船を取り巻くサンパン舟の集団によって、さらに増大します。郵便袋やホテル乗合馬車のサービスを必要とする大型汽船は、浮標に到達する直前、港口でプッと一吹き蒸気を上げ汽笛を鳴らします。すると調子のよい船頭らが前屈みになり、波間に見え隠れしながらストロークを緩めずオールを動かし、ブンブン、ヒューヒューと元気よく声を上げ、汽船に向かって漕《こ》ぎます。

波止場の舟には四、五千人もの民衆が生活し、あちこちに艀《はしけ》を渡しながら生計を立て、警察の厳しい規則は秩序を保ち、かえって暮らしを安定させます。よその国にあるような波止場税はなく、たくさんのサンパン舟の中で家族全員が辛抱強く暮らしています。女性たちは一握りの木炭の上に小箱やどんぶり鉢をかけて料理をし、子供らは船客や貨物のない片隅で遊んでいます。

祭日になると船舶はみな着飾って、波止場は色鮮やかな光景となります。横浜に集結した外国艦隊が礼砲を発射すると、神奈川台場から答礼の砲音が轟《とどろ》き、周辺は興奮状態となります。フィリピン併合以来、米国アジア艦隊はフィリピン群島を警戒し、めったに横浜港を訪問することはなく、ほとんど現地に留まっています。英国による極東の威海衛《いかいえい》［中国・山東半島の港湾都市］獲得は、英国東洋艦隊に格好の海軍基地を提供しました。中国大陸での絶え間ない紛争や危機は、世界の船舶や艦隊に緊急召集をかけ、威海衛沿岸に待機させます。

これに伴い、長崎は石炭補給の役割を担い、近くに日本有数の海軍寄港地を生み出しました。

防波堤と石造岸壁に保護された横浜波止場は、合衆国から日本へ返還された下関賠償金［下関砲撃事件（一八六四年）の国際賠償］で建設されました。恥ずべきことにわが米国はこの不当な賠償金の分け前を二五年間手元に保留していたのです。

波止場の外側は強烈な南東の風に晒《さら》され、時折この風は船荷の上げ下ろしを数日遅らせたり、大型船やサンパン舟から上陸する船客をずぶ濡れにします。狭い湾内は猛烈な突風で波《は》濤《とう》が砕け散り、強烈な風浪《ふうろう》が岸壁を越えたりしますが、数時間後に再び鏡のような無風状態に戻ります。ときどき波止場は巨大な台風に遭遇しますが、中国の海で発達するとてつもなく恐ろしい円形渦巻き状の嵐の中心が居座ったことは、まだありません。東に偏《かたよ》った台風は蒸気や霧雨を空気中に充満させ、雨含みのサイホン［低気圧］現象を生んで息苦しくさせ、さらにかびを発生させ、空気を枯渇させます。霧の薄幕は、あらゆるものを包み込み、壁紙は緩み、ニカワ質は剝《は》がれ落《お》ち、そして人類は萎《しな》びてゆきます⁉

横浜は居留地、ブラフ（山手）地区、日本人街と分かれ、それぞれ孤立した広い場所にあります。居留地、つまり一八五八年［安政五］外国貿易商のため日本住民と隔離して設置した特別地帯は、湾岸に広がる低湿の谷あいにあります。当初、東海道を避けて指定された居留地や神奈川の日本人街は、今では周辺人口八万の中心となっています。はるか二マイル

［三・二キロ］北の険しい崖《がけ》っぷちに神奈川橋を掛け、繰り返し改造して東海道を京都方面から湾岸へ導いています。外交文書上の開港場・神奈川は、領事館、銀行、ホテル、クラブなどがあるビジネス中心街から数マイルも外れているにもかかわらず、いまだに江戸［東京］湾の重要港の名称となっています。

人力車

上陸地点である波止場で、旅行者は人力車に出くわします。この車は米国人発案の日本式大型二輪乳母車で、今では東洋全域に普及しています。外国語の分かる人や上流階級が上品にクルマと呼ぶこの人力車の運賃は一七ドルから四〇ドルの幅ですが、公共乗車場での平均運賃は二〇ドルとなっています。商売上手の車夫の何人かは自分の車を持っていますが、大半の車夫は会社から借りて働き、毎年車一台ごとの税金をわずかですが納めます。

彼らには不文律の道路ルールがあり、車はお互いきちんと単縦列に並べます。隊列の先頭に乗るのは、最長老や格式の高い人物に決まっていますが、この秩序を乱すのは、私たち田舎者だけです。ともあれ、人力車は米国人から見るとたいへん割安な運賃で、母国の馬車一日分の料金で横浜海岸通りを一週間も乗っていられます。空飛ぶ肘掛け椅子、この可愛《かわい》らしい専用の私的玉座《ぎょくざ》の乗り心地を肌で感じた人は、きっと「こんな快適な乗物はほかにはない」と感激します。

車夫はゆったりした法被《はっぴ》、腹掛け、濃紺の木綿股引《ももひき》を着け、剝《む》き出《だ》しの足にワラジを履き、頭には綿手拭いと一緒に洗面器を逆さにした形の麦藁《むぎわら》［饅頭笠《まんじゆうがさ》］を被《かぶ》っています。雨が降ると、蓑《みの》を着て棘《とげ》だらけの山荒《やまあ》らしとなり、奇妙な油紙エプロンと合羽《かっぱ》をまとい、小さな幌《ほろ》を引き出し、さらに二枚目の油紙エプロンを乗客の膝に広げ結び付けます。夜間、梶棒《かじぼう》には自分の名前や許可番号を書いた紙提灯《ちょうちん》を飾ります。暗闇の街道や田舎道を走り、すいすい飛び回るこの土蛍《つちぼたる》の光は、変わった風情で日本人の美的センスを上手に披露します。郊外で日が暮れると、車夫は道路の轍《わだち》、穴、裂け目、次の十字路に向け警告を発し、対向車とすれ違う車夫の喚声《かんせい》には、音楽的リズムがあります。礼儀正しく愛らしい笑顔のポニーに、誰もが hurry に代わって「ハヤク！」、take care には「アブナイヨー！」、stop a little には「スコシマテ！」、slowly には「ソーロ！」と声を発します。ソーロの命令は、車夫が梶棒に対し大きな角度で後ろに傾いたり、素早い足並みで丘を勢いよく下る際、必要になります。商店街の開いている魅惑的な通りをゆっくりと歩む場合は、車夫から特別手当の請求があります。

ところで、あなた方観光客が平らな道で人力車の運転を試してみると、最初の引っ張りが特に難しい動作で、一度発進すれば車はひとりでに走ることが分かります。梶棒の中の人間の歩調と背丈は、乗り心地のよさを決定します。背の高い車夫は梶棒を非常に高く握り、心地悪い角度に傾け、低い人は最高の走り手となります。大きな爪先《つまさき》で前へ向かって体を丸くし、馬のように規則正しくトコトコ走り、大きな帽子の中で上下に動く走者を座席から見下ろすと、二本脚はモーターそのものです。車夫の履いているワラジは稲藁で編まれ、一足五セント以下の値段ですが、古き良き時代はもっと安価でした。今も、村や農家で作られ、どこの店でも売っています。ワラジ作りは大きな爪先が重要なポイントで、両手で編んでいる間、高度に訓練された足指が紐《ひも》をしっかりつかまえて作り上げます。

郊外の街道には古ワラジの残骸が散らばっています。旅人は捨て場でワラジを履き替え行程を延ばし、轍《わだち》や泥の穴は古ワラジであふれます。長距離を徒歩旅行する外人はワラジと か、足袋《たび》（指のある靴下）を履きます。これはブーツよりも扱いやすく、岩場を登る際はオーバー・シューズ代わりにもなります。ときどき、車夫はワラジの代わりに厚手の足袋を履き、足袋底には擦り切れにくい細長いヘチマ繊維の切れ端を敷きます。ヘチマは布巾《ふきん》やスポンジ商品としても市販されています。また雪のような白綿の高級足袋は、車夫の身支度《みじたく》に欠かせない商売道具です。

重い荷物を積んだ荷車や荷馬車を引いたり押したりする労務者は、嗄《しゃが》れ声《ごえ》で詠唱を繰り返します。その声はロープを強く引っ張る船乗りの掛け声に似て、「ヒルダ！　ホイダ！」と聞こえます。脚を突っ張り、強く引っ張るたびに発する大喚声は、聞く方もくたくたになります。古きよき時代、庶民は街道の合唱に鼓膜が破れるほどでした。でも、この掛け声は、いずれ廃《すた》れてゆく世襲的慣習の一つかもしれません。

山岳地帯で台座式駕籠《かご》かき人足が、険しい道を登っている最中、「ヤァー、リキシャ！ホーイ、リキシャ！」「イットー、シャ！　イットー、シャ」とゼイゼイしながら叫んでいました。この掛け声なしには、足並みを整えたり、元気よく仕事が始まらないことは、皆よく知っています。

第二章　横　浜

山手

居留地は、水路［堀川］によって境界線が引かれ、水路の反対側はブラフ（山手）に向かってたくさんの険しい小道が曲がりくねっています。外人のほとんどが、この山手に自宅を持っています。山手の道の両脇には、手入れの行き届いた庭付きの瀟洒《しょうしゃ》な別荘、これを囲む生垣、外来者の目を引く不揃《ふぞろ》いの番号があり、道はこれら宅地の門の間を通り抜けて行きます。最初、誰かが家を建てて一番となり、次に建てた人が二番を付けました。このため、数字の順番に関係なくさまざまな番号が隣り合わせに並んでいます。外人居住者は、自宅の戸口番号を車夫、召使《めしつかい》、行商人、御用聞《ごようき》きにしっかりと覚えられ、〝四番の旦那サン〟とか〝五番の奥サマ〟と繰り返し呼ばれます。この監獄の囚人番号システム（⁉）は、本人の所在地を明確にし、偽名の友達をすぐ察知できるので、たいへんよく利用されています。

山手にはパブリック・ホール［ゲーテ座］、合衆国や英国の海軍病院、フランスやドイツの病院、何ヵ所かの伝道教団施設、さらに大規模な米国キリスト教団の施設が立っています。ずっと西の端には、草花栽培専門の日本人集落が玩具《おもちゃ》のような菜園を作り、珍しい奇跡のような野菜をあふれんばかりに育てています。そこには園芸《えんげい》術のユーモアや幻想が漂い、樹齢一〇〇年のポケット・サイズ盆栽、巨大な一輪咲きの花、驚くべき小さな花の塊《かたまり》、サクランボのならない桜、真冬に咲く葉も実もつかない梅の木、さらに外国人が日本へ移植した人気のカリフォルニア産バラもあって、豊富に花を咲かせています。植木や球根などの輸出販売も手広くやり、それらは航海中の保護のため、気密容器代わりに厚い泥の菰《こも》に包まれ、ユニークな羊歯《しだ》の切れ端も同じ方法で守られます。湿った土で包むと、細長く葉が繁茂するこの奇怪な代物《しろもの》は、龍、ジャンク舟、神社、ボート、提灯、五重塔、梵鐘《ぼんしょう》、球、輪など、すべて日常よく見掛けるものに似せて作られます。買ったときは死んでいるように見えますが、数日間暖かな日光に当てときどき水に浸すと、羽のように柔らかな緑の物体に変化し、日に日に美しく生長して、米国の伝統的吊籠《つりかご》栽培よりも、はるかに芸術的な鑑賞植物となります。ところで、盆栽は貨物船輸送に適しません。というのは、これらは枯れたり、急生長したりするからです。

日本人は山水庭園に関する世界一の造園家です。私たち西洋人は「絨毯《じゅうたん》式造園美をよし」とするいまだ未熟な世界にいる自分に気づきます。日本の天才は一ヤード「九〇センチ」角でも、一〇〇フィート「三〇〇メートル」角の広さの中でも自由自在に植物を育て仕上げることができます。この国の庭師は、フランスのメイドや英国の四輪馬車御者と同様、今や米国の公共施設には欠かせない職業として重んじられています。自然を愛し花を崇拝した先祖の血筋を引く気高い日本版アダム［人類の祖］の同業集団は、生長する植物への深い愛情や、米国人には理解できない専門能力を受け継いできました。そしてこの国の農業はすべて芸術的で、ほとんど魔術的な庭造りをしています。

ブラフ（山手）特有の高台の向こうに、［根岸］競馬場が広がっています。春と秋、その馬場で、北海道や中国大陸から運ばれてきた短足モジャモジャ頭のポニーが競走します。騎手となる紳士は、ときどき自分の馬に跨《また》がり平地競技、障害競技、郊外横断レースに出場します。競馬開催中、銀行は閉まり町中なんとなくお祭り気分が支配し、天皇がよく東京から見えられます。しかも、この競馬場からの富士の眺めは最高です！

開国間もない頃、外国人を東海道に近づけないよう、わざと曲がりくねった専用道路が作られました。以前、東海道では外人が大名行列に一度ならず衝突したことがあります。この道は水際へと導かれ、ミシッピ湾［根岸湾］の海辺へ続いています。そこは一八五八年［安政五］、ペリー提督配下の蒸気船が錨《いかり》を下ろした水域です。さらに道は水田のある谷あいを横切って進み、再び山手へと登ってゆきます。

本町通り、弁天通り

通り過ぎ行く農村の風景は、実用的とは思えないほど絵画的で、現実の住居というよりも、絶えず回る舞台背景のようです。新しい藁葺《わらぶ》き屋根は黄に輝き、そして古く熟成した色合いの藁葺き屋根には雑草が生え、灰緑色の〝雌鳥《めんどり》と雛《ひな》〟の巣のような瘤《こぶ》が点在し、同時に棟木《むなぎ》沿いに百合《ゆり》を育てる花床《はなどこ》もあります。

以前、「女性の白粉《おしろい》は、百合の根で作られる」と老婦人から教えられました。昔、領主は化粧品を虚栄の代物として禁止し、地面に百合を植えないよう布告したのです。そこで、領民は百合を庭から掘り起こし、巧妙に屋根の箱に植え替えたのです。

横浜の日本人街は、外国の影響の及ばない遠くの地域に比べると、当然日本人住民は多くありません。しかし、外国の新参者《しんざんもの》はこの街に奇抜でユニークな東洋風の産物をたくさん発見します。美しい骨董《こっとう》や絹織物のある本町《ほんちょう》通り、道全体に売り物を広げるショー・ウィンドーなしの叩《たた》き売《う》り露店商は、かつて買い物客の人気の的《まと》でした。古漆器、ブロンズ、象牙《ぞうげ》、磁器、琺瑯《ほうろう》、銀細工、絹だけは、丈の高い衝立《ついたて》や壁裏に大事に隠されました。現在は店の売り物全部がショー・ウィンドーにきちんと展示されています。絹織物店には外人買い物客を混乱させるほど商品があふれ、中には数百ヵ所で製造されている絹の婦人用ガウンが山積みされています。このガウンはミッション・コートとして知られ、器用な外人宣教師が工夫して作った外套《がいとう》です。

骨董ハンターの天国・弁天《べんてん》通りは、露店商が一マイル［一・六キロ］にも及ぶ買い物歓楽地帯です。絹織物店では、籠《かご》いっぱいの品物があなた方観光客に開陳《かいちん》されます。籠の中では、かぎりなく精緻な文様《もんよう》が彩色された縮緬《ちりめん》が、紗《しゃ》のように薄く、あるいは錦織《にしきおり》のように重厚な表面が多様な皺《しわ》となり波立っています。購入した後、布地は棒に巻かれ、どんな選《え》りすぐった品も粗末な黄色い布切れに包装されます。しかし、これにはどんな意味があるのか、日本人も外国人も商人も鑑定家も、誰にも説明できない不思議な慣習です。

石造耐火建築のノザワ屋倉庫には、西洋世界から正真正銘真価の認められた芸術的魅惑的織物・綿縮緬があふれています。あばた顔の軽妙な経営者が、小柄なボーイ［丁稚《でっち》小僧］に籠いっぱいの綿縮緬を半時間にわたり運ばせました。各布巻はわずか一一ヤード［一〇メートル］のサイズですが、大きな両袖付きのきちんとした細幅の和服一着ができます。この布地は、ときどき外国市場用に長めに作られますが、幅は一三インチ［三三センチ］の標準サイズです。日本の着物は単純で、布地を選んだ後、一時間で仕立てて着ることができます。外国式裁縫に少しも変わったところはなく、今でも仮縫い針［待ち針］を刺して作ります。外国式アイロンを使えば、着物を分解する必要はないのに、ここではバラバラにして洗濯し、日本式アイロンをかけます。このアイロンは炭火を入れた銅器で、長い取っ手付きの小さな暖め鍋［火熨斗《ひのし》］にそっくりです。この装置のほかに、短い取っ手付きの平らな鉄矢じり［鏝《こて》］がありますが、小さすぎて全く効果のない代物です。

日本の金銭勘定は、米国人にとってとても簡単です。円は私たちのドル勘定と一致します。一ドルが一〇〇セントであるように一円は一〇〇銭で、一銭は一〇厘《りん》です。円はメキシコ銀貨ドルの価値にほぼ等しく、一円は合衆国金貨五〇セントに換算されます。大ざっぱにドルとか円とかいう場合は、いつもメキシコ銀貨を意味し、これが東洋の流通貨幣になっています［明治二〇年代の一円（〇・五ドル）は現在の一万円相当、明治三〇年代は五〇〇〇円相当］。古い厘銅貨や楕円形の天保銭《てんぽうせん》は、それぞれ真ん中に穴があり、流通からは消えつつあります。大阪造幣局では、これらをとかして丸形の銭単位の銅貨に造り替えています。さらに古い金貨や銀貨は骨董商に持ち込まれています。骨董商で小さな長方形の銀貨・分《ぶ》［一分銀］とか、長楕円形の金貨・小判を取り扱っていない場合は、金物細工師が貨幣を作り、いくらでもあなた方観光客の希望をかなえてくれます。

勘定を尋ねると、商人は滑るボタン付き木枠を取り出し、カチカチ鳴る計算道具（ソロバン）を指で弾《はじ》いて合計を出します。ソロバンは遅いにしろ絶対確実で、たくさんの随意な記号や言葉を詰め込んだ教養ある日本人の頭脳でも、暗算の余地はありません。あなた方が一つ一〇セントで二つの玩具を買うとすると、例の計算器でカチカチ音をさせ二〇セント要求します。すべてソロバンを当てにし、これなしには最小合計さえも計算できないありさまです。また自分の木枠を持ってくるのを忘れたりすると、商人はみな戸惑います。古い刺繍《ししゅう》製品を扱う商人は顔を歪《ゆが》めて努力し、頭を掻き掻き単純な足し算、割り算、引き算を想像上のソロバン玉で空《くう》を弾きます。銀行両替人も長さ一ヤード［九〇センチ］のソロバンを使います。商人は簿記にはソロバンがとても大事だといいます。というのは、この使用によってすべての数字の縦列が合計され、私たち米国人の暗算方式よりも短時間で検算できるからです。

弁天通りの先にある広い通り［馬車道《ばしゃみち》］には、運河を跨《また》ぐ鉄橋［吉田橋］があります。入江から運河が市内のあらゆる方向へ延び、水路網がミシシッピ湾［根岸湾］から神奈川まで縦横に巡っています。この鉄橋を越えると伊勢佐木町《いせざきちょう》［横浜の繁華街］で、道半マイル［〇・八キロ］に劇場、見世物、メリーゴーラウンド、際物《きわもの》ゲーム、菓子屋、レストラン、古着バザー、骨董屋の迷路、玩具、瀬戸物、木工細工の店があります。数百人の屋台主がキッチン付き巡回車を引き、肩には棹《さお》［天秤棒］を掛けてあちこち歩き回ります。アイスクリーム屋と呼ばれる販売人もたくさんいて、グラスに削り氷を入れて砂糖をまぶし、小さな茶匙《ちゃさじ》を添えます。さらに刺激的な醬油《しょうゆ》味で食べる国産マカロニ・蕎麦《そば》を売る人もいます。また一銭銅貨を払うと、小柄なボーイが大きな焼き網のある席に餅やバターや醬油入れを運び、客自身がホットケーキ風に料理して食べます。自分で研究したり、感激したりする中下層の庶民の熱気にあふれ、私たち見物人は、この刺激的バザーに展開される屋外ドラマやパノラマ風景に飽きることがありません。

日本の婦人と子供

日本女性の日常生活は扇絵のように美しく、パタパタと音を立て下駄や草履《ぞうり》で行き交うさまは何ともいえない趣があります。質素で安価な木綿着姿の極貧の娘も、絹や縮緬を着こな

日本の子供

す裕福な娘も、その風情は画趣に富み一つ家の姉妹そのものです。丹念に整えた髪に華美な襞《ひだ》縮緬をつけたり、柔らかな青黒い髪の輪にきらめく簪《かんざし》を刺したりして、いつも祭りの晴れ姿のようです。晴でも雨でも、頭髪には傘をかざす程度で、入念な髪型を特別保護したりはしません。ただ例外は冬場だけで、裏地が対照的色合になっている黒の縮緬頭巾《ずきん》、つまり長さ一ヤード［九〇センチ］の布切れで頭をすっぽり包み、両眼を残して顔全体を隠します。髪には一本だけ鼈甲《べっこう》簪を刺しますが、これは昔、上流階級の全女性が身に付けた髪飾りで、ときどきこの簪の先には珊瑚《さんご》や金飾りが付いています。ところで、安手の扇に描かれる仰々《ぎょうぎょう》しい簪の女性は上流社会のメンバーではありません。子供や舞妓《まいこ》は、通りのあちこちの売店や屋台に並ぶ幻想的花飾りや小間物《こまもの》を買い、嬉々《きき》として身につけます。

あらゆる風景の中でも、愛らしい子供の存在は、えもいわれぬ日本的風情《ふぜい》を醸《かも》し出《だ》します。赤ちゃんはたいてい母親や、幼い姉の背中におぶって運ばれ、なすすべもなく頭をごろんとさせて眠り、目覚めるときは黒い数珠玉の目をぱっちり開け泣き叫ぶことはありません。頭の天辺《てっぺん》の剃上《そりあ》げ、派手でちっちゃな着物、穏やかな賢い表情は、まるで飾り棚の古美術です。女の子は歩けるようになると、すぐ注意深く安全に物を運ぶ練習をするため、背中に人形をおぶります。その後、幼い弟や妹が人形を引き継ぎます。ちっちゃな子をおぶった子供のユーモラスな群れが、親と一緒に夜遅くまで町中を徘徊《はいかい》します。人通りの多い伊勢佐木町では、奇妙に輝く二人分の黒い瞳をよく見かけます。

この町では、日本人の工夫や海外アイデアによる野外の呼び物が、絶えず変化しながら頻繁に現れます。〝クローバーの豚〟や自由鍵クイズ［知恵の輪］は、ニューヨークで流行した後、わずか数週間でこちらへ伝わります。バラモン行者のような大道芸人が絶えず目新しい芸を売り込みます。奇術師の興行チャンスは多く、劇場で間狂言《あいきょうげん》を演じたり、豪華な晩餐会でやったり、金持ちが主催する園遊会や花見のときに芸を披露します。

手品師

ところで、いかに豪華な衣装の奇術師も、ここで紹介する老手品師にはかないません。みすぼらしい木綿着姿のこの老人は、肩に渡した棹《さお》に二つの道具籠《かご》を吊《つる》し、横浜近辺を歩き回り、町角、芝生、回廊、船のデッキに現れ、籠をテーブルに置きます。そしてぐるりと取り巻く観衆に鮮やかな手並みで芸を披露します。見物料は帽子一杯分の銅貨で大満足です。火を飲み、卵、針、提灯、さらに数ヤードの紙リボンを口から吐き出し、リボンを丼鉢《どんぶりばち》に入れてくるくる回し、本物のジャパニーズ・マカロニ「蕎麦」に変えて食べます。さらに残っている蕎麦を、呪文《じゅもん》とともに槍《やり》のような菖蒲《しょうぶ》の葉に変えます。この老いた魔法使いは抜け目ない狐顔《きつねがお》をし、パントマイム、悪ふざけ、しかめ面《つら》のしぐさそのものが芸となります。話術に乗せられた忍び笑いの伝播《でんぱ》から、やがて日本人見物客を身悶《みもだ》えさせます。剣客の刀捌《かたなさば》きや短剣飲みの芸当は、野に実る黒苺《くろいちご》の数のごとく豊富です。さらに伊勢佐木町のテント小屋や屋台では、蓄音機の利用がとても目立ちます。

懐疑論者や探求家は、日本奇術の神秘性を見抜くために時間を費やしています。かつて大阪の建野郷三《たてのごうぞう》府知事「駐米公使歴任」の催した晩餐会で、ある外国の来賓が「錯覚や思違いなどでは、騙《だま》されないぞ」と決意し、ほとんど瞬《まばた》きもせず顔をくっつけ監視しました。老手品師は外人の目の前で演じ、巨大な花瓶を運んで舞台中央に置くと、手品師は這《は》い上《あ》がり、ゆっくりと花瓶の中へ入りました。半時間、この懐疑論者は花瓶から目を離しませんでした。もちろん、事前に彼はその磁器を叩《たた》いて音を響かせ、空であることを確認し、さらに落とし戸のないところに立って見たはずです。ところが、ずっと監視していたにもかかわらず、同席者は彼の横を指差し、嘲笑まじりの喚声を上げました。なんと彼の脇には、数分も前から座っていたかのように、老手品師が扇子《せんす》を持ってあおいでいたのです！

第三章　横　浜――続き

本村の聖地

居留地の本通り裏手、病人臭い一画に中国人が固まって住んでいます。脂っこい壁、汚い路面は、水路対岸の優美で人形のように愛らしい住宅街とは異なり大いに当惑します。背後の絶壁の上で、風通しのよい茶屋の桟敷《さじき》の提灯《ちょうちん》が揺れています。朱の壁紙、袋のような衣服、弁髪《べんぱつ》、耳障りな声、嫌な臭《にお》いがチャイナ・タウンを支配しています。骨董的看板には、洋服屋〝クック・アイ〟、婦人服店〝アニー・アンド・ワンファイ〟の名前が書かれ、他の外人共同社会によくある一般名〝プーレ〟〝ワース〟〝フリックス〟に相当します。仕立屋では、一人の日本人だけが断トツの評判ですが、それでも同業組合は仲良く上手に商売し、料金は横浜の英国店もフランス店もかなわないほど低廉《ていれん》です。

中国領事館の近くに立派な中国の聖堂［関帝廟《かんていびょう》］があります。真夏、秋、新年の祭りに、中国人は提灯行列、爆竹、香、紙造花、油を塗った豚、ケーキ菓子で祝います。日本人はこの抜け目ない隣人を好まず、旅券上の部分制限は日本国内での商売の制限を意味しています。攻撃性の強い民族・中国人は東洋の狡猾《こうかつ》な金融業者であり、インド以東に流通するマネー全体を仕切っています。どこの銀行でも、中国人シュロフ（熟練の通貨検査員）が勘定台で現金を扱います。両替屋も中国人がやり、会社の営業所はどこでも、中国人買弁《ばいべん》（貿易ブローカー）や監督人を雇い、契約や出納《すいとう》業務の全体を最後まで任せています。礼儀正しく桁《けた》違《ちが》いに芸術的な日本人とは違い、中国人は組織的で計画的才覚があり、自然現象や商売上の異変に慌《あわ》てたりはしません。多くの外人家庭では、中国人の執事やボーイ頭が家を仕切っています。静かで変化のない置時計のような中国人の仕事ぶりは悪くなく、万事そつなくこなします。でもやはり、愛らしい日本国民の微笑、比類なき礼節、上品で果てしないお辞儀と明るく優美な表情には、はるかに心地よさを覚えます。

本村《ほんむら》［横浜・元町］にある石造堤防や高い屋根の寺院［増徳院、のち南区平楽へ移転］が、ちょうど水路［堀川］の反対側にそびえ、遠く米国からやってくる観光客が、最初に目にする仏教聖地です。毎月祭りが開かれ、いつも雀が庇《ひさし》でさえずり、子供らが階段周辺で遊び、敬虔《けいけん》な信者が銅貨を投げ、両手をぴったり合わせて祈ります。

　これまで経験した最も感銘深い場面の一つに、この寺の貫首《かんじゅ》の葬式があります。一〇〇人以上のボンズ（僧侶）が長期間の葬儀を手助けするため近隣の寺から集まり、高価な錦織法《ほう》衣《え》に身を包み、厳《おごそ》かに座ってお経や聖典を唱えました。父親の僧職を相続した子息は、数日の断食《だんじき》をして式に臨みました。目が青白くくぼみながらも、恍惚《こうこつ》状態で線香をたき詠唱し、会葬用の白衣をまとい寺から墓地へ位牌《いはい》を持って歩きました。きらびやかな錦衣をまとった僧侶の列が巨大な赤い傘の陰に隠れ、長い高台の階段をうねり下り、さらに遠くの墓地へ向かって進み、小さな商店街の外に出るまで本村の路上の騒音は全く消え、静寂のみが支配しました。

葬式行列が通り過ぎると群衆が押し寄せ、物々交換や競売が始まります。人力車は上へ下へと疾走し、おしゃべりする婦人やよちよち歩く子供は活人画《かつじんが》「明治二〇年代に流行した人間絵画ショー。適当な背景を前にし扮装《ふんそう》した人物が静止して見せる芝居」の世界へと入り込みます。本村のメイン通りは、庶民生活の果てしないパノラマ風景へと一変します。

日本一の茶屋

本村からブラフ（山手）地区へ登ると、険しい一本道の途中、浅間山《せんげんやま》茶屋を営む有名なテナベ・ゲンゴロウ［田辺源五郎？］の絹織物商があります。そこは日本の茶屋の中でも最もよく知られた店で、昔テナベ女将《おかみ》の叔父がペリー提督を公式歓迎してから、世界中から来る海軍士官らの憩《いこ》いの場となりました。艦隊が港に入ると、吊提灯《つるし》を空高く掲げた店々からは、とぎれなく琴《こと》、三味線《しゃみせん》、バンジョー、カスタネット、歌と笑いの合唱、さらに日本人の快い気分を表す律動的手拍子が湧《わ》きます。女将自身、今では花も恥じらう色香や美形は消えていますが、甘く低い銀色の声と心奪う振舞いは、日本女性最高の魅力を存分に漂わせます。

現在、女将は絹織物商を経営するだけで、姉妹が茶屋の繁盛に尽くしています。彼女は英語、フランス語、ロシア語を話し、一度会った客の顔、名前、逸話を絶対忘れません。あなた方観光客が何年かたった後に再び訪ねても、彼女は必ず気づき、薄い黄の茶入りの指差しカップと菓子を出し、無類の上品さとアクセントで「どうぞ、どうぞ」と勧めます。

横浜の暮らし

日本での生活や旅行は面白いほど簡単で、難しい話は港でも旅の主要街道でも出くわすことはありません。横浜には優れたホテルがあり、特に外人向きのホテルを望むならば、クィーン・アンとかコロニアルが適切です。食料市場には、とても安い値段で肉、魚、鳥肉、果物、野菜があふれていますが、輸入食品は輸送費の関係で割高です。地元の果物に加え枇杷《びわ》やおいしい柿もあります。天然氷は函館から運ばれ、人工氷はどの港町でも作られています。日本人は氷の飲料物がとても好きで、その点米国人と全く同じです。

三つの英国日刊紙、毎週ロンドンやニューヨークへ発送される郵便、三大海底電信ケーブル、電気、ビール醸造所、ガス、水道があり、これらの施設は実用的快適さに加え、画趣ある理想的風景を演出してくれます。夏は暑いわりに、米国のように気まぐれな温度変化はなく、水銀柱は七、八、九月に華氏八〇、八五、九〇度［摂氏二六・七、二九・四、三二・二度］と上がりますが、間断なく吹く新鮮な季節風のおかげで暑さをしのぐことができ、夜は心地よい気温となります。六月と九月の二回、雨季があって、この時期あらゆるものが湿っぽくなり、じっとり冷たくねばねばした状態となり悲惨です。五月、厚手の衣装は密閉した押し入れに詰め、手袋も気密性のガラス瓶やブリキ缶に収納してカビの破壊的繁殖から防護します。地震や雷雨は米国太平洋沿岸に似て、よく発生するので慣れっことなり、むしろ楽しんでいるくらいです。

横浜で雇う召使《めしつかい》は申し分なく、家事の段取りも心はずみます。西洋式に不慣れでも、中国人も日本人も、欧州最高の召使さえも超えるよう訓練され、仕事の敏速さ、騒音のなさ、完璧さは他に追随を許しません。コックについても同様で、生活程度にうまく順応し、雇い主は入念すぎるほど本格的サービスを享受します。外国の調理技術は、はじめ駐日公使と一緒に渡来し、ここ異郷に住むシェフによって伝えられました。海底電信ケーブルや定期航路の時代がくるまでは、異国暮らしを充実させる慰めの一つとして西洋料理が研究されました。横浜には極めて優れた調理法があり、各国公使館やクラブのシェフは、授業料をとって調理法を生徒に教えています。他の条約港［国際条約による開港地］にも米国の専門コック以上に腕の利く料理職人が大勢います。このようなコックは自分で市場へ買い出しに行き、一日三度細かなメニューを不平も言わずに整え、毎夜晩餐会の開催に努めます。月一回の給料以外、一〇ないし二〇メキシコ銀貨ドルの範囲で手当が支給され、食費や下宿代に充《あ》てられます。緊急時にはコックの同業仲間は互いに助け合い、予想された客の倍の人数の料理を突然用意するよう命じられても、万事奇跡的に仕事をこなします。当のコック本人は臨時に魚を借りるため同業仲間へ走り、別の同業者にはメイン料理、サラダ、菓子を頼み、さらに主催者として卓上に食器類をセットします。独身男性のホストは、鮮やかなリンネル［薄麻織物］のテーブル掛けにびっくりし、さらに簡潔なコックの一言によって銀食器の配置とたくさんのコース料理の品々がホストの前で展開し、ますます驚きます。しかも、あらゆるものが近隣の施設からかき集められたことを後で知らされます。よその家庭の宴席に招かれたりすると、なんと、テーブルに自分の重ね頭文字の印や紋章を発見します！

優雅な独身男性は、他の居留地とは比較にならないほど快適に家を維持し、トラブルなく客の歓待ができます。この地の遊蕩児《ゆうとうじ》は、衣擦《きぬず》れする着物姿のボーイが自分の分身以上に気がきくので、とても満足しています。しかも柔らかい声の阿媽《あま》（メイド）は女性特有の明るさにあふれています。この国の音楽的言語は国民の魅力を大いに高め、おしゃべりする召使はイタリア語で会話を楽しんでいる風です。

ミカドの招待状

明治維新後、多くのサムライ（武士階級）は余儀なく家事関連の雑役に従事しました。私の泊まっているホテル「クラブ・ホテル（横浜海岸通り）」にもサムライがいて、箒《ほうき》や塵取《ちりと》りを手にし、横浜の同業組合の制服である濃紺のタイツ、すべすべしたチョッキ、短いシャツを着ていますが、風貌《ふうぼう》はローマ帝国の元老院議員そのものです。

帝《ミカド》から園遊会の招待状が届いたとき、このローマ帝国の臣民タツ［辰？］に翻訳を頼みました。彼はそれを恭《うやうや》しくお辞儀して受け取り、何度も息を吸い込み、独り言で数行つぶやいてから、おもむろに「水曜日午後三時、朕《ちん》は貴女との会見を望む」と訳しました。

ある日、骨董商が磁器を置いていったとき、こういった買い物に鑑識眼のあるタツは、いつものごとく私の都合を見計らって、自分の役目を果たすかのように片言英語で、ゆっくりこの古い器を解説し、マークや品質、さらに特別な実例として青磁《せいじ》、白磁《はくじ》の所見を述べました。彼は刺繡《ししゆう》工芸や絵画にもよく通じ、しかも日本の警句や寓話《ぐうわ》の生《い》き字引《じびき》です。おまけに朝鮮靴一足から古代日本と朝鮮の関係、同時代の歴史概要まで講義してくれたこともあります。

世界融合の港町

横浜開港場の社交生活には、英国、欧州大陸、東洋の習慣が気持ちよく溶け合っています。特異な偶発事故［生麦《なまむぎ》事件］を起こした〝絶対に誤りなきブリトン［英国］人〟は、地元の急変する気候や環境下での生活を最小限の努力で本国と同じ状態に変えました。社交界のエチケットや時間的慣行は英国そのもので、大方の米国人居住者は英国人以上に英国的です。ジョン・ブル［典型的英国人］は、無謀にも熱帯地方や南北の極地にまで自前の牛肉《ビーフ》とビールを運び込みました。このためジョナサン［米国人］は、英国人の面前で自国の大好物パイの放棄を宣言し、続いて〝guess［信じる］〟〝cracker［クラッカー菓子］〟〝trunk［荷物入れ場］〟〝baggage［手荷物］〟〝car［車両］〟〝canned［缶詰］〟なる米国的英語も廃棄しました。東インド会社一〇〇年の経営経験からブリトン人は、最高の生活システム、暑いマラリア熱帯地で注意深く暮らす方法を学び、その結果この人種は、日本国内でもたいへん見事に繁栄しています。

横浜、神戸、長崎の小さな外人共同体での居住者の興味は、郵便袋の中身、社交界の出来事、食事や衣装に関する楽しい話題にあります。日常の刺激や事件、西洋の美術、音楽、演劇に富む大きな外人共同体とは違いますが、この狭苦しい社交界でも自然に発生する派閥や党派抗争があって、けちな目標に明け暮れます。気分をかえ、多少なりともニッポンに興味を持つなら、自分たちの異国生活はもっと面白く展開するでしょうに！

ところが今の状況は、私のような新参者の熱心さとは大違い、古い移住者には妙な保守的優越感があって、遊び半分くたびれもうけの態度で耳を貸すのもやっとです。外人居住者の誰も、日本の雰囲気、歴史、宗教、あるいは政治状況に馴染《なじ》もうとしません。横浜や東京に住む数百人もの宣教師が、もっと積極的に外人居住者と交流したなら、お互いのためになることでしょうに……。しかし、この外国の二大集団はめったに接触しません。宣教師は自分の殻に閉じこもり、よその治外法権の人びと［居留地の外人］の暮らしぶりを見ては、ぎょっとし臍《へそ》を曲げます。二つの集団は互いに不明朗で極端な偏見をまき散らし、このため日本人の中でも、双方に反発する空気があるくらいです。

世間から見れば、東京と横浜は一つの運命共同体です。二つの都市は一八マイル［二九キロ］の鉄道で結ばれ、社交パーティーの訪問や招待にはとても便利です。東京の大臣が舞踏会を催す際、特別夜行列車で横浜の客を送迎します。これは港町の社交クラブや海軍士官が歓待される際のサービスと同じです。全世界の艦隊の出入りは、活気と変化を社交界にみなぎらせます。増加する観光団とともに王子、君主、さらに名士も絶えず来航し、列強に圧迫されている弱小国の著名人の訪問も数えきれません。シンガポール以東のアジア全域の港に住む欧州人は、日本を観光地、夏の保養地、療養所として利用しています。

ところで、〝地球駿足《しゅんそく》ツアー〟として有名な国際観光団は、居留地の永住者にとって歓迎できない化け物です。気前のよい洗練された饗応が往々にして付け込まれます。この観光団のほとんどが、縁薄く理解の浅い居留地のホストに対し横柄で慇懃《いんぎん》無礼《ぶれい》なため、旅行社から紹介状が回ってくると、恐怖感でぞっとします。

今や、若い放蕩《ほうとう》息子を大型帆走船《はんそうせん》でホーン岬［南米最南端の岬］回りで日本へ送り出すことは、息子が改心するよう祈る両親にとって共通の願いです。若い新参者は例のブリック型やバルク型の帆船でやってきたことを白状した後、放蕩児扱いされたり嫌われたくないなら、来日理由を「病弱なために静養に来ました」と言い訳するのが一番です。

軍楽隊の演奏、竹細工や万国旗の飾りによって、舞踏会は限りなく華麗になります。ピクニックや団体ツアーが年中活況を呈し、軍艦デッキでは晩餐パーティーや舞踏会がひっきりなしに催されます。

伝票支払い

東インド会社の社員の工夫によるチット（伝票）とチットブック（伝票帳）は、小切手として大半の日本人召使にも利用されています。一般の外人居住者はほとんど現金を持ち歩きませんが、購入品は何でもメモ書きをして、現金代わりにそれを販売者へ手渡します。これらの伝票は月に一度清算されますが、このシステムは支払い能力以上のサインを伝票に書いてしまう誘惑にかられ、家計が赤字になる危険性があります。

この種の勘定清算管理は中国の港町では、かなり一般的に普及しています。誰もが鉛のようなメキシコ銀貨や地方銀行の汚いぼろぼろ紙幣を受け取るのを嫌います。銀行にある自分の伝票帳に銀行引き落としの相手に向けメモ書きをし短信を伝言します。伝票帳に宛名書きされた相手は、銀行から現金を引き出し、伝票帳に受領印代わりの頭文字サインをしたり返事を書いたりします。こうして金融組織全体が伝票帳で出納管理されます。ただし、本人の不注意な記入や返事は、詮索《せんさく》好きな人にもオープンですので、トラブルの発生源になったりします。

夏、暑いからといって、社交界の活動が鈍ることはありません。テニス、乗馬、ボート漕《こ》ぎ、海水浴などさまざまなスポーツが可能です。七月や八月でも舞踏会や小規模のダンスパーティーがあります。山あいや海沿いにある高級ホテルや茶屋では、かなり涼しい気分を味わいながら保養できます。

夏季休暇中、数組の外人家族が横浜近郊の寺を借りて、日本の伝統的生活とアディロンダック［米国ニューヨーク州の山岳保養地］風キャンプ生活の中間的ムードに浸りました。聖なる紋章飾りや寺の付属品が中央祭壇所に移されて、家族のために広々と本堂が開放され、好きなだけ個々の部屋に間仕切りできました。さらに住職は仏像や飾り物を高い棚に安置してカーテンで隠し、すべての部屋を異教の借家人へ引き渡しました。一つの例として、奥にある幅の広い厨子《ずし》は食器棚となり、金箔《きんぱく》のブッダ像や観音像は酒瓶、ワインの食卓用ガラス瓶、グラスに居場所を譲りました。なお、同じようなある寺では、祭礼日に参拝する信者の祈禱《きとう》のため、借家人は一時的に祭壇のある部屋を譲ることもあったそうです。

第四章　横浜の近郊

横浜近郊には、他のどの居留地よりも景色がよく面白い場所がたくさんあります。徒歩旅行、乗馬、馬車旅行、鉄道遊覧、サンパン舟の旅など変化に富んだ遊びが無尽蔵にあります。

神奈川地区の正式な東海道は湾岸の縁をたどり、二重の家並みや壮麗な松の木陰《こかげ》を抜けていきます。神奈川海岸通り裏側には、半ば荒廃した古刹《こさつ》・豊顕寺《ぶけんじ》［神奈川区三ツ沢西町］があり、まれに開かれる祭礼日には参拝者、浮かれ者、屋台で込み合います。また静かな日は、外人お気に入りのピクニック・コースとなります。

生麦事件

神奈川を過ぎ東海道を上るとリチャードソン［生麦《なまむぎ》事件の被害者］の碑があります。彼は一八六二年［文久二］九月十四日薩摩《さつま》の大名［島津久光］の行列に遭遇して斬殺《ざんさつ》されました。その日、外国人は東海道に近寄らないように警告されていたにもかかわらず、無鉄砲なブリトン［英国］人たちは、故意に大名行列の中を馬で横切りました。この侮辱が原因で、彼らは家来《けらい》によって攻撃され重傷を負い、リチャードソンは道端で絶命し、他の仲間は逃走しました。行列が通り過ぎたとき、一軒家から若い娘が走り出て死体に茣蓙《ござ》をかけました。さらに夜間自分の家に運んで弔《とむら》い、友人らが引き取りにくるまで隠していました。日本文字で追悼文の刻まれた石碑が、リチャードソンが倒れた地点に立てられています。事件以来、親切な黒い瞳《ひとみ》の娘スーサン［鈴さん？］の茶店は、外人たちのお気に入りの名所となり、彼らは乗馬や馬車でやってきました。その娘さんはつぶらな瞳、鷲鼻《わしばな》を持つローマ人的容貌の背の高い女性で、ヒロインとしてぴったりです。特に乗馬散策者たちは茶店に立ち寄り、茶、鰻《うなぎ》、車えび、蛤《はまぐり》、落花生、カステラ、ビールを求め、スーサンに会うことに御執心《ごしゅうしん》です。ところで、リチャードソン殺害事件は、鹿児島砲撃と賠償金一二万五〇〇〇ポンドという報復を招きましたが、彼女は賠償金から分け前をもらうことはありませんでした。

一説によれば、スーサンのいる浜辺は日本版リップ・バン・ウィンクル［浦島太郎］が舟と網を残した地点です。太郎は亀に乗って海の王様の宮殿［龍宮城］へ行き、また亀に乗って同じ場所へ戻ってきました。そして砂浜で海の王様からもらった玉手箱を開けました。すると薄い煙が太郎を包み、そのせいで歳をとりました。しかも彼の両親は、一〇〇年前に亡くなっていたのです。漁師らは彼の不思議な話を聴いて、領主のところへ連れていったそうです。この不思議な話にまつわる太郎は、今もなお、扇、箱、皿、花瓶、袱紗《ふくさ》に描かれ、その中にずっと生き続けています。

川和《かわわ》にて

川和の菊

豊顕寺から内陸へ一〇マイル［一六キロ］ほど行くと、小さな村・川和《かわわ》［都築区川和］があります。そこの村長は菊の蒐集《しゅうしゅう》マニアとして有名で、秋の巡礼の大きな目標となっているくらいです。川和コレクションは何年間にもわたり名声を博し、所有者は菊のために身も心も捧げ、その情熱は冷めることなく不屈の道楽者として知られています。小さな丘陵の頂きにある黒門を抜けると、前庭のある立派な藁葺き屋敷に着きます。黒塀内部に集合する建物群は、封建時代の雰囲気をしっかりと漂わせています。筵《むしろ》小屋が屋敷正面に並び、その中に貴重な花を入れて守っています。花はみな、兵隊のごとく整列し、よく見ると先端を広げて咲く花々は、だらしないほど大きな巻毛状の花びらを持っていて、ライラック色、ピンク、バラ色、あずき色、金、オレンジ、淡黄、白雪とさまざまな色合いがあり、どれも濃淡がはっきりしていました。そこには最も美々なる料理で、私たちがサラダにして食べる黄の花びらもありました。台所にある金箔皿は、まるで主人がいつも楽しんで作るおいしい御《ご》馳走《ちそう》を待っているようです。また長寿を祈り惨禍《さんか》を未然に防ぐため、盃《さかずき》へ黄の花びらを落とす様子もうかがえます。川和の向こうには豊かな絹の生産地があり、全地区が倹約精神と心地よいムードに包まれ、養蚕共同体特有の繁栄の印《しるし》が感じられます。

横浜の小川［堀割川］がミシシッピ湾［根岸湾］へ流れ、その下流にある根岸の対岸から漁村・杉田［磯子区杉田］が見えます。梅や桜の林の中に古刹［妙法寺］があり、二月と四月の梅や桜の咲く時期、ここでも日本二大花の祭典が祝われます。三日月状の水辺にある杉田村の絶壁の上からは、湾岸とともに緑に覆われた無数の険しい岬が望まれ、とても美しい眺めです。

日本の家族は、見晴らしのよいところが好きで必ず出かけ、最小単位の住居空間である筵の掛かった建《た》て場《ば》（簡易小屋）でキャンプをします。そこには木炭火鉢、土瓶と五、六個の茶碗セット、緋毛氈《ひもうせん》を広げた低いベンチが二、三脚備えられています。山水庭園や景観に一見識もつ国民の情熱は、絶えず美しい景色の見渡せる場所を探し回って確保します。日頃倹約家の主婦も、家族の子供らと一緒に心地よい場所をとるためたくさんの銅貨を払い、山道を行くハイカーに明るい声をかけます。日本人であろうと外国人であろうと、日本は旅行者にとって特別の国です。日本の至るところに、山登りしたり、渓谷で釣《つ》りをしたり、狩猟のため山奥の窪地に身を隠したり、水辺に張り出した狭い岩棚に腰掛けたりできる場所がありま す。旅をする誰もが茶店や夏の山仲間、囲炉裏《いろり》の上でやかんがちんちん沸《わ》いている建て場に出合います。また、どこでも湯水、茶、米、果物、卵、茶碗、皿、グラス、コルク栓抜きが簡単に手に入ります。これが当たり前だと思い、清潔な日本の茶屋や居心地よく景色の見渡せる簡素な建て場に慣れ切った旅行者には、この後中国へでも追放されたら、その有り難《あがた》みがよく分かるでしょう!

杉田梅林

杉田の梅林は一月に芽が吹き、穏やかな日々と暖かな陽射《ひざ》しに促されながら咲き始め、二月最後の週、ついに星のように輝く白い花が、枯れたような枝々に雲霞《うんか》のごとく咲き乱れます。花咲く梅は、しばしば大地に積もる雪のように見え、古い陶磁器に描かれるサンザシ風の模様、池や庭園の小さな湖に張る薄氷に花びらが落下する情景は、まさしく日本の伝統的描写です。梅は詩人の木であり、長寿の象徴でもあります。苔《こけ》の生えた頑《かたく》なな瘤《こぶ》だらけの枝々に白雪のように咲く姿は、人間のように血液の流動を促す心臓が鼓動していることを示します。盆栽の梅は新年になると、どこの家庭でも飾りとして利用し、これを贈ることは友人の長寿を願うことです。梅の花は新鮮で捕らえにくい繊細で特有の芳香を有し、暖かい太陽と開放的青空の下で人を酔わせます。でも、長く締め切った部屋の中では重苦しくなり、その匂いに飽きます。梅の開花は春一番の前触れです。毎年決まって宮廷貴婦人、たくさんの皇族方、偉い役人が杉田梅林へやってきて、山手地区の下に咲く花のうねり、古刹門前のピンクや深紅の雲海に包まれた梅林を見物します。梅の最盛期が過ぎると、杉田は全く無視されます。緑茂る絶壁を背景に湾の曲線部に位置する小漁村はいつも平穏で、ペリー提督の艦隊が錨《いかり》を下ろし、突端部を条約岬［本牧鼻《ほんもくばな》］と名付けた当時そのままです。

梅の咲く頃、杉田はお祭り気分に包まれます。茶店が開き、建て場が次々と大地から芽吹き、さらに緋毛氈の敷かれた低いベンチが木立や案内板の間に置かれ、パリの並木道によくある鉄製のテーブルや椅子《いす》がところどころに心地よく配置されます。海岸にはサンパン船団が浮かび、人力車が丘陵を一列になって進んでいきます。信心深い巡礼が徒歩で訪れ、遠乗りの人馬が堅く長い砂浜を走り過ぎます。時折この小寒村は一日数千の訪問者でにぎわい、綺麗《きれい》な姐《ねえ》さんや茶店の可愛い娘が観梅客を歓迎したり、道中の安全を祈って送り出したり、緑茶や羊羹《ようかん》を持ってパタパタと忙しく走り回ります。娘らはみな薄着で、ゆったりした長袖姿、飾り立てた髪型、内股《うちまた》歩きで働き、古風で趣ある不思議な魅力にあふれ、ほんとに興味尽きない〝生きた人物画〟です。

あふれ返る群衆にもかかわらず、万事礼儀正しく穏やかで、しかも秩序立っています。花の咲く木の下、夢想と恍惚に没我《ぼつが》して座り、梅の歌を書き、短冊を枝に結ぶこの洗練された人びとにとって、これ以上の歓喜はありません。理想郷の中で春の詩歌は無視されることなく、テーマを冗談半分に扱うこともありません。そよ風は短冊を優しくあおぎ、吊り下がっている状態を目立たせ、行き交う人に読まれてゆきます。しかし、それは不滅ではありません。最初の猛烈な雨が紙片を濡らし萎《しな》びさせ、すぐ残骸となって大地に落下し、消えてゆきます。

ちょうど、山門の外側に梅の老木があり、樹齢は伝説の中に包まれています。湾曲した大枝、柱に支えられた枝々は、淡ローズピンクの重厚なピラミッド状の花の塊に耐え、さらに外側の大枝は枝垂柳《しだれやなぎ》のように垂れ、花はバラ色の雨の滴《しずく》のように滑り落ちて見えます。詩人や貴族、空想家や巡礼、人夫、漁師、偉くもない外人［シドモア女史］、彼ら全員が愛《いと》しい老木を賞賛し、長く広がった大枝には賛美の短冊がひらひら舞っています。古寺の藁葺き屋根周辺全体に梅が林立して、よい薫《かお》りを漂わせ、白雪、極淡黄、バラ色、カーネーションのような深紅の梅が、その色合いを競います。

古寺の背後を守る丘陵には墓地、墓石、卒塔婆《そとば》が群がり、太古の樹林の陰にもつれる蔓草《つるくさ》の中に、苔むしたブッダ像が穏やかな表情で静かに鎮座しています。丘の頂きに幅広く枝を伸ばした一本松は、陸地の目印として有名です。そこからは花環に包まれた村、岬から岬へ曲がる黄金の弓形海岸、さらに数百艘《そう》の四角い白帆のきらめく青い湾を見渡すことができ、詩作と空想の格好の場を提供してくれます。外人観光客は、そこで昼の弁当を広げます。食卓談義、食材の満足加減、暖かな陽射しと午後の天気が話題となり、開花した梅の柔らかな匂いは、ピクニック一行の飽くなき食欲を助け、ますます煽《あお》る結果となります！

日本でもこの辺りは何事も古く、寺院、神社、絵のような村落が豊富にあり、網の目のように狭い道や日陰の脇道が、とぎれなく美しい森を抜けていきます。藁葺き屋根の棟木には百合の花床があり、これらの屋根は、荘厳な竹林、生命力旺盛な梅、背の高い赤く樹皮の剝《む》けた日本杉、曲がった松、節だらけの楠《くすのき》の陰に隠れていますが、方々でハイカーの目を楽しませてくれます。

絵のような鳥居《とりい》の列を抜けていくと、朱塗りの神社にたどりつきますが、その祠《ほこら》は貂《てん》の檻《おり》ほどの大きさもありません。鳥居とは、あらゆる日本的風景や絵画の一部として構成される骸骨門《がいこつもん》です。この神社にあるブッダの石像群はあちこち壊され、鼻を欠き頭を失い苔むしたまま鎮座し、さらに石碑や石灯籠《いしどうろう》が生垣や土手に群がったり、森のはずれに寄り添ったり、またあるものは田圃《たんぼ》の角々《かどかど》に立っていました。

峰のモグサ

日一日と春の訪れが鮮明となり、大地は自然界の緑のマントに一面覆《おお》われ、快活な梅や桜の開花、暖かく柔らかな陽射し、壮麗な色合いが美を演出します。そして秋となり、その明るく澄んだ大気はいっそう清朗です。数週間続く好天によって夏の猛暑も忘れ安らぎ、彼岸の嵐の後、四ヵ月間は安定した小春日和《こはるびより》が続きます。富士ヤマはますます白く輝き、冬将軍の恐怖を思い浮かべることもなく、肌を刺激する外気も心地よく、身が引き締まるだけです。楓《かえで》の葉が変化し、バラが二度目の花を咲かせ、〝色、豊かさ、薫り〟の点で〝六月咲きバラ″の絢爛《けんらん》さを超える頃、日本の秋は典型的地上の楽園となります。谷あいはすべて黄金の刈穂に満ち、全山腹は絢爛たる群葉の競い合いとなります。柿の木が大きな黄金の実をいっぱいにぶら下げ、海と空は鮮烈なブルーに彩られ、秀峰富士がはるか西の空に輝きます。黄の切穂の中で白い茸帽子《きのこ》を被《かぶ》った青い作業服の農民が働き、農家の前で男女が殻竿《からざお》を振り回し、筵《むしろ》に広げた穀物を打っています。稲藁《いなわら》を美しい束にし、新年の房飾りのように交差して棒に結んだり、幹の周りに首輪状に積み重ねたりします。瞑想的《めいそうてき》な牛が尖《とが》った棒状の原始的犂《すき》を引きながら、新しい種蒔《たねま》きのために土をほぐしてゆきます。三毛作の最初の麦の緑の芽が、梅を開花させる暖かい冬の陽射しを首を長くして待っています。

杉田の上はミネ地区［磯子区峰］となり、背景に緻密な松林、前景に竹林の映える山の頂きに寺［円海山護念寺］があります。モグサ［灸］の医療効果に自信を得た老僧が、あえて町から離れこの地で治療に専念しています。ナイフの刃のような尾根に這《は》う狭い馬道を数マイルほどたどって行くと、海、浜辺、青い箱根の山並み、勇壮なる番兵・大山《おおやま》、その向こうに富士といった具合に見事な景観が次々と展開します。ミネの高い尾根は海へ突き出て大きな岬［三浦半島］の背骨となり、斜面の一つは江戸［東京］湾へ、別の斜面は小田原［相模］湾へと下っています。無数の漁船の四角い帆が青い水平線に斑点《はんてん》を付け、海上の景色を趣あるものにしています。山道は封建時代の古い馬場《ばば》や的場《まとば》を越えて突然曲がり、最後に松林へぶつかり、馬蹄《ばてい》が厚く乾いた松葉の絨毯《じゅうたん》に音もなく踏み入ります。この薄暗がり、清涼感、静寂さは、まるで洞穴にいるような雰囲気を醸し出し、さらにベルジル［古代ローマの詩人］やダンテ［イタリアの詩人］が、あの世を訪ねる前にさまよった森のごとき厳粛さを漂わせていました。

急な下り坂がつるつるした粘土質の小道に突き当たり、さらに道は憂鬱《ゆううつ》な暗闇を抜け、片側から低い伽藍《がらん》の見え隠れする寂しい森の空間まで、馬の乗り手を導いていきます。この境内には羽のように軽い大きな竹の群葉が密集し、楓の大枝が美しい葉を輝かせ、枝先まで鮮やかな真紅に染まっています。紅葉狩を楽しむため僧侶らが酒樽《さかだる》を運び、家の雨戸（外側の鎧戸《よろいど》）をテーブルにし、寺院や僧房のさまざまな小道具をベンチ替わりにしている隙《すき》に、この広い境内をさまよいながら森を抜けると、二つの湾［東京、相模］の全海岸線と谷間全域が視界に飛び込みます。沿岸からはるか遠く大島の活火山が、円柱状に噴煙を立ち上《のぼ》らせていました。

森から元気な巡礼グループが、おしゃべりをしながらやってきてワラジを脱ぎ、足を洗って寺へと消えます。中では老僧が患者の背中に神聖な文字を書き、付添人に練《ねり》モグサの塊を置く位置を示しています。別の付添人は患者の列に入り、円錐形のモグサに火をつけます。ゆっくり赤くなって燃え、数秒間の苦悶《くもん》とともにジューと音を立て肉体から煙が上がります。僧侶がお経を読み、勘定を計算する間、病人は呻《うめ》き声《ごえ》を抑え堪《た》えます。それでも、パリ人民の白熱アイロンで焦がす拷問《ごうもん》に比べたら、モグサ治療は快適なほうです⁉

ミネの僧侶は練モグサの秘密処方によって長い間寺の人気を保ち、その収入をモグサだけに頼っています。日本人はリューマチ、腰痛、中風をモグサ治療に委《ゆだ》ね、痛み、病すべてこれに頼り、ときどき労務者の背中や脚に、鮮やかな模様が残っているのを目にします。

浦賀のミズアメ

ミネ［峰］の突端からの見晴らしのよさは格別で、まっすぐ湾の向こうにある鹿野山《かのうざん》［千葉県］からの眺めに匹敵《ひってき》します。鹿野山は長い舌状の陸地［房総半島］にある最も高い山です。そこには壮麗な古刹［神野寺《じんやじ》、聖徳太子創建］があり、めったに外人は訪れませんが、この栄光の地で九十九谷《くじゅうくたに》、江戸湾、太平洋、さらに不変不動の富士ヤマの景観が堪能できます。日本人はみな、自国の有名な風景に精通し、九十九谷や数千本の松の衣に覆われた島々・松島［宮城県］の話に及ぶとパッと目が輝きます。

横浜から一五マイル［二四キロ］南へ下った横須賀には、米国のアジア艦隊も恥をかくような立派な艦隊とともに日本政府の兵器工場、海軍工廠《こうしょう》、乾《かん》ドックがあります。政府は海軍艦船の建造と購入の両方を実施し、ある軍艦はこのドックで造り、また別の軍艦は英国グラスゴー造船所に建造させています。

浦賀へは、横須賀から海岸沿いを蛇行《だこう》しながら走ります。ミズアメ［水飴］、つまり粟蜜《あわみつ》を作っている浦賀の町は、港沖にペリー提督が最初に錨を下ろした所として二重に有名です。まるで絵のように可愛らしく清潔なこの町は、琥珀色《こはくいろ》の甘美な菓子の生産に専念し、店構えの古い老舗《しにせ》が優れた品質の水飴製造を三〇〇年以上も変えずに続けています。まず、米と粟を搾《しぼ》り、蒸して湯水と麦芽を混ぜ、数時間そのままの状態で放置すると、やがて澄んだ黄の液体が抽出《ちゅうしゅつ》されます。さらに濃いシロップ状や糊状に煮詰めたり、あるいは固い球体状に型取りできるまで煮詰めます。この製品は気象に左右されない日本最高の甘味菓子で、半液状の飴は箸《はし》に巻き付け四季を通じて嘗《な》められます。古く褐色の水飴であればあるほど良い品となり、バタースコッチ菓子の究極品、東洋の栄光・タフィ［落花生入りの糖菓］と呼んでもおかしくありません。また、これは健康によく効く食品として勧められ、今では「胃弱や肺病には、特に有効性あり」と日本在住の外人内科医にも認知されているほどです。日本のどこで作られようが、この薬用水飴は浦賀特産です。老舗による長年の研究と秘伝が浦賀のミズアメを産みました。他の産物にたとえれば、コーディアル酒［リキュール］とか、ワイン仲間のグランデ・シャトルーズ酒やシュロス・ジョアンニスベルゲル酒と同等の評判を得ています。大道芸人は小さなパトロン［子供］のために水飴を捏《こ》ねてペースト状にし、パイプで吹いて無数の幻想的形を創造します。また特筆すべきは、最高級の大宴会はもちろんのこと、天皇の食卓にも登場し、幻想的花となってあらゆる御馳走を華やかに飾り立てていることです。

第五章　鎌倉と江ノ島

鎌倉の大仏

かつての偉大な都市・鎌倉には、栄枯《えいこ》盛衰《せいすい》にふさわしい歴史が残っています。現代のヤンキー［米国人］は、ロンドン橋に立った思慮深いニュージーランド移民の感慨〝本国の古い歴史に遭遇した帰国移民の感動〟と似た思いにとらわれることでしょう。そうはいっても、ここ中世期の軍事首都は、斑点状《はんてんじょう》の水田や粟畑《あわばたけ》に全く溶け込んでいます。観光客は鎌倉の栄光を生んだ将軍、執権、英雄の載ったガイドブックを見ながら、多音節の日本人名が登場する物語と必死に格闘します。彼らの活躍した壮麗な舞台、軍事野外劇場の孤立した広がりには、いまだ五〇万の人口が引き付けられ、ずっと変わりなく住んでいます。

鎌倉平野は半円形の丘陵でくくられ太平洋に面して広がり、寄せては返す大波が壮大な二つの岬の間に長く伸びた黄砂の浜辺を打ち砕いています。衰退の数世紀間、偉大なるブッダのブロンズ・大仏は、鎌倉が全く闇の中に消える状況から救い、浜辺の奥半マイル［〇・八キロ］の小さな谷あいに御座《おわ》します。〝アジアの光〟［英国の詩人、エドウィン・アーノルド卿（一八三二―一九〇四）による釈迦《しゃか》の史詩］、ブッダは蓮華《れんげ》に座り、頭部は黙想で前屈みになり親指を合わせ、顔は慈愛あふれる穏やかな表情をしています。ここは日本の観光でも数少ない得意な見せ場の一つなのに、配置場所が悪く適切な門もありません。日光の楼門《ろうもん》や五重塔のように、長い並木道の先、大空に向かってシルエットを描くのであれば、偉大なるブッダ・大仏は、もっと堂々と見えることでしょう。

大仏の胎内には高さ四九フィート［一四・九メートル］の礼拝堂があり、線香がもうもうと漂う中で凹凸だらけの青銅の壁面を見ると、チョークで書かれた旅人の名前が読み取れ、功名心あふれる連中が僧侶の目を盗んで自分のサインを悪戯書《いたずらが》きしたことを物語っています。大仏は錫《すず》とわずかな金の合金を銅と混ぜて鋳造《ちゅうぞう》されました。参観者は、その合わせた親指と両手の上で記念撮影をするため、よじ登ってポーズをとります。手の部分は黒っぽい美しい色調の青銅として入念に磨き上げられていますが、残りの部分は、いずれも風雨のため変色して冴《さ》えず、広い表面は巨大断面を結合した継ぎ目を露《あら》わにしています。

境内《けいだい》には美しい山水庭園、梅の咲く築山《つきやま》があり、楼門には皮膚病を患った人が寺の景色の一部となって違和感なく溶け込み、ブッダは静かな境内で穏やかに沈思黙考《ちんしもっこう》しています。僧侶の写真技術は寺によい収入をもたらし、三〇〇年前建っていた大切な仏像のカバー、大仏殿を再建するための基金が少しずつ増えています。六〇〇年間、黙想する聖なる大仏は数多くの災難に堪《た》えてきました。地震が体を前屈みにし、蓮の台座をずり動かし、さらに津波が二度襲来し避難所である寺院を破壊しましたが、青銅の重さと厚みのおかげで、辛《かろ》うじて仏像そのものの損壊は免れました。

鎌倉は、歴史的土地柄として神社それぞれに伝説がまつわっています。偉大なる軍神・八幡を祭る神社［鶴岡八幡宮《つるがおかはちまんぐう》］にある創建当時の遺物は、残念ながら一片のかけらだけです。その本殿は石垣を高くめぐらした高台にあり、そこに立つと、広い参道［若宮大路（段葛《だんかずら》）］が一マイル半［二・四キロ］先、海へ向かってまっすぐ延びている様子が眺められます。この裏手は源頼朝の墓や彼の忠実な家来、薩摩《さつま》やエリートの大名の洞窟墓所［島津忠久、大江広元の墓］があります。そして神官は頼朝の刀剣、御神体の刀剣、家康の兜《かぶと》、家光の弓を厳《おごそ》かに祭っています。

春の鎌倉は、とても楽しい保養地となり、まぶしい海浜の気温と天候は、横浜や東京とはやや異なっています。夏になると、安定した南風や季節風が太平洋からまっすぐ吹いて、ホテル［海浜ホテル］と海辺の間にある松の梢《こずえ》は、物思いにふけったような風の音で一日中さざめき、妙《たえ》なる調べを奏でます。冬、この一帯は広々と開放され、太陽は燦々《さんさん》と輝き、温かな海水の風呂、魅力的ウォーキングやヨット帆走、由緒ある社寺、加えて愛らしい村が大勢の観光客を呼び寄せます。

明るい春の朝、男、女、子供らが海藻を集め、砂浜に乾かすために収集物を広げ、乾燥後は米国のアイスランド苔《ごけ》と同じ美味な食べ物に変わります。農民と漁師の双方がこの塩辛い収穫物を集め、嵐の後は一家総出でこんぶの漂流物や漂着物、さらに海産物を拾い集めます。漁村に住む裸足の娘らは頭に青木綿の布切れを巻き、籠《かご》を背負って渚沿《なぎさ》いに歩き回り、子供らは泡立つ波の内外に突進し、赤ちゃんは満足気に砂浜を転げ回ります。大人や少年たちは、膝まで漬かって水辺を渡り歩きますが、明るく暖かい陽射しにもかかわらず、水温は華氏五〇度［摂氏一〇度］以下なので、砕け波に一日中漬かり、ずぶ濡れとなる作業は過酷です。婦人たちは海藻の山を選《え》り分《わ》け、合間に滴《しずく》の垂れる旦那衆へ何杯もの緑茶と御飯、魚の切身を運んで一生懸命世話をやきます。万事晴れやかで美しく、誰もが笑いさざめき幸せそうです。鎌倉の庶民生活は歓喜と豊漁に満ちあふれ、少しも暗い面はありません。

日本の貧しい家庭は窮乏状態ですが、世界のどこの文明人よりも慎ましい財産から、多くの娯楽を引き出し享受しております。木綿着をほとんどオール・シーズン着込み、冬の寒風が剝《む》き出《だ》しの手足を刺し、厚みのない着物を突き通します。さらに夏の猛暑が身を責めますが、彼らは禁欲的おおらかさで過酷な環境に堪え、素晴らしい春と秋を快適に謳歌《おうか》します。藁葺き屋根、畳、わずかな綿詰め布団のそれぞれが、労働者階級の雨宿り、敷物備品、寝床として使われ、食事の献立は米、粟、魚、海藻で構成されます。貧しい農民は田畑に育つ年三回の収穫を目当てに、四〇フィート［一二メートル］角の小さな土地を耕して家族を養い、また漁民も日本近海を遊泳する三六〇種の食用魚介のおかげで飢え死の心配はありません。しかも、生活や環境に関する徹底した衛生観念は、裕福な家庭と同様、貧しい家庭の習《なら》い性《せい》となっています。

江ノ島

鎌倉の黄金弓の湾の向こう側に、もう一つの砂浜・片瀬海岸があり、その目の前に日本版モン・サン・ミッシェル［フランス西部の島］、江ノ島がそびえています。江ノ島は満ち潮になると島になります。陸へ向かう方向以外は、すべて絶壁のように海上から切り立っています。絶壁正面は切り裂かれ、深い森に覆われた峡谷となり、谷間は引き潮の際、浜辺とつながって長い砂州となります。

他の伝説的な島と同様、江ノ島もわずか一晩《ひとばん》で海から隆起しました。島の守護神は七福神の一つ、女神・弁天《べんてん》です。弁天サマは山頂まで森に覆われたこの島のすべての祠《ほこら》で、また海からも見える深い洞窟［岩屋］で礼拝されています。たくさんの日陰の小径《こみち》や苔《こけ》むす階段が愛らしい茶店や建て場へと促し、そこにはベンチ、元気づけの茶もあって、魅力的風景が展望できます。どこからでも雄大な姿を見せる富士ヤマにとって、近くの浜辺、太平洋の無限の海原、小田原［相模］湾の壮大な曲線美は、最高の舞台装置となります。

江ノ島山頂は、英国の〝アーデンの森〟に匹敵する優美な色合いの魅惑的場所です。峡谷の斜面の一本道には、茶店、貝殻細工店が立並び、巡礼の小旗や幟《のぼり》がヒラヒラしています。貝殻加工の笛、匙《さじ》、玩具《おもちゃ》、装飾品、簪《かんざし》が並び、さらに見事な桜の花をちっちゃなピンクの貝殻から作り、天然の枝や小枝にしっかり留めた飾り物も売っています。

江ノ島の魚介類の晩餐《ばんさん》は有名で、調理場の天才である日本人は指定した以上に、たくさんのおいしい魚料理を出してくれます。神社境内にはたくさんの建て場が立ち、あるものは崖っぷちにうまくバランスをとりながら店開きをし、そこでは巻貝［サザエ］が食用亀のように黒いシチューをあふれさせ、炭火でぐずぐず煮られています。この食べ物は魅惑的匂いを発散し、巡礼団はインク色の塊を箸で一口摘《つま》んで味わっていますが、外人向け日本食リストには「日本料理によくあるニカワ質系統の無味乾燥な料理」と酷評されています。江ノ島の海の珍品は、海亀のように巨大な蟹《かに》です。鋏《はさみ》の長さは端から端まで一〇フィート［三メートル］もあり、ものによっては一二フィート［三・六メートル］にも及びます。この甲殻類は夜間、砂浜を遊歩するといわれ、目は燐光《りんこう》を発しぎらぎらしています。もう一つ面白い日本の蟹、ドリーペ・ジャポニカ［平家蟹］は瀬戸内海でとれます。甲羅の背に人面がはっきりと印され、「この生物は勝利者・源氏によって海の中へ追われ、悲運に殉《じゅん》じた平家一門のサムライの魂の化身《けしん》である」との伝説がまことしやかに流布しています。誠実な信奉者の間によく知られた追善供養《ついぜんくよう》のシーズンには、この武士の霊魂が無数に海からやってきて、月明かりの砂浜に集《つど》うという不気味な話もあります。

島全体が海浜御所用の皇室御料地《ごりょうち》でなければ、江ノ島はもっと人気のある夏のリゾートになったと思います。海から襲来する台風が猛威を振るって吹きまくると、大波は島全体を水泡でぐるりと囲み、うなだれる群葉めがけ頂上に水煙を浴びせます。大気は荒い呼吸と砕け波の唸《うな》りに満ち、全大地が震え、地下の弁天サマは参拝者を追い出します。仕方なく観光客は垂直二〇〇フィート［六一メートル］の岩屋を見下ろし、入口を塞《ふさ》ぐ海の猛威と渦巻だけを眺めることになります。引き潮や普通の波のときは、岩屋から弁天神社へ簡単に入れますが、台風の脅威に晒《さら》されると、岩屋をのぞくどころか観光客は数日間島で軟禁状態となります。

再び、島の頂上へ向かう長く厳しい石段の登りがあります。ガイドは大勢いて、通常老人や少年が不案内な外人一行に付き添って歩きます。彼らはとても親切で、礼儀正しく優しい人たちです。好意的に島の周りを一緒に歩くうちに、なんとなく付添いの通訳として正式ガイドに昇格し、彼らは最終目的を達成します。

第六章　東　京

江戸の面影

初めて目に入る東京の風景は、横浜の最初の風景と同様、旅行者をがっかりさせます。銀座、この商業地区のメイン通りは、［新橋］鉄道駅の反対側にある橋から始まって、東海道の北端・日本橋へまっすぐ延びています。日本橋は全国距離測定の交通原点です。道路の大部分に、外国を手本にした月並の建物、縁石、緑陰が並んでいますが、その道を鉄道馬車［馬車鉄］がプープー音を響かせ、軽乗合馬車がガラガラ走るので、街の風景をかなり不調和にしています。これは観光客の夢見た大江戸ではなく、まして東洋の大都会でもありません。漆喰壁《しっくい》、木造円柱、ぎらつく店の飾り窓、けばけばしい模造品の山、このありさまに観光客はすっかり面食らいます。しかし、大都市特有の秘密の場所がたくさんあって、時代の変化とは無縁の予期せぬ掘出物《ほりだしもの》が見つかり、当初の失望感を償うに足る純日本的な宝物が手に入ります。

江戸城濠《ぼり》が東京の中心部を通り、螺旋形《らせんけい》に広く巻き付いています。最も内側の環状濠が皇居を囲み、さらに運河の枝々が外郭《がいかく》河川へ達し、また封建時代、将軍はこの環状濠内を占有し、そこから外側環状濠までは広大な大名屋敷がありました。楼門《ろうもん》や濠の角はそれぞれ櫓《やぐら》で守られ、区域全体が堅固な陣地でした。日本中の大名が江戸に屋敷を構え、各大名は隔年交替で六ヵ月間暮らすことを余儀なくされ、万一戦争が起きた場合は将軍への忠義の証《あかし》として自分の家族を人質として置きました。東海道など主要街道は、いつもこのような大名行列でにぎわい、参勤交代《さんきんこうたい》は日本の全階層を活気づけ、旅行や遠足への願望を高めました。天皇が京都から移り、東京を首都と定めた際、将軍の居城は天皇の住まいとなりました。将軍の全財産は天皇へ奉還され、大名屋敷は新政府利用のため没収されました。封建時代、大長方形の大名屋敷は兵舎に囲まれ、外壁を構築して小さな濠をめぐらし、さらに荘重な切妻造《きりづまづくり》の楼門、跳橋《はねばし》、裏門、見張り用の発射窓を備えていました。兵舎には大名に雇われたサムライ（軍人）が住み、また屋敷内には閲兵場、的場、重臣家族の住宅や雇用された職人の長屋がありました。

新政府の接収により、たくさんの屋敷が徹底的に破壊されて庭園となったり、強制的に外国様式の庁舎に建て替えられたりしました。いくつかの大名屋敷は兵舎として残り、黒い礎石に白壁の単調な眺めは、封建時代の街並風景を彷彿《ほうふつ》とさせます。他の屋敷は、もっと下品な使われ方をし、堕落《だらく》した看板が白壁で揺れています。

昔、江戸の風流人は橋の上で、青緑の堅い蓮床から頭を出し一面に咲くピンクや白の花を眺めたものでした。最近、近代公衆衛生上の科学的見解によるマラリア撲滅《ぼくめつ》と称して、真夏に三重の江戸城濠に潜む蓮床を数マイルにわたって摘み取りました。しかし、新政府のペリシテ人［実利主義者］といえども、全部の蓮を根こそぎ壊滅することはできず、江戸時代の遺物として残りました。多角形の楼門、がっしりした石垣、苔《こけ》と地衣《ちい》類に覆われ、内曲線で水面から反《そ》り上《あ》がる急斜面は過去の貴重な記念碑です。石垣や土手には、ねじれ曲がって絡む樹齢数百年の松が被《かぶ》さっています。気味の悪い枝が荒々しく外へ飛び出し、石垣に沿って手探りしているように見えます。内側の環状濠のあちこちに、依然として絵に描いたような白壁と黒切妻造の砦櫓《とりでやぐら》があちこちにそびえ、初期の頃から城と将軍を守ってきた証となっています。

新しい東京

軍隊は、いつも東京中で目立っています。濃紺の冬服姿の小柄な兵士、ある時はズック布地の白い夏服姿の水兵が濠周辺に群れをなし、まばゆい制服の将校は、颯爽《さっそう》と馬に跨《また》がり悠々と闊歩《かっぽ》します。心地よい朝、輝く騎兵の一団が内濠の道を縦列で進み、今は解体された桜田門の近くの荘重な森を抜けて日比谷練兵場へ向かい、そこで突撃訓練や軍事演習を行います。雨が降ると騎兵隊は外套《がいとう》フードを頭に包み、まるで修道院の僧侶集団に見えます。一団は実戦さながら、ぬかるみや霧雨を突き抜け、全速力で突進したり背進を繰り返します。日本の軍隊はドイツ、フランス、イタリア、英国の最高の軍事システムを採用し、各国の教師によって訓練され、近代兵力として確固たるものがあります。昔から日本人には軍事的天分が備わり、サムライ・スピリットが広く国民に行き渡り、過去の伝統に則《のっと》り、粋《いき》で当世風の軍人さんを輩出しています。

東京には、大規模な外人居留団が定住しています。外交団、星の数ほどの宣教師、さらに大学、学校、省庁など日本政府に雇われた人がいて、大きな共同体を形成しています。宣教師の居留地は、現在、[新橋]鉄道駅に近い築地《つきじ》にあります。海岸沿いの土地に造られたこの一画は、日本で最初に外人専用地として譲渡されました。この土地は以前マラリアがはやり、しかもぼろ布回収場でした。その選定に関して現在住む列強のどの公使館に対しても一言もありませんでした。治外法権時代、築地以外に住むのはたいへん難しく、日本人に雇われたときとか、非公務員である場合だけに許可されました。東京在住を決めた外人は、親切な日本人の友達に「この人は教師である」と証言してもらいました。その代わり、友人はその外人の管理責任を一切負いました。一八九九年[明治三二]七月一七日の条約改定以前は、東京にある自国公使館へ個人的に出願した後、日本外務省から発行される旅券を携帯しなくては、いかなる外国人も条約港から二五マイル[四〇キロ]先へ進むことはできませんでした。訪問したい各場所の地名を上げ、さらに宿屋に到着すると直接その地区の警察から旅券が請求され、外国人登録をしました。旅券なしで旅を試みた外人は、すぐにいちばん近くの条約港へ護送されました。欧州の旅行者は、とてもたくさんの行動規律の書かれたリストを持って歩き、公使はルールの遵守《じゅんしゅ》を指導しました。それは「口論しないこと」「遺跡に傷を付けないこと」「樹木や灌木《かんぼく》を痛めないこと」「窓ガラスを壊さないこと」「馬で火事場へ行かないこと」といったルールです。

米国人旅行者の場合は、このような細かい指図なしで行動できるよう任され、神戸では県庁を訪ね、自国領事館を通すことなく京都訪問の許可証を求めることができます。この米国市民の自由と独立の気概、さらに主権在民に関する賛辞が、日本の一詩人によって謳《うた》われています。

この変な格好の人間は、一体何者だろう？
どうして、興味のある所へ次々と、直ぐに移れるのか？
花から花へと、蝶がヒラヒラ飛ぶように、
だが、これがアメリカ人なんだ。
彼らは、大海原のように絶えず躍動し、
たった一日で、一つの都市をすっかり学びとってしまう。
地元住民でも、一年以上はかかるというのに、
彼らは、途方もない人間ではなかろうか？

現在、どこの公使館も、首都の西部地域、皇居の濠《ほり》に近い高台にあります。公使館の建物全体は、各国政府によって所有管理されています。米国が恒久的な公使館を作るなら、土地を提供するつもりでいた日本政府は、米国が独自に敷地を選定する前に公使館を建設してやり、現在の施設を賃貸ししました。

英国公使館はレンガ塀《ちんが》で覆われた広い庭の真ん中に、公邸や職員住宅を含む居留団施設を保有しています。ドイツ、ロシア、フランス、オランダは独自に見栄えのする公邸を構内に持っています。中国公使館は旧大名屋敷の一角にありましたが、その後、絵のような日本様式の屋敷から近代建築に代わり、さらに鉄格子の門は風変わりでくすんだ黄緑と朱の門扉に取って代わりました。

芝の菩提寺

競馬場があったり、都会的風景を見せながらも、東京には名所旧跡が数多くあって、上野公園内に国立博物館、芝や上野に徳川将軍の菩提寺《ぼだいじ》、浅草に庶民的寺院、さらに九段《くだん》に「靖国」神社があります。ところが、神田、亀戸《かめいど》、八幡神社、たくさんの脇道、奇妙な秘密の場所、青空市、行商人、商店街の方が、重要な名所旧跡が伝える以上に国民生活の面白い情報を探訪家に流してくれます。あちこち散策するうち、太古の樹木、庭石、灯籠《とうろう》、池、墳墓を有する名もない古く奇妙な堂塔伽藍《がらん》などに遭遇し、修行僧の数、財力、豪華な霊廟《れいびょう》を誇っていた教団の栄華の跡に思いを馳《は》せたりします。

鉄道駅では、いつも人力車の一団が乗客を待っています。その中に、踵《かかと》に翼をもった日本版マーキュリー［ローマ神話の神］、サンジロウ［三次郎?］がいて、サムライ時代の頭の剃《そり》上《あ》げ［月代《さかやき》］と銃の撃鉄［髷《まげ》］を付けています。彼の伝記には日本政府役人に従って欧州旅行をした話が出てきます。東京に戻った彼は、再び人力車の梶棒《かじぼう》を取り、地元ニュースとゴシップ記事の発信源になりました。「昨日、どんな新客が到着したか」「誰が晩餐会を催すのか」「どこの茶屋で〝軍艦乗組の紳士方〟が芸者遊びをするのか」「あなたの友人は、どこを訪問するのか」「彼らは何を買うのか」、さらに「いったい誰のために宮廷や公使館の馬車が迎えに行ったのか」までサンジロウは知っています。また「今、誰の屋敷を通過しているか」「そこでは、どんな偉い人物に出会うのか」「次は、どこで祭りが始まるのか」「いつ、桜は開花するのか」「どんな芝居が新富座《しんとみざ》に掛かるのか」など気軽に話してくれます。

さらに、サンジロウは演劇芸能の百科事典であるだけでなく、宗教的知識も豊富で寺社ガイドも立派に務めてくれます。彼は官庁街周辺からの呼び出しで客を乗せたり、あちこちの公式舞踏会や宮廷園遊会に駆け付けることで至福の時を覚え、さらに彼の情報は東京の神秘を解き明かします。「ミカドのマンマ」とベビー英語を片言でしゃべりながら、皇太后の宮殿［英照《えいしょう》皇太后の青山御所］の緑の生垣、静かな門を小走りで通過します。さらに畏敬《いけい》の念で「天皇サン」とつぶやくと、皇宮槍騎兵や宮廷馬車の先導騎馬隊が現れます。

彼の車に乗った観光客は、まず最初に現在公園になっている芝の古い寺の境内へ連れて行かれます。樹齢数百年の松や杉の森陰に、徳川後期の将軍の菩提寺［増上寺《ぞうじょうじ》］が立っています。華美な大建造物が朱漆や金漆で燃え立ち、さらに彫刻された羽目板には壮麗な彩色と金《きん》箔《ぱく》が施され、あらゆる棟木《むなぎ》と破風《はふ》には黄金の徳川家紋・三葉葵《みつばあおい》が輝いています。しかし、伽《が》藍《らん》や墓所は日光の壮麗な神殿［東照宮］に比べ、規模の控え目な縮小コピー版です。あの日光の独創性に富む神殿がなければ、これらの伽藍はさぞかしユニークなものだったでしょう。雨の日の深緑の陰影と薄暗闇、松の老木に住む渡り鳥の鳴き声、ゆっくりした飛翔は死そのもののように厳粛です。雨のしたたる並木道や前庭の静寂は、祈禱僧《きとうそう》の低く単調な読経によってのみ破られ、音楽的鉦《かね》の振動や甘い銅鑼《どら》の音は、鈍いけだるさを招きます。

そんなある日、仏像のように物思いにふけり、茶をちびちび啜《すす》り、金火鉢《かなひばち》の周りでキセルをプーッと吹いたりしていた僧侶の集団が、急に沈黙を止め一斉に動きました。久しぶりに参観者がやってきたのです。彼らは理にかなう満足な報酬獲得の喜びに、興奮のさざ波を立てて訪問者を迎え、例のごとく微に入り細にわたり説明しながら祭壇、天井、宝石のちりばめた壁面を見せて回りました。さらに一本歯のやせた僧に案内され、参観者が靴下のままで付いていくと、漆塗《うるしぬり》の床板の上に金製品や青銅製品、漆器や象眼細工《ぞうがん》、さらに彫像が並び、金色の暗がりには彩色された黄金像が鎮座し、金色の蓮華《れんげ》や聖なる紋章に囲まれ祭られていました。ある礼拝堂には直径一八インチ［四六センチ］の極めて薄い青銅製の銅鑼があり、柔らかく澄んだ音色を持つこの楽器は、完全に音の消えるまで三分以上も大気で震えていました。

堅固な土手の間の苔むした階段を上がり木陰を抜けると、六角堂［八角堂・台徳院］へ向かう僧侶団の下駄《げた》が騒がしく鳴り響きました。その堂には家康の子息・二代将軍秀忠の遺灰を入れた見事な漆金箔円筒が安置され、この筒は漆工芸最盛期の中でも最も秀麗な美術の手本となっています。厳粛な巨木群を背景にした芝の静寂、深い陰影と緑色の黄昏《たそがれ》、数百基の石灯籠、聖なる蓮池、龍神の守る楼門の連続、そして極彩色の豪華な彫刻壁面は美しい絵画として記憶に残ります。丘の頂きの五重塔近くには、湾や富士の景観が楽しめる場所があり、そこの快活な一家の経営する建て場では、参観者に望遠鏡を貸したり、桜茶をサービスしたりします。この付近に並ぶ花屋が、見事な植木や盆栽に満ちた庭を見せてくれました。これを一巡すると、サンジロウは「もっと、眺めのいいところがあるよ」と、ちょっと気取《きど》った調子で言いました。さぁ、刺激を受けたわれわれは直ちに出発です！

芝の巨大な山門［三解脱門《さんげだつもん》］を抜け、愛宕山《あたご》へ向けて疾走。そこには緑深き険《けわ》しい山頂へ向かって幅広い連続する直線階段の男坂や、緩《ゆる》く中途半端な傾斜で曲がる一本道の女坂があり、私たちは各自参道を選んで可愛らしい神社にたどりつきました。近くには白い皮膚が鱗《うろこ》状になった潰瘍《かいよう》の酷《ひど》い人がいて、悲しげに施しものへ手を伸ばします。一方、絵のような白装束の巡礼が、杖や鈴を手に息切れしながら男坂を上下しています。建て場が吊提灯の列を絶壁に張り出し、中では姐《ねえ》さんたちが塩漬け桜茶をサービスし、参拝客は茶碗の底で、再び花の咲く様子を眺めて楽しみます。また、そこからは、今いた芝一帯が鳥瞰図《ちょうかんず》の浮き彫りのようにくっきり見晴らせ、なかなかの絶景です。

上野

息もつかせぬ疾走二マイル［三・二キロ］。たくさんの町をまっすぐ横切り、商店街を飛ぶように通過し、プープー鳴らして走る鉄道馬車の線路を避け、橋を越え、サンジロウの人力車は上野公園内へと突き進みます。広い並木道、巨大な樹林、半ば隠れた寺の屋根が次々と目に入ってきます。台地は左側へ急傾斜し、裾《すそ》には大きな蓮池［不忍池《しのばずのいけ》］があり、真夏には花の水槽となります。弁天堂と小さな茶屋が中央の島にあり、桜並木のアーチが掛かる池の周りは競馬コースになっています。付近には参道を印《しる》す大鳥居がそびえ、水辺から寺院へ上り階段が続いています。

上野には無数の墓や寺院、灯籠の行列、鐘楼《しょうろう》、飲用泉水、さらに維新前、江戸の徳川軍［彰義隊《しょうぎたい》］が最後の抵抗を試み、弾痕を残した黒門があります。この門の近くには、グラント将軍の手で植えられた旺盛な若木があります［明治一二年夏、グラント前米国大統領来日、ローソン檜《ひのき》植樹］。また公園から少し離れた裏手には、将軍の富と権力の象徴である壮麗な遺物、徳川家の菩提寺［寛永寺］が立っていますが、残念ながら最も壮麗な部分は芝の増上寺同様、火災で焼失しました。

ある時期、東京美術クラブが上野公園で、個人所有の美術品を借り受けて秘蔵展覧会を開催しました。その会場の前を通過しようとしたとき、サンジロウが急に真剣な面持ちになり、入場口を指差し、運賃を受け取る代わりに「一緒に有名な芸術家の最高傑作を見たい」と切符購入を懇請しました。特に貴族階級のクラブ会員は、秘蔵の漆器、磁器、象牙細工、ブロンズ、掛軸のコレクションの中から質の高い本物の美術品を寄贈しています。ガラス戸越しに著名な画家による掛軸が吊り下がり、日本人来館者は狩野《かのう》派や土佐派の傑作に感嘆しながら鑑賞します。この国の貴重な美術の宝は、個人の家庭や倉庫に埋没しているため、東京美術クラブの好意による鑑定教育が半年に一回行われていますが、このような芸術品に精通するような成果はほとんど上がっていません。むしろ、日本美術の縮図であるボストン美術館とか大英博物館に教育を頼むか、さもなければウォルターズ氏経営のボルチモア画廊に依頼する方が無難です。

ところで、この東京美術クラブでは、最近百年における二大巨匠、森狙仙《そせん》と葛飾北斎の作品を大々的に展示しました。卓抜無比の猿の絵描《えか》き・狙仙は、生前の評価は低いものでしたが、今日では鑑定家から極めて高い評価を受けています。外国人には、日本の大家の中で北斎が最も人気があります。彼らは多作家・北斎の木版画に運よく遭遇することを願って古本屋を探し回ります。彼の才能は生前から認められ、一〇〇年前の封建時代、江戸中が北斎の描く正月カルタに夢中になりました。カルタには風景画、風刺画、空想画が描かれ、独創性に富む彼ならではの逸品揃《ぞろ》いです。一五巻の素描スケッチ「北斎漫画」、さらに「富嶽《ふがく》百景」がとても有名です。しかも、ユーモアあふれる人物、巨人、一寸法師、悪魔、鬼、幽霊の絶妙なタッチは驚異的です。亡くなる間際「描きたいなぁと思っているものを描くには、余りにも人生が短かすぎる」と嘆息したのです。そのとき、なんと九〇歳でした！　上野の東京美術クラブ展覧会を見た後、サンジロウは青い目の贔屓《ひいき》客を近くの寺院「誓教寺（台東区元浅草）」へ連れて行き、境内にある北斎の墓へ案内しました。墓所には絵筆がたくさんぶら下がっていました。それらは、才能に絶望し必死に祈る画家たちが吊《つる》したもので、いかに不朽の名作を生んだ北斎が信奉されているか、よく分かります。

浅草

上野から東へ進むと大きな伽藍・浅草寺《せんそうじ》があります。日本の三十三ヵ所観音巡りの中でも特に有名な寺として庶民の崇拝する重要な場所で、よそでは見られぬ〝虚栄の市〟［英国作家バンヤン著『天路歴程《てんろれきてい》』に掲載］の中心です。境内に向かうすべての通りには、定期市や活気あふれる品評会、芝居、見世物、屋台、テント小屋があり、さらに歓楽を求め徘徊《はいかい》する人間を嵌《はめ》るあらゆる罠《わな》があって、参拝に向かう途中の巡礼を陥《おとしい》れます。花屋の店先には驚くほど豊富に草花がそろい、池には婦人服の襞《ひだ》のような素晴らしい尾びれを持つ金魚が泳ぎ回り、丈の高い竹籠の止まり木には尾羽の長さが二二フィート［六・七メートル］もある土佐の雛鶏《ひなどり》がいます。巡回動物園がさまよう田舎者の関心を呼び、さらに物好きな客は広大な都会の周辺を見晴らすため、木製、画布、厚紙でできた富士山の登り口へ苦労しながら進み入場料を払い、模擬山の木造斜面で真夏のトボガン橇《そり》遊びを楽しみます［明治二〇〜二三年浅草六区にあった高さ二〇メートル、山麓四五メートル四方の人造富士のこと］。

本物の楼門を潜《くぐ》ると、これが巨大な仁王に守られていることに気づきます。格子には御札《おふだ》の紙粒が張り付いているのは、信者が御札を嚙《か》んで恭《うやうや》しく球にし、仁王へ投げるからです。紙つぶてが格子にくっつくと、前途有望な前兆となります。それから信者は貴重な古い祈禱車［転輪蔵、マニ車］を回すことも可能で、車に付いた棒に肩を押し付け、仏教経典の回転書庫を一回転させると、全経典の知的財産が信者本人へ授けられるという寸法です。

雄大にそびえる寺院の屋根には、樹齢数百年と思《おぼ》しき楠や杉の影がくっきりと落ち、広い石畳を信者の列が絶え間なく通って行きます。参詣者はトウモロコシの粒を買って、数百羽もいる神の使者・鳩《はと》に当然のごとく餌をやり、広大な構内に危険もなく棲《す》む鳩は庶民全体に可愛がられています。また心優しい人びとは、虜《とりこ》になった燕《つばめ》を解放するため小銭を払いますが、なんと燕は毎晩、虜にしている飼い主のところへ飛んで戻ってくるのです！

巡礼が階段の最下部で祈り、さらに上りながら祭壇に向かって自分の心の思いをもぐもぐとつぶやきます。重要な祭礼日には一〇〇〇ドル以上も集めるといわれる巨大な賽銭《さいせん》箱は、絶え間ない小額硬貨の落下音でとどろきます。寺院の側面は大気に開放され、参観者は靴や下駄のままでよく、下駄底のカタカタ音が巡礼の手を叩《たた》く音やつぶやきと入り交じり、神経を錯乱させるほど響きます。飼い慣らされた鳩が広い壁面の間を抜けて内外を飛び回り、子供らは互いに床の隅で追い掛けごっこをしています。しかし、格子の後ろでは蠟燭《ろうそく》が燃え、チンチンと鉦《かね》が鳴り、僧侶は詠唱を繰り返します。参拝者は行列を作りながら、両手をぴしゃりと合わせ叩いたり、銅貨を放り投げたりして自分たちの境遇を一切忘れ、無心に祈ります。

第七章　東　京——続き

雛祭り

日本人ほど祝祭日を作るのが好きな国民はおりません。一二ヵ月すべて祝祭日の機会を設け、さらに昔は三百六十五日、祭りと記念行事が催されました。中国暦［陰暦］に載る重要な記念日のすべてが尊重され、さらに君主の誕生日に代わって命日が尊重されました。一方、宗教ごと、宗派ごと、社寺ごと、地方ごとにそれぞれ独自の祭礼日を持ち、どれも敬虔《けいけん》な事柄が起源となっています。毎晩さまざまな寺の境内や通りで提灯《ちょうちん》、松明《たいまつ》が燃え、青空市場があふれるほどにぎわい、幸せそうに笑うおしゃべりな男、女、子供全員が祭りに溶け込みます。夕方の花の品評会は、どの地方にもあるような典型的絵画美の世界を広げます。炎を上げて燃える大燭台の煙、婦人の椿油《つばきあぶら》の薫《かお》り、露店や屋台レストランの入り交じった匂いも何のその、暑苦しい夜をものともせず、むしろ購買意欲がそそられ、〝素朴な日本的風物〟に浸ります。

毎日毎晩、年がら年中、銀座通りの商店街は全延長にわたり、どうでもよい無数の小間《こま》物《もの》、奇妙な玩具《おもちゃ》、美しい簪《かんざし》、骨董《こっとう》、名状しがたい繊細な品を並べています。ちなみに日本の

蟬《せみ》の虫籠

簪は虚栄心からくる危険な代物《しろもの》で、赤ちゃんが身を捩《よじ》ると、ときどき簪の先が射程内に入ります。しかも、母親が背中より高くして、おぶい紐《ひも》を締めたり揺さぶったりすると、うっかり刺したりします。

素晴らしい芸当を演じる滑稽《こっけい》で巧妙なからくり玩具は、最も単純な機械原理を応用し、わずかな水道水の補助や蠟燭《ろうそく》の熱によって動きます。これらの玩具は竹ひご、細い松材、紙や藁《わら》の繊細なもので、米国の子供らが触るとすぐに壊れるような代物です。それでも文明日本の幼き国民は、幾週間もこれらの玩具と親しみ、熱心に遊びます。さらに幼児らは精密な細枝細工の蟬籠《せみかご》を指に吊《つる》しよちよち歩いて家へ持ち帰り、日がな一日満足そうに虜《とりこ》となった蟬のミーンミーン声に耳を傾けます。

三月最初の週、全国の少女を祝うお祭りがあります。それは雛祭《ひなまつ》り、つまり人形を飾って楽しむ祭りです。その頃になると玩具屋や人形店の数は倍に増え、目も眩《くら》むような特別な活況を呈し、同時に美々しい晴着《はれぎ》姿の子供らが町の通りを華《はな》やかにします。髪を丹念に整え、腰帯に金の紐や鮮やかな縮緬《ちりめん》を結んだ少女たちの晴着姿は、歩く人形そのものです。ちっちゃな幼児も母親と同じに晴着や長袖《ながそで》を着て、古風で趣のある滑稽な姿となります。華美《かび》な柄《がら》の着物から明るい下着の裾《すそ》をちらちら見せ、金糸《きんし》の帯は着物をきちんと押さえきれません。ともあれ、日本の子供ほど上品で可愛らしい子供はいません。また女の子にとって雛祭り以上に楽しい遊びはありません。

裕福な家庭の雛祭りは、その重要性から新年祝賀の次にランクされます。その週の間、家族はいちばん贅沢《ぜいたく》な服を着て祝い客に家を開放して招き、選《え》りすぐりの絵や家宝の美術品を飾ります。これと一緒に祖父母の時代から受け継がれてきた雛人形や彫像も飾られ、女の赤ちゃんの誕生となると、さらに人形が追加されます。これらの人形は天皇、皇后、貴族、古い宮廷貴婦人をイメージし、本物そっくりの贅沢な衣装をまとい、その数は何ダースにもなります。祭りの間中、人形は祭壇や台座に一列ずつ並べられ、食べ物や贈り物がその前に置かれます。ちっちゃな模型の御飯茶碗《ごはんぢゃわん》、急須《きゅうす》、茶碗、皿、盆を載せた漆膳《うるしぜん》は、家庭の什器《じゅうき》類そっくりの精密さです。各人形は専用の膳、食器を持ち、ときには他の人形を饗応《もてなし》するための食事セットを一式備えたりもします。黄金のセット、彫刻された朱漆食器、さらにリリパット小人国［スウィフト著『ガリバー旅行記』に出てくる小人《こびと》の国］の見事な金物細工セットには法外な値が付きます。祭りが終わった後、たくさんの人形や備品が片付けられ、翌年三月まで出番を待ちます。やがて美しい人形が長い冬眠を終え、再び蔵から現れるとき、まるで新品のような姿で私たちを魅了します。この長い一週間の祭りの中で、雛人形は日本古来の暮らしと楽しみ方の神髄《しんずい》、行儀作法の優雅さを教えてくれます。ともあれ、この伝統は世代から世代へ確実に伝わっていき、これ以上見事な手本は、またとありません。

鯉のぼり

五番目の月の五番目の日は男の子の祝日です。その印に屋外の高いポールのてっぺんに籠《かご》細工《ざいく》を載せ、布や紙の生きているような魚を吊《つる》します。ポールは、その年に生まれた男の子や、幼い少年のいる家庭では必ず立てられ、また何度もお祝いをしている家庭ではポールを林立《りんりつ》させ鯉《こい》の群れを大空に泳がせます。鯉のぼりを立てる意味は、鯉が急流に逆らって滝を登る丈夫な魚であり、長生きのシンボルだからです。鯉のぼりは長さ四、五フィート［一・二〜一・五メートル］もあり、口輪から空気をいっぱいに入れ、まるで生きているように尾びれを羽ばたかせ、自然に棲《す》む魚のように泳ぎます。家の中では人形、玩具が儀式的配列で並べられ、武士、力士、槍《やり》、幟《のぼり》、三角旗の小さな模型、さらに武者《むしゃ》行列を華やかにするすべての装飾武具が飾られます。

日本のあらゆる階層に子供の遊技や遠足が普及しています。学校は野外運動に熱心で、陽《ひ》当《あ》たりのよい朝は毎日子供たちが旗や色付き帽子で区分されて隊列行進し、公園や練兵場へ行って運動、訓練、競技にいそしみます。東京には、政府に保護された公立学校のほか、私立学校やミッション・スクールもたくさんあり、さらに帝国大学へ進級可能な程度の高い学制が敷かれ、法律、医学、土木、科学、芸術の専門学校とともに、日本全国の若者に最高の教育機関を提供しています。公立学校の制度は合衆国と同じで、また政府のお雇い外人教師は、首都から遠く離れた地方の学校へも派遣されています。

長袖の和服姿の貴族階級の幼稚園児は、宮廷や品位ある先祖の一門から継承した落ち着きある態度で足早に登校します。教室にある低いテーブルの周りにたくさんの園児が殊勝《しゅしょう》げに座り、リリパット小人国の老いた男女のように手を組んでいます。それはまるでミカド・オペラ座をオペラグラスで逆方向から見たような、ちっちゃく面白い光景です。子供たちは忍び笑いもせず、気後《きおく》れもせず、人目を憚《はばか》ることもしません。この生真面目なチビちゃんは、恭《うやうや》しいお辞儀で教師から積木《つみき》を受け取り、それを別の子供へ祖父が宮廷で行ってきたような独特の儀礼的しぐさで渡します。

ある女学校では昔の和式作法を教え、女学生は伝統的礼法、茶の湯、刺繡《ししゅう》、俳諧《はいかい》、生け花、さらに三味線を学びます。最近、一度廃《すた》れかかった琴が人気復活し、甘美な音色の水平ハープを少女らは好んで弾《ひ》いています。

隅田川

川開きは、壮大な夏祭りです。これは夜ごと開かれる水祭りの皮切りで、隅田川の土手には無数の茶屋が開店します。六月最後の週と定められた川開きは、ときどき七月の落ち着いた季節に延期されたりします。

川船は平底の日除《ひよ》け付き側面開放の屋形船《やかたぶね》で、船の周りには提灯がぶら下がり、日没とともに船頭が船尾で元気に漕《こ》ぎながら、数百数千の船と一緒に、都会を縦横に走る水路や運河を抜け、隅田川へと繰り出してゆきます。華美な屋形船の船団が浅草橋と両国橋の間の広い水域に集まり、この二つの橋は見物人で黒山となります。両岸に連なる茶屋のバルコニーの手《て》摺《すり》には緋《ひ》毛氈《もうせん》が広げられ、提灯が手摺や軒に沿って何列にも吊されます。水際へ広く開放された部屋の明かりによって、各茶屋は巨大な提灯に化《ば》けます。

全茶屋の全室内で晩餐パーティーが催され、千畳敷茶屋は数ヵ月前から予約済みとなり、舞妓《まいこ》、芸者も全員予約済みです。シーズン中、船賃は倍となり、どの遊覧船も親睦会の貸切りとなります。晴着姿の可愛い子供、それに真新しい絹、縮緬、紗《しゃ》、木綿などの和服姿の年長者が緋毛氈に座ります。小皿を載せた各自の盆には宴会料理用の一口珍味にあふれ、随時徳利《とっくり》が回ります。端から端まで提灯の列がバラ色に輝き、終わり頃には艶《あで》やかな舞妓が優雅なしぐさで客と一体となり、手拍子を取って宴《うたげ》を盛り上げます。

果物、菓子、花火、日本酒の行商あり、手品師、軽業《かるわざ》師、講談師の上演あり、さらに小料理、芝居、見世物の水上筏《いかだ》が浮かんでにぎわい、小舟にあふれるほど音曲芸人が乗って、遊覧船の間をせわしく行き交います。おしゃべり、爆笑、三味線の悲しい音色が、高まる歓声やどよめく騒音とともに大気に満ち、同時に花火が速射砲のごとく打ち上げられ、円球、噴水、滑車、飛沫《しぶき》、噴流、彗星《すいせい》となって天空に広がり、暗い夜空に火炎龍《りゅう》のたうつ怪獣、虹、滝が光り輝きます。至るところで日本酒が氾濫《はんらん》しても、酔っ払いも狼藉《ろうぜき》もなく温和で、陽気に浮かれ騒ぐ客に眉《まゆ》をひそめる人とておりません。

火事と地震

火事は、絵のように美しい都会の暮らしとは裏腹に、これほど恐ろしいことはありません。火事はほとんど冬のシーズンに限られますが、大火災による日本の年間被害総額は極めて甚大《じんだい》で、東京は何度も大火に見舞われています。薄い畳敷《たたみじき》の小さい木造家屋は、いつでも発火準備オーケーです。ランプが壊れたり、金火鉢《かなひばち》が転倒したり、火花が散ったりするとすぐ炎に包まれ、火の粉《ひこ》は屋根から屋根へ飛び移り、最後に街区全体が燃え上がります。焼け出された地区は、再建されるたびに道路が広がり、絵のような美観を削り取ることだけが防火対策となり、財産防護の手段となります。ともあれ、耐火政策とは、広く大きな道に面した建物に可燃性ペンキの塗装を禁じ、一列に低い建物を並ばせ、単調で面白みに欠けた近代的日本都市を作り上げることなのです！

日本の住宅は玩具《おもちゃ》のような小建築で、隅柱を大きな礎石で支え、泥と瓦《かわら》の重い屋根を載せて安定させます。火事は火炎の通り路となる建物密集地帯を引き裂くことによってのみ、くい止めることが可能で、それはトランプカードの屋台崩しのように簡単です。垂直の隅柱に一本の綱《つな》を引っ掛けると、建物はがらがら転倒し、同時に重い屋根が消火蓋のように可燃物を塞《ふさ》ぎます。普通の都市の住宅や商店は、間口一二フィート［三・六メートル（二間）］で、二階の屋根でも地上一五フィート［四・六メートル］以上の高さはめったにありません。夜中に焼け出されたたくさんの家の噂《うわさ》を聞くと身震いします。ただ、焼け落ちる何千軒ものリリパット小人王国の住宅や顕微鏡的山水庭園は、外国都市の二、三街区の面積にも足りません。

各地区や町内は、半鐘《はんしょう》を吊した物見櫓《ものみやぐら》や高梯子《たかばしご》を持っています。いざというとき、この見張り台から警報を発したり、近くの警官が半鐘を響かせると、「これ以上興奮する国民はほかにはいない」と思うほどの修羅場《しゅらば》となります。半鐘のガンガン鳴る音は、たくさんの悲しく恐ろしい体験を暗示します。梯子や手押しポンプ車を持つ市営消防隊のほか、各町内では私設の夜警団や消防団を持っています。火の番は長い棒の先の緩い鉄輪を鳴らしながら、夕闇から夜明けまで持ち場を回ります。「火の用心」のチリンチリン響く音が三〇分間隔、あるいはもっと頻繁《ひんぱん》に、夜通し聞かれます。これに反し、警官はひっそり見回り、犯人に飛び掛かるため物陰に潜みます。火の番を警官と間違える外人から、この騒々しいパトロールへあれこれ滑稽な愚問が飛び出すのも珍しいことではありません。

半鐘が鳴ると、近所の人たちは被災した友人を助けるために突進し、泥棒はこのチャンスをできるだけ利用します⁉　大火から逃れた被災者の地区には畳、襖《ふすま》、寝具、衣類、什器《じゅうき》が持ち込まれ、さらに近隣から救援隊が馳《は》せ参《さん》じます。このとき、日本人の質素な生活がものをいいます。邪魔な家財が通路に散乱して転がり出ることもなく、食卓、椅子、扱いにくい寝具も無事運び出されます。小さな手押し車一台に、丸めた綿布団の寝具、寝巻《ねまき》、さらに衣類、家具が収まります。滑りのよい襖を溝から外し、厚い畳を床から剝《は》ぎ取《と》り、屋根、隅柱、剝《む》き出《だ》しの床だけを残して家中の者が避難します。燃え盛る区域から難民が列をなして焼け出され、野次馬《やじうま》の同情心はこの気の毒な人びとへ向けられますが、被災者はすべてを失っても、明るく振舞い果敢《かかん》に堪《た》えます。

地元消防隊の掲げる旗印や隊旗は、外人の目にはびっくり仰天《ぎょうてん》です。軍楽隊長の指揮棒が栄光を称え、巨大なクラブ、スペード、ハート、ダイヤモンド、球、三日月、星、あるいは謎《なぞ》の文字の旗が各救援隊の旗手によって高く掲げられ、火炎に向かって突進します。彼らは仲間の部隊が奮闘している地点を示すため、煙や火花や混乱の真っただ中に立ちます。しかも、崩落寸前まで燃え盛る屋根の上や火炎の中に留《とど》まるといった活躍のため、カサビアンカ「フランス海軍の艦長の名、一七九八年ネルソン提督率いる英国艦隊との戦いに敗れた艦長が、艦内に残る息子とともに自爆炎上した惨劇」のようなぞっとする悲劇が生まれます。

火災の翌日、煙がまだ立ち昇る大地で、大工が熱い石や瓦を元気よく踏みながら、新しい住宅を建て始めます。灰から立ち上がる日本家屋の驚くべき迅速《じんそく》さは、他民族の追随《ついずい》を許しません。大火災後一二時間以内に商店主は、焼け落ちた小さな売店で仕事を再開します。火災保険は日本の木造や藁《わら》葺《ぶ》き住宅には馴《な》染《じ》みませんが、最近、都会では藁葺き屋根が瓦葺きに代わり、ブリキ板が壁代わりに少しずつ使われています。石材は高価すぎるだけでなく、この地震国ではブリキ板に比べ利用の難しい材料です。ときどき見かける石壁は紛物《まがいもの》で、瓦や屋根板のように木造家屋に釘《くぎ》で打ち付けたもので、大地が波打って揺れたとき、何の役にも立たず、にわか雨となってがらがらと落下します。まだ消防蒸気自動車はなく、消火手榴《しゅりゅう》弾《だん》の利用は大火災の興奮の渦に巻き込まれ、結局忘れてしまいます。

地震は年中起きているにもかかわらず、幸い激しい揺れもなく、これまで起きた悲劇的震災は、一八五四年［相模大地震］と一八五五年［安政大地震］の地震だけです。このときの大地震を「外国から野蛮人が神国日本へ来たため、神の怒りに触れて起きたものである」と不満分子は見なしました。「日本列島という大地は、巨大な鯰《なまず》の背中にもたれかかっているので、この怪魚がのたうち回ると例の大震動を引き起こす」という言い伝えもあります。つまり大怪物の頭は蝦《え》夷《ぞ》地、尾っぽは南島、元気な胴体は横浜と東京の地下にあるのです。現在、日本政府は大学スタッフに地震学者を加え、毎回の震動や激しい鼓《こ》動《どう》を正確に記録させていますが、最近の年間平均地震回数は四〇〇回に達しています。神戸や京都では最微弱な震動もめったにありませんが、首都周辺では誰もが、この不愉快な天罰(⁉)にすっかり慣れています。微震ではランプやシャンデリアを揺らし、強震では飾り棚を針金でしっかり結んでいないと骨董《こっとう》や暖炉の置物を全部倒し、テーブルが床を滑ります。激震では屋根瓦が崩れ、柱材をぐいと捩《ね》じり、丸太や鉄板を詰め込んでいない芯なしのレンガ煙突は崩れ飛び散り、屋根までぶち抜きます。小さな住宅はまるで怪魚が海から現れたごとくがたがた動き、テリア犬が鼠《ねずみ》を捕獲するように家屋を摑《つか》み潰《つぶ》します。庭園の遊歩道で小石が軋《きし》り、丈の高い常緑樹は開閉器のように先端でぽっきり折れ、さらに半鐘が鳴り、置時計は止まり、住民は狂わんばかりに広い空き地や大通りを目指し、逃げ惑います。

越後屋

日本人は、水中へざぶんと飛び込みバチャバチャやったり、水に半時間漬かっても、生水はめったに飲みません。古い根や茎を掘り出し、腰や肩をずぶ濡れにしながら江戸城濠や蓮池で仕事をする人でも、雨が降ると、その日は仕事を止《や》めてしまいます。横浜の波止場で手際よく積荷の上げ下ろしをしたり、絶えず海面を出入りする沖仲仕《おきなかし》でも、にわか雨が降ると仕事を断ることがあります。

ところで、雨がちの日は新しい光景を路上に展開し、快晴のよい天気だけが首都の絵画美を独占しているわけではありません。背中に赤ちゃんをおぶった専業主婦や大勢の有閑階級が天候など全く無視し、目的もなく無頓着な雌鳥《めんどり》のように町中を絶えず徘徊し、晴雨計とは無関係に開放的気分に浸ります。子供たちも同様に、雨には全く無関心です。人力車夫は乗客のために居心地よく幌《ほろ》を引き出し、水滴を弾《はじ》く油紙やゴム製エプロンを結び、さらに車夫本人は今まで以上に簡素化した木綿着姿で、明るく小走りで進みます。彼らは雨傘代わりに大きく平らな皿型藁帽子［饅頭笠］を被《かぶ》り、ワラジを脱ぎ捨て、履物代わりに大きな足指をぼろ布や藁束《わらたば》で結び飾って裸足《はだし》で走ります。通行人は、足を濡らさぬよう木や油紙で作った爪皮《つまかわ》に素足を差し込み、高さ三インチ［七・六センチ］の足駄《あしだ》を堂々と履きます。

雨の滴がパラパラと音を立てて降ると客が飛び込むので、普通どこの店屋も大喜びです。〝越後屋《えちごや》［三越］〟や〝大丸《だいまる》〟の大きな絹織物商店は、東京版ルーブル［パリの美術館］やボン・マルシェ［パリの百貨店］のような雰囲気で、客を楽しませてくれます。双方とも大通りの一角にあり、道路からは単なる塀、あるいは間仕切りにしか見えない黒暖簾《のれん》が風でうねり、白っぽい紋章と店の名前が描かれています。

店に入ると一階の広大な部屋が一瞥《いちべつ》でき、その大部屋は周囲の石敷通路から一フィート半［四六センチ］ほど高く、床には畳が敷かれ、広さは縦横六〇フィート［一八メートル］以上もあり、すべてむらなくつやつや光っています。あちこちの低い机の前には、販売係、会計係、出納帳簿係が座り、ソロバン、現金、古臭い骨董的台帳を扱っています。ここには棚も帳場もなく、畳には美しく日本髪を結い上げた女性客が何組も座っています。地味な絹着物の男性客が虹色の織物を周囲一面に広げ品定めをしています。買い手が求めるまでは手に取って見る品物が店先にはなく、注文に応じて小柄なボーイ［丁稚小僧《でっちこぞう》］が直接倉庫から腕に抱えたり、籠に入れたりして絹製品を運んできます。顧客の来店や帰りには、歓呼して送迎することがボーイのエチケットで、声を揃え鼻音で合唱をします。

以前、雨の日に〝大丸〟の暖簾をくぐったことがありますが、畳部屋に一人も客が居ないのに気づきました。いっせいに小柄なボーイの大部隊が立ち上がり、歓迎賛歌が耳をつんざくと同時に部屋の一角へ促《うなが》されました。蒸気を上げる大型青銅湯沸《ゆわ》かし、さまざまな茶菓子、さらに棚付きの茶道具箱が用意され、琥珀《こはく》色の甘美な飲物が贔屓《ひいき》の客に出されました。忠実なる店員は一時間余り右往左往走り回り、籠が行きつ戻りつし、陰気臭い天気にもかかわらず、広げられた錦織《にしきおり》は太陽の光と七色の虹を招き寄せました。この高価な錦織はすべて幅広の絹帯《きぬおび》で、長さ四ヤード半［四・一メートル］の定尺寸法となっています。とにかく日本女性の外観を装う大切な秘訣は、この絹帯にあります。絹帯だけは皮革製品のように厚く、また縮緬や金糸の塊《こわ》のように柔らく、同時に浮き彫りの金属皿のように輝き、しかも織地の堅さはなく強ばっているだけです。内面の厚い毛羽《けば》立つ糸輪の中に、横糸を倹約せずそのまま残すと、蝦夷錦《えぞにしき》と称され、絹織物の中でも最高級品として帯一本六〇から一二〇ドルの値段となります。

中通《なかどお》り［文京区千駄木・須藤公園付近］は、骨董屋と古物商が半マイル［〇・八キロ］ほど並ぶ通りで、新年を控えた時期には最高の掘出物《ほりだしもの》があります。このまっすぐで狭い小道を人力車で安全に抜けることは不可能で、古い磁器、漆器、刺繡などが見物客を誘惑します。それは商人が店から大勢出てきて、自分の背丈の倍もの商品を奥から出し客の前で広げます。それは見る者が抵抗できないほど魅惑的で、しかも低廉《ていれん》です。さらに客を鴨《かも》にして、何度も値段を下げて言い寄る商売人には抵抗できません！

毎週決まった数日間、ぼろ市が柳原［千代田区柳原通《やなぎわら》］で催されます。柳並木の美しい運河［神田川］沿いを半マイル［〇・八キロ］にもわたり、露店商が売り物の山、古着、布切れ、装飾品をきちんと並べ、座りながら店開きをします。芝と新橋駅の間にもぼろ市通り、通称〝ペチコート・レイン〟があります。でも、美的でない外国製の古着ばかりなので、人力車を飛ばして一瞥する程度です。

経験豊かな骨董漁《あさ》りの買い手は、商人が示すどんな値段に対しても、常に「高い」といって応戦します。もし売り手が売買契約に熱心なら、さらに「たくさん高い」と付け加えます。「恐ロシ高イ」「途方モナシ、高イ（甚だしく高くて、お話にならない）」などといった大げさで妙な古典的表現の日本語を使うと、これを聞いた商人はびっくり仰天し、往々にして値段が下がる効果があります。

以前、私は芝居衣装の保存されている、とても憧《あこが》れていた古着屋を訪ねたことがあります。でも、サンジロウはそこへ案内できませんでした。あるいは店を知らなかったのでしょう。もっとも、二度と行く気はありません。というのはそこで大失敗したからです。

そこの店員は、冷静で真面目な自動販売機［融通《ゆうずう》のきかぬ人］で、態度は沈着で無神経でした。彼らが要求するよりも安い買い値を付けると、「寺の垂幕用に、坊主と商談した方が、まだましだ」と嘯《うそぶ》きます。彼らは座ったり、煙草を吸ったり、冷淡に目配《めくば》せをしたりしながら、同時に豪華な衣装を籠いっぱいに入れて運び出し、帳簿の値段を調べるふりをします。さんざん人を焦《じ》らしてから、言い値に対して高めに売った瞬間、突然三人は手を叩《たた》き、いっせいになにやら呪文《じゅもん》を唱えて商品をよこしました。筋書きどおりの芝居のごとく、すべて相手の注文どおり操《あやつ》られ、このユニークな買物劇の中で儲《もう》け役《やく》を演じるつもりでいた私は、みごと空振《からぶ》りしたのです！

第八章　東京の花祭り

新年

外国からいかなる悪しき干渉があろうとも、日本の首都における草花信仰は果てることはありません。日本の陰暦［旧暦］は、花咲く椿《つばき》、梅《うめ》、桜《さくら》、藤《ふじ》、蓮《はす》、菊《きく》、楓《かえで》の時期を分けています。蜜柑《みかん》と茶の花だけが特別な花の祭典から省《はぶ》かれています。私たち米国人が春や秋を語るように、ごく自然に日本人の話題は桜の開花や楓の紅葉《こうよう》の時期に及びます。彼らはこの花の祭典に、感傷的情感と霊魂とお祭り騒ぎを注入します。先祖の代から花を愛《め》でる精神を引き継いできた日本人は、地方に咲くさまざまな素晴らしい花を観賞するため、毎年美の聖地へ向け巡礼を繰り返してきました。

旧暦によると、本当の季節の目覚めは、新年最初に梅が開花するときです。中国暦［旧暦］からグレゴリオ暦［新暦］に代わって、日本の一月は野暮《やぼ》な自然法則に陥り、この月は晩菊、椿、そして室内の盆栽が咲くだけです。それでも、この時期どの戸口にも常緑樹と花のアーチが作られ、編み藁縄《わらなわ》で縛《しば》った松と竹［松飾り］が家の前に置かれ、稲藁の房が玄関の庇《ひさし》に花綱飾りされ、さらに提灯が並んで吊り下げられます。象徴的に餅、伊勢えび、だいだい、羊歯《しだ》の葉でデザインした注連飾《しめかざ》りが玄関の横木にしっかり留められ、最も形のよい屏《びょう》風《ぶ》が玄関正面に立てられ、たくさんの正月のシンボルや名刺《めいし》盆が玄関に置かれます。この時期はすべて借金が返済され、同時に慣行上の儀礼訪問や饗応で三日間とられます。お互い誰に対しても「シンネン　オメデトウ（私はあなたに幸せな新年を望みます）」とか、「マンザイラク（万年も幸せに）」と挨拶《あいさつ》します。また誰もが友人に贈り物を届け、たとえば果物籠、ぼた餅やお萩《はぎ》を祝い紙に包みます。東京の目抜き通りは浮かれ騒ぐ人で群れをなし、夜になると無数の提灯や松明《たいまつ》で明るく輝き、数えきれないほど青空市場が開かれ、皇居から掘立小屋まで祝賀の歓声で沸き返ります。しかも、この新鮮な息吹《いぶき》に対する心躍る礼拝は、真冬の間ずっと行われます。ときには雪の薄片が花咲く椿を覆うことがありますが、正月の後は明るく晴れた小春日和の天気が続きます。

冬の季節、同じ緯度の世界では長期間不幸ですが、日本では中部地方でさえ数週間程度の不愉快な天候でおしまいです。二週間、四週間とたつうちに雪はとけ、冷たい雨が降り、活気のないスキーをするうちに、なんと！　梅の古く枯れた黒い枝々に、芳《かぐわ》しい薫《かお》りのする白い花星が飾られてゆきます。数日間靄《もや》のかかった無風状態が大気を沈黙させ、騒音に帳《とばり》がかかり、やがて陽光が温和になると春が本当にやってきます。たとえ何度も陰鬱《いんうつ》な冬に逆戻りしても、日本全国、白とピンクの花環《はなわ》で彩られるまで、じっと堪《た》えます。栄光の四月、満開の花の雲、桜の爆発で帝《みかど》の国は歓喜に包まれます。かくして、優雅な行楽シーズンをいっそう長引かせながらつながっていく花暦《はなごよみ》の芳香は、二月の梅の蕾の綻《ほころ》びから入梅《にゅうばい》の終わりまで、つまり六月の雨季まで続くのです。

梅屋敷

藤の花に縁取《ふちど》りされた亀戸天神《かめいどてんじん》の池［心字池《しんじいけ》］の向こうには、古い梅園があります。地衣類に覆われ年輪を重ねた節だらけの木々は黒くよじれ、棒や石柱で支えられ、大地をのたうち回り、ねじれ曲がった梅林の名称は〝臥龍梅《がりょうばい》〟、つまり頭をもたげうずくまっている龍神の木です。この梅屋敷［清香庵《せいきょうあん》］は、かつて将軍［八代・徳川吉宗］のお気に入りの場所でした。建物、柵《さく》、生垣《いけがき》は長い年月を経て灰色となり、石碑、生長した苔、神《かん》さびた古風な土地の何かが、体内の鼓動をゆったりと和《やわ》らげてくれます。丈の高い椿の生垣の向こう、隠れた水路［北十間川《きたじっけんがわ》］から聞こえる船頭の掛け声だけが静寂を破る唯一《ゆいいつ》の音です。参観者は緋《ひ》毛氈《もうせん》のベンチに座り、淡い色合いの縮緬《ちりめん》姿の女性が夢の世界のような藤棚の陰の下を歩いてゆきます。子供たちは華美な服装で輝き、黒い枝々の間にきらめきます。

空想に耽《ふけ》りながら座り、ときおり「ウメノハナ」と独り言をつぶやく詩作中の老人を見かけます。茶を啜《すす》り、キセルから灰をコツコツ落とし、おもむろに腰帯から筆を取り出し巻紙を広げ、俳句や和歌を書き記します。晴れやかな顔、上機嫌なつぶやきと同時に、この古風な詩人はゆっくりと下駄を履き、最も魅力的な梅の木を選び紙片を結びます。

梅の下の歌人

行儀のよい参観者は、わが米国人、せっかちな田舎者がするようにひらひらする巻紙を不作法に捲《まく》ったりはしません。奥ゆかしい老詩人たちは威厳に満ち、ひたすら花への賞賛と屋敷内の厳粛な静寂をテーマに歌を詠み、互いに講評を楽しみます。

上野の桜

偏屈なグラッドグラインド［ディケンズ著『ハード・タイムス』の登場人物、冷酷かつ打算的な製粉工場主］のような人間でも、日本の春の詩的魅力に無関心のままではいられません。また、「どこでサクラの蕾《つぼみ》が膨《ふく》らみ、匂い、開花を始めるのか」は大きな公共的関心事で、国内の日刊紙は毎日桜の名所先から至急電を報じます。東京の桜祭りは梅祭りよりも華美で、驚嘆すべきこの植物は、光り輝く群衆の衣装以上に豪華《ごうか》絢爛《けんらん》です。

山に土着する野生の苗木から無数の変種が育ち、やがて頂点を極め百葉バラのごとくピンクの大きな二重《ふたえ》の花となり、枝や小枝を厚く覆うバラの花飾りとなります。樹木全体から仄《ほの》かな薫りが漂い、清らかな天蓋から生ずる薄ピンクにきらめく不思議な光線は花見客を幻惑し、眩暈《めまい》すらさせます。桜咲く上野公園の日曜日は上中階層の人たちの祝祭日となります。

その一週間後、首都の桜は隅田川河畔《かはん》の向島《むこうじま》へ移り、花見客は土手道一マイル［一・六キロ］の両端に咲く桜並木へと向かいます。川沿いに粋《いき》な姿の庶民が繰り出し、馬車に乗ったり、歩いたり、ピクニックを楽しんだりします。向島には低階層の人びとが集まり、名木の下で湯茶を飲んだりする上野とは、ずいぶん趣の異なる宴が展開します。

一方、上野公園には、「芝生に入るべからず」といった堅苦しい看板がありますが、広大な公園を思うがまま歩き回ることを一切禁じているわけではありません。あらゆる大地の足元には歴史が深く刻まれ、樹木は太古から枝葉を延ばし、並木道は広くうねり、森は原始林のように暗く鬱蒼《うっそう》としています。お寺の鐘が柔らかくボーンと響き、渡《わた》り鳥《がらす》がカアカアと鳴き、幸せそうな散策者の声が大気に満ちてゆきます。

パリのブーローニュの森も、フィレンツェのカッシーネ公園も、ベルリンのティーア・ガルデンも日曜日の花の上野にはかないません。小径《こみち》や並木道の下り方向へ目を向けると花咲く並木の見通しがよく利き、巨大な樫《かし》や楡《にれ》のようにそびえ立ち幅広く枝を延ばしています。その清らかなアーチを抜けると、さらに数えきれない優雅な枝々が輝きを見せ、また無数の

上野の茶屋

単独の桜が緑の森を背景にきらめいています。上野の山の麓《ふもと》にある広い蓮池《はすいけ》「不忍池《しのばずのいけ》」が、驚くほどたくさんの白い花を映し出しています。競馬コースが周囲を取り巻き、島の小さな聖堂「弁天堂」の屋根はピンクの枝に覆い隠されています。見事な桜の下の茶屋のベンチはみな塞《ふさ》がり、庶民は昼食、正餐《せいさん》、夕食をとります。たとえ惜しげなく酒が出されても乱れることはなく、ちょっぴり赤くなって幸せになり、少々多弁になるだけです。ツァー「ロシア皇帝」やカイゼル「ドイツ皇帝」は、ここ東洋の統治者をさぞかし羨《うらや》ましく思うことでしょう。この国の群衆は何千人集まっても、爆弾を投げたり、パンや資産の分配で暴動を起こすことはありません。ひたすら桜を愛《め》で賛美し、歌に表すだけが目的なのです。

開花シーズン中、桜や景観への先天的情熱は皇族、詩人、農民、商人、さらに労働者にも隔《へだ》てなく取り付きます。ぼろをまとった乞食《こじき》はお伽《とぎ》の国の花にうっとり見とれ、皇族や大臣は桜の名所へ急遽《きゅうきょ》向かいます。官報は三条実美《さねとみ》卿や伊藤博文公が三日間の花見旅行のため奈良や京都を訪ねるとの情報を詳細に発表します。まるでビスマルク［ドイツの宰相］やグラッドストン［英国の首相］が国事を中断し、遠くバラ博覧会へ巡礼を企てるかのようです。

皇居内の慎重だった木立も季節遅れの蕾《つぼみ》を付け、陛下や廷臣が枝に歌の短冊を吊します。同時に、春の観桜会が浜離宮御料地で催され、花盛りの遊歩道に宮廷関係者全員が集まります。庭園を持つ人びとはみな、屋外で花見の宴を開き、さらに政府は花縁取りの案内状を招待客に発送し、親善外交のための観桜パーティーを準備します。

向島の桜

隅田川東岸に沿った向島は、まさに祭り一色です。低く垂れた桜並木が二マイル［三・二キロ］以上にもわたって続き、満開の日曜日は、まさに天下御免の安息日です。数百艘《そう》もの舟が水に浮かび、いかめしい小柄の警官が川岸沿いに動く花見客を交通整理します。人込みの中、仲間同士が独特の服装でお互いを見分けます。人力車の列が止まると花見客の集団が降り立ち、一行は派手な絵柄の揃いの手拭《てぬぐ》いを頭に結んだり、無地の綿布を襟《えり》カラーにして首回りに折り込んだりしています。変装した客を満載した船が土手沿いに櫂《かい》や竿《さお》を使って進み、半端で奇妙なかつらを被った乗客が自由奔放《ほんぽう》、おばかさん丸出しで叫び歌い、手拍手をの的《まと》です。花見客はみな、堅物《かたぶつ》人種アングロサクソンの驚愕《きょうがく》と羨望《せんぼう》の的《まと》とり、三味線《しゃみせん》をでたらめに掻き鳴らすさまは、堅物《かたぶつ》人種アングロサクソンの驚愕《きょうがく》と羨望《せんぼう》の的《まと》です。花見客はみな、瓢箪《ひょうたん》を肩に吊すか手桶を持って酒盛りに熱中し、お金と意識が続く限り器《うつわ》を空にし、買っては満たし、これを繰り返します。誰も彼もがみな同胞、よき隣人となり、「異人さんも一杯いかが」とアルコール活力剤を陽気に振舞います。

茶店の三軒に一軒が飲み屋となり、どの正面にも菰被《こもかぶ》りの酒樽がピラミッド状に積まれます。日本酒、つまりライス・ブランディーは度の低いシェリー酒のような風味と外観で、蒸発アルコールを大気に薫らせます。日本のどこでも作られ、特に広大な大阪平野の米から醸造される日本酒は繊細な風味があり、利《き》き酒《ざけ》鑑定家から天下逸品との評価を得ています。この飲料アルコールは古ければ味がよいというのではなく、最も新しいものが最良の酒なのです。木栓で閉め木樽に保存され、口の広い磁器徳利《とっくり》から小出しにし、温かい酒が欲しいときは、お湯の中に置きます。日本人は小さな浅い陶器か、漆器の盃《さかずき》で飲み、その量は辛うじて大匙《おおさじ》一杯分程度で、しかも二、三合単位の徳利で繰り返し注《つ》いで嗜《たしな》みます。最初の効果は舌を滑らかに関節をしなやかにして、次に全身を炎のごとく真っ赤にします。

向島のカーニバルは、まさに古代ヨーロッパの農神祭です。この春の酒宴は、審美的日本人と古代ローマ人との間に大きな類似点を見せ、向島の愛らしい山水庭園を覗《のぞ》けば、花冠の酒神バッカスに出くわすこと請け合いです。男たちは盃や瓢箪を手にし、サチュロス「ギリシャ神話の野山の精、道化者」のごとく踊ったり、片手を上げて演説したり、一人残らず天性の役者、雄弁家、パントマイム舞踊家に変貌《へんぼう》します。でも、へべれけになっても全身から湧き出るのは歓喜と親愛の情だけです。このお祭り騒ぎにとっくみあいの喧嘩《けんか》もなければ乱暴狼藉《ろうぜき》もなく、下品な言葉を投げ合う姿もありません。お堅い禁酒家さえ狂喜乱舞の酒を呷《あお》っているかのように、高笑いの大津波が次から次へと伝播《でんぱ》し、道化や扮装《ふんそう》がますます滑稽さを帯びてゆきます。日が暮れると、吊提灯が茶店や屋台に点《とも》り、枝々全体を優美に照らします。夕べの宴では、優雅な身振りで舞妓や芸者の滑らかな舞が演じられ、三味《しゃみ》や鼓《つづみ》の音に合わせ果てしなく続きます。夢のような春の宵《よい》、舞姫は桜を刺繡した絹衣を装い、簪《かんざし》や花冠を蝶《ちょう》の輪《わ》結びの黒髪に輝かせます。やがて雨が降り花びらを散らせ、四方に花吹雪が舞って大地は真っ白な絨毯《じゅうたん》となります。

菖蒲と藤

六月に入ると一週間続けて、人力車の群れが葉の茂るトンネルを疾走し、堀切《ほりきり》の菖蒲《あやめ》まつり［葛飾区・堀切菖蒲園《しょうぶえん》］へと向かいます。その池や堀の中には、庭園好きのブルボン王家［フランス・ルイ王朝］さえ知らないような花菖蒲の群生が見事に育っています。桜のカーニバルに比べると、この花の祭典は物静かで上品な園芸観賞会です。そこでは四阿《あずまや》、築山《つきやま》、小池、高貴な花の大群生が見晴らせ、着飾った見物人の集団は自らの装飾効果を十分意識しながら、花の風景に収まっているかのようです。

堀切の菖蒲園

ともあれ、花の最盛期になると、どこもかしこも満員盛況です。日本人の草花栽培術はあまりにも多種多様な驚異と奇跡の連続で、心身ともに疲れ果てます。その最《さい》たるものに牡丹《ぼたん》があります。縁取りされた絹のような花が晩餐《ばんさん》の大皿のように咲き、黒みがかった赤、バラ色と薄紫の繊細な色合い、クリーム、薄黄、稲藁に似た色調、さらにサーモンピンクの驚異的色彩が妍《けん》を競います。現在、池上《いけがみ》の寺「本門寺」では日蓮《にちれん》宗派のプライドをかけた牡丹が展示され、樹齢三百年もの堅い幹と皺《しわ》の寄った樹皮を持つ老木には、堂々たる花が無数に咲いています。また、どこの庭園でもツツジが、炎のような赤、雪のような白、サーモンピンク、薄紫の花を咲かせています。さらに五月になると、野山や未開墾の川堤に群がり、いっせいに燃え立ちます。

亀戸天神にて

同時に藤蔓《ふじづる》も花盛りとなり、亀戸天神の藤は七不思議ならぬ〝世界八不思議〟の一つとなります。どの家庭も自家用の藤の格子棚を持ち、一般的には玄関先を傘《かさ》のように覆い、特に亀戸天神の池畔の茶屋のような場合は屋外へ延ばして屋根替わりにします。頭上に繁茂《はんも》する葉と花が涼しげに濃い影を落とし、紫や白の長い花房がぶら下がり水面に映っています。花房の長さは二フィート［六〇センチ］とか、三フィート［九〇センチ］が普通ですが、ここでは、大きく揺れる四フィート［一・二メートル］の花房だけが「なるほど！」との評価を受けます。

家族全員が池の袂《たもと》に来て終日過ごしたり、琥《こ》珀《はく》色の日本茶を啜ったり、ゆったり泳ぐ金魚に餌《えさ》を投げ与えたりします。ひらひらする短冊や提灯の吊された花の天蓋の下、縁台《えんだい》に座る絵のような和服の集団も目に入ります。古い神社の境内には、ちっちゃな祠《ほこら》、石灯籠、石碑、石像がたくさんあり、また奇妙に仕立てられて発育の止まった松が、ラクダの瘤《こぶ》に似た高く可愛い橋［太鼓橋］の傍《そば》に植わっています。昔この橋を渡ることができたのは、神官と身分の高い役人だけでした。体長三、四フィート［〇・九〜一・二メートル］もの歳を重ねた大きな錦鯉《にしきごい》が、ときおり池の表面にオレンジ色の鼻を見せます。参観者が手を叩きこのペットを呼ぶと、〝豊饒《ほうじょう》の角〟［ギリシャ神話にある食べ物・財宝のあふれる角］のような口を持つ黄金の大食漢が浮び上り、餅や煎餅《せんべい》をがつがつと喉元《のどもと》まで詰めては、また餌を求め泳ぎ回ります。

東京の北東、奥州街道沿いの粕壁《かすかべ》［埼玉県春日部市］に日本一有名な藤の花があります［牛島の藤］。この藤蔓は樹齢五〇〇年といわれ、長さ五〇インチ［一・三メートル］以上もの花房が垂れ下がっています。格子棚の大きさは四〇〇〇平方フィート［三七一平方メートル］にわたり、遠くから歌人や巡礼が敬虔《けいけん》な面持ちでやってきます。

蓮と菊

八月、蓮《はす》の一大フラワー・ショーが東京で開催されます。そのとき、上野公園下の池［不忍池］は、数エーカーにわたる青味がかった葉っぱのお皿を見せ、ピンクや白の星々をちりばめます。見物人は橋や小さな島の茶屋から池中央に咲く見事な蓮をまっすぐ見下ろし、恍《こう》惚《こつ》となります。

以前、この無数のブッダの花は、夏一番、最初の暖かな太陽光線を受けて開き、その瞬間、城塞の模擬礼砲のように音が鳴り響きました。今では江戸城濠の蓮が極端に減ったこともあり、そのような快音はどこも聞かれなくなりました。芝の五重塔の裏手にも愛らしい蓮池があり、人力車から緑濃い並木道沿いに見られますが、やはり江戸城濠の蓮の花は首都の輝かしき夏の栄光でした。

〝蓮〟論争は、いまだ首都を二分して侃々諤々《かんかんがくがく》の様相ですが、「蓮はマラリア発生源だ」と声高《こわだか》に責め立てられるのは、どうも理不尽《りふじん》です。濠からの発生物であろうと地表から流出した汚泥《おでい》であろうと、マラリア発生地区・築地の土壌こそ最大の害毒のもとなのです。

秋の菊祭りは全帝国を赤、白、黄で装います。十六花弁の菊は天皇の紋、つまり君主体制の紋章です。天皇誕生日の一一月三日は日本の秋の最盛期となり、あらゆる地方で祝賀され、豪華な花の特別行事が催されます。大きく開いた香ばしい菊の花が、日本では安い値段で売られているのに、海外では新しい名が付けられ高値で売られているのは、西洋人にとって残念で、何とも羨《うらや》ましいかぎりです。

ガイド・ブックには一行程度の説明で終わっている団子坂《だんござか》「文京区千駄木」には、東京近郊のどこよりも画趣《がしゅ》に富む日本の秋があります。菊花栽培組合は、開花期に向けて無名のキク科植物を世話し、刈り込んで発育を止め、これを培養しにぎやかな団子坂の園芸フェアを計画します。彼らの庭で育つ珍品には巨大なサイズの花もあります。筵小屋《むしろ》にはフットライトなしのたくさんの臨時花舞台があり、等身大の人形が集団で配列され、その顔と手は蠟《ろう》と菊で合成されていますが、衣服、装飾、風景はすべて本物の菊で作られ、あまりにも綿密な骨組みで上手に仕立てられているので、からくり仕掛けに気づきません。舞台飾りにする草花はすべて根がくくられ麦藁《むぎわら》や布に包まれ、さらに骨組み内部に支えられて毎日水が注がれます。外側へ引き出し適所に編んだ花には表面の配色をしっかり定め、極めて自然に陰影をつけます。活人画は歴史、伝説、さらに最近の芝居から採用して作り、中には白昼犯罪の断末魔を扇情的に図解したものもあります。

団子坂通り

ここ展示会場では、花の小川の上流にある白い花の滝とともに、山腹全体を覆う花が観覧でき、また女の菊人形が菊の馬の手綱《たづな》を引き、男の菊人形が馬に跨《また》がり橋を渡る光景も見られます。巨大な花、ミクロ世界の花、たった一輪だけ咲く花、一株に二〇〇輪も咲かせる花などが専用の竹小屋にあります。客引きが通行人を招き入れ、興行師は絵物語の口上《こうじょう》を繰り返し、幟《のぼり》や提灯の林立する小道に大道芸人、手品師、托《たく》鉢僧《はっそう》、行商人が陽気で無邪気な〝バベルの都〟

〔騒々しい場所〕を創出します。あらゆる階層の人たちが団子坂を訪れ一本道の急坂を上へ下へと徘徊《はいかい》し、銅貨一、二枚払って木戸を潜《くぐ》り迷宮の花園を出たり入ったりします。高さ四〇ないし五〇フィート〔一二～一五メートル〕の巨人や聖人像が堂塔のような高い筵小屋に祭られ、しかも最近、度肝《どぎも》を抜く菊の創造物に対し、蓄音機がいっそう驚異を煽《あお》り立《た》てます。

日本人は、よく外国人から「これと同じくらいの大きな菊は、いくらでも米国にある」と吹聴《ふいちょう》されます。大型サイズだけが日本職人の菊作りの目的ではなく、菊の魔術師はどんな寸法でもたやすく作ることができ、茎高二インチ〔五センチ〕の微小な菊を指貫《ゆびぬき》サイズの小花瓶《か びん》に育て簡単に咲かせたり、茎高六ないし九フィート〔一・八～二・七メートル〕の大きな菊も自由に培養できます。どんな季節でも、花弁の中に新たな幻想を生み出し、さらに菊の葉も花同様、入念に日本で研究されています。

団子坂の植木職人は外国産菊の茎に敬意を表しながらも、緑の葉に関する質問をすることで、野暮《やぼ》なほら吹き外人を沈黙させます。西洋では繁茂する菊の葉に誰も注目してこなかったし、ほら吹き男自身これまで何も考えずにいたことを白状せざるを得ません。日本のフラワー・ショーでは、中国や東洋の葉の茂る野生の菊は無視されますが、展示場で観賞する繁茂する日本菊の葉は、華道の基準に照らしたバランスのよい構図をとることによって、とても貴《とうと》ばれます。

最終結論で、「バランス配置こそ、あらゆる芸術を超えた芸術である」といっても、頑固なペリシテ人［実利主義者］は「最上の造型美とは、最大サイズの造型美にある」と信じています。しかも野暮なスタイルの極《きわ》め付《つ》きは、生け花として飾った葉の茂る菊の大怪物に、婦人帽子用のアニリン染《ぞめ》リボンを蝶の輪結びにして披露《ひろう》することです。さらに詩的で叙述的な菊の日本名を西洋趣味に適《かな》うよう改悪することで、この醜悪な西洋流の仕上げ方は、ますます完璧な形となります。いつの間にか、愛らしい白色の〝凍る月光〟〝富士の白雪〟〝砕ける飛沫《しぶき》〟〝月明の波〟〝白霜〟が、なんと〝ジョン・スミス夫人〟、〝ピーター・ブラウン夫人〟やらに改名されているのです！

茶の花

観光客を乗せる車夫の中には、贔屓《ひいき》の客と草花の趣味が一致すると、よく喋《しゃべ》る人がいて、鑑識眼の鋭い礼讃者を乗せたりすると、ますます多弁になります。郊外へ向けて長時間起伏ある道を引っ張った後、彼は休憩《きゅうけい》する代わりに華麗な花や驚嘆すべき花を指差しながら、熱病にかかったように感極《かんきわ》まる声を発し、乗客の後を追いかけ回すのです！

十一月、光り輝く紅葉《もみじ》で花の遍歴は終わります。楓の葉や枝は愛の変容をかすかに暗示させながら、恋人へ名残《なごり》の媚《び》態《たい》を晒《さら》します。茶の木や椿は花盛りですが、双方とも礼讃の光栄に浴することはありません。かくして、花の崇拝者は再び梅が咲くまで指折り数え、残り数週間という時をじっと待ちます。

第九章　日本の歓待

通常日本人の間では、歓待《もてなし》は美徳ですが、宮廷貴族が外国の衣装や習慣を採用する時点まで、日本の婦人は訪問者を迎えたり、男女同席で歓待することは許されませんでした。そんな歴史的背景から、必然的に日本男性は社交的となり、クラブ会員となって会館をわが家とします。鹿鳴館《ろくめいかん》、つまり東京華族クラブは最も有名な社交団体で、この法人代表には皇太子が就任され、会員に外交官、華族、公務員、裕福な民間人、居留外人がその名を連ねています。

芝の紅葉館

小さく清潔な社交クラブの所有する精緻《せいち》な邸宅や庭園はどれも、日本の建築、装飾、山水の完全な手本になっています。襖《ふすま》の調整で家屋を一つの大きな部屋にしたり、たくさんの小さな部屋に分けることもでき、加えて茶の湯礼法、つまり茶道を行う個室もあります。クラブの入念な晩餐会は数時間に及び、コースの合間に手品師、舞妓、楽士がにぎわし、料金はとても高価です。成金《なりきん》はロシア人的放蕩《ほうとう》ぶりを天真爛漫《てんしんらんまん》に真似していますが、封建時代はもっと派手で贅沢《ぜいたく》でした。

私は日本到着の一日か二日後に、このユニークな歓待の客となる幸運に恵まれました。それは芝の増上寺の上にある山腹の紅葉館《こうようかん》［東京タワー付近］、つまり紅葉クラブハウスで催されました。午後三時に到着し、玄関先で大勢の姐《ねえ》さんやメイドに迎えられ、帽子や靴を脱がせてもらい靴下のまま案内されました。光沢のある廊下を通り、階段を降りて長く低い部屋へ向かいました。部屋は普段、鈍い金紙の襖で三つの部屋に分けられています。美しい部屋の東側は磨き上げられた杉材の手摺《てすり》に囲まれ、バルコニーの向こうに庭園と景色が広く見晴らせ、楓《かえで》（紅葉《もみじ》）の木立や芝公園の濃い森を越えて見える［東京］湾の海に魅了されました。クラブハウスの装飾には、ここの敷地にあふれる紅葉の模様を反復して使い、襖には繊細な枝が描かれ、欄間《らんま》（襖の上の化粧板）にも紅葉が彫刻されています。さらに外壁やバルコニーの手摺には楓の葉の形がくり抜かれています。美しい姐さんの衣装、床に敷かれた黒縮緬《ちりめん》の座布団、磁器、漆皿《うるしざら》、徳利《とっくり》、彫刻された袴《はかま》［徳利台］、扇、ボンボン菓子と、ありとあらゆる場所に紅葉が描かれています。いつの日か天皇ご来館のおり、休まれるであろう小さな客間の床の間（一段高い壁奥）には、壺《つぼ》、掛軸《かけじく》（巻絵）が飾られ、さらに一輪花の咲いた青銅花瓶と一緒に水墨画も掛けてあります。

煙草盆《たばこぼん》が客の前に置かれ、盆には灰に円錐形の炭を入れた小火鉢と吸殻を入れる輪切りの竹筒がありました。一緒に茶菓も運ばれ、これがフルコース宴会の序曲となりました。続いて姐さんたちが膳を客の正面に据えました。膳とは、高さ四インチ［一〇センチ］足らずの食卓のことで、その上に最初のコースの漆塗蓋《ふた》付《つ》き椀《わん》と醤油（ぴりっとした大豆ソース）用の小皿が置かれ、客は醤油に食べ物一口分を浸して食べます。

細長い包紙には、一組の松の白い箸《はし》が入っています。それははじめ一本ものとして置かれ、半分ほど細長く割られていて、新品であることを示しています。

宴会の主・ホストは、この箸を割って二本にし、軽快に模範演技を始めました。指の中で箸は魔法にかかった棒となり、思いどおり機敏に動きます。私たちが試すと、指の中でぐらぐら揺れ空中でばってん（×）し、食べ物の切れ端が膝《ひざ》や畳に代わる代わる落ちて溜《た》まります。姐さんたちはくすくす笑い、ホストは大事な日本の作法を忘れるほど笑いこけます。しかし、同席者ははじめの一本の箸を、親指の付け根と薬指でしっかり支える方法を気長に伝授します。こうしてはじめの一本を固定してから、他の一本を親指でペンのように持ち、これを人差し指と中指で支えながら操作します。そうすればほかのどんな道具も真似できないほど、食べ物を手際よく確実につかむこと

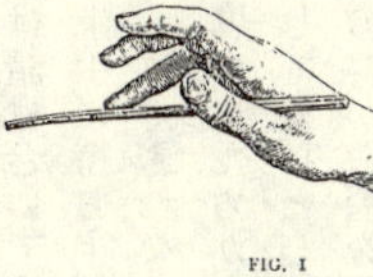
FIG. 1

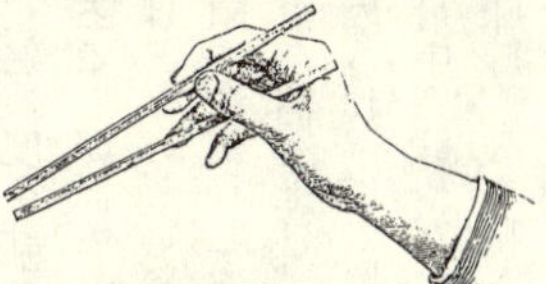
FIG. 2

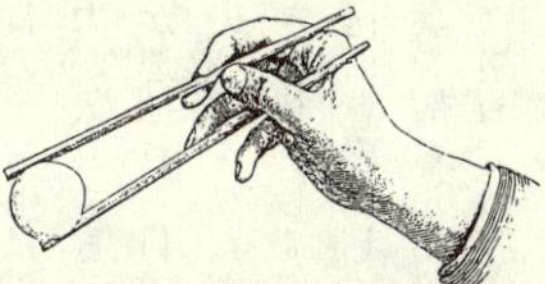
FIG. 3

箸

は請け合いです。熟練度を計る最良のテストは、球面体をつかむバランス感覚です。生卵を上手に持ち上げることが試され、力が入りすぎると厄介《やっかい》なことになります。数えきれないほどおいしい料理が運ばれ、日本酒の熱燗《あつかん》も回ってきました。ホストは、同席の人たちから順次注《つ》がれるお酒の作法を私たちに教授しました。濯《すす》ぎ、捧げ、満たし、そして挨拶として盃を額《ひたい》へ上げ、しきたりとして三度の啜《すす》りで空《から》にします。姐さんたちも贔屓《ひいき》の客から盃を勧められ、ごく控え目に魅惑的しぐさで受けます。

御《ご》馳《ち》走《そう》責めの最中、鮮やかに紅葉を散らした模様の黒縮緬を着た魅力的な少女三人が襖を滑らせ、琴、三味線、鼓《つづみ》を持ち畳に座ってお辞儀をし、哀感漂う緩慢な調子の前奏曲を弾き始めると、さらに金箔の襖が大きく開き、まぶしい舞妓の一団が現れました。彼女たちは、輝く紅葉を錦織にした淡青色の衣装と金色の幅広い錦織帯をまとい、青黒い髪の輪には金色の花をたくさん差し、紅葉の描かれた華麗な扇をゆっくりと動かします。舞妓は若い芸者の物思いに沈んだ伴奏に合わせ〝紅葉の歌〟を踊ります。その形式はすべて、ある最良のポーズから別な最良のポーズへゆっくり滑らかに変化する舞でした。輝く美女の優雅な動作にうっとり見とれ、夕暮れ時のボーンという鐘の響きも、カアカアと呼応する渡《わた》り鳥《がらす》の力強い鳴き声も耳に入りませんでした。

この舞妓と芸者、つまりプロの舞姫と伴奏歌手は、どんな接待にも欠かせない存在で、嗜《たしな》み、機知、閃《ひらめ》く会話で客を魅了し、楽しませるよう修業されています。彼女たちは、西洋の夫人や令嬢が持っている社交上の魅力、輝き、愛嬌《あいきょう》を備えています。舞踊の型が仕込まれ、満足に歌舞音曲の解釈ができ、かつ詠唱できる歳になると、すぐに舞妓は客の前で踊ります。容色が褪《あ》せると地味な芸者の着物を装って畳に座り、自分の継承者や弟子のために芸を披露します。今日に至るまで、芸者は日本女性の中でも教育程度がとても高く、多くの女性が素晴らしい結婚をしております。

美しい歌舞団が四季の歌と舞を終えるだいぶ前から、外界は黄昏《たそがれ》となり、行灯《あんどん》（四角い枠の紙提灯）の台で燃える油皿は、レンブラント風の絵画効果を醸し出していました。光り輝く畳で動く舞妓の姿以外、あらゆるものが夕闇の中へ消えてゆきます。会館所属の一三歳の少女が青銅の箱と蠟燭《ろうそく》の芯切りを持って襖を滑らせ入室し、蠟燭の芯を挟《はさ》み切るため行灯の前にひざまずきました。その子は優雅そのものの美少女で、優しく話しかけると子猫のような内気さでぽっと顔を赤らめ、古風で趣のある会釈《えしゃく》をします。

煙草盆の登場からすでに六時間が経過し、私たちは帰り支度《じたく》のため立ち上がりました。メイド全員が玄関先まで付き添い、果てしないお辞儀と別れの言葉の後、無類の活人画《かつじんが》となって敷物に座りました。彼女たちの可愛らしい「サヨナラ」は、芝公園の暗い並木道を走り抜け、はるか離れた人力車の後ろまで耳に響きました。

茶の湯は、日本国民が敬意を払う極めて宗教的な礼法であり、その作法上の知識は最高クラスの教育的役割を担《にな》っています。師匠は覚書や長々しい所作《しょさ》を伝え、しかも、茶の湯の流派は偉大な宗教の宗派のように分かれ、意見を異にしています。茶の湯の儀式は、礼儀正しい日本人の生活の中でも、極めて厳しく作られた高尚な作法によって高い敷居が巡らされ、これに比べたら結婚式や葬式は単純なセレモニーにすぎません。茶の湯はあらゆる社会慣習を複雑に取り入れ、太閤秀吉《たいこうひでよし》によってその様式が広められ一六世紀に完成しました。それ以前の茶の湯は、本務から引退した法皇や君主、さらに京都周辺の魅力的別荘や僧院に閉じこもる隠遁者の気晴らしになっていました。秀吉は堅苦しい行儀作法、終わりなき規則、細《さい》目《もく》、さらに形式ばったしきたりの中に、大名がぐるになって陰謀や諍《いさか》いを起こすのを未然に防ぐ手立てを取り込んだのです。荘重であることがこの洗練された優雅な茶道の第一原則となったのも、堅苦しさと立ち居振舞いを重んずる時代の産物でした。茶を飲むことは重要なことで、時間は何の価値もありません。大名たちは限りない贅沢《ぜいたく》と放縦《ほうじゅう》の限りを尽くし、造《ぞう》作《さ》なく茶事に出資したので、秀吉は贅沢取り締まり令を出したほどです。このため茶器に関しては徹底した簡素化が命ぜられ、茶を入れる茶碗は最も質素な陶磁器であるべきでした。しかし、熱心な茶道信奉者は中国や朝鮮の最古の茶碗を探し求めたり、有名な陶工に制作させたりして、独裁者の威令《いれい》を無視しました。

茶室は定常寸法である六フィート平方［三・三平方メートル（一坪）］に制限され、その入口は高さ三フィート［九〇センチ］にも満たない躙口《にじりぐち》だけで、ホストは召使の手を借りず、四人の参加者だけが六時間、あるいは終日儀式に出席することになります。ホストとの関係で客人の座席は、躙口や床の間（壁奥）の側が厳しく定められます。会話すらも指図を受け、床の間の美術品が一定の時間尋ねられ、さらに茶碗や付属品も真剣に論じられます。これらについて何も語らないことは、不適切なときにしゃべるのと同じくらい、とても不作法となります。

茶の湯の師匠は学者や詩人以上に尊敬されました。天皇や将軍と知り合い親しい友達となった茶人は、家が栄え貴族に列し、その子孫は今日《こんにち》もなお栄華を享受しています。重要な流派や流儀については、千家《せんけ》、藪内《やぶのうち》、武者小路《むしゃのこうじ》の各宗家が独自に礼法を作り堅く守っています。流派のいちばんの違いは、道具に触れたり持ち上げたりする所作で、手を内か外かに振る作法に差異があります。この相違から茶事《ちゃじ》愛好家は分かれ、原初的不一致から現在のいろいろな流派が生まれました。

日本での社交上、もの珍しい面を理解しようと思い、私はマツダ先生［松田宗貞《そうてい》、一八三三―一九一五、堀内流に学び、のちに表千家一一代目碌碌斎《ろくろくさい》の弟子となる］から茶の湯を習いました。彼は著名な茶道の師匠で、東京星《ほし》ヶ岡《おか》クラブハウス［星ヶ岡茶寮］の茶室を運営統括しています。茶を嗜《たしな》む方法を学ぶのに、これ以上魅力的なところはありません。しか

星ヶ岡の姐《ねえ》さんたち

も、師匠は古き日本様式に円熟した温厚で眉目秀麗《びもくしゅうれい》な男性で、世界で最も審美的なこの国において何世代も続いてきた文化と洗練した優雅さを合わせた完璧な結晶です。午後や夕方になると、麴町《こうじまち》山王《さんのう》の星ヶ岡［千代田区・山王日《さんのうひ》枝《え》神社付近］はクラブ会員である華族、学者、作家の社交場となります。ただし、朝の時間帯は全く人影がまばらで静寂そのものです。

星ヶ岡の師匠は、外人四名の弟子入りをとても喜んで歓迎し、丘の住民全体が私たちの入門に興味を持ったようです。厳しい作法に従い、まず靴を脱ぎました。というのは、そのままだと磨き上げられた木製の廊下や部屋の柔らかく美しい畳に触れ、すぐにピアノの鍵盤《けんばん》に釘を打ったような靴跡が残るからです。それから私たちは、不慣れで抵抗する筋肉や腱《けん》の許すかぎり、ずっと正座したのです！

まず最初、松田師匠は特製木炭（美しいツツジ細枝炭）の入った籠《かご》を運び、その木炭を四角い囲炉裏《いろり》にくべ、鷲《わし》の羽《はね》で炉端《ろばた》の埃《ほこり》を払い、お香を木炭に撒《ま》きました。続いて磁器壺から鉄瓶《てつびん》へ新鮮な水をいれ炭火にかけます。そして四角い紫の絹布のたたみ方、茶器一式を拭き取る方法、茶碗に熱湯をかけたり、茶筅《ちゃせん》を濯《すす》ぎ洗いする方法が披露されます。茶の湯用に茶の葉が砕かれて美しい粉［抹茶《まっちゃ》］になり、茶匙《ちゃさじ》で一、二杯、あるいは三杯分の緑の粉末が茶碗に入れられます。そのとき、客人は弱い煎《せん》じ薬《ぐすり》にするか、強い煎じ薬にするか選択可能です。沸騰した湯が粉末に注がれて、茶筅で泡になるまで強くかき混ぜられます。まさに茶のピュレ［裏漉《うらご》しスープ］とも称すべきどろどろした緑粥《がゆ》は、濃茶《こいちゃ》のお点前《てまえ》で回し飲みされます。各自三回啜《すす》って茶碗の縁を拭《ぬぐ》い、隣に渡します。容量や啜り方は、最後の人がちょうどよく飲み干せる正確さが必要です。精選された葉から作られるこの飲み物の長期連続飲用は、日本人以外の誰もが神経を損なうほど強烈です。

茶の湯の松田師匠

茶の湯芸術は、茶器の細心の取り扱い、指の位置、所作の慎重さと正確さの中にそれぞれ表現されます。さらに茶道の実践は求道者《ぐどうしゃ》として一生続けなければなりません。万事、外国様式となった今日でも、古い礼法にかなった茶の湯は上流社会で大いに流行《はや》り、しかも青年男女は茶道によって入念に教育されています。

鰻料理

見栄っ張りには向かない肩の凝らぬ午餐会《ごさんかい》とい

えば鰻《うなぎ》料理のパーティーです。日本のホストは、仲間の午餐会同様、外国の友達も楽しませてくれます。エドウィン・アーノルド卿［英国の詩人］も、料亭〝ゴールデン・コイ〟での鰻重《うなじゅう》のおいしさを褒《ほ》め称《たた》えています。このようなおいしい鰻料理は、ほかの茶屋でも楽しませてくれます。料理屋に入ると、客は全員水槽へ案内され、綺麗《きれい》な水の中で鰻がのたくるのを確認し、真剣に好みの獲物を指示します。まるで籤引《くじび》きのように不確定にも見えますが、長い包丁を手にたずさえて見守る板前は客の選定を素早く了解し、のたうつ生《い》け贄《にえ》をぐっとつかまえ、台所にある首切り台［俎板《まないた》］へと、かどわかします。

鰻料理の午餐会は鰻スープ［肝吸《きもす》い］から始まり、黒鰻と白鰻が交互に出され、要望に従いいくらでも新しく注文ができます。鰻は平らに裂かれ短い断片に切られて、炭火で焼かれます。黒鰻と呼ばれる代物は本来こげちゃ色ですが、焼かれる前に醬油に浸すので、そういう色具合になり、白鰻の方は醬油なしで焼かれたものです。

雪のような御飯と食べる鰻丼《うなどん》は、人前に供される最高においしい食べ物です。大勢の外国人、とりわけ真価を認めるかの英国詩人は、この卓越した美味に賛辞を惜しみません。河岸《かし》にある茶屋［京橋（中央）区霊岸島《れいがんじま》の大国屋］では、鰻料理コースを待つ間、手品師や舞妓による楽しい演出で日本の歓待《もてなし》を最高に盛り上げます。

第一〇章　日本の劇場

能

「ニッポンは、古き文明の極致に達している」とクリストファー・ドレッサー博士［英国の装飾デザイナー、一八三四―一九〇四］が語るように、日本国民はあらゆる芸術を完成させながら、演劇についても極めてこれに近い状況に達したことは驚くに及びません。演劇は困難な時代にじっくりと堪《た》え、現在の姿に到達しました。特に階級差別はその高まりを妨《さまた》げ、役者は部落民（封建時代疎外された階層）の次に位置づけられ、このような身分の低い人間の芝居小屋は禁止状態でした。中下層階級だけが役者のパトロンとなり、貴族はいかなる大衆の見世物にも顔を出さず、さらに女性は完全に除外されました。

徳川の黄金時代にようやく芝居が認知され、芝居小屋が将軍によって建てられ、能神楽《のうかぐら》から分離した人形劇［文楽《ぶんらく》］が生きた役者に道を譲って、リアリズムがその後を引き継ぎました。明治維新による大きな社会動乱と階級再編成の中で、役者の社会的地位がわずかながら高められ、多少なりとも市民権を得ました。しかし、その後四半世紀の演劇芸術は、他の芸術に並ぶことはなく、演技者の地位が高まった話もありません。現在、華族は芝居を観覧しますが、役者を社交クラブに招待する話はまずありません。数年前、東京に演劇改革の団体が創立されました。「日本独自の路線の中にこそ、本邦芸術の歴史的発展がある」との主旨です。土方久元《ひじかたひさもと》子爵「宮中顧問官」と香川敬三子爵「皇太后大夫」が、この日本演芸協会の会長と副会長にそれぞれ選ばれました「明治二一年発足、委員に岡倉天心、高田早苗」。しかし、その活動状況は少しも知られておりません。

芝居上演に先立つ茶番狂言や叙唱オペラの前口上《まえこうじょう》の代わりに、古典パントマイムや登場人物の舞踊が一、二幕ありましたが、現在この種の間狂言《あいきょうげん》は本芝居の真ん中あたりで催されます。この古典パントマイムは単純化された能神楽によく似ています。

能楽《のうがく》（和風オペラ劇）は一七世紀以前から広く知られた演劇形式です。宗教的テーマに触れる点では、ギリシャ悲劇や中世欧州の受難劇や奇跡劇を彷彿とさせます。元来、能楽は神社祭礼のパントマイム舞踊であり、天照大神《あまてらすおおみかみ》の隠れた洞窟《どうくつ》の前で初めてスズメ「鈿女《うずめ》、天《あめの》鈿女命《うずめのみこと》」によって演じられた神話はよく知られています。この神聖な舞踊「神楽」は、今でも神社の祭礼日に舞われ、日光や奈良の神社の巫女《みこ》による舞は有名です。やがて能楽は身分の高い屋敷での儀礼的娯楽となり、大名諸侯や貴族は位の高い賓客《ひんきゃく》を迎えたとき、おごそかな旋律の中でもてなしました。扇や鈴を伴う緩慢で着実な舞い手の所作に台詞《せりふ》が添えられ、さらに誇張的表現や演技が加わりました。

とにかく、能楽は気取《きど》った芸術です。役者の動作は、台詞に述べる古典慣用句とか、作法の概要を説く古く廃《すた》れた表意文字に似て頑固で形式ばり、かつ韻律的です。屋敷や僧院に閉じ込められた能楽は、まさしく上流社会の芸能でした。彼らだけが複雑で気位《きぐらい》の高い言葉遣い、込み入った象徴的表現を理解しました。一方、能楽に関する歯に衣着《きぬき》せぬ論争が盛んで、論点はお伽噺《とぎばなし》や民話と同じような気軽さで理解できますが、現行の台詞は極めて難解で、学識豊かな人間しか判読できません。かつて来日したエディンバラ公［ビクトリア女王の次男アルフレッド王子、明治二年八月来朝］のために能楽プログラムの英訳がなされました。その際、英国公使館の通訳に協力するため、日本側から高齢の詩人と東京在住の学者全員が参加して翻訳に没頭、数日がかりでようやく完了させた経緯があります。

能楽は三日連続四、五時間もかけた三部作からなっています。最初の場面は神々の怒りを鎮《しず》める内容で、二番目は悪霊《あくりょう》を恐れさせ邪心を罰《ばっ》する場面で、三番目は〝善、美、喜〟を称える場面です。劇中の重要人物は神、女神、鬼、僧侶、武士、さらに黎明《れいめい》期の伝説や歴史上の英雄で、所作の多くが比喩《ひゆ》的です。役者は左手の長い回廊から天井の高い能舞台へ近づきます。そこにはカーテンも大道具もなく、小道具すらありません。観客は舞台三方を囲む畳敷にきちんと座っています。横笛、鼓《つづみ》、太鼓《たいこ》が絶え間なく奏され、舞台片側で古い儀式装束姿の男性が彫像のように一列に並び、上演中泣き叫ぶように説明的合唱［謡曲《ようきょく》］を唄《うた》います。主要な場面で役者は薄い漆塗《うるしぬり》や金箔《きんぱく》の木製マスク［能面］を付けますが、このように古く価値ある能面は、社寺や古い屋敷で蒐集《しゅうしゅう》しています。能装束はこの上なく豪華で、数世紀前の宮廷衣装を思わせる古い錦織や金糸織で作られているので、名家や僧院では、これら先祖伝来の能装束を極めて大切な宝として保存しています。

能役者は気取って反《そ》り返《かえ》り、外側へ足を広げ精一杯誇張しながら歩み、舞台に登場します。体は彫像のように硬直し、足は全く上げず磨き上げられた床に沿い、ゆっくり滑るように動きます。硬直した姿は諦観《ていかん》した人間の厳粛さとともに、身動きならぬ己の宿命を表現します。筋肉も睫《まつげ》も動かさず、能面なしの顔には揺《ゆ》らぐ表情すら浮かびません。その音調には、言語に絶する苦悩、鼻音、甲高い調子、裏声の響きが交じります。ともあれ、このレシタティーブ（叙唱）の長く続く不自然な緊張の中で、たくさんの役者が体調を崩し、喉《のど》を潰《つぶ》し、血管までも破裂させる羽目《はめ》となります。

舞台に登場する子供の沈着で無表情な演技は、最古参《さいこさん》の演技に匹敵します。いくつかの面白い演目の中に、恐ろしい面を被り長く豊かな赤絹毛の鬘《かつら》の鬼神が、わざとらしい紋切り型の恐怖を貴賓《きひん》席に向かって広げる場面があります。荒々しく舞台を踏み鳴らし、跳躍し、回転することによって間延びした三部作の硬直的内容に変化を加えます。そして明るく楽しい意図的な道化芝居と分かるのは、演技者が能面を外しているときで、重く威厳ある伝統的地《じ》口《ぐち》（洒落《しゃれ》）によって観客に笑いが生じ、場内はどよめきますが、外人には理解できないユーモアです。

能舞の洗練された演技は、東京・芝のクラブ・ハウス、紅葉館でも観覧できます。観衆の中には、他の場所ではめったにお目にかかれない官界、宮廷社会、華族階級の家族連れの姿があります。

芝居

既存の戯曲や本格的演劇は、まだ三〇〇年もたっていません。〝芝生のある所〟とか〝草地〟を意味する芝居《しばい》の名称は、西洋の野外劇と同じ進化を暗示しています。そこにはシェイクスピアもなければ、コルネーユ［フランス演劇界の父］もなく、実際、黎明《れいめい》期に作品を残したり、文学を舞台用に書いたり、史劇を作ったりした著名な劇作家は一人もいません。原作者が芝居にかかわることは稀《まれ》で、原作者の著作権も不明です。バク［滝沢馬琴？］の小説がたくさん脚本化されましたが、そのほとんどが匿名《とくめい》です。脚本は通常よりも簡潔な平仮名（草書体文字）で書かれ、〝この中に楽しいロマンスや女性向けの物語《ドラマ》があり演劇文学上高い評価を受けています。歴史上の事件、武士、英雄、聖人の生涯がテーマとなり、よく知られた伝説やお伽噺《とぎばなし》が舞台で演じられます。

かの偉大なる古典〝四十七名の浪人［忠臣蔵《ちゅうしんぐら》］〟の感動的歴史劇は、人気の衰えることはありません。外国文化や近代化への熱意にもかかわらず、この異常とも思える封建時代の英雄主義《ヒロイズム》は日本人の魂に火をつけます。そして仏教黎明期の苦難、拷問《ごうもん》、奇跡、さらに氏族一門の好戦的歴史は、悲劇的、感動的、壮大な史劇を限りなく生み、またその中からロマンチックなメロドラマ、さわやかなユーモアや風刺喜劇も生まれました。

新しい脚本はしばらくの間、劇場のメイン演目とはせず、公演初日の晩は成功とか失敗とかは全く無縁です。観衆に試《ため》された脚本は、すぐに変えられ、削除され、作家の権利や感情が無視されたまま、役者、興行師、風景絵師、大工、さらにパトロンの希望どおり書き替えられます。

以前私は、脚本を書かせたという有名なスターに尋ねたことがありますが、この悲劇役者は「私には、よく分かりません」と応《こた》え、また第三者は「興行師は、新聞から窃盗《せっとう》とか殺人事件、それに難破船などの記事を切り取り、スターと討論しながら脚本の粗筋《あらすじ》を作成して最も大事な場面や演出を決める」と説明します。そのとき、三文文士《さんもんぶんし》が集められ、誰かの口述で筋書を具体化し、それを場面ごとに割り振ります。さらに興行監督会議で念入りに仕上げ役を割り当てますが、その際スターは自分に合った台詞《せりふ》に直します。リハーサル中に脚本は何度も練り直され、言葉遣いが改められ、さらに各役者が自分の役柄をきちんと書くよう指示し、その後、熱烈なファンのために完全な写本が作成されます。

〝四十七名の浪人〟の脚本に関し、かのスターは「これはわが国の歴史です。誰もがみな、浪士の生涯と名誉ある死の物語を知っており、大勢の小説家や詩人が書いてきました」と語りました。

「でも、いったい誰が芝居にしたのですか?」と私は尋ねました。

「おぉ、あらゆる劇場で、役者がさまざまな場面を独自の方法で表現してきました。しかしながら歴史は大切なので、誤り伝えられてはいけません。今は脚本に関する徳川時代の禁止命令はありませんので、団十郎《だんじゅうろう》［九世市川団十郎］は独自のやり方でこれを演じています。ほかの役者の演技はその変形で、仁義上同じ主人公を演じる者はいませんし、同じ芝居を上演することもありません」

ともあれ、芝居の根源があまりにも漠然として不明瞭なので、脚本の起源や脚本家を探すのは、どれも至難《しなん》の業《わざ》です。興行師の理想的客寄せには、昔から人気ある芝居の再上演や主役の輪番制を考慮したり、さらに一、二幕の新しい場面、斬新《ざんしん》な特色、そして興行先の遊び飽きたパトロンを満足させるように郷土色豊かな舞台背景や風刺などを盛り込みます。きちんとした台本や印刷した脚本はありませんが、挿絵《さしえ》入りのプログラムが図説概要を伝えます。このプログラムには、本物の印象派スケッチ［木版画］が刷り込まれていますが、際立った特徴もなく細部はすべて空想と時間に委《ゆだ》ねます。

日本の芝居にはドラマチックな統一性はなく、三幕物とか五幕物の決まりもなく、また韻《いん》文《ぶん》やリズムを抑制するルールもありません。オーケストラ［囃子《はやし》］と半ば隠《なか》れたコーラス［蔭囃子］が語り手となり、また先触れとして役者の演技を賛美します。この悠長《ゆうちょう》な能楽的残滓《ざんし》は、いずれ「上演時間を短くし、脚本を簡潔にすべきだ」との大衆の強い要求の前に、ほかのしきたりとともに次第に消え去ることでしょう。

日本の女性は舞台に立つ機会はなく、女の役は男性によって演じられます。女形《おやま》は、いつも発声練習を行い、か細く甲高《かんだか》い裏声を出し女の役を専門にします。女形の何人かは扮装《ふんそう》、声、歩き方、演技、作法の点で素晴らしい才能を持ち、中でも沢村源之助は優れた女装の名人で、繊細で気高いヒロイン役で正装すると貴族タイプの理想的美女に変身します。大劇場以外の大衆演芸場の芝居や余興の出し物には、ときどき女性の姿が舞台で見かけられます。数年前、東京の興行師が、一座全員女性仕立ての芝居をやり、世間を仰天させました。幕間《まくあい》に手品師や軽業師が観衆を楽しませますが、そこにも女性がときおり見受けられます。いずれ男女両性が役に付き、光り輝く女性スターが誕生することでしょう！

日本の舞台では、幼児による並外れの演技が有名です。特に〝四十七名の浪人〟には愛らしい子供らが登場し、極めて自然に台詞をしゃべり、最後まで名子役を演じるという感動的場面を展開します。

観覧席

東京で大劇場といえば、新富座《しんとみざ》［京橋（中央）区新富町］です。間口の長い切妻造《きりづまづくり》の建物で、入場口の上段に役者絵が並び飾られています。通りには茶屋や料亭が連なり、見物客が夕食後に出かけ二時間程度で終わるような短い芝居ではないことを暗示しています。あらかじめ観覧団を念入りに編成し、丸一日観劇に没頭します。芝居は通常朝の一一時に始まり、晩の八時か九時頃に終わります。短期間の顔見世《かおみせ》興行の後、千両役者の登場や壮大な舞台装置の予定が分かると、見物客は適宜《てきぎ》、観覧時刻を指定します。身分の高い日本人にとり、自ら劇場入口へ行き見物料を払って入場する行為は、かなり体裁の悪いことなので、そういう観客は少なくとも一日前、当日の切符手配のために劇場のそばの茶屋へ使いを走らせ、仲介を通して座席を確保します。つまり、茶屋は切符売場と組んだダフ屋なのです！　適当な時間に観覧団一行が茶屋に集まり、当日の昼食や夕食を注文し、それから茶屋の責任者が客を観覧席へ案内します。日に何度か湯茶のサービスがあり、また御用聞きが休憩時間中に「何か欲しいものはございませんか」と注文に来ます。夕食時、品数豊富に料理の入った大きな漆塗の重箱が運ばれ、パトロンは心地よく座って食事をとります。各座席には、円錐状に炭火が積まれた煙草盆が備えられ、誰もがキセルに火を点《つ》け、煙草を吸うと同時に吸殻をコツンと出します。ときどきこの音が舞台演技に合わせ、大合唱となります⁉

劇場の建物は軽く薄っぺらな木造建築で、至るところに茣蓙《ござ》や畳が敷いてあり、どこも似《に》通《かよ》った造りです。四角い座席、傾斜した床、簡素な低い廊下、そして舞台が場内いっぱいに広がっています。低い横木が床の空間を桝《ます》型に分け、客の出入りする連絡橋として役立っています。観客は常時、桝席の床に座って観覧し、各席は六フィート［一・八メートル］角の大きさですべて四人用に設計されています。歩廊《ほろう》を見ると、片側に桝席が一列、舞台に向かって若干《じゃっかん》桝席があります。それら座席の後ろには立見客の囲いがあって、一幕につき銅貨一、二枚程度の料金を払います。この大向こうの囲いは〝つんぼ桟敷《さじき》［幕見席］〟と呼ばれていますが、この客の騒々しいことおびただしく、耳の不自由な人でも耳を塞《ふさ》ぎたくなるほどです。

劇場に入る客は履物に札を付けます。棚は吊した下駄であふれ、まるで玄関ロビーの飾り物です。建物の中には果物、茶、菓子、煙草、玩具、簪《かんざし》、スターの写真、さらに小間物を売る店があり、桝席の客はどんな買い物も屋外に出る必要はありません。しかも明るく風通しのよい開放的芝居小屋なので、冬場は隙間風が素通りです！

劇場の請求書は詳細に作られます。ちなみに、これは横浜劇場で一行七名様に渡された領収書です。料金からは、随意に出入りした使用人二人分は除いてあります。

入場料（七人分）	＄0.98
席料	1.60
敷物類、椅子等	0.50
通信代	0.10
茶と菓子類	0.30
柿、イチジク、葡萄	0.30
鰻重等（七人分）	3.50
茶屋代	1.00
使用人への土産	0.30
計	＄8.58

上記、まさに領収しました。

福屋

劇場には必ず緞帳《どんちょう》があって、一般的に巨大な文字や記号だけがデザインされています。近頃は、ときどき色彩豊富な広告も描かれています。以前は、かなり多くの芝居小屋がフットライトもランプも使用せず、昼間だけの開演でした。古きよき時代は、日没後だんまり役の黒子《くろご》が、役者の顔形を照らすため長い棒の先に付いた蠟燭《ろうそく》を差し出して役者の周りを徘徊するので、観衆は表情豊かな役者の見事な演技を見ることができました。灯油の採用で舞台はとっても明るくなり、新富座でもフットライトを並べて舞台いっぱい照らします。そのうち電灯利用も一般化するでしょう。全上演を通し、黒子は〝補助役〟として振舞い、幕の上がる合間に役者の着替えを手伝ったり、小道具を巧みに動かします。

役者は、観客席の間にある高く長い二つの通路から舞台へ出るので、外から入ってきたように見えます。通路は桝席の観客の頭の高さと同じで、これを花道と呼びます。人気役者が進むとき、その道は一面花に覆われます。退場するときは、花道であったり、場面に応じて舞台の袖《そで》であったりします。

回り舞台

日本で使われる縮小サイズの大道具は、実物そっくりの精密さで作られ、リアルな芝居を演出します。舞台は、常に実際の家屋三、四軒を正面にセットできるほど十分な広さを持ち、花道は人力車、駕籠《かご》、荷馬の使用に足る幅があります。これらは昼明かりによって絵画的幻想性はすっかり消え、観客は茶屋のバルコニーから日常の街道風景を眺める感じになり、さらに鉢植樹木や根を払った移動用灌木《かんぼく》の利用で、庭、森、景観の舞台効果は抜群です。常時使用する竹は手近にあり、背の高い天南星《てんなんしょう》の草も用意し、しかも風景絵師が背景や舞台袖に非凡な幻想画を描きます。私は日本で最高傑作といわれる背景画を何度か見たことがありますが、その舞台の幽霊《ゆうれい》、鬼神《きしん》、怪物《かいぶつ》はほかでは見ることのできない、ど迫力でした。〝正直ものセービー［清兵衛？］〟の芝居では、雨降る黄昏《たそがれ》どき、竹藪《たけやぶ》の中での殺人場面があり、それはヘンリー・アーヴィング［英国の名優］もジュル・クラレッティ［フランスの劇作家］も凌《しの》ぐ傑作でした。さらに〝鍋島の吸血猫〟や〝東海道の怪猫〟に登場する若き美女は素早く魔物に変化《へんげ》し、ジキル博士がハイド氏に変身する以上の気味の悪さです。

日本の劇場では回り舞台がよく使われ、これは二〇〇年間も続く独創的斬新なアイデアの賜物《たまもの》です。直径二〇フィート［六メートル］とか、三〇フィート［九メートル］の舞台床の部分は、鉄道転車台のようにグアヤック樹木製車輪で回転しますが、これは床下の担当係が布圧縮機に似た突出棒に肩を当てて動かします。両袖は円形舞台の端にあり、合図一つで家屋全体がまるく回り、別な部屋や庭に代わります。ときどき担当者が急回転させたりすると、役者は演技中に叫んだりしながら場外へ転がり出ます⁉

背景画は舞台へ引き出すよう両袖に置かれたり、大道具装置場へ頭上高く持ち上げられたりします。ところで妙なことに、開幕の合図はコメディ・フランセーズ［パリの国立劇場］

に似て、床を大きな棒で三度強打するのです。

今日の日本演劇界は、リアリズム派や自然派が主流で、ジェファーソン［米国の俳優］も、コクラン［フランスの俳優］も同業者の団十郎以上に役になりきり、沈着かつ完璧な演技をすることは不可能です。脚本は現実社会そのものを映し出し、あらゆるテーマが日本の作法と習慣を通し日常生活そのままに上演されます。それは単刀直入で衝動的振舞いをする大ざっぱな西洋人にとって堅苦しくわざとらしい演技に見え、不自然に感じます。悲哀は常に奥深く、かつ長く尾を引きます。ついには情にもろい表現に感応し、観客の目からは涙があふれ、最後の一滴まで絞り取られます。悲劇はとても悲惨で、殺人場面は極めて残忍です。死はいつも鋭利な小道具によってなされ、また剣客の道化、切られ役の驚くべき忍耐力、さらに舞台正面に漏れ出る赤色塗料やもつれた赤絹糸の血潮は観客を沸かせ、「ヤー！ヤー！」「エー！　エー！」の叫びや悲鳴で、場内は興奮の坩堝《るつぼ》と化します。

剣士らは軽業師《かるわざし》や手品師に変装し、ぞっとする危険な離れ業で、間延びした殺戮《さつりく》場面を活気づけます。大衆に最もよく知られた名誉ある死・セップク（腹切り）場面は、常に固唾《かたず》をのみ、強い興味と狂気の喝采《かっさい》で迎えられます。長い最後の口上《こうじょう》の後、英雄の自殺・腹切りは、今も大切な日本人の魂を雄々《おお》しく美的に表現し、さらに侮辱《ぶじょく》を受けた仇敵《きゅうてき》に対する完璧な復讐心《ふくしゅうしん》を呼び覚まします。

あらゆる芝居の微《び》に入《い》り細《さい》にわたる綿密さ、飽くことなき礼節と婉曲《えんきょく》は全く日本そのものです。これらは想像をめぐらす部分は少なく、通常の演劇はディケンズ［英国の小説家］の物語などに比べ、枝葉の筋書や登場人物がかなり多い感じです。新しい風俗の急速な浸透により、今や劇場は昔の生活様式や礼儀作法の唯一の守護神となっています。

日本の劇場が暴力や流血沙汰、さらに俗受《ぞくう》けする田舎芝居に堕《だ》しているとしても、それなりに装身具のファッション・ショーとなります。ときには衣装だけでも観覧する価値があり、興行師は歴史的錦織《にしきおり》や博物館的価値のある甲冑《かっちゅう》の披露を発表します。団十郎《だんじゅうろう》は忠臣蔵の浪人が着用した崇高《すうこう》なる鎖帷子《くさりかたびら》を所有し、これをまとって舞台に登場すると熱狂的な拍手喝采で迎えられます。このような装束《しょうぞく》や鎧《よろい》の宝は父から息子へ、さらに引退したスターから愛《まな》弟子《でし》へと引き継がれます。成金《なりきん》や華族のパトロンは熱烈な贔屓《ひいき》の証拠として、珍しい衣装、刀剣、笛、身の回り品を人気スターへ寄贈します。さらに興奮した観客は、このような貢物《みつぎもの》を舞台へ向かって直接投げ込むのです！

あるとき、芝居に感激した外人が、帽子、上着、帯、煙草袋など贈り物の嵐を見ながら、自分も帽子を放り投げました。その後、興行師と役者の付人《つきびと》が帽子を返しにきて、一〇ドル請求したのです。いわば、観客からの贈り物と目されるこれらの品々は、人気スターの価格リストに照らし、現金で買い戻させるための単なる担保没収品にすぎなかったのです。これを知らない外人は強く抗議しましたが、埒《らち》があきませんでした。「この凹《くぼ》んだ山高帽を、記念として団十郎に贈りたかっただけだ」と強調すると、場内全体が嘲《あざけ》りの笑いで揺るぎました。酔狂《すいきょう》なこの外人ファンは、しぶしぶ担保物件に現金を支払いました。

私にとって、見物客の方も役者と同じように興味深い観察対象です。小さな四角い桝席それぞれに、もう一つのお芝居があり、そこでは絵のような日本の生活が演じられます。接客係が軽業師のように狭い区画横木を渡り歩き、茶盆、砂糖菓子、専用の急須《きゅうす》を絶え間なく観客へ運びます。さらに幕が閉じるたびにガニメデ「ギリシャ神話にある神々に酒の酌《しゃく》をする美少年」のような給仕がとんとんと素早く座席を行き交います。その一方で、子供たちは横木や花道にのぼったり、場内を走ったり、はては舞台に上って跳び回り、金槌《かなづち》で叩く大工の様子を幕下から覗《のぞ》いたりして、無邪気でおおらかな光景を展開しま

偉大な役者・団十郎

す。

　楽屋にいる人気スター訪問は、純然たる商取引です。役者はファンの訪問を受けるために固定料金を設定し、正規の収入源とします。団十郎の楽屋は新富座の舞台裏、大道具装置場付近の高いところにあって、そこから舞台を見下ろす窓があり、このため呼出係を置く必要はありません。ときどき大スターは自ら舞台へ向かって大声で怒鳴《どな》ったり、化粧準備や気まぐれで、芝居の進行を遅らせたり早めたりします。団十郎の楽屋訪問に高いお金を払ったファンの扱いほど冷淡で侮蔑的なものはありません。でも、華麗で入念な日本式礼節をもって鼻に付くようなお世辞を縷々《るる》述べるなら、この老いた男優、先代八世を継承し偶像化された団十郎の御機嫌は徐々に和《やわ》らぐことでしょう。しまいにはお茶まで勧め、レディーに簪《かんざし》を贈ったり、舞台の大名のごとく魅惑的しぐさで扇にサインまでするでしょう。

　役柄作りの化粧をする際、この偉大な老役者は大きな自在鏡の前に座ります。特殊なメーキャップ以外、昼明かりが扮装効果を損なうとの理由から変装はほとんどしません。この甘やかされた気まぐれの専制君主に三、四人の従順な付人が仕《つか》えて、しかも劇場の全スタッフが世話をやきます。団十郎の貴重な衣装は、すべて巨大な蓋付き竹籠に保管されています。それらはとても高価な品で、その管理は重要な仕事です。以前この一部が盗まれ、東京の警察が総がかりで捜査し回収に成功した折、団十郎は「泥棒が触って汚れた衣装は、二度と袖を通す気になれない」と公言しました。

四世の沢村源之助、団十郎の従兄弟の市川左団次は、その家名と血筋から遺伝的素質を持つ親譲りの天才として、東京の庶民から圧倒的人気を得ているスターです。若い役者は、この偉大なスターの一座に加わり、名声を得るため謝礼を払って芸を学びます。団十郎は、落葉の始まる頃から桜の散る頃までの開演期間中、新富座から三〇〇〇ドルの俸給をもらうと言われています。新富座と彼との関係は、コメディ・フランセーズとその会員に似ています。彼は東京以外の劇場でも演じ続け、ほかの都市との予約もいっぱいで、至るところで本給以上の臨時手当、御祝儀《ごしゅうぎ》、贈り物をもらっています。

日本の芸術家は、巧妙な宣伝が天分を助けることを十分心得ていますが、個人宅での訪問懇談会は、いまだに偉大なスターの収入増加に役立っていません。それでも以前、ある歌舞伎役者が外人家庭からのティー・パーティーの誘いに応じ、通訳を通して重要な役回りを喜んで語り、さらに芸や舞台の所作をとても興味深く、私たちに示してくれました。数日して英国日刊紙と自称する国内英字新聞に、この役者の外人居留地訪問の歓迎記事が大々的に載りました。その結果、私たち六人の催した個人的〝午後のティー・パーティー〟のニュースは、残念ながら人気スターへの入念な饗応《もてなし》ぶりや山のような出席者リストの記事の陰に隠れてしまいました。

日本政府は、新聞と同じように芝居にも一定の検閲を実施し、不快な演劇を禁止したり、必要なら興行師や劇団員を逮捕します。政治的事件を芝居で揶揄《やゆ》することは許されず、当局は人心を搔《か》き乱《みだ》すような表現を一切禁じています。かつて徳川幕府は〝四十七名の浪人〟の上演に対し検閲を行いました。なぜなら、その主な論旨と多くの場面は、将軍の腐敗した裁判手続きをはっきりと批判していたからです。このため維新前まで、忠臣蔵（忠義同盟）と名前を変えて上演し、芝居内容は歴史的事実から遠く外れていました。新しい時代が到来すると、興行師らは「これぞ、史実に沿ったいちばん正しい芝居なり」とこぞって宣伝し、歴史家や古物研究者からの最新情報をすべて活用しながら上演するようになりました。

第一一章　皇　室

天　皇

欧州の君主や権勢を誇る王族は、日本の統治者・天皇に比較すると成り上がり者にすぎません。皇室は紀元前六六〇年に初代神武《じんむ》天皇が即位して以来、とぎれなき系統を保っています。後代へ下って、現在の天帝の子孫・睦仁《むつひと》［明治天皇］は歴代系図から一二二代目となります。

封建時代、天皇は臣下である将軍の実質的な捕囚《ほしゅう》として、京都御所《ごしょ》の黄色の土塀［築地《ついじ》塀《べい》］の中で生まれ没しました。臣民のことは何も知らず、臣民に知られることもありませんでした。それぞれの天皇は崩御後、その称号［贈名《おくりな》］を以て神とされ、そこで御代《みよ》は完結しました。個人名を語るにはあまりにも恐れ多いため、称号を述べる際、今も日本人全員無意識に敬意を払います。父祖から付けられた通り名［仁］が書かれるとき、その文字は一筆書《ひとふで》きの省略形によって故意に不完全なまま書かれました。話し言葉で、日本の統治者は主上《しゅじょう》、陛下、あるいは天皇です。一方、文字で書くと天皇、皇帝、帝《みかど》となります。皇后《こうごう》は話し言葉も文字も、皇后となります。そして尊称のサマは、すべての天皇の称号の後に付きます。

睦仁は日本の歴史上最も意義ある重要人物で、一八五二年〔嘉永五〕一一月三日、京都御所で誕生し、これまで同様、皇太子として教育訓練されました。一八六七年〔慶応三〕二月一三日父君の崩御後、皇位を継承しました。続いてその秋、徳川将軍は正式に辞職をして正当な統治者へ大政奉還《たいせいほうかん》し、大阪城へ移りました。一八六八年〔慶応四〕二月、まだ一六歳未満の天皇は京都御所で被《かぶ》り物を脱ぎ、外国使節〔仏蘭公使〕を謁見しました。さらに大阪の反抗的幕府派を撃破しながら首都江戸へ移りました。その地で天皇統治の紀元を明示するため、元号として明治（啓蒙《けいもう》という意味）を選定しました。

素晴らしい宮廷儀式、陸軍閲兵式、競馬場で雄姿を拝見するとおり、天皇は申し分のない日本帝国の中心人物になっております。日本人の平均身長よりも背が高く、立派な威厳と権威を備え、軍人らしい落ち着いた足取り、さらに腰に吊された刀剣は、ときどきリューマチで余儀なくされた不揃いの歩きぶりを上手に隠しています。顎鬚《あごひげ》を整え、顔立ちは日本の一般的貴族タイプよりも際立って凛々《りり》しく力強い感じで、皇帝鬚にふさわしい真の東洋人としての沈着冷静さを備え、人前では陸軍大元帥《だいげんすい》の軍服を着用されています。黄金をちりばめた刀剣とたくさんの勲章をつけ、冬は重厚な飾紐《かざりひも》と組紐つきの上質ラシャの濃紺の軍服で、夏はズック布地の白い軍服です。外国王室から贈られた栄誉と勲章の返礼に、天皇は壮麗な菊花章を授与します。旭日章《きよくじつ》は顕著な勲功《くんこう》のある者に与えられ、その赤い記章〔略綬《りやくじゆ》〕は日本人同様、たくさんの外国人に着用されています。

近頃、天皇は英語やドイツ語の習得を断念し通訳に頼っていますが、外国文学には多大な関心を持たれ、その翻訳を読まれています。陛下が道を通過される際は沿道の人びとから黙礼がなされ、進行中は警官に守られ、ボディガードの槍騎兵が護衛します。その間、国民は大声で叫んだり、拍手喝采《かっさい》したりすることは全くありません。けれども、陛下は外人の慣習をとても優しく受け入れ、ときどき横浜で迎える「フレー!」の歓声に、返礼の会釈をされます。

天皇統治の二〇年間、次々と変化する国事に忙殺される一方で、陛下は欧州の君主と比較され、いまだに絶対的静寂の中に隔離状態になっていると誤解されています。ときおり陛下は数週間連続して皇居グラウンドで過ごし、馬場、的場、射撃場、豊富に魚の棲《す》む池で、あらゆるスポーツに勤《いそ》しみます。ただ、陛下は海を好まず、ヨットは所有していません。鉄道利用の難しい場合、郵船を借りきったり、軍艦に乗ったりして海軍基地［鎮守府］や新しい要塞［鎮台］へ行幸《ぎょうこう》します。遠くに皇室の山荘や猟場がありますが、陛下は一度も行ったことはありません。

江戸城に皇居を定めた後、すぐに少年天皇は最高位の宮廷貴族である公家《くげ》、一条忠香《いちじょうただか》の息女・美子《はるこ》姫と結婚するために京都へ戻りました。御成婚は御所の神社内で、一定の型の神道儀式により荘重に行われました。この儀式は、日本人でさえうかがい知れない神聖かつ内輪な式でした。

美子皇后

一八五〇年［嘉永三］五月二八日誕生の美子《はるこ》皇后［照憲《しようけん》皇太后］は、最も厳しい日本の伝統的習慣に従って教育を受け、文学や詩の創作は中国の古典を手本にして学び、さらに琴《こと》の奏法《そうほう》、茶の湯礼法、刺繡《ししゆう》、生け花も修得しました。これらは、かなり自由で寛《くつろ》いだ課目ですが、未婚女性にとっては、極めてレベルの高いものでした。御成婚と同時に並外れた活動、学問、勇気、適応性、理解力が求められ、常人とは異なる生活がこの愛らしい皇后に展開したのです。しかし、現在の陛下は実務的であると同時に詩的であり、御歌《ぎよか》を宮中の屛風《びようぶ》や掛《かけ》軸《じく》に肉筆で書き、そのいくつかは歌いやすいように節付けされています。

皇后は過去数年間病身でしたが、上品な美貌《びぼう》は今でも若い妹君たちをしのぎ、瓜《うり》ざね顔の日本美人です。背丈は低くほっそり小柄ですが、洗練された貴族の典型的容姿を備えています。結婚当初、古い習慣に従って眉毛《まゆげ》を剃《そ》り、額《ひたい》の上に影のような眉を二つ塗り、歯を黒く染めていましたが、数年後、美形を損なうこのような化粧は止《や》めました。

一八七三年［明治六］、ちょっとした事件がありました。それは生まれて初めて皇后陛下が外国公使夫人たちを謁見したことです。宮廷に勤める侍従《じじゆう》たちは、両陛下のお出まし準備のために特訓が必要となりました。相手の地位や身分を服装で見分けたり、東洋的因習に堕《だ》することなく、いかにして女性に敬意を払う西洋の騎士道精神に適応できるか、何ヵ月もかけて懸命に学びました。一八八九年（明治二二）二月一一日新憲法発布の日、両陛下は儀式用馬車に相並《あい》んで乗車し都心を通過しました。その晩、天皇は皇后を公式大食堂ホール［豊明殿］のペアの肘《ひじ》掛《か》け椅子《いす》の一方へ誘うため腕を優しく差し出しました。その瞬間、歴史的なニッポン新紀元がスタートしたのです！

皇后は毎日、秘書や助手に公式謁見《えつけん》の役割を指示します。ときには学校や病院を訪ねたり、慈善バザーに出かけ自由に買い物をします。さらに美子皇后は皇居グラウンドで乗馬の練習をしたり、皇居外ではカーテンを半開にして四輪軽快馬車を走らせたりしますが、その際、従者は赤紐、袖章、銀ボタンの付いた濃紺の制服と縁反《ふちそ》り帽《ぼう》を着用しているのですぐに分かります。

年二回、皇室では園遊会を催しますが、一つは菊が咲く頃、もう一つが桜の季節です。両陛下のお出ましが、宮廷謁見式に匹敵《ひってき》するといっても、この会での礼儀作法はとても簡素です。開催数日前、招待客には菊模様で縁取りした大きな案内状が届きます。

□□年十一月□□日
天皇皇后両陛下の命に従い、宮内大臣より□□殿御夫妻へ御挨拶申し上げます。
本月八日午後三時、皇居仮宮殿［赤坂御所］での観菊御会《かんぎくぎょかい》に御招待致します。

さらに同封の紙片には、次のような指示があります。

一、フロックコート着用のこと。

一、宮殿正門より入場して〝車寄せ〟で下車のこと。

一、到着時、本案内状を受付係に提示のこと。

一、当日雨天の場合は、本会は中止のこと。

宮廷の菊展示場 1

招待客は指示された時間内に御苑《ぎょえん》［赤坂御所］へ集まります。そして国歌〝君が代〟の吹奏が貴い方の登場間近きことを伝えます。両陛下と随員一行は、客の立ち並ぶ列と菊の天幕の間をゆっくり通りながら芝生に張られた大天幕へと進みます。そこでは軽食が振舞われ、天皇は歓迎の挨拶として閣僚や公使へ二言三言話しかけます。ときおり両陛下は特別に謁見をされたりします。皇后はテーブルに着き座ったまま、自分のところに公使夫人や華族夫人らを招いて歓談します。天皇は、再び菊の天幕を巡覧してからご退場、続いて招待客も庭園から退出し、優雅な園遊会は終了します。ところで、このパーティー後の一週間以内に、招待客は首相夫人に対し儀礼訪問をする習わしになっています。

昔の宮廷衣装

菊の園遊会

古式ゆかしい宮廷衣装姿の皇后陛下と女官が登場すると、御所の園遊会は日本調一色となり絵のような美しさです。幸運にも私は、一八八五年［明治一八］の観菊御会に招待され、その際、陛下と女官《にょかん》は緋《ひ》の袴《はかま》とゆったりした伝統的錦織を着用し、民族衣装姿としては最後となるお出ましを拝見しました。その日は素晴らしい日本晴れで、晩秋の色合いの深まる麗《うら》らかな日でした。赤坂御所庭園には菊床の列があり、一堂に会す無数の花は見事に咲き誇り、

宮廷の菊展示場 2

しかも日除け、仕切り、絹の掛布によって強い陽射しや風雨から保護されています。絹の天幕でも菊の株がそれぞれ保護され、一株につき二〇〇から四〇〇もの花を付け、いずれもむらなく豊富に咲いています。

陽《ひ》当《あ》たりのよい御苑に待機する貴婦人は、華麗な伝統的錦織《にしきおり》で身を包み、光り輝く最高の装いで、燃え立つ花と妍《けん》を競っています。いよいよ陛下と女官の豪華《ごうか》絢爛《けんらん》な行列が、鏡のような池の水辺に沿いながら登場し、広大な赤坂御所の一段高い庭園の遊歩道に咲く椿の生垣を通過して行きました。

この日は天皇陛下が病気で引き籠もったために、初めて美子皇后が宮廷儀式の陣頭指揮を執りました。皇后の装いは緩やかな袴（ズボン式スカート）と荘重な真紅の絹衣からなり、鈍い薄紫の長くゆったりした上衣には、伝統的な藤

宮廷の菊展示場3

の花と皇室の紋章が白く錦織されています。外帯や飾帯は付けず、首元はサープリス（聖職者の着る白衣）のように虹の絹を折り込んだ詰め襟になっています。何枚も重ねた明るい白と緋の絹下衣が、華麗な錦織の長四角な袖の下に見えています。陛下の髪はしっかりと細い光輪型に結い上げられ、さらに後頭部から腰まで垂れ、ところどころ巫女《みこ》のように真っ白な和紙で結ばれています。額の上にはフェニックス（鳳《ほう》凰《おう》）を象《かたど》った金飾りが輝き、パラソルと伝統的宮廷扇を手にしています。扇は彩色された細板で作られ、鮮やかな彩りの絹紐が長く巻き付いています。この小柄な女性の品位と威厳は、鮮烈な印象を与えます。全員うやうやしく低頭し、陛下が傍《そば》を通るとみなのまなざしは、好奇心から敬慕と感嘆の念に変わります。妃殿下も侍従の貴婦人も、全員同じ伝統的衣装を身につけ、鮮やかな刺繍や金糸で織られた錦織は、色彩効果満点で目が眩《くら》むほどです。夕焼けで空は茜色《あかねいろ》に輝き、皇族の列が退場口へ向かうと、白や金や七色の衣装が変幻極まりなくきらめき、鮮やかな彩りは静かな池に反射し、芝生の貴婦人が半円形状に整列すると、なおいっそう鮮やかに映えます。このようにして皇后陛下一行は御所に戻られ、一連の夢絵巻は想像を絶する幻覚的優美さをもって終わりました。

翌一八八六年［明治一九］四月、パリのファッションが流行し大都会を席巻した後でも、浜離宮庭園の桜の雲海から発するピンクの反射光は、小柄な女性集団を醜く照らすことはありませんでした。ところが、数年後この美しい伝統的衣装集団は、全員類似の体に密着した西洋夜会服姿に一変し、詩的情緒や絵のような趣は全く消えました。進歩と称する俗物社会が到来したのです。宮廷の集《つど》いでは、その後いっさい東洋的趣や風情が消えてしまい、わずかに招待客である中国や朝鮮の公使の衣装とか、中国公使夫人の金銀線細工、真珠飾りの帽子、宝石の刺繍された小さなスリッパに見られる程度です。

西洋衣装

皇后陛下は有名な宮廷回覧令状を発し、西洋衣装への衣替えを命じてこれを守らせました。その主旨は、男性同様、座って膝を曲げる東洋式挨拶をやめて、立ったままで西洋式挨拶をするよう女性も倣《なら》うべきだという命令です。これに対して純日本的風情《ふぜい》を愛好する堅物

ども は、こぞって反対しました。しかし、この命令の底流には、「日本人が外国の文化的国民と少しも違わない」ことを条約国勢力に納得させる伊藤博文伯爵の明敏な政治戦略がありました。古いしきたりと美しい民族衣装の廃棄という犠牲によって、一八五四年から一八五八年［安政一〜五］にかけてこの国に強いられた恥ずべき不平等条約の改正を確実に進め、結果的に日本の外交的自由と経済的繁栄を促すことになりました。この意味から、皇后による因習打破は、強い愛国心から生まれた正しい命令だったのです。

ところで、皇室の神聖な人格は、皇后のファッションをずっと変えられずにきました。というのは、身分の卑《いや》しいとされる仕立屋《したてや》は、陛下の体に直接触れることが許されなかったからです。結局、宮廷の西洋衣装推進リーダーである伊藤伯爵夫人、つまり首相の賢夫人［伊藤梅子］が、皇后の身代わりになって服の型をとりました。

自ら欧州ファッションで身をまとった皇后は、心地よい民族衣装に慣れた女性軍に対し、まさに英雄的指導を行っています。皇后の夜会服は国産の布地で織られ、その裾飾りと縁飾りは皇后の運営するレース刺繡学校から献上されます。室内の儀式では、ボディス（胸衣）と宮廷用裳裾《もすそ》の着用が義務づけられ、皇后はティアラ［宝石頭飾り］、ネックレス、無数のダイヤモンド装飾品を着用します。以前は簡素な長い簪［笄《こうがい》］、帯紐に金の玉飾りとわずかな装飾品以外に何もつけなかった宮廷貴婦人は、今や米国人並のダイヤモンド熱に浮かされるほどになり、さらに最近、綬《じゅ》と星型宝石のついた新しい勲章が皇后によって制定され、その佩用《はいよう》にとても憧れています［明治二一年、婦人用勲章・宝冠章を制定］。

かけがえのない鮮やかな錦織や刺繍など先祖伝来の宝は、高価な西洋衣装を採用した貴婦人により、無慈悲な生け贄《い にえ》となりました。しばらくの間、彼女たちの表情や姿には、着心地の悪い新衣装に浮かぬものがありましたが、やがて体に慣れ寛《くつろ》ぐようになりました。今ではパリ仕立ての夜会服を初めて着る日本女性は、和服を試着する外人観光客ほどには喜劇的にも漫画チックにもなりません。外国人は滑稽さを無視し、間違った襟《えり》重ねや裾《すそ》さばきで記念写真を撮ります［一五五頁の間違った襟重ねの宮廷衣装姿はシドモア女史？］。外観、襟重ね、襞《ひだ》、帯紐が持つそれぞれの意味に十分敬意を払って、日本流に着物を上品に着こなせる外国婦人は、今まで見たかぎりではわずか二人だけです。

夙子《あさこ》［英照］皇太后は、藤原氏系統の公家・九条一門の人で古い秩序と作法を守り、新しい様式はほとんど受けつけません。皇太后は国の行事に姿を見せることはありませんが、美しい儀式用衣装をまとった陛下と女官がときどき、紅葉館の能公演で見受けられます。なお、その公演は皇太后主催の慈善事業の一つに数えられ好評です。

夏季半年間、いつも皇太后陛下は葉山御用邸で静養していましたが、一八九七年［明治三〇］一月に崩御されました。深夜に神道式葬儀が営まれた後、京都泉涌寺《せんにゅうじ》の御陵に眠る夫・孝明天皇の傍《かたわ》らに埋葬されました。それから一年間国民は厳しい皇室の喪に服し、軍楽隊の演奏さえも禁じられたほどです。

皇太后は、中山邸［明治天皇の実母・中山慶子《よしこ》夫人の邸宅？］にある皇室保育園の運営にかかわって名誉職を務め、天皇の子供や正妻以外の夫人たちを四、五年住まわせていました。この夫人たちはすべて公家の出身で、邸内に住宅を持っています。現在この女性たちがきちんと身分保障されているにせよ、口には出せない東洋的遺風で公然の秘密です。

美子皇后には実子がおりません。皇太子明宮《はるのみや》親王（大正天皇）は天皇と柳原愛子《やなぎはらなるこ》夫人の子息です。天皇は一〇人の子供を亡くしていますが、五人の皇女は元気です。明宮親王は一八七九年［明治一二］九月六日［八月三一日の誤記］に誕生、一八八七年［明治二〇］八月三一日に皇位継承の資格を宣言、一八八九年［明治二二］一一月三日に立太子の礼が行われました。これまでは直系相続者が不在だったため、若き従兄弟・有栖川宮威仁《ありすがわのみやたけひと》親王を天皇の養子にし継承者としていました。

明宮親王は華族学校［学習院］に通い、クラスではほかの生徒と一緒に勉学に勤《いそ》しみ、声を合わせて復唱したり遊んだりし、先祖が夢見た以上に自由に生活を楽しんでいます。殿下は情熱と活力にあふれ、聡明かつ野心的です。また考え方がとても進歩的で、自分の立場をわきまえた寛容性と忍耐力を備えています。しかし、皇太子は先天的に繊細な体質なため、健康管理にはドイツ人［ベルツ博士］や日本人の宮廷医師団による献身的努力が欠かさず払われています。したがって宮廷儀式や外国王室に見られる後継者としての退屈な公務は、いつも省かれています。一九〇〇年［明治三三］五月、九条道孝《みちたか》公爵の息女・節子《さだこ》姫［貞明《ていめい》皇后」との御成婚が東京の皇居内宮殿で行われ、さらに一九〇一年〔明治三四〕四月、迪宮《みちのみや》親王〔昭和天皇〕の誕生は、日本全国を歓喜と祝賀の渦《うず》に巻き込みました。

第一二章　東京の皇居と宮廷

皇居新宮殿

首都や天皇の故郷［京都］には、さまざまな御用邸が三〇もあります。近江、摂津、山城は、徳川時代の江戸（入江の木戸）が東京（東の都、天皇政権の中心地）となる前から皇室の領域でした。また一八七三年［明治六］の火事で焼け落ちるまで、旧将軍の居城・本丸《ほんまる》は皇居として使用され、内部は京都二条城よりもはるかに壮麗だったと言われています。ともあれ、被災して引っ越しを余儀なくされ、手狭《てぜま》な赤坂台の紀州徳川家の屋敷［赤坂離宮］が一時的に天皇家の避難所となりました。

一八八八年［明治二一］末、天皇は新宮殿に入居しました。それは六年がかりで建てられ、環状の濠《ほり》に守られた将軍の城跡にたっています。二つの跳橋と二つの堂々とした櫓門《やぐらもん》を通過すると、長くて大きな一棟の黄色レンガ建造物が見え、その袖部分の入口に着きます。この袖部分に当たる異国風の宮内省庁舎は、円錐の塔とフランス式城館の急勾配の屋根を持ち、それ以外は京都御所に似た寺院様式で迷宮のような集合建築です。不均衡に傾斜した大地に建てられ、屋根や床に無数の高低差があります。私は新宮殿完成前に見学する機会に恵まれ、たっぷり一時間以上もかけ、案内人や従業員さえ迷うような宮殿内を観覧しました。欧州様式の建築、装飾、備え付け家具、さらに西洋的理念が日本様式と無理に結合しているため、宮殿は不調和この上なく、藁葺《わらぶ》き屋根と電灯、障子とスチーム暖房装置、モダンな舞踏ホールと能楽堂といったアンバランスな組み合わせが随所にあります。これを見て、眉《まゆ》はしかめても褒《ほ》める人は誰もいません！

堂々たる各儀式用広間は、それぞれ独立した建築様式からなり、四方の外柱廊の角々には、別な回廊へつながる廊下があります。華麗な金物細工の施されたあずき色の漆塗枠にあるはずの平板ガラス扉は、普通の紙障子に置き替わっています。ただ、この付近は低い軒や床に平行して入ってくる日光程度では薄暗く、室内全体にエジソン式電灯が必要です。

残念なことに、この宮殿には最高レベルの伝統的装飾美術の手本が見当たりません。鮮やかな羽目板天井だけが唯一純日本風の価値ある空間です。大きな応接間の刺繍羽目板天井や私室の絵巻物飾りは貴重で、京都最高の刺繍技術を示しています。天井の造作には一万ドルもかけ、一枚一ヤード［〇・九メートル］角の金糸綴織《つづれおり》羽目板を天井全体に嵌《は》め込《こ》み、その一枚一枚にさまざまな円形花模様の刺繍を施しました。腰板には果実をあしらった緑のダマスク織があり、応接間の壁には渋い色合いのダマスク織が掛かっています。

安手で不格好な宴会ホール用の樫材家具がハンブルクの蒸気製造場から持ち込まれ、日本の美しい木材や彫刻家の素晴らしい才能は無視されました。四角いホール［豊明殿］の中に儀式用食卓が三方に置かれ、一〇〇人が一堂に会食できます。両陛下の肘掛け椅子が食卓の中央に置かれ、けばけばしいドイツ風彩色綴織で縁取りされた食器棚の正面にあります。舞踏ホールの床は、白と金の配色模様の高価な象眼《ぞうがん》造りです。〝玉座《ぎょくざ》の間《ま》〔正殿〕〟は天井羽目板にある紋章以外日本的なものは何もありません。大きな金箔《きんぱく》肘掛け椅子が、赤いフラシ天〔絹ビロード〕の天蓋《てんがい》とカーテンのかかった赤絨毯《じゅうたん》の間《ま》の上座に置かれ、脇の漆塗卓上には聖なる剣と御璽《ぎょじ》が置かれています。宮廷儀式の際、皇后は親王や内親王と一緒に玉座より一段低い右手の上座に立ちます。外交団は天皇の左手に位置し、首相や高官は玉座の正面空間を塞《ふさ》ぐようにして直立し、さらに皇宮警護官が〝玉座の間〟を囲む歩廊に並びます。

両陛下の居間にはモケット〔厚地ビロード〕絨毯、フラシ天製備品、安楽椅子が置かれ、外国様式の影響を如実に語っています。君主の部屋には素朴な神道の古いしきたりが残っていて、木造部分すべてが無彩色のままです。一方、宮殿の事務室は、蠟燭《ろうそく》と囲炉裏《いろり》から電球と体裁のよい暖房機器に置き換わりました。私室のいくつかには、純白の松板や灰色の美しい埋もれ木からとった精緻な羽目板が嵌められ、格間《ごうま》型の天井になっています。連続する部屋のいくつかは純日本風の造りになっていますが、これは気の合った四人が茶の湯を楽しむ箱型の茶室です。

天皇の寝所は、次頁の挿絵図解（E）の箇所にあり、光も換気もない先祖伝来の真っ暗な個室で、夜になると周囲は付添人と護衛官によって守られます。

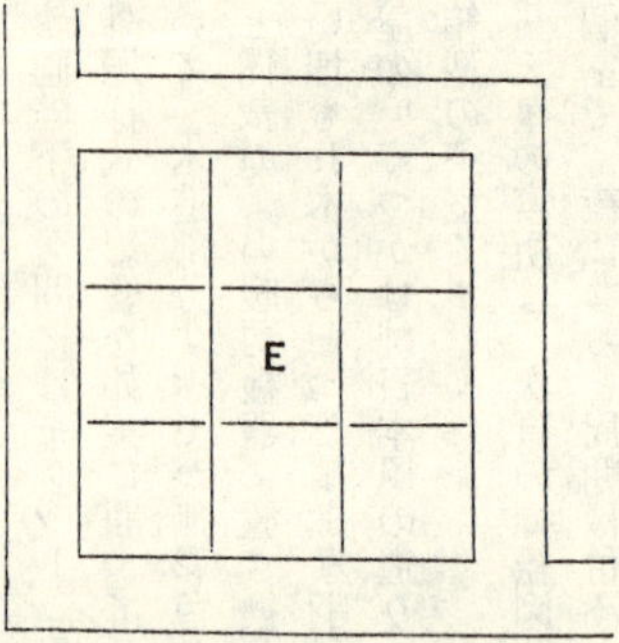

天皇の個室平面図

この階の上には書斎、文庫、秘書室が並んであり、すべて均質で精緻な木材が使われ、天然の木目と色合いが見事です。それから離れた場所に連続して部屋があり、天皇の手洗いと納戸、更衣室、さらに象眼細工の床と壁に囲まれた和式の浴室があります。陛下は国民と同じ普通の小判型風呂桶を使われ、水は原始的なバケツ・ロープ方式で中庭の井戸から汲み上げます。これらの私室の衝立《ついたて》には装飾がなく、あっても金箔の斑点《はんてん》模様だけです。いずれ特別命令が下り、宮廷画家がデザインすることになるでしょうが、衝立の表面にあちこち貼られた四角い無地の色紙を見ると、茶道の即興詩人ならずとも、筆をとって書き込みたくなります！

宮殿の奥まった場所に礼拝堂《れいはいどう》（神道の霊廟《れいびょう》）がありますが、役人はこの件に関し全く口をつぐんでいます。そこには天皇家先祖の埋葬板碑が祭られ、簡素な位牌《いはい》や松の板切れには統治者の死後の名前「贈名《おくりな》」が書かれています。

新たに決定した内閣の担当大臣や、新しい任地へ出発する外交官が天皇に謁見する際、官報に「皇居礼拝堂の御霊《みたま》参拝が許された」と、よく発表されます。おそらく、このような礼拝式は外国にある〃忠誠の誓い〃に相当するセレモニーと思われます。天皇家先祖の特別の命日を記念する春季と秋季の皇霊祭があり、その時期最初に種もみを蒔《ま》いたり、初穂《はつほ》を収穫したりします。また重要な儀式の開始前に、天皇の礼拝堂参拝が報道され、高齢の久《く》邇宮朝《にのみやあさ》彦《ひこ》親王は神聖な祭礼のリーダーを務めます。ところが、素朴で形式的な国家宗教の万事に、一般国民は当惑ぎみで理解できず、宮殿の神道礼拝がどんな形をとるのか、誰も知る由《よし》がありません。

天皇は自分の誕生日の朝、皇族、閣僚、公使を呼んで和式の宴会を催すことが、習わしとなっていました。食事には箸《はし》が使われ、卵殻型の盃《さかずき》で天皇の健康を祝う乾杯がされ、陪席者はこの菊と菱形模様の金塗盃を土産《みやげ》として持ち帰ることができました。この誕生祝賀と新年の朝食会は、今では公式行事となり、両陛下が上座に臨み外国式でもてなします。実際、宮殿や天皇の食卓での世話はすべて欧州風に行われます。銀食器、陶磁器、グラスなどには十六花弁菊の紋章が印され、白い絹ナプキンには皇室の桐装飾紋章が図案化されて織り込まれ、さらに優美な磁器製の食器類にも描かれています。皇室の侍従はお揃《そろ》いで、飾紐や垂飾りの豊富な燕尾《えんび》服《ふく》、縞《しま》模様のベスト、乗馬用膝半ズボン、白い絹靴下、締金具付き革靴を着用しています。その衣装はウィーン宮殿の制服によく

皇室の酒杯

似ており、冬のドナウ河畔に滞在した小松宮《こまつのみや》殿下［彰仁《あきひと》親王（一八四六―一九〇三）のち近衛師団長、日赤総裁］が、これを色塗りスケッチをして本国へ送ったことがあります。皇室の女官は、京都御所時代の衣服を身につけ、紫の袴、あずき色の絹衣はとても魅惑的で、宮殿内では唯一純日本的光景を呈しています。ベルリン宮廷の習慣が信奉されてからは、あらゆる事柄が修正され、日本の宮廷役人の儀礼作法のやかましさは、プロシャの軍律家も王室侍従も顔負けです。

皇太后の御所に関しては、その正門の存在が知られているだけです。浜離宮は、よく知られた皇室の海辺の別荘で、徳川時代に将軍のために造られましたが、今は日本の大臣が舞踏会を催したり、来朝した天皇の賓客、たとえばグラント将軍［前米国大統領］が逗留《とうりゅう》したようなとき、迎賓館《げいひんかん》として使われます［明治一二年夏、同所にて天皇・グラント将軍歓談］。この美しい庭園では、毎春皇室園遊会が催され、新宮殿に隣り合う吹上《ふきあげ》御苑とともに山水庭園の最高の手本となっています。これら宮殿の維持費や皇室経費の宮内省支出は、一八八九年［明治二二］度、一八九九年［明治三二］度、ともに三〇〇万円でした。

この東京の宮廷社会では、当然のごとく徒党や派閥があり、さらに内紛や争い、それに伴う勝敗があり、君主の寵愛《ちょうあい》をめぐって絶え間ない策動と陰謀が渦巻いています。

華族

日本の華族リストには、爵位の人数（公爵一一、侯爵三四、伯爵八九、子爵三六三、男爵二二一）と名前が載っています。そこには、公家の一門すべてが新しい貴族として登録され、さらに天皇を助け、忠誠を誓った大名、一八六八年［慶応四］に勃発《ぼっぱつ》した軍事衝突［戊《ぼ》辰《しん》の役《えき》］を経て恭順した徳川陣営の大名も含まれています。そして新しい地位と爵位がたくさんのサムライ階級に授与され、彼らは維新回天の先駆者になり、政治家となり過去二〇年間、素晴らしい発展に向け助言や指導をしてきました。しかしながら、旧公家階級は恩赦《おんしゃ》された大名や、過日華族に列したサムライ階級に少しも心を許していません。その疑心暗鬼《ぎしんあんき》はフォーブール・サン・ジェルマン［パリ市内にある貴族の多く住む豪邸街］、つまり帝政貴族社会とフランス共和国官僚体制の間に澱《よど》む暗闘劇の東洋版を生んでいます。

華族リスト上位には、天皇の身内血縁の全親王を据え、次に爵位の授与された公爵一〇名が続きます。この新設公爵一〇家のうち、五家は旧五摂家で、これは旧京都宮廷を構成する一五五家の中の筆頭公家です。旧五摂家は一条、九条、鷹司《たかつかさ》、二条、近衛《このえ》の一門をさし、一八八三年［明治一六］から公爵の地位にあります。残る公爵五家は三条、岩倉、島津、毛利、徳川の一門で、皇位継承者に花嫁を捧げる特権が付与されました。

天皇は、これら公爵一〇家を私的に訪問しています。最近、徳川家では剣道試合と古式に則《のっと》る能楽で歓待し、能舞には数百年にわたり徳川家主催の祝宴で使った能装束と能面を用いました。その他伝統的習慣に従い、有名な刀鍛冶《かたなかじ》による日本刀を名誉ある賓客に贈ったり、さらに行幸《ぎょうこう》記念の詩歌を金箔漆箱に納め捧げました。現在の徳川家当主［一六代・家達《いえさと》］は、ペリー提督との条約を真っ先に拒絶した将軍［家茂《いえもち》］の嫡孫《ちゃくそん》で、慶喜《よしのぶ》の嫡子《ちゃくし》です。狡猾《こうかつ》な反逆者であった最後の将軍・慶喜は、一市民として静岡近郊の閑静な小邸宅で暮らし、かつての党派的闘争心も消えて非政治的涅槃《ねはん》に達し、世間から忘れられました。

天皇の臣下を確定する新しい爵位制定［明治一七年華族令］によって、これまでの領地も共同社会も消滅しました。今日の侯爵、伯爵、男爵は、ほっそり小柄できびきびした男性ばかりで、ロンドン仕立ての洋服をスマートに、かつ申し分なく着こなし、他の帝国の似た立場の世界主義者と語り合うために外国語の一つ二つは習得済みです。ただ、今の爵位は、なんとなく封建時代の身分と同一視されるところがあります。

旧加賀藩の大名は前田侯爵となり、彼の妹は天皇の従兄弟と結婚し、先祖の広大な屋敷は帝国大学の施設となりました。そして旧薩摩藩の大名島津は公爵です。それにしても、彼ら高等遊民［有閑階級の社交家］を仲良く連携させるのは、なかなか容易なことではありません。彼らは公式舞踏会で踊ったり、玉突きをしたり、鹿鳴館《ろくめいかん》で外国新聞の綴込《とじこ》みを読んだり、午後は表敬訪問をしたり、茶会、園遊会、晩餐会、演奏会、競馬に参加したり、さらに同じ情熱でポーカーやテニスに興じたり、また慈善フェアやバザーでは、本質的に備わった二本差し［武士］階級の威厳や錦織の優雅さを意識し、古き家名に縛られたプライドによって犠牲的精神を大いに発揮します。

宮廷社交界の貴婦人の中には素晴らしい美女、人気者、社交リーダーがいて、組織的能力や個人的資質には信じ難いものがあります。数年前まで平穏に隔離状態で暮らしていた日本の既婚女性は、今やロンドンやベルリンの公邸のような大所帯でも、いともたやすく優雅に仕切り、新しい言葉遣い、服装、複雑怪奇な作法と英雄的に戦っています。母親と娘は一緒になって女性教師に英会話を学び、海外から戻った公爵夫人や外交官夫人は自分の友達に新しい生き方を興味深く伝えます。

現在、宮廷で活躍中の二人の貴婦人［大山巌《いわお》元帥夫人捨松《すてまつ》、瓜生外吉《うりゅうそときち》海軍大将夫人繁子《しげこ》］は米国バッサー大学［ニューヨーク州の私立女子大学］の卒業生です。また海外へ出たことのあるたくさんの日本人高官が、それぞれ米国、英国、ドイツ出身の女性を妻に迎え幸せな結婚をしています。もちろん、彼女たちは誓いの言葉とともに日本名を名乗ります。さらに宮廷は、式部長官の妻である当世随一の麗人《れいじん》を抱えています。この栄華絶頂の貴婦人は、陶芸美の極致、鍋島焼《なべしまやき》で名高い鍋島一門の当主夫人［鍋島直大《なおひろ》侯爵夫人栄子《ながこ》］です。

舞踏会

東京の社交界はダンスを楽しみ、宮廷の誰もがダンスの名手です。上流社交界のリーダーたちは、カドリール・オヌール［四人一組で踊る表敬ダンス］をくまなく演舞でき、公式舞踏会はこれを皮切りにオープンとなります。このカドリールの交替変化は、訓練兵の正確さで行い、ステップと動作は茶の湯に傾注する指先のように的確、かつ優美です。不慣れな旋回動作を試す軽率な外人は、すぐに愚劣な行為を後悔する羽目になります。日本人の優雅さ、舞台での沈着、正確、精緻さは抜群で、かの外人は己《おのれ》の失敗を恥じ、深い罪悪感にさいなまれるほどです。

舞踏会は、公式歓迎行事の中では最も一般的な行事です。首相は天皇誕生日の晩に舞踏会を開催し、東京府知事は毎冬舞踏会を催し、ときおり皇族や大臣も同様の企画をすることがあります。どの公使館も舞踏ホールを必ず持っていて、外交官は日本の社交界とできるだけ多く親睦をはかる機会を作り、質の高い国際交流に専念します。同じように、どこの国の首都でも、可能なかぎりこのような親善交流がはかられます。しかも東京では昼食会、晩餐会、園遊会、小舞踏会が順繰りに開催され、一年中活発です。

公式社交シーズンでの最初の表敬訪問は一〇月に始まり、翌年五月で社交活動は終わり、その後暑い夏で休止状態となります。もちろん、あの寒い四旬節《しじゅんせつ》［復活祭の前日までの四〇日間］の間も社交活動の連鎖《れんさ》は切れません。社交生活上の真面目さ正確さは、教養の高い日本国民に特有のものです。儀礼訪問は周到に割り当てられた時間内に行い、東京へ新たに着任した外交官は、どこの首都でも行うように表敬訪問の際、名刺を置いて退出します。なお、皇族殿下方の邸宅では、訪問客は名刺を置かず玄関ホールの名簿に記帳します。

公式舞踏会の終了後、招待客はすぐに公爵夫人や大臣夫人を訪問すべきです。夫人たちはパーティーをきちんと統括し、答礼を怠った人の名前は次の招待リストから、たちまち外してしまいます！

東京では、園遊会は人気のある饗応《もてなし》の一つです。都会にある官邸には必ず美しい庭園があり、また大臣の多くが郊外に別荘を持っています。何ヵ国かの公使公邸でも、日本庭園の風《ふ》情《ぜい》を楽しむことができます。また現在、砲兵工廠《こうしょう》［東京ドーム付近］の隣にある旧水戸屋敷の庭［後楽園］には大勢の将校が集い、交歓の場となっています。

威厳ある皇室情報誌はありますが、それは官報です。国内の出版物に対して、記事抹消を行う厳しい検閲があるため、東京には社交界のゴシップやスキャンダルを扱う面白い新聞がいまだにありません。もちろん、皇室を回想した本もありません。

ともあれ、封建時代に生まれ、手に汗握る維新動乱の日々を生き抜き、新生日本の誕生と発展をじっと見守ってきた宮廷世界の男女によって、回想録が書かれたならば、さぞかし世間を騒がすことでしょう！

第一三章　東京の近郊

王子から大森まで

東京の近郊には、庶民の親しむ行楽地や華族の美しい別荘がいっぱいです。その北東、王子には政府の化学工場や製紙工場［王子製紙］があります。そこでは粗《あら》い桑《くわ》の木片から多種多様な紙が生産され、極めて艶《つや》のある薄紙、クリーム色の滑らかな筆記用紙、厚い羊皮《ようひ》紙《し》、上質ボール紙、さらに図絵やエッチング向けの画用紙ができます。以前、私は最も重い一枚の羊皮紙の上に立ち、床から持ち上げてもらいましたが、繊維組織に切れ目や歪《ゆが》みの跡もできず、また透《す》けた王子便箋用紙も簡単に破くことができませんでした。

王子茶屋には有名な庭園があり、秋の山腹［飛鳥山《あすかやま》］は色鮮やかな楓《かえで》に燃え、紅葉シーズンが到来すると、行楽客は思い思い座る場所の品定めに余念がありません。

東京の北、早稲田には由緒《ゆいしょ》ある寺社、広大で暗い竹藪《たけやぶ》、さらに有名な大隈重信《おおくましげのぶ》伯爵夫人［綾子《あやこ》］の邸宅があります。山水庭園に関する伯爵夫人の才能は抜群で、おかげでそこにあるフランス公使館は景観天国となっています。この公使館は早稲田の中央に位置し、大隈伯爵がフランス政府に売却する以前は、伯爵の町屋敷があったところです。今でも町の稲田が素晴らしい田園風景を創出しています。

東京の西、目黒には、東洋版〝アベラールとエロイーズの愛［フランスの哲学者と修道女との大恋愛］〟にふさわしい恋人同士〝白井権八《しらいごんぱち》と遊女・小紫《こむらさき》〟を偲《しの》ぶ感傷的巡礼場所があり［目黒不動山門付近］、二人の墓［比翼塚《ひよくづか》］周辺の木立には歌や祈願の紙片がひらひらしています。不動境内には滝［独鈷《とっこ》の滝］があり、夏冬その真下で罪を清め祈禱《きとう》する巡礼が立って冷水を浴びています。似たような懺悔《ざんげ》の姿は、横浜ミシシッピ［根岸］湾の断崖壁奥にある小さな寺にも見受けられます。目黒は毎年ツツジ祭りと紅葉祭りを催しますが、地元には華族・西郷従道《さいごうつぐみち》元帥［海軍大臣、上目黒（現・西郷山公園）に在住］もいて、いつも季節の花に敬意を表し、邸内で宴を催します。

品川に近い泉岳寺《せんがくじ》は、〝四十七名の浪人〟の菩提寺《ぼだいじ》で武士道の聖地です。この小さな寺には、間断なく敬虔《けいけん》な巡礼が訪れ祈禱し、線香をたき、さらに彫像や遺品を拝観します。

横浜と東京の中間、大森付近で、モース教授［米国人生物学者、帝大教授］は有史前の人類の貝塚を発見しました。近隣には古い樹木が茂り、古い社寺や小さな村落、さらに絵のような農家が点在し、美しい生垣に沿って並木道が続き、すぐ山上に輝く池上の伽藍《がらん》［本門寺］が目に入ります。山はまるで常緑の島そのもので、夏は緑濃い水田の中に浮かび、秋は刈穂《かりほ》の黄金湖の中に屹立《きつりつ》します。

池上の寺院

ここ池上《いけがみ》の地で、仏教宗派の開祖・日蓮《にちれん》が亡くなりました。六〇〇年間、この壮麗な寺院［本門寺］は日蓮聖人《しょうにん》に対する賛歌で谺《こだま》し、僧侶は今でも厳格に教義を説きます。日蓮宗は日本最大の組織を持ち、最大の財力を有し、最も強い影響を及ぼしている積極的宗派です。彼らは仏教の新教徒派であり、長老教会派であり、その信仰は堅く冷徹で、他宗の信条をすべて虚偽《きょぎ》として拒絶し、熱心に改宗を勧めています。偉大な博学者・日蓮は中国語、サンスクリット語の経文を熟読翫味《じゅくどくがんみ》し、聖なる教典の真理と隠された意味を体得し悟《さと》りました。それにしても、宗祖の受難はたいへん過酷なものでした。たとえ流刑され、投獄され、拷問《ごうもん》され、死刑判決が下っても信者を増やし、真の大教団を見届けるまで生き続け、池上大本山の最高の聖人として崇《あが》められるに至りました。人気の高い芝居「日蓮」では、いかに敬虔な宗祖や弟子たちが苦難に堪えたか、ぞっとするような法難を目にします。

毎年一〇月の一二、一三日には、特別法要［御会式《おえしき》］が宗祖・日蓮を記念して営まれます。そこには数えきれないほどの人が参加し、祭りの初日は鉄道が押し合いへし合いの騒ぎとなり、夜になると篝火《かがりび》や提灯《ちょうちん》［万灯《まんどう》］の林が大森駅を明るく照らし、昼は高い竹竿《たけざお》の先に、大きな造花で飾った葦《あし》の輪生《りんせい》をぱっと咲かせ、祭りの開催を近隣に告げます。竹竿の巨大な花茎こそ、まさに伝統的祭りのシンボルなのです。この花の行列が道端に立てられ、銅《ど》鑼《ら》の伴奏でパレードが始まり、祭り気分が一挙に盛り上がります。静かだった田園の街道は、池上の坂道や山門を目指す数百台もの人力車に塞《ふさ》がれます。老若男女、子供、僧侶、乞食、行商人が街道を埋め尽くし、大群衆の押し寄せるさまは驚異そのものです。まるで無数の人間が突然大地から呪文《じゅもん》で呼び出され、魔法の粉から生まれたかのようです。ところが祭り日以外は、大森街道ほど静かなところはないくらいに閑散となります。

壮大な祭りに向け、大勢の人びとが畔道《あぜみち》沿いを刈穂を見下ろしながら一列になっててくてく歩いていきます。行列の中には、美しく結《ゆ》った髪を傘で覆い和服をびしっと決めた婦人たち、乙女《おとめ》の印である緋《ひ》の肌着や華美な簪《かんざし》をつけた若い娘ら、幼い弟妹を背中におぶった少年少女がいます。途中の農家の柿《かき》の枝にはたくさんの甘く熟した黄金果実がぶら下がり、へスペリデズ［ギリシャ神話にある黄金リンゴ園を守る四人姉妹］のリンゴのごとく街道に並んでいます。道端の行商人は柿の山を背にして胡座《あぐら》をかき、忙しそうに柿の短い小枝を藁でくくります。これで買い手は巨大な黄金葡萄《ぶどう》に似た一房の柿を運ぶことができます。フライ、シチュー、炒《いた》め物《もの》、焼肉が香ばしい匂いを大気に薫《かお》らせ、さらにボール状やサイコロ状のさまざまな食べ物（おでん）、バターの塊《かたまり》、ケーキ、おいしそうな塊や手巻き類（稲荷寿司にのり巻）が、田園の道沿いに並べられています。鮮やかな赤で着色した奇妙な海藻の薄皮は、チューインガムに似て飛ぶような売れゆきです。

祭礼のまる二日間、村の街道は車通行ができません。五重塔へ向かう広い参道すべてに屋台、手品師、軽業師《かるわざし》、見世物、それに安っぽい詐欺《さぎ》まがいの品物が並びます。境内にはさまざまな色の砂袋を持った〝砂男〟がいて、細工する間中、休みなくしゃべりながらどたばた走り回り、何もない綺麗《きれい》な地面に美しい絵を描きます。まず最初、たくさんの真っ白な砂を手でふるいながら地面にふりかけ、続いて黒や赤の砂を握った手で篩《ふるい》にかけ細く流しながら、極めて迅速《じんそく》、かつ簡潔な技巧で武士、娘、龍神、花、風景を描きます。これは、よほど修練しなければ描けないフリーハンド式作画の模範です。

軽業師が、空中に輪、球、短剣を放り上げて手玉にとり、二〇フィート［六メートル］の竿の先で皿を回し、同時に仲間が大きな竹竿を肩で釣り合いをとり、これに小柄な少年が登って先端の横木で妙技を披露します。別なところでは、見物人の輪が怪しげな魔術の名人を囲み、口を開けて見とれます。魔術師は火のついたパイプを呑み込み水を飲み、口笛を鳴してパイプを出し、一吹き二吹きしてから、またパイプを呑み込むと、いかにも満足げに幻想的煙の輪や渦巻を口から次々放出します。さらにあちこち見渡すと、簪、数珠《じゅず》、玩具《おもちゃ》、駄菓子《だがし》が至るところで売られ、大衆の好奇心を刺激しています。

荘重な屋根を持つ朱塗の楼門《ろうもん》［仁王門（戦災で焼失）、昭和五二年再建］が大きくそびえ、広大な前庭へ向かう民衆の流れを呑み込み、前庭を三方に囲む大小の伽藍《がらん》からは数珠を擦《す》る音、賽銭《さいせん》を投げる音とともに僧侶の詠唱、団扇太鼓《うちわだいこ》の連打、敬虔な祈禱が聞こえます。ある廟《びょう》の格子に結ばれた脂っこい髪の房は、内陣の本尊に救いを求める信者の奉納品です。近くには水夫や漁民が祈る北極星を祭る小さな堂［妙見堂《みょうけんどう》（北辰妙見大菩薩）］や、富と豊穣《ほうじょう》の神・大黒天《だいこくてん》の堂［馬頭観音堂《ばとうかんのんどう》］があります。大黒天は米俵《こめだわら》に座る小柄で太っちょの男神で、いつも金満願望家に囲まれています。

壮大な寺院［大堂（戦災で焼失）、昭和四一年再建］に入ると、ピラミッド状の燭台に蠟《ろう》燭《そく》が燃え、線香が立《た》ち上《のぼ》り、鉦《かね》が鳴り響き、階段前の大賽銭箱には投銭が雨霰《あめあられ》と降り注ぎます。壮麗な内部は漆、金箔、彩色の集合体となり、天井羽目板は透かし彫り細工の巨大な真《しん》鍮《ちゅう》バルダキン（傘覆い）になっているので、頭上に霜降り状の天蓋を吊しているような感じです。しかも華美な祭壇、仏像、蓮の葉、灯明《とうみょう》、金箔扉のすべてが目を眩《くら》ませます。天蓋の下に本門寺の貫首《かんじゅ》、つまり全国で最も大きい本山《ほんざん》の監督責任者が座り、同時に貫首の片側には二〇〇名以上の拝礼執行者が互いに対座して並びます。頭を剃《そ》り上《あ》げた僧侶の滑らかな顔は恍惚《こうこつ》となり、徹夜祈禱と断食《だんじき》で清めた求道者の表情はいっそう高揚し、彼らの白や黄の紗の衣には袈裟《けさ》（鮮やかな錦織マント）が結ばれています。地位の低い僧は抑制された色彩の灰、紫、あずき色の衣をまとい参加しますが、貫首は派手な緋と金の法衣《ほうえ》で着飾り、読経机の前に座ります。机に置かれた経典は、法衣の布地に似た四角い錦織袋に包まれ、貫首は袋からおもむろに羊皮紙の巻物を取り出し、目の前に広げて唱え始めました。これが詠唱儀式のスタートです。一定のところで銅鑼に触れ、銀の音色が響くと同時に、僧侶全員が拝礼して応答の詠唱を始め、数時間不動のまま畳に座り、合奏つきで聖なる経典を詠唱し読経を続けます。一定の間隔で貫首は木魚《もくぎょ》をコツコツ叩き拝礼し、同時に寺の大太鼓が響き、さらに貫首が銅鑼に触れると、祭壇の灯明と線香の煙の奥にある厨子《ずし》の金箔扉がゆっくり回転して開き、日蓮聖人の貴重な像が現れます。全側面で数珠を手にした信者が総立ちとなり、「ナン　ミョウ　ホー　レン　ゲ　キョウ（南無妙法蓮華経）」救済を呼ぶ経文《きょうもん》、教義の華に栄光あれ」と日蓮宗独特の念仏を唱えます。

拝礼式開始から七時間、最後の連禱《れんとう》が発せられて儀式は終了します。僧侶たちは境内行進のために二〇〇組余りの下駄を適当に組み合せて履き、いったん敷物の縁に並んで待機し、それから僧院へ向け縦列で境内を進みます。貫首は巨大な赤傘に庇護《ひご》され、行列のほぼ真ん中に入って歩みます。彼はクロージャー（司教杖）に似た精緻な朱漆の杖を手にし、下駄も朱漆です。この池上の儀式はローマ・カトリック様式を思わせ、赤い法衣と傘に覆われた仏教カージナル［枢機卿《すうきけい》］は、西洋世界の聖職者そっくりです。

オニーダ号追悼碑

池上は、アメリカ合衆国民にとって特別関心のある場所です。というのは、一八七〇年［明治三］一月二三日［碑文では二四日］、江戸［東京］湾口の近くで米国軍艦オニーダ（オネイダ）号がP&O汽船ボンベイ号に衝突され、無念にも将兵とともに沈没した事故と深い関《かか》わりがあるからです。当時なぜか、わが米国政府は難破船の引き上げや捜索する努力を怠りました。しかも、なんたることでしょう！　一五〇〇ドルでこの沈没船を日本のサルベージ会社へ売却したのです。

日本の作業員は軍艦の残骸《ざんがい》の中に、たくさんの水死した乗組員の遺体を発見しました。仕事が完全に終了すると、なんと彼らは自主カンパで池上［本門寺］境内に追悼記念碑を建てたのです！

さらに、一八八九年［明治二二］五月、感銘深い仏教儀式・施餓鬼《せがき》（飢えた霊魂《れいこん》へ御馳走する供養）が執り行われました。この偉大なる寺院は追悼式の準備を整え、僧侶七五名が豪華な最高級の法衣をまとい一丸《いちがん》となって協力しました［当時の貫首は日亀《にっき》上人］。

追善供養には米国軍艦から提督と士官、水兵一〇〇名、さらにオニーダ号から脱出した唯一の生存者も参加しました。聖典が読まれ、聖歌が詠唱され、スートラ［お経］が繰り返され、線香がたかれ、仏教の象徴・蓮の葉が祭壇の前に捧げられました。そして施餓鬼の説明役の雨森氏が英語で日米友好の挨拶をした後、僧侶の行列は境内の記念碑に向かって進み、再び鎮魂《ちんこん》の祈りが唱えられ線香がたかれました。

どんな国も、どんな宗教も、これに勝《まさ》る経験をさせてくれたセレモニーは、ほかにはありません。この勤勉な日本の仲間、漁民や作業員の示した敬虔な行為、慈愛、雅量、そして物惜しみしない姿を米国人は深く心に刻むべきです［池上本門寺の大堂正面右手に大きな英文石碑が現存。また横浜山手外人墓地にも尖塔碑《せんとうひ》がある］。

第一四章　日光への旅

宇都宮

東京から北へ一〇〇マイル［一六〇キロ］、夏の日光は居留外人や東京の役人のお気に入りの保養地です。今では日光まで鉄道がありますが［明治二三年開通］、宇都宮から最後の美しい日光街道二五マイル［四〇キロ］を人力車で行く旅も楽しく、木々に覆われたまっすぐな街道が鉢石《はついし》や日光の村々を抜け、長く感ずることも退屈もしません。

八月、夏真っ盛りの猛暑の日、私たちは伸縮自在の日本式トランク（行李《こうり》）を荷造りし、日光連山を目指し都会を脱出しました。煙と埃《ほこり》が汽車の窓に舞い注ぎ、屋根は灼熱《しゃくねつ》でパチパチと音を立て、目の回る早さで通り過ぎる緑の木立や繁茂《はんも》した牧草地は炎熱《えんねつ》で揺らいでいます。しかも停車のたびに聞こえるキリギリスや虫喰い鳥［夜鷹］の大合唱は、耳が潰《つぶ》れるほどです。

幸いにも、宇都宮で気の利いた茶屋を見つけ休むことにし、同情する姐《ねえ》さん方の世話を受けながら、冷たい鉱泉水の入った盥《たらい》に手を浸し顔を洗いました。彼女たちの清潔な青と白地の木綿着姿は、とても涼しげで新鮮です。クリオール人［西インド諸島のフランス、スペイン系移住民」のようにきちんとして夏の暑苦しさを少しも感じさせず、どんな天候でも落ち着いて見えます。ここ宇都宮の赤ちゃんは穏やかで、小さな頭を刈り上げ周りを断髪にしていますが、真夏の炎天下でも無頓着《むとんちゃく》です。以前、厳冬期の朝、むき出しの頭がさらされて赤くなっているのを見かけましたが、同じように穏やかな様子だったのを思い出します。

とりあえず、この小さな県都の道から抜け、日光へ向かって広い並木道［日光街道］をまっすぐ進みました。街道の両側には丈の高い太古の日本杉が列をなし、枝々がゴシック建築様式の楼門のように頭上で交差しています。壮麗な街道に入ったとき、日光連山の青い輪郭《りんかく》がくっきり見え、到達距離を明確にしました。この日光街道は土木工学の結晶で、上り坂は非常に緩《ゆる》く一見水平に感じますが、ときどきこの豪華な杉塀つきの街道は水平な牧草地より上になったり、一緒になったり、下がったりして、まるで一定勾配《こうばい》の鉄道線路上を走っているように見えます。

鉄道が宇都宮まで敷設《ふせつ》される以前には、横浜発の旅行者は船旅を終えると、木陰の道七〇マイル［一一二キロ］を人力車ツアーしたものです。二〇〇年前、徳川の将軍家は一族の埋葬地として日光を選ぶ際、この並木道を作りました。そしてこの神々《こうごう》しい樹木は壮麗な古武士の葬式行列や、家康や家光の墓へ参拝する後継者の荘重な行進に濃い陰を落としたのです。ところが、なんと残念なことでしょう！　私たちの住む現代、有力な大名、鎧《よろい》を着た武士、金箔の駕籠《かご》に乗った錦織の貴公子に代わって、実用的で無遠慮な細く醜い電信柱が雄大な老木の枝面から前方に突き出て並んだのです。そして今では大衆道路となったこの街道を、人力車や荷馬車がガラガラ音を立てながら行き交います。

日本杉は、赤みの帯びた樹皮をつけ、細長く凹凸《おうとつ》のないカリフォルニア産セコイア［アメリカ杉］に似た幹をしています。頭上高くもつれあう枝葉の茂みを抜けて行くに従い、陽光が呪文を掛けるように、周辺を柔らかな黄昏《たそがれ》に染めてゆきます。日没後、樹林に覆われた街道の沈黙と静寂は厳粛そのもので、湿った大地の清涼感と芳香の心地よさは格別です。人力車隊は、それぞれ二人組となり縦一列で、一〇マイル［一六キロ］の杉並木を競争しながら走ります。途中、冷たい水を啜《すす》るため一度休んだだけで、大沢村に到着しました。道の片側に低い家の並ぶこの村落は、長く連続する並木道での唯一の憩《いこ》いの場でした。

大沢

大沢茶屋の風除け扉を押して入ると、壁と屋根だけの長い部屋がありました。正面は街道へ通じ、後方は庭園に面して小川が勢いよく流れ滝となって落ち、橋の下を流れています。その可愛らしい光景は、まるでリリパット小人国そのものです。

母屋の端には床に沈む正方形の囲炉裏《いろり》があり、屋根の梁《はり》から鉄鎖《てつぐさり》で大茶釜《おおちゃがま》がぶら下がっています。土瓶《どびん》が暖かな灰の中に置かれ、鶏や魚の切身が箸《はし》に串刺しされ、炭火で炙《あぶ》られています。車夫は台所周辺に座り、少量の緑茶、丼飯《どんぶりめし》、数切れの酢漬魚で筋肉と体力を強化します。

車夫の雇い主であり上官である私たちは、できるだけ彼らから遠く離れたところに座り、美しい庭園のテーブルに手持ち弁当を広げました。ずっと私たちを乗せ引っ張ってきた車夫の厳しい労働の後、私たちは車夫の必要とする以上に濃いスープ、肉類など、あらゆるスタミナ食品を食べ、くたくたに消耗《しょうもう》した生命組織を回復させたのです⁉

茶屋全員の「サヨナラ」の甘い歌声に送られ再び出発する頃には、東の空が明るくなり、月の出を予兆《よちょう》しました。村の端にある巨大な石鳥居が、暗い森を背景に幽霊《ゆうれい》のようにボーッと目の前に現れ、きらめく月光によって野道にくっきり影を落とし、さらに車格子［輻《や》］による光と影が、ぐるぐる回転し静寂と孤独の空間を走り抜けて行きました。月は天高く昇り、頭上に茂る枝葉のアーチに隠れました。月の光が微《かす》かになり、消えてゆくのに気づく直前、雷《かみなり》の閃光《せんこう》とゴロゴロ音が急接近したかと思うや、突然大音響がとどろき、雨が樹木のてっぺんを叩き、突き抜け、洪水《こうずい》となって降り注ぎました。人力車の幌《ほろ》を引き出し、油紙を体にぴったりとあてがい、車は競争しながら調子をつけぐんぐん暗闇を突き抜けます。稲妻が頻繁《ひんぱん》に光り、雨が厚壁のごとく降り注ぎ一面を真っ白にしました。突風が顔へ吹きつけ、陰険な雨の流れは私たちの肩を滑り落ち、さらに膝の間に音もなく侵入してきます。

今市の宿

今市《いまいち》までの二マイル［三・二キロ］、車夫団は頭を下げ雨にぶち当たり、ずぶ濡れとなりながら走りました。今市は日光からわずか五マイル［八キロ］手前の最後の村です。避難した茶屋は、嵐の中を聖地、日光・中禅寺から下り、行き暮れた巡礼で込み合っていました。日本人全員がにぎやかにおしゃべりをし、低階層の人はそれにも増して多弁となり、さらに車夫仲間も加わって全員一度に元気になりました。でも、この茶屋は長く休憩するには何となく居心地が悪く、私たちは再び雨の降る外へ出ました。車夫団は手探りするように暗闇を抜け、じゃぶじゃぶ雨水をはね返しながら進みました。真夜中、七台の人力車が一度に宿屋の中庭へガラガラ入り込み、用具を外して荷を解いた瞬間、一四人の車夫は互いにゴールの歓声を上げました。この騒音で日光近隣の全住民が起きてしまい、二階で寝ていた客も目を覚まし、外にいる私たちを怒りを込めて睨《にら》み、いまいましそうに障子をバタンと閉めました。でも、茶屋の中に入っても物音を抑えることはできませんでした。

旅人にとって茶屋とは、多種多様な面白さ、娯楽性を兼ねた心地よいところで、不幸にも旅の定番コースとなって俗化してしまった月並のホテルとは一味《ひとあじ》違っています。日本の家はすべて規定寸法に従い、ベランダやギャラリー（二階外廊下）は規格通り三フィート［〇・九メートル（半間）］幅で作られています。かつて異質な九フィート［二・七メートル］幅のベランダに御執心《ごしゅうしん》の外人がいて、日光の大工に無理難題を押しつけたいへんな苦労をかけました。でも、大工たちはキセル煙草をふかし仲間と相談しながら製作し、その建築技術は小馬鹿《こばか》にしていた外人の予想をひっくり返しました。

請け負った大工は鋸《のこぎり》で板や梁《はり》を長からず短かからず切って、とうとう悪趣味な非日本調のベランダを上手に完成しました。さらにギャラリーは光沢を帯びるまでつるつるに磨かれました。ニスも塗らず、油も付けず、ワックスも擦《す》り込《こ》みませんが、毎朝、風呂の水に濡らして絞った布でこすります。というのは、その水は特殊な艶《つや》を出すに足る油脂分を含んでいるからです。三年間毎日、熱い布でこすると満足な効果が現れ、翌年以降は鮮やかな色合いと光沢が生じ、古い茶屋や寺院にある普通の松板廊下でも、バラの木や樹齢六〇〇年の樫《かし》で作ったような素敵な渡り廊下となります。

どの部屋の面積も三フィート［〇・九メートル］角の倍数になっています。なぜなら、柔らかな畳や床敷の基本寸法は、幅三フィート長さ六フィート［一・八メートル］だからです。これらは普通の藁や藺草《いぐさ》で編まれ、稲穂のきめ細かい敷物で上張りされています。靴は部屋の外に脱ぐので畳や磨かれた廊下は汚れません。写生画や詩歌に飾られた厚いスクリーンは、部屋と部屋を仕切る襖《ふすま》です。和紙の貼られた美しい格子枠でベランダを遮《さえぎ》り、室内へ特別柔らかな日光を入れるスクリーンは障子《しょうじ》です。これらのスクリーンの取り扱いには念入りな作法を必要とし、躾《しつけ》のよい人や訓練された従業員は、開け閉めに膝を折り、親指と他の指をそれぞれきちんと正しく使います。ところで、この滑りのよいスクリーンを開閉する作法の中に、客への微妙な嘲《あざけ》りや致命的侮辱を含み伝えることもあるので要注意です。夜間や天候の悪い場合は、ベランダの外側に雨戸《あまど》が閉められますが、これは堅固な木製シャッターで、溝の中を前後にごろごろとどろかせバタンと閉めます。このシャッターには窓や空気穴がなく、しかも従業員は換気用に隙間を開ける気もありません。「ちゃんと閉めないと、泥棒だけでなく河童《かっぱ》が入るかもしれません！」と大声で応《こた》え、空想上の動物なのに、その河童はいつも人間をかどわかす怪物だと信じ込んでいるのです。

どの部屋にも夜の明かりとして行灯《あんどん》が置かれ、二四時間いつでも、客が手を叩くと「ヘーイ、ヘイ、ヘーイ！」の返事の合唱と、身の回りの世話のためドタドタ走る素足の姐《ねえ》さんの足音が聞こえてきます。客が話しかけると、ひょっこり頭を下げ「ハー！　ハー！」と返事をします。これは何事にも気配りを欠かさぬ丁寧《ていねい》な意思表示なのです。

日本式ベッドはじかに床に敷かれ、木箱の首当てが枕代わりになり、布団が掛け物代わりとなります。外人に対して宿屋の主人は、五、六枚の綿詰め布団を割り当てます。これは多少湿ってかび臭くスプリングが利かなくても、かなり上等な寝具です。旅行者は自前の敷布や毛布、羽根枕や空気枕、さらに蚤《のみ》よけの粉薬が必要で、特にこれは大事な旅の必携《ひっけい》です。畳や布団には蚤が充満し、このため惜しみない粉薬の添加や、まんべんないハッカ油の擦り込みが必要で、これなしに眠ることはできません。ただ、就寝前のこの準備はあまり気分のよいものではなく、遠足や登山による疲労後では、体の節々をとてもこわばらせます。

昼間、布団は暗い押入れに詰められたり、バルコニーに吊されて大気に晒されたりしますが、従業員が日没前に家に入れるのを忘れると、かえって湿っぽくなります。

寝室の仕切りは、襖を滑らせて壁にします。隣の部屋の客に興味があれば、襖をちょっと滑らせたり、襖紙をつっついて穴を開けたりします。内緒話や穴漏れの音は部屋から部屋へと順繰り旅をしますが、アングロサクソン（英国人）が泊まっていると、その鼾《いびき》は、宿屋全体を揺るがす大事件となります⁉

日本の宿の一泊普通料金は五〇銭からの範囲ですが、日本人の場合は三〇銭程度で食事もすべて賄《まかな》われます。ところで、外国から来た客は、気が利かず破壊的でだらしなく、あまりにもたくさんの異例な要求をするため、その料金は最高級の値段となり、その中には宿泊代、寝具類、あらゆる種類の茶、ライス、お湯が含まれるといった具合で、ほかのものもすべて特別誂《あつら》えです。ところで、外人観光客のよく通る旅行コースには、パンや新鮮な牛肉《ビーフ》が常時用意され、昔のように食糧や必需品を持ち運ぶような旅は年々少なくなっています。人里離れた山村にも、椅子、テーブル、簡易ベッド、ナイフ、フォーク、コルク栓抜きが徐々に行き渡っています。日光や他のリゾートに見られる外人専用ホテルの料金は、通常米国にあるホテル同様、すべて込みの一日いくらという具合に固定しているので安心です。

ガイド

港町から離れて旅する外国人は、一緒にガイドを連れて歩きます。旅行の世話係として働くガイドは、料理をしたり食事の世話もするので、その賃金は一日につき経費込みで二円五〇銭が相場です。そのようなガイドを雇《やと》えば、旅は万事順調に進み、部屋はすぐに見つけられ、食事サービスも速《すみ》やかで、名所旧跡の門扉《もんぴ》はいつでも開かれ、最適の輸送機関で旅行者の希望に応え、いつも身近で百科事典のような通訳がなされます。ガイドや経験豊かなホテル従業員以外、外国の言葉を話す日本人はめったにいません。日本人も他の東洋人同様、随員や持ち物の外観で客の善《よ》し悪《あ》しを判断します。

熟語会話集に頼りながら、単独で中山道《なかせんどう》や僻地《へきち》を旅する外人は、現地での思いやりや安らぎは、まず期待できません。そういう人間は巡礼階層と見なされ、お客様扱いによる部屋の世話や特別料理からは、全く無縁となります。雇ったガイドが主人を少々騙《だま》したりするにせよ、得られる旅の快適さや便宜はコストに見合ったものとなります。

ガイドは、全員きちんと私有財産を持った裕福な人間です。雇い主を案内する先々で手数料をきちんと要求し、その気になれば地主でも店主でも契約破棄《はき》は勝手です。どんな旅行者もガイドからぼられていることを敏感に感じますが、質の悪いガイドの割合は遠く離れた地方ほど多く、このため一人旅を強いられるのも事実で、そんなガイドに置き去りにされると、否応《いやおう》なく重荷を背負い、果てしない艱難辛苦《かんなんしんく》を余儀なくされます。

ともあれ、ガイドを雇って旅券を渡した後は、旅行者は日本を楽しみ、旅の終わりにガイドの請求に支払うだけです。それにつけても、じつに素晴らしいガイドが何人もいて、ガイドブック以上のことを私たちに教えてくれました。

まず、ミス・バード［英国女性旅行家イザベラ・バード、『日本奥地紀行』（一八八〇）の著者］のガイドを勧めたことで有名な伊藤がいます。彼は私たち一行の日光や京都の旅に付き添い、尋常な手段では見逃しやすい数多くの面白い観光に努めてくれました。さらに薩摩《さつま》芋《いも》入り細切《こまぎ》れ肉料理の心得のある宮下と知り合って、東海道がとても楽しい旅路となり、またモトー［武藤？］の適切な解説は、思いも及ばぬ日光、中禅寺、湯元《ゆもと》の豪華絢爛《けんらん》な見どころを教え、ウタキ［小滝？］は不可能に思える場所や予想外の土地へいつもきちんと案内してくれました。

第一五章　日　光

鉢石と大谷川

太陽の光、つまり日光は日本人にとって最も神聖な土地であると同時に、最も親しみのある場所となっています。自然の豊かさに加え、歴史、美術、建築、見事な山水があり、さらに伝説的人物の栄光があります。とにかく、あらゆる大地が文化歴史の記念碑にあふれ、「日光を見ずして、結構というなかれ！」といった日本の格言さえあるくらいです。

日光の森かげ、巨大な茂み、気高い並木道、静かで穏やかな宗教的雰囲気に包まれた日光は、夢のような別天地《べってんち》です。支配者や高僧は日光に埋葬されることを強く望み、僧侶、歌人、学者、芸術家、巡礼は永《なが》くここに滞在したがりました。夏の保養シーズン中、毎日新たなる魅惑《みわく》的出合いに酔い、これまでの知識に加え日光の不思議な魅力は深まるばかりです。

鉢石《はついし》村へ向け長い一本道を進むと、狭い谷間を勢いよく流れとどろく大谷川《だいやがわ》の築堤《ちくてい》の終点に着きますが、これより先は青くくっきりした霊峰《れいほう》・男体山《なんたいさん》によって塞がれています。この大谷川の谷には、この世にあり得ようもない巨人、妖精《ようせい》、悪魔、怪物が棲んでいるとの伝説が信じられています。民話は、いつも「昔、昔、日光の山奥に……」から始まり、誰もが森かげで小鬼や妖精に会うのを何となく期待します。古墳《こふん》の建造者や有史以前の人類が、むさくるしい生活をここで営み、さらに弘法大師《こうぼうだいし》が神道修行者に「山の神は、仏の化身《けしん》そのものである」と説いたずっと以前から、極めて原始的な信仰がこの聖なる森にあったと推察できます。何もかもすべてが敬虔なる過去を物語り、樹木、苔《こけ》むした石、潰《つぶ》れた石像、ぼろぼろに崩れた墓石、茂みに覆われ忘れられた埋葬地はみなそうです。

毎年夏になると、東京の公使館の半分はそっくり日光へ移動します。社寺、僧房、聖職者の住居、そして村の上側の民家は外人へ賃貸され常時増えています。日光の住宅は、まだ避暑地ニューポート［米国ロードアイランド州ロード島の都市］にある別荘の値段ほどではありませんが、一シーズン三ヵ月で三〇〇円ないし五〇〇円という法外な値が地元相場になっています。

このような外人保養客に加え日本人定住者も大勢いますし、夏の離宮［田母沢《たもざわ》御用邸］で過ごされている皇太子殿下［大正天皇］には、毎日街道や森の小径《こみち》、社寺境内でお目にかかります。七月から八月初旬にかけて、あちこち無数の白装束《しろしょうぞく》の巡礼が群れをなし、荘重な社寺周辺を、杖《つえ》を手に鈴をリンリン鳴らして絵のような光景を見せ、霊峰・男体山の影の映る中禅寺湖畔の神社へ向け、てくてく歩いて行きます。

大谷川に架かる二つの橋は、日光の評判を高めている森と霊廟《れいびょう》へ導いてくれます。一つの橋［日光橋］は簡素な普通の白木造りで、人力車がゴロゴロとうるさく音をたて、通行人と一緒に往来します。もう一つは、かつて将軍専用通路として管理してきた神聖な橋［神橋《しんきょう》］で、現在は天皇だけが通行できます。この橋は、たくさんの真鍮《しんちゅう》の板金《ばんきん》や金輪を付けた朱漆木造で、タイタニック・ストーン［巨石］円柱に支えられ、その杭柱は精巧な枘《ほぞ》継ぎ手《て》により石の横材と連結しています。しかも敬虔な祈禱に神々が応え、雲からこの虹の橋へ降臨《こうりん》するとの言い伝えがあり、その尊厳はとても大切に守られています。かつて天皇はグラント将軍［第一八代米国大統領］へできるかぎりの敬意を表したいと考え、賓客が橋を渡れるよう障害物の除去を命じました。しかし、慎み深い将軍は「神聖な赤い橋を信仰する敬虔な人びとを、冒瀆《ぼうとく》すべきではない」と考え、名誉ある措置《そち》を丁寧に断りました。このことがかえって、グラント将軍への尊敬の念を一段と高めることになりました。

二つの神殿

緑陰の並木道、幅の広い階段、登り斜面が、二つの大きな神殿［東照宮《とうしょうぐう》（家康の神殿）、大猷院《だいゆういん》（家光の神殿）］の楼門《ろうもん》へと導きます。そこには将軍家康《いえやす》や立派な孫・将軍家光《いえみつ》の礼拝堂と墓所があります。山腹は壮重な古い日本杉によって薄暗く、さらに高く茂る群葉の天蓋の下へ柔らかな光を放つ森は、カテドラル（大聖堂）のような荘厳さを彷彿《ほうふつ》とさせます。そびえる五重塔と同様、荘重な各楼門が驚異的遠近法をとって長い並木道の終点に見え、青銅鳥居や石鳥居は聖なる場所へ向かう敬虔な入口をしるします。鳥居は民族独特の構造物であり、二本の壮大な円柱と上向きに反《そ》った横材のあるこの骸骨門《がいこつもん》は、とても印象的です。これは日本のどこにでもある特徴的風景で、どの神社の通路にもあり、日本の屋敷内にあるリリパット小人国的庭園の祠《ほこら》の前にも立っています。石の鳥居や灯籠《とうろう》の列は、すべて苔《こけ》や地衣《ちい》類に覆われ、どのテラスや築堤《ちくてい》底部にもビロード状の緑苔が鮮やかに広がっています。二〇〇年もの時を経た今も、神殿は建築された当時のまま完全な形と色を保っています。朱漆《しゅうるし》の壁を持ち、屋根や横木に真鍮飾りを付けた五重塔ほど美しい仏塔はほかになく、角々《かどかど》すべてに変色した鐘［風鐸《ふうたく》］が吊り下がり、さらに風変わりな栓抜き［相輪《そうりん》］が頂上へ向け螺旋《らせん》状に昇り、深い緑の森の中で宝石工芸店のように見事な作品をすべて陳列しています。

江戸の創建者であり、太閤の後継者であり、日本芸術の黄金時代を築いた軍事支配者である家康は、聖なる日光の山腹に埋葬された最初の徳川将軍として崇《あが》められ、当時可能なかぎりの手業《てわざ》が駆使され、彼の壮麗な神殿［東照宮］を墓前に造るよう計画されたのです。孫の家光は家康を除くと、日光に埋葬された唯一の将軍で、彼の神殿は祖父の神殿と対等に肩を並べています。

各神殿には、最初に参拝者を導く幅広い上り石段があり、外庭に立つ壮麗ないくつもの楼門［表門・陽明門《ようめいもん》（東照宮）、仁王門《におうもん》・二天門《にてんもん》・夜叉門《やしゃもん》（大猷院）］には精緻な彫刻が施され、金銀の豪華な板金が嵌《は》められ、すべて極彩色と金塗装で輝いています。かぎりない細部の構成と装飾、重厚な楼門の屋根を支える梁《はり》と腕木《うでぎ》の複雑さには目が眩《くら》みます。てっぺんを黒瓦で覆い、彩色彫刻パネルの嵌められた朱漆と金色の壁は、境内、内外の路地、楼門各部を囲い、参観者が舞い上る屋根、カーブした切妻造に近づくに従い、本物の壮麗さを実感します。そして梁材には深い森を背景に、鋭く彫り込まれた徳川の金色の紋が付いています。階段の低いところで参観者は靴を脱ぎ、柔らかな絹の縁飾りのある敷物を踏んで荘厳な建物［拝殿・本殿］の内部をゆっくり散策することが許されます。豊富に飾られた天井板、漆塗の柱、カーブした壁、細長く切られた竹の見事な簾《すだれ》が、相似《あいに》た二つの神殿を飾っています。奥の間の暗がりを進むと、驚異的な彫刻と装飾の全容が明らかとなります。

かつて、二つの神殿は、全体が仏教の象徴と馬飾りで輝き、線香が強く薫《かお》り、鉦《かね》や銅鑼《どら》の調べも美しく、毎日念仏供養が院内に響き渡っていました。しかし、維新後、神道が国家宗教となり、天皇が日光へ巡礼された際、家康の霊廟からは祭壇の壮麗な装飾、旗印、紋章が剝《は》ぎ取《と》られ、素朴な鏡と空《くう》なる神道の御幣《ごへい》に置き換わりました。最初の暗い奥の礼拝所には大きな銅鑼が残され、黒っぽい木魚が豪華な受台に横たわっています。優しく打たれると美しい音色が上下し、行きつ戻りつ、うねったりしながら、まる五分間空中に漂い広がり、その間、通訳の伊藤は素直に手を合わせ辛抱します。僧侶たちは膝を曲げ低頭し、恍惚感に浸り、楽の音に陶酔します。

一方、家光の神殿は排斥処分から助命されて、神聖な書の入った華美な漆箱が並んでいま

家光の神殿内部

す。また、そこには金箔《きんぱく》の仏像、黄金の蓮《はす》の葉、重量感ある蠟燭《ろうそく》、太鼓、銅鑼、旗指物《はたさしもの》、垂れ下がる飾り物、加えて青煙を淡く薫《かお》らせ外に発散する大香炉がありますが、それらはみな、昔たいせつな儀式に使った仏具です。

各神殿の外庭には素晴らしい水槽があり、また広い休憩所には、御影石《みかげいし》製雨樋《あまどい》付きの荘重な屋根がかかり、それを堅固な隅柱が支えています。各水溜まり場には精密にくり抜いた大きな単独岩石があり、均等に磨かれガラス立方体に見えるこの岩石の底からは、水が湧き上がり、周辺の縁へ滑らかに流れ出ています。家光の神殿の噴水は鍋島藩主の贈り物で、休憩所の軒には、大神殿を礼拝した巡礼たちの残した無数の小旗がひらひらしています。境内周辺全体に、勢いある水の騒音、何か小さな流れによる音楽的ザァザァ音、さらに高い枝々のサラサラ擦《こす》れ

家康の神殿楼門

る音が聞かれます。そして穏やかな朝夕の梵鐘《ぼんしょう》の響きの中、巨大な深山烏《みやまがらす》の孤独な鳴き声だけが魔法のかかった森の静寂を破る唯一の騒音です。人間のにぎやかな声は荘重な葉の茂る空間に吸い込まれ、この地の神聖さは異教徒の外国人にも安らぎを与え、しかも日本人観光客や巡礼は、物音を立てず小声で話をしながら静かに移動し、履物《はきもの》で石や砂利がカチカチ鳴るだけです。

家康の墓

荘厳な壁面や灯籠に囲まれた中庭、華美な楼門、そして神殿そのものを見物しても、ただひたすら驚き呆《あき》れるばかりで、大感銘するには至りませんが、ガイドの強調するそこに施された精緻な細工は、不思議なほど鮮明な記憶となって残りました。神聖な白馬が保護されている神厩《うまや》の戸口の上には、目や耳や口を手で塞ぐ猿の集団［三猿《さんえん》］を描いた彩色彫刻があります。どんな邪悪にも、人は〝見ざる聞かざる言わざる〟が安全だという意味です。見事に彫刻された楼門［陽明門］の小さな二匹の虎《とら》の円形浮き彫り［木目の虎］は、とても巧妙に工夫され、木目の曲線や木の節は、ビロード外皮の柔らかな縞《しま》状や厚い毛皮の趣を出すよう利用され描かれています。この楼門の彫刻円柱の一部は、故意に逆さまに立てられていますが［逆柱《さかばしら》］、これは建築家があまりにも完璧で驚異的な出来栄えをかえって危惧《きぐ》したからです。もう一つの楼門［坂下門付近の潜門《くぐりもん》］の上には、猫が丸くなって心地よく眠り［左甚五郎の眠り猫］、雨がくると瞬《まばた》きをして知らせるということで、この白い猫は大谷川《だいやがわ》沿いにあるどんな立派な作品にも負けない評判を取っています。

日光の最も神秘的な祭司《さいし》は、家康の霊廟で舞う巫女《みこ》で年齢六〇くらいに見えます。巫女専用の小神殿が設けられ、祭壇の彫像のような姿で座っています。巫女の前の神聖な朱の階段上には賽銭箱《さいせんばこ》があり、そこへ敬虔で好奇心の強い人たちから賽銭が投げ込まれます。すると巫女は立ち上がり、こちらの通路を数歩、あちらの通路を数歩とおごそかに進みます。各方向転換の直前にポーズをとり、精巧なベビー・ガラガラ［鈴］を右手で振り、開いた扇を左手にして手まねきをします。落ち着いたしぐさであちこち歩き回りますが、巫女の舞は基本的にはガラガラと扇の動作からなり、終わると、老女マリアは敷物に座って頭を下げ、彫像のような姿になります。巫女は神道の正装として、修道女のような白いモスリンの被《かぶ》り物《もの》をつけ、赤いペチコートの上にゆったりした無帯の白い長衣を羽織っています。

巫女は、いつも温和な好意的態度で奉納に応える準備をしていますが、彼女の座っている冷たい日陰の安息所は、正面の壁全体がほとんど開き扉になっているので、年齢からいって関節リューマチを患《わずら》わないだろうか、さらに舞を休む日はあるのだろうかと、参観者はとても心配に思います。

緑苔の生えた階段、緑草が繁茂し苔むす欄干《らんかん》のある歩道をたどると、最終的に山頂の塚へと導かれます。頂上には偉大な将軍の亡骸《なきがら》が眠る質素な青銅墳墓が立っています。これ以上の静寂、厳粛、平安、そして美しい安息の地を、いったい誰が想像できるでしょう！　今や独特の緑の黄昏《たそがれ》が、連続する石造欄干や土手沿いに隙間なく林立する日本杉を大きく包み込みます。そして森は自らの存在を誇示しながら濃い緑苔の外套《がいとう》に身を隠します。この沈黙と深遠な光景に、どんな浅薄な旅行者も圧倒されてしまいます。

ある日、私は家康の墓へ通じる緑苔のビロード状の階段で、素敵な装いの教養のある学者に出会いました。西洋社会に暮らすこの典型的外国人は「この美と壮大さに、何もかも圧倒されました」と述べ、さらに「東照宮を創造し保持できる宗教は、何であれ偉大な宗教であり、その力を認めざるをえません。私は学生にその真価に気づくよう教えるつもりです」と感動の面持《おもも》ちで語りました。

その後、ほぼ同じ階段で親しい教会の友人が私を引き止めました。彼女は両眼に涙をあふれさせ「オォー！」と深い溜《た》め息《いき》をつき、「ここに来て悲嘆と後悔でいっぱいになりました。なんという、おぞましき異教のシンボル、記念碑なんでしょう！　この邪悪な神殿に美しきものや賞賛すべきものは、何一つ見当たりません。今や異教の信仰をいかにして根絶できるか、とても厳しい状況です。こんなところに来なければよかった！」と恨《うら》みがましく語りました。

森の小径《こみち》が、将軍の墓の立つ崇高《すうこう》な丘の裾《すそ》周辺へと導きます。道には、平らな大石が敷かれ、さらにぐらぐらした岩や玉石《たまいし》が縁石《えんせき》替わりに乱雑に据えられ、しかも数百年の滴《しずく》、湿気、日陰による緑苔が厚く道を覆っています。この静かな参道は、過ぎし日のたくさんの小さな社寺、石塀の境内、苔むした墓や碑、ちっちゃな鳥居の後ろの祠《ほこら》、さらに叩き壊され鼻の欠けたブッダ、首なし仏像を案内してくれます。陰鬱《いんうつ》で静かな日本杉に半ば隠れた山道、深い森かげに突き進む小径は、絶えず新しい驚きをもって探検家を誘《いざな》います。寂《さび》れて沈黙した神社にある小石の塚山、紙の切れ端、神聖な文字を描いた細長い木片は、今でも敬虔な巡礼の信仰を証言し、誓願や祈願を神仏に登録するため、彼らはこんな僻地《へきち》にまで熱心に足を延ばし徘徊するのです。ちっちゃな朱塗の祠が、遠い昔の幻影に溶け込み宝石のように輝き、そびえ立つ赤い樹皮の巨木の間に倒れた日本杉が、もつれた蔓《つる》の土手や畝《うね》を造り出しています。さらに登ると、滝［白糸の滝］が泡を噴出しながらリボン状に細く裂けて流れ、これよりも高い所に古い社寺［滝尾神社《たきのお》、弘法大師ゆかりの地］があって、巡礼や旅人が祈禱《きとう》したり感嘆したりしますが、この無防備の聖域を乱す人はいません。ここの建造物の一つに等身大の雷神《らいじん》と風神《ふうじん》の彫像が収まっています。雷神は頭の周囲に後光のような太鼓の輪を背負い、前頭部に二本の山羊《やぎ》の角《つの》を生やし獰猛《どうもう》な顔つきをした鮮紅色《せんこうしょく》の神です。風神は体が草緑色で足に二つの角状の爪先があり、肩に大きな袋を担《かつ》いでいます。荘重な屋根を持つ朱塗の楼門や鐘楼の存在は、この静かな森に隠れているもう一つ別な伽藍《がらん》、祭壇に数多く金箔仏像を並べたところとは趣を異にした特徴があります。ある聖堂［行者堂《ぎょうじゃどう》］は、筋肉質の朱の仏像を祭っていますが、囲いもなく車夫の溜まり場となり、信者は仏像に対して活力ある脚を持つよう嘆願しながら、一足のワラジを奉納します。あらゆる場所に木製、藁《わら》製、ブリキ製のサンダル、微小な履物、巨大な履物が吊されています。

森林地帯を抜け、さらに東照宮建設以前から数百年にわたり日光の僧院長や修行僧の埋葬された古びた墓場を下っていくと、二荒山《ふたらさん》神社や家光の最初の楼門［仁王門］へ戻り着きます。

含満ヶ淵

散策中に一度、私たちは見事な樹林に隠れ、苔むした墓や碑で混雑した古い墓場に遭遇しました。石灯籠、ブッダ像、彫像は、かなり昔のものと思われました。御影石の地蔵一体が大きな日除け帽子［菅笠《すげがさ》］を被り、綿の赤い布切れを喉元《のどもと》に結んでいました。慈悲深い顔と燃えるような赤い衣装全体に細かい紙片が張り付けられ、紙には信者の願いごとが書かれています。石像の傍の灯籠には参拝者の置いた石が積み重なり、すぐ近くにはヒンズー教の神に似た仏が片膝を立てて座り、その膝に腕を立て頭を支え、熱心に思索に耽《ふけ》っていました。

川岸の暗がりには、ブッダの後継者一〇〇名の苔むした石仏［羅漢像《らかんぞう》］が瞑想《めいそう》しながら座っています［現在〝並び地蔵〟と称され、明治三五年の大洪水以後七〇体程度になる］。その上に長い枝が伸び、また蔓草《つるくさ》が古びた石仏の額《ひたい》のまわりに這《は》い上《あ》がっています。残りの首の切られた蓮の台座の像はかなり時を経て、白い地衣類や緑苔が石仏全体を覆っています。この石仏群の通称と同じガンマン［含満《がんまん》ヶ淵《ふち》］は、数多くの河畔風景でも極めて奇怪な光景です。橋から弘法大師に縁のある広い霊地まで石仏が並び、その数を数えるのが習わしですが、誰が数えても、決して数が合わないと言われています。

このあたりには、世間から見捨てられた人たちの暮らす被差別部落があります。それは動物のほふられた死体を扱い、皮や毛皮で衣服を作る人を蔑《さげす》んだためです。差別の起源には、彼らが朝鮮から渡来した人の子孫であるとか、皇室の鷹狩りの実行者や提供者として長く勤めたという伝説的理由もありますが、むしろ動物の生命を奪うことを禁じた仏教戒律の影響と思われます。部落民の人たちは、以前は、身分制度の中で、より身分の高い近隣住民とは孤立した生活を送ることを余儀なくされてきました。

明治維新後、特権勢力の舞台は幕を閉じ、低階層は身分制度の暴虐から漸次《ぜんじ》解放され、部落民は市民となり法律によって保護されました。依然として、恥ずべき偏見は部落民自身を狭い村に閉じ込めていますが、部落民の立ち去った後、そこに居たところに塩を撒いて清めるという失敬《しっけい》な話は、もはやありません。

昔からロマンチックな物語の中で最も感動し、かつ哀れをもよおす場面は、貴族と被差別部落の美しい娘が恋に陥るシーンです。現在、部落の子供は大人と同じ市民として公立学校へ通っています。この公平無私の制度はじっくり浸透していますが、ある県では頑固な両親が部落の子供との同席を嫌がり、自分の子供を学校から引き上げました。これに怒った知事は自ら生徒となって入校し、同じクラスの部落の子供と並んで座り授業を受けました。この理に適《かな》った威厳ある示威運動の結果、身分差別は消滅へと向かっているのです。

日光の生活

毎夏、日光の骨董《こっとう》市場は拡大してゆき、骨董は当然宗教的色彩を帯び、鉦《かね》、太鼓、銅鑼《どら》、香炉、彫像、旗印、錦織《にしきおり》の反物《たんもの》、聖職者用の扇などが、どの行商人の荷物の中にも詰まっていますが、もちろんこれらの品々は近辺の社寺の宝蔵から出たことは保証付きです。極めて手堅い観光客でも、なんら抵抗なく買ってしまう土産に盆、茶碗、小物箱の特産品、さらにニス塗り木彫り急須《きゅうす》や奇妙な木の根っ子で作った急須もあって、それには菊飾りとか神橋《しんきょう》の写生図を彫り込んだものがあります。どうにもならない節瘤《ふしこぶ》でも、日本人の鋭い眼力が可能性を見つけ、器用な手で節瘤をくり抜いて小箱を作り、さらに飲み口や取っ手を節瘤にぴったり合わせて急須に変えます。村の通り全体に、このような木工細工店や写真・骨董市が交互に並んでいます。

日光の観光客は必ずユオキ［柚餅子《ゆべし》］を買います。クルミと大麦糖で作られたこの菓子は、一インチ［二・五センチ］角、長さ六インチ［一五センチ］の平たい厚切りの状態で乾いた竹皮に包まれ、日本人客の買い物意欲を高めるため優美な木箱に入っています。この菓子は焦茶色《こげちゃいろ》の練り物状に作られ、マロングラッセ［シロップ栗菓子］やカエデ糖の風味があります。背中に赤ちゃんをおぶった子供の集団が日光の山側、ユオキ製菓店周辺にたむろし、旅行者が子供たちにユオキの箱を贈ると、ひょいとひょうきんに頭を下げます。腰を屈《かが》め、おでこで贈り物に触る面白いしぐさをします。喜色満面《きしょくまんめん》、甘い菓子に歓声を上げて食べる様子は、感謝の意を雄弁に物語っています。

雨天や疲労で観光できなかった場合、村通りの風景が全日総出《そうで》で温かく歓迎してくれます。見捨てられ苔むした精米所が道の向かい側にあり、背後の山からは小滝が流れ落ち水車が水を受け、目を楽しませてくれます。さらにリリパット小人国にあるような可愛らしい滝が道端へ流れ落ち、歌う雨のコーラスも加わり、日光全山を妙《たえ》なる楽《がく》の音《ね》で包みながら斜面を流下します。荷馬、農民、巡礼、村人の往来はいっそう画趣を添え、通行人は帯に裾《すそ》を挟んで着物を短かくし、平らな油紙傘を金色《こんじき》大光輪を輝かせるごとく頭上に広げます。

私たちの逗留《とうりゅう》する夏の別荘は、小さな庭によって宿主の母屋《おもや》と分けられています。早朝、母屋の雨戸が雷《かみなり》のような轟音《ごうおん》で開けられ、暗くなるとガラガラ閉められ、その間中、日本家庭の日常生活が目の前で展開されます。隣人たちはちょうどいい時間に戸口に現れ、小滝から汲《く》んだ手桶《ておけ》の水を広く浅い銅の洗面器に満たし、一人ずつ顔を洗います。その間に炭火で釜《かま》が煮立ち、何人かの子供が四角い豆腐を買いに走り、多量の緑茶、わずかな御飯、酢漬魚の薄い切り身で朝食を準備します。続いて竿《さお》に布団を吊して干し、行灯《あんどん》、枕、緑色の大きな蚊帳《かや》を片付け、箒《ほうき》で畳を掃いて、その日の支度を順次整えます。

女性たちは自分の浴衣《ゆかた》を洗って、平板に手際よく糊張《のりば》りして乾かします。さらに縫い物を繕《つくろ》い、朝のうちに台所の狭い部屋でごしごし洗い磨きます。一方、子供らは水手桶を持ってあちこち駆け回り、庭にぱらぱら撒いたり、敷石を洗ったり、風呂桶に満たしたり、台所へ運んだりします。小滝で揉《も》み洗《あら》いした後の米は一時間ほど浸してから、怒《ど》濤《とう》のごとく波立たせて飯釜へ注ぎます。かき集めた小枝を折って竈《かまど》で燃やしていると、蒸気が吹き出し押さえていた蓋《ふた》が外れ、その瞬間雪のように白い米粒が縁からあふれ出ます。同時に味噌汁《みそしる》がとろ火で煮られ、魚が炭火で炙《あぶ》られ、午後は茶の支度とともに夕飯の準備がされます。その日のうちに、御飯などの供物《くもつ》が庭の奥にある飾り立てられた小さな稲荷《いなり》神社の壇上へおごそかに献《ささ》げられます。日が暮れると夕食が始まり、ランプが灯《とも》ります。障子の影絵が室内の動きや集《つど》いの様子を繰り返し映し出し、さらに家族入浴の秘密が湯水のバシャバシャ音と一緒に漏れ、お祖父《じい》さんから赤ちゃんまで全身茹《ゆ》でられ（⁉）、ごしごし体の洗われている様子が伝わってきます。やがて雨戸がバタンと閉められ、翌日明け方まで休息時間となります。

第一六章　中禅寺と湯元

中禅寺湖

日本で使われている駕籠《かご》に関し、外国人はいろいろ批評しますが、あの狭苦しい状態は故意に異教徒を虐待しているわけではありません。その苦痛が酷《むご》く陰険でないことは、いずれ法廷尋問で明確に判定されるべきでしょう⁉　駕籠は狭く丈の高いバスケットを棒から吊り下げ二人の肩で運びます。山岳地や遠方に行くには、荷馬《にうま》以外唯一の旅行手段です。日本人はたいへん気持ちよさそうに膝《ひざ》を二つ折りにし、脛《すね》を立てて座りますが、外人が乗った場合、身長の大きさ、たくましい骨格、高い座高が邪魔して頭や体がつっかえて順応性に欠け、しかも快適さからはほど遠く、長い足が脇からぶらぶら出ます。その上、自分がおばさんに見え、良心の呵責《かしゃく》すら感じます。なぜなら、母国では一〇歳未満の少年に等しい小柄な駕籠かき人足《にんそく》に、自分の体量をすべて任せるからです。

駕籠に似た乗り物として、棒の上にいくつかの肘掛け椅子を置いたものがあり、ローマ法王やパレードの偶像のように人を載せることができます。でも、四人の担《かつ》ぎ手《て》の足取りによって長い棒が上下に跳《は》ね、往々にして乗客を船酔い状態にします。

農民と荷馬

ゆっくり歩く生き物・荷馬は、綱で前方へ引く御者《ぎょしゃ》を必要とし、伸びた頭と気の進まない足取りは単なる移動モーターに見えます。馬と先導人はワラジを履き、数マイルごとの馬の履き換えに新しいワラジを高い鞍《くら》のまわりに縛っています。蹄《てい》鉄《てつ》は、都会や大きな港町にしかなく、村の鍛冶屋《かじや》にはありません。荷馬は厚い藁《わら》胸当てを付け、高い鞍が木びき台のように造られ、乗り手が鞍に座ると、うまい具合に両足が馬の首元へ垂れ下がります。この鞍は釣り合いがとれているだけで、帯は締めていません。よく眠るこの動物は、ゆっくり歩み、ラクダのような足取りでよろけたり、つまずいたり、揺れたりしますが、乗り手は巧みに乗りこなしてリードします。

日光から中禅寺《ちゅうぜんじ》へ行くのに、あなた方観光客は駕籠や荷馬、あるいは人力車で八マイル「一三キロ」ほど旅をしなくてはなりません。道をたどると、刈り取り後の蕎麦、黍《きび》、稲、じゃが芋の田畑、藁葺き屋根の農家、道端の神社や茶店が次々と目に入ります。行程約三マイル［四・八キロ］で高度二〇〇〇フィート［六〇〇メートル］を登りきると湖畔へたどり着き、さらに峠まで緩やかな坂道と広い階段を登ります。石段の幅はすべて一、二フィート［三〇〜六〇センチ］で造られ、各段は一つの股木棒で木製主要部がしっかり止められ、小石が詰まっています。昔造られたこの階段構造物は、山の大切な付属物となっています。階段を少し行くと粗末な茶店（通常の建て場）のある小さな森の開拓地へ出ます。

茶店は柱、わずかな平板、木の枝や筵《むしろ》で造られ、夏の巡礼や旅人にはありがたい避難所となっていて、すぐに管理人が客のため、ワン・ルームの床に設置された縁台へ座布団を出し、土瓶《どびん》、茶碗、大麦糖菓子を載せた盆を運んできます。誰もが気分一新した後、数枚の銅貨を盆に置いていきます。ここの薄黄の茶はとても旅人を元気づけ、駕籠を避け人足代を倹約し、物見遊山《ものみゆさん》がてら散策できるほど回復します。各建て場には特別な展望場所があって、格好の見晴らし台となっています。大地をしっかり踏み締め一日数セントで暮らす巡礼でさえ、このさまざまな滝や山峡を眺めると、何となく詩作三昧《ざんまい》に誘われます。

峠の上から二〇〇〇フィート下の峡谷の眺めは実に雄大です。ほどなく森の小径は湖畔へと続き中禅寺の村広場へ出ます。幅三マイル［五キロ］、長さ八マイル［一三キロ］の中禅寺湖は険しく深い山岳樹林に囲まれ、雄大な男体山［二四八四メートル］は、湖畔から堂々とそびえピラミッドのように先細りとなり、山頂も森に囲まれています。昔から神聖な山として崇《あが》められ、麓《ふもと》には神社［二荒山《ふたらさん》神社中宮祠］があり、登りの参道沿いは祠《ほこら》だらけで、頂上にも社《やしろ》があり、改悛《かいしゅん》した殺人鬼らの捧げた刀剣があります。

毎年八月、白装束に大きな藁帽子を被《かぶ》り、藁敷き雨具を肩に巻いた大勢の巡礼がやってきます。湖で清めた後、鳥居を潜《くぐ》った敬虔《けいけん》な信者は神社に祈禱《きとう》をし、喘《あえ》ぎながら頂上へ向かいます。一定シーズンだけですが、このように参拝者はみな山頂を目指し、終わりなき通し階段を苦労しながら歩むという、選ばれし特権のため二〇セントを払うのです⁉　この料金で神官《しんかん》は下ばえを刈り込み、念入りに参道を掃除するのです。門前には敬虔なる番人がいて閂《かんぬき》を抜き、上の方へ合図します。巡礼は広い連続の石段を上り始め、少し休んだり、ジクザグ歩いたり、ストレートに進んだりします。参道一面、シーズン中に捨てられた履物で覆われ、また過ぎし日のワラジの山がそこここにあります。

湯元

巡礼一行は、村にある政府管理の兵舎で眠ります。わずかな銅貨で床敷布団と共同囲炉裏《いろり》の利用が許可され、男体山への参拝を果たすと、岸辺の森に隠れた社寺を参拝するため湖畔を半周します。さらに温かい湯元の硫黄《いおう》風呂にゆっくりつかってから、稲穂が豊かに実る故郷へ向け、てくてくと歩いて帰ります。

湖の向こう岸の中禅寺の村落は、男体山の未開拓の緑の斜面と広大な湖の間に横たわり、黄の小さな斑点《はんてん》に見えます。五軒の茶屋が水際に平行して並び、各茶屋は湖を見渡すため水上に歩廊《ほろう》を三組持っています。特に蔦屋《つたや》、和泉屋《いずみや》、ナカマルヤ［中村屋？］での宿泊と休息は日光によくある宿よりも、ずっと純日本的な安らぎがあります。外国人のために椅子やテーブルは用意されますが、宿泊客はみな床に寝ます。広々とした中庭に出て共同洗面器で顔や手を洗い、さらに靴下のままか、備えられた堅い猿皮スリッパで室内を動き回ります。従業員を呼ぶため客が掌《てのひら》をパーンと打つと、バラ色頰の小山のようなメイドが「へーイ！」と間延びした声で応えます。そして家屋の優しい振動は階段を走り上がってくる様子を伝えます。

米、野菜、魚、台所用品、家族の衣類を洗うには、家屋の最も低い床に通じる平板桟橋《さんばし》を使います。同じような桟橋が各宿にあり、娘たちはそこに集まって竹籠《たけかご》で米を研《と》いだり、洗ったりしながら楽しそうにおしゃべりをします。また各宿の従業員は洗面器、歯磨、コップ一式を持ってあちこち湖畔へ出向くので、桟橋は小さな社交舞台となり、自然な形で交流がなされます。

「英国で最高のハイキング・コースは、エーボン河沿いのストラトフォードからウォリックにかけての一帯だ」と衆目《しゅうもく》の一致するように、日本でベストのハイキング・コースは、中禅寺から湯元にかけて、かぎりなく多様性に富んだ八マイル［一三キロ］の散歩道です。まず最初、広い山道を中禅寺湖畔沿いに二マイル［三・二キロ］の間を散策します。ところで、この静寂、清涼感、魅力に満ちた深い森を歩いても歩いても、穏やかな湖は青くちらっと目に入るだけです。丸太作りの茶店の潜む濃い緑の松林の間から、ようやく湖の突端が現れ、そこから菖蒲《しょうぶ》ヶ浜《はま》で知られた低い岸辺の一部が見えます。さらに円形劇場のような壮大な山壁が中禅寺村をぐるっと囲み、はるか彼方には地獄川と龍頭《りゅうず》の滝《たき》があり、渓流が何本もリボン状に分かれ苔《こけ》むした岩棚を滑り流れます。そこから山道は丈の高い雑草や気品ある松に覆われた高原へと上ります。大昔、敗北した軍勢の血に染まったといわれるレッド・プレイン［戦場ヶ原］が広がり、秋霜とともに例の深い色合いに変わります［戦場ヶ原には、赤城山《あかぎやま》の主・百足《むかで》と男体山の主・大蛇《おろち》が大軍勢を繰り出して争ったとの伝説がある］。この高原の端から薄暗い山々が立ち上がっていますが、中でも男体山は緑や紫のベールと浮雲の王冠に包まれ、巨大な影を見せています。高原には居住や開拓の形跡はなく、松の点在する人跡稀《まれ》な光景は、米国の高地シエラ［カリフォルニア州シエラ・ネバダ］の谷間にとてもよく似ています。

日本のどの地方に行っても、水辺から山頂まで木が茂り、緑陰に覆われ、耕作されています。でも、冬の奥日光は荒涼として、道に積もる深雪は下界を完全に遮断《しゃだん》します。茶屋は閉まり、住人は温かな谷あいへ逃避し、春の到来と旅人だけが、この地を再び復活させるのです。魔法使いでも日本の農民でも、この人里離れた場所を征服することはできません。しかし、奥日光の野性美は、万人を楽しませてくれます。

山道は、この寂しい高原を越え、湯ノ湖へ向けて七〇〇フィート［二一〇メートル］ほど険しい丘の正面に沿い上がります。道は数フィートの幅に狭《せば》まり、小石、多量の泡、水煙、湯気が滑り落ちてきます。細かく凹凸に切り立つ斜面と森に囲まれたこの湖は、壮麗な山々の秘密の鏡で、その山の一つ、白根山《しらねさん》は眠れる火山です。蒸気の多い硫黄泉が湖の端・陸地部の熱い地殻《ちかく》を通して泡立ち、さらに湖底自体からも硫黄が噴出し、魚が棲《す》めないほど湖水全体を濁《にご》らせ熱しています。湯ノ湖の端の滝とは反対方向に村道をうねって行くと、二マイル［三・二キロ］ほどで呪文《じゅもん》のかかった森へ着きます。そこには絵のようにもつれあった根と岩があって、緑苔に覆われて蔓草が巻き付き、さらに羊歯《しだ》が鬱蒼《うっそう》と茂り、常緑樹の枝が大きく張り出しています。

温泉風呂

湯元には、二本の通りと一二軒の茶屋があります。茶屋の桟敷《さじき》には〝永遠の祭り〟を誇示するかのように赤提灯《あかちょうちん》がぶら下がり、周囲全体に硫化ガスが臭《にお》っています。温泉の一つが村の入口で泡立ち、たっぷり湯の入った約一〇フィート［三メートル］角の湯船が四本柱の屋根に覆われ、側面全部が大気に開放されて準備万端《ばんたん》、牧歌的素朴さが漂っています。その場所は往来の眺めがよいので、村民や湯治客がよく集まり、服を脱いでたたみ湯船に腰を下ろします。じゅうぶん茹《ゆ》だるとときどき湯船の縁で体を冷《さ》まし、再び湯船の中に腰を落とします。仲間どうし話が弾《はず》むと、風呂場は数時間占領されます。このような温泉場が村はずれにたくさんあり、どこも同じように開放的で、たくさんの人が褐色の肌を見せ茹《う》だったり冷ましたりしています。村通りの茶屋を改造した公衆浴場は、しっかりした木造の屋根と板塀に囲まれていますが、道側の入口は開きっぱなしでカーテンもなく、さらに老若男女《ろうにゃくなんにょ》は、まるで市場や街角で出会うように熱い湯船で気兼《きが》ねなく挨拶します。初めて目にする外国人は、この驚くべき素朴さにびっくり仰天。しかし、長く滞在している内に、大衆は子供のように天真爛漫《てんしんらんまん》で、妥当な新しい道徳通念を持っていることに気づきます。

入浴に関する日本人の純朴な感覚は、浴室の隔離や神聖さに注意を払うことはまずありません。日本の上流家庭や高級茶屋の浴室は、風変わりな小石や陶器タイルを嵌《は》め込んだセメント製の壁と床からなり、申し分のない風雅な場所に隠れています。風呂桶は松板製の小判形で、藤蔓に巻かれ白く磨き上げられています。戸口は通常、鍵《かぎ》なしの紙仕切り［障子］を滑らせて開閉し、何かあるとすれば木製の衝立《ついたて》や扉はありますが、妙なことに穴や小さな窓がたくさんあり、カーテンもありません！　たいがい、風呂場は独立した仮設建物になっていて、そこへあなた方観光客は特別な入浴ガウン、つまり浴衣で行くことになり、途中で出会う家族や客とは、いつでも親しく談笑できます。

ところで欧州人にとって、準備支度で一時的に湯船や浴室を従業員が個人的に使うことは、どうにも理解できません。それはさて置き、日本の木製湯船は私たち米国人が入る亜鉛《あえん》棺桶《かんおけ》や大理石柩《ひつぎ》よりも（⁉）、はるかに快適で、木製は湯を温かく保ち、肌触りがとてもよいものです。ある種の湯船は端の長い管に小さな懐炉《かいろ》を付けているので、ほんの一握りの木炭で短時間に湯が沸《わ》きます。これまで大勢の入浴者の生命を奪ってきた炭酸ガス中毒をこの器用な工夫でなくしたのです。熱い風呂を好む日本人は、一にも二にも沸騰させることが目的で、地元の人たちはひるむことなく高温に堪《た》えます。グリフィス博士「米国人教育者、『皇国』の著者」は自分の本に、酷寒の日、街道沿いに湯気を立てる戸外の大釜から、入浴者が火傷《やけど》で躍り出す珍事を書いているほどです。

湯元温泉の宿を経営する厳粛で彫刻のような主人は、いつも自分の付添人と一緒に中庭に控え、ちゃぶ台の後ろにある仏壇のブッダ像のごとく座ります。ところが一度、星明かりの中、自分のすべての衣服を腕に抱え堂々と裸体のまま庭内を歩き、私たちの前に現れました。裸の闊歩《かつぽ》は、いつもと変わらぬ芝居役者のように威厳がありました。私はびっくりし、「はたして、この紳士は着物と一緒にプライドまで脱ぎ捨てたのだろうか?」と疑いました。ところが、宿の主人には裸《はだか》になった意図的理屈はありませんでした。彼は「衣服は人生の仮の姿であり、本質的なものではなく、古びた尊大な魂を本当に封じ込めているわけではない」との哲学を、それとなく語っていたのです。

二、三の立派な鉱泉には、外国人の偏見的ご意見に従った（⁉）男女分離の湯船はありま

湯元の公衆浴場

すが、混浴が廃止されるまでには一世代以上の歳月がかかることでしょう。

薬効ある日本の温泉はすべて入浴が認められ、政府管理で国民に開放されています。ここ湯元の老若男女に子供は湯船のある大部屋で服を脱ぎ、室内周辺の一段高い棚や台の上に衣類を小さく積んで湯船に入ります。これまでどおり、誰もこの習慣を不自然とは思いません。女性は湯船の縁に座るかひざまずくかして、米糠《こめぬか》の袋で体を洗い磨き、湯船の内外で友達とおしゃべりを楽しみます。外の人びとは開いた戸口や胸の高さの窓で立ち止まり、客間にいるように入浴者と語りますが、その振舞いは常に礼儀正しくしとやかです。

ある日突然、変な外人が風呂場に侵入したため、子供以外全員、深く湯船につかったままになりました。そのとき、自然で当たり前のことを観察する異人の気取った理解しがたいやり方は、はっきりと軽蔑されました。無着衣の裸体に関し、欧州人があれこれ妙な不快感を示し誤解している点を、日本人は「あまりにもくだらない話だ」と笑っています。

マッサージ師

私たちの泊まっている湯元の茶屋の二階三室は、日中襖《ふすま》を開けてワンルームとし、三方の廊下の障子《しょうじ》も開けっ放しにしました。火鉢《ひばち》には真っ赤に焼けた炭の山が入り、朝晩の冷気を和《やわ》らげ、私たちは終日厚く積まれた布団に心地よく座りました。

毎日、絵のような山紫水明《さんしすいめい》を目の前で楽しみ、ある時は風変わりな箱船に乗って静かな水面を竿《さお》で移動し、またあるときは一日中、山道に惑わされ凸凹《でこぼこ》した荒野を横切り、鳥居を抜け神社を越えて進みました。しかし、いつも私たちの行く手には人跡未踏《じんせきみとう》の荒野が立ちはだかり難儀《なんぎ》しました。

夜間、冷え込んだ空気が硫黄の臭みを大地に押しつぶす時刻、湯元の通りは盲目のマッサージ師（按摩《あんま》）の悲しげな笛が鳴り響きます。この按摩姿はどこにでも見られ、大きな都会にも小さな山村にもいます。この仕事に携《たずさ》わる男女は、いずれも若くはなく一様に中年以上です。彼らのやり方は、科学的に不明確なマッサージ治療法、つまり以前から手足がきかず痛んでいる筋肉を手指の操作により和らげる方法で、しかも按摩は国の制度として存在します。湯元の通りに侘《わび》しい音色が響き、しばらくすると突然、私たちの部屋の襖が開き、皺《しわ》だらけの不器量な老婆が現れました。それは夕刻、茶屋で準備したお風呂の開始する間もない頃でした。

別な機会に日光と中禅寺を訪ねたことがあります。一〇月下旬、これまで私が母国で見た最も華麗な山腹より、もっと素晴らしい秀麗な秋の野外劇を体験しました。寒冷な気候が驚くべき天然の最高傑作を生み、陶酔感に満ちた大気がいっそう心弾ませます。晴れ渡る輝く天空は車夫たちを子供のようにはしゃがせ、跳び回らせ、歌わせます。品位ある小柄なガイド・伊藤でさえ少年のような陽気さとなり、生真面目《きまじめ》な態度が緩《ゆる》みます。そして小石がはるか下へ衝突しながら落ちる音を聞くため、絶壁の縁に立ってのぞきます。中禅寺湖は巨大な宝石・無疵《むきず》のサファイアとなり、男体山は鮮やかなビザンチン着色法によるモザイク模様が描かれます。中禅寺の湖水から急流・大谷川《だいやがわ》の谷間へ落下する三〇〇フィート「九〇メートル」の滝、華厳《けごん》の滝《たき》は、まるで円形小劇場の中で蔓草や枝と一緒に円柱状の雪が垂れ下がっているように見えます。この紅葉シーズン中、湯元はすでに閉鎖され旅館が板囲いされたため、私たちはあえて留《とど》まることはできませんでした。ある日とうとう、道路を封鎖する最初の冬の雪に見舞われ、最後まで中禅寺に残りオープンしていた一軒の茶屋も店仕《みせじ》舞《まい》となり、私たちは足尾銅山経由《けいゆ》で旅を終えました。

第一七章　富士登山

宮ノ下

私たちが富士登山決行について長時間相談をしたのは、七月の第三週目のことでした。屈強な男性四人、勇気ある女性三人、無類の日本人ボーイの二人、総勢九名が参加しました。距離にして四〇マイル［六四キロ］、昔の東海道線を蒸気機関車で小田原［相模］湾の底深い海岸沿いを走り、太平洋側にある青い箱根連山の稜線を目指しました。国府津《こうづ》で遊覧四輪馬車に乗り換えましたが、平野をガタガタ走って東海道沿いの谷あいを上る途中、子供たちを馬蹄《ばてい》で蹴散らしたり、駕籠《かご》かき人足《にんそく》とトラブルを起こしたりしました。この御者《ぎょしゃ》は険しい谷間を一〇マイル［一六キロ］も荒れ狂って飛ばす、とても向こう見ずな人間なので、人力車に乗り換えた時は本当にほっとしました。狭い谷あいを登り、カーブにつぐカーブを切っていくと、やがて大空を背景にきらきら光る宮ノ下《みやのした》の灯が目に入りました。

素晴らしい夏のリゾート・宮ノ下は、日本人にも外国人にも人気のある場所です。そこには優れたホテルがいくつかあって［奈良屋、富士屋ホテル］、西洋ファッション、澄んだ山の空気、鉱泉、美しい風景に富むとても楽しい温泉郷の中心です。ここのホテルは一年中よく管理され、真冬の気候は中国南部の港町でかかったマラリア病毒の特効薬となります。また宮ノ下の寄木細工《よせぎざいく》は有名で、どの家も日本式ゲーム、家庭用品、玩具《おもちゃ》、小間物《こまもの》の工作場を持ち、美しい木目の国産樹木で何でも作り、植物性ワックスで滑らかに磨き上げます。一〇〇以上もの木片縞模様《しまもよう》からなる精巧なモザイクを見て、誰もが仕上げの良さや値段の安さにびっくり、これを買わずには村から出られません。

宮ノ下到着後、ここで案内役兼ポーター（荷物運搬人）を雇い、朝六時、婦人を駕籠三台［駕籠かき人足兼ポーター（九人）］に乗せて出発、これに四人の屈強な男性、二人のボーイ、さらに六人のポーターが続きました。広い道を登り、乙女《おとめ》峠で有名な刃渡り馬道をジグザクと進みます。峠から半島御用邸《ごようてい》［恩賜《おんし》箱根公園］と一緒に宮ノ下や箱根湖［芦ノ湖］が目に入り、格子縞の緑の渓谷を振り返って眺めると、縞模様の原野の彼方に富士ヤマが変わらぬ頑固さで頭を雲に隠し、目前に真っ直ぐ聳えていました。この平らな原野へ向け、まっしぐらに駆け降りると、御殿場《ごてんば》へ到着しました。そこから人力車に乗り換え、六マイル［九・六キロ］先の須走《すばしり》を目指し走りました。

須走

山を降りてくる巡礼の列や荷馬の背中に座った農民が、われら富士登山外人部隊を見て快活に笑いかけます。途中の各休み屋では、青い目の一行を見た婦人や子供が目を丸くして驚き、化石のごとく立ち止まりました。黒い溶岩の燃殻《もえがら》や塊《かたまり》は火山に近づいたことを教えてくれます。道は緑の草原を抜け、石炭粉塵のようなインク色の跡を残しています。炭坑のボタ山のような火山岩滓《がんし》の堆積《たいせき》が道脇に露呈し、荷車がざらざらした鉱滓《こうし》を騒々しく磨《す》りつぶして通ります。

絵のような典型的日本の村・須走《すばしり》の全住民が街道に集まり、私たち一行を歓迎してくれました。広い街道の両側を水が勢いよく躍って渦巻き、機械仕掛けで玩具の軍隊を吹き動かしたり、ケーキや砂糖菓子の売場に吊した蠅除《はえよ》けを回しています。各茶屋には、数百もの巡礼の小旗や手《て》拭《ぬぐ》いがはためき、終始祭り気分を煽《あお》っています。

道端の茂みには、古びた神社へ導く鳥居があり、登山前に富士巡礼の全員が祈りを捧げます。午後の光に照らされ、藁葺《わらぶ》きの家が街道両側に立ち並び、無帽の村人が群がる様子は、まさに舞台の背景画です。やがて太陽が沈み、消えかかる最後の真紅の輝きとともに、雲がうねり去ると、堂々たる円錐《えんすい》富士が頭上に屹立《きつりつ》し、夕暮れの変化する光の中で、斜面がバラ色、さらに菫色《すみれいろ》へと染まってゆきます。

午前四時、私たちは太陽とともに起床し、えもいわれぬ朝の大気の中で全山ピンクと薄紫になっている富士を仰ぎました。あわただしく朝食をとり、女性は駕籠に乗り、男性は乗馬で元気いっぱい出発すると、すぐに山麓《さんろく》からつながっている道で、燃殻を広く敷き詰めた並木道に連れ出されました。明るい光の中に海抜一万二〇〇〇フィート［三七七六メートル］

の富士が倍になって見え、その瞬間「この大斜面を苦労しても足を使って登るぞ」という気持ちが急に萎《な》えてしまいました。山頂は一五マイル「二四キロ」どころか、五〇マイル「八〇キロ」以上先に見えます。林道に沿ってずっと、苔《こけ》むした石「一里塚」が距離を標《しる》し、ある場所には霊峰《れいほう》の聖域境界を示す石垣と見《み》張灯籠門《はりとうろうもん》の遺跡があります。たとえ馬や駕籠で、馬返《うまがえし》と称する一マイル「一・六キロ」先の筵《むしろ》小屋の基地まで行くことが許されても、この地点から大地は山の神の領域となります。雄大な富士は、ここから上方へ向け一定の曲線を描いていくのです。石段の最上段にある高い鳥居は、履物をつけ自分の脚だけで神聖なる土地を踏む、正式な登攀《とうはん》開始の地点を示しています。

馬返

筵小屋で駕籠を止め、私たちは二日間の休養をとりました。出発日、荷物が分けられ、ポーター「荷物運搬人」の背に結ばれました。いつの間にか、彼らは身を華やかに飾り、まるで戦闘態勢を整えた北米インディアンのような格好《かっこう》になっていました。このインディアン集団はたくさんの予備ワラジを腰に結んだり、荷物にぶら下げたりしました。われら外人部隊が靴の防護にワラジを結んで間もなく、ざらざらした燃殻《もえがら》で靴底が切り裂かれました。すぐに富士登山用の風変わりなオーバーシューズを八足用意しました。馬返からの道は森や、いじけた下生えを抜けて行きます。裸の燃殻や溶岩を越えると、窪《くぼ》みのない平坦な傾斜が連続し、さらにジグザク道となって着実な登りを妨げます。森の中に三つの小さな神社があって、巡礼の祈願や奉納を促《うなが》し、さらに神聖な御札《おふだ》を杖や衣服に付けるよう招いています。この神社を過ぎると、一〇ヵ所の休憩所（基地）が登山道沿いに均等に置かれ、一番目、つまり一合目は森の端にあり、十合目は頂上にあります。神官や基地管理人は六月下旬に山開きし、降雪が始まる直前の九月に閉めます。真夏の数週間、全斜面は白装束の巡礼行列で埋まり、杖に飾られた鈴のリンリン鳴る音で全山大合奏となります。でも、絵のような美しさにもかかわらず、巡礼団の中には好ましからぬ連中もいます。茶屋や基地で蝗《いなご》の群れのように手当たり次第むさぼり食う大柄の巡礼たち、そんな輩《やから》に従い荷物を一生懸命に運ぶ小柄な巡礼の堪《た》え忍《しの》ぶ姿は哀れです。

毎年三万近くの巡礼が富士ヤマに登ります。この敬虔な聖地巡礼団の多くは農業従事者で、彼らは共同協力会を作って細やかな年会費を納め、会員は総費用を順番に負担してもらい旅に出ます。グループで旅をし、各人が寝具、雨具（防水用茣蓙《ござ》の切れ端）を身につけ、さらに各自巡礼団の紋章入り綿手拭いを持ち歩き、神社の水槽や、贔屓《ひいき》の宿泊所で存在をアピールするため、ひらひらさせます。そして初めて参拝する神社では、赤い札を神官からもらい白装束に貼り付けます。

富士ヤマは伝説に包まれ、巡礼たちは躊躇《ちゅうちょ》なく信じます。聖なる山は二〇〇〇年前、わずか一晩で生まれ地上にそびえ立ちました。そのとき、西方に大きな窪地が出現し、すぐ水でいっぱいになったのが琵琶湖《びわこ》です。一〇〇〇年間、巡礼はこの最高峰の神社に祈願し、御来《ごらい》光《こう》を拝むため退屈な道を苦労しながら登り続けています。山の女神フジは同性を嫌っていると信じられ、女性を襲って空中に放り投げるという鬼《おに》の話は、世の旧弊から完全に脱皮したはずの日本婦人の登山をいまだに妨げています。女神は他の神々と喧嘩《けんか》した後、自分専用の気高い山を見つけ、独り平穏に暮らすことになったと言われています。なお、馬で行くのは、雲のかかった女神の玉座《ぎょくざ》へ近づくに従い坂道が険しくなり、落馬する危険があるので許可されません。砂や燃殻さえも神聖で、たとえ塵《ちり》が日中歩いた巡礼の足に付いて運ばれたとしても、晩までには不思議と地面に戻っています。この秀麗無比《しゅうれいむひ》の山は夢に見ることだけでも、幸せが必ず約束されるのです。富士は大空を旋回するコウノトリや昇《のぼ》り龍《りゅう》とともに、人生の成功や艱難《かんなん》の克服を象徴しています。

一五〇〇年頃まで、富士は年中噴煙の渦巻を帯び、また全世紀を通じ大噴火を繰り返してきました。最近起きた一七〇七年［宝永四］の噴火は一ヵ月にも及び、粗い燃殻、灰、焼けた赤土の塊を放出し、今でも山を覆っています。火山灰は五〇マイル［八〇キロ］先にも広がり、登山道の川をせき止め、麓《ふもと》の平原を高さ六フィート［一・八メートル］の燃殻で覆い、さらに北斜面にたん瘤《こぶ》［宝永山］を造り、均整のとれた完璧な円錐形を台なしにしました。

登山開始

馬返は海抜四〇〇〇フィート［一二五〇メートル］の地点にあって、そこから一五マイル［二四キロ］の道程で八〇〇〇フィート［二四〇〇メートル］登ると頂上に達します。私たちは午後四時までに八合目到着を目指し、そこで翌朝三時まで寝ているか、あるいは十合目最終地へ一気に突き進み、山頂休憩所の戸口で日の出を待つかどうかを考えました。われら外人部隊のコロラド州出身登山家二名はアルプスのカモシカのごとく斜面に向き合い、女性分遣隊が鳥居をくぐる前に、一合目の岩壁をあっというまに飛び越えました。私たちに同行したポーター一五人のうち三名が一組となり、それぞれ女性に付きました。彼らは女性軍をおんぶしてでも頂上へ連れて行く決意です。堂々とした富士を目指し、先頭のポーターが女性登山者の腰回りに綱を堅く結んで出発し、別のポーターが彼女を前方へ押しました。さらに本人はもう一人のポーターの長い竹竿《たけざお》につかまり、灰から自分の足を持ち上げる個人的義務（!?）を果たしながら、文字どおり頂上へ向け引っ張られ押し上げられ前進しました。

はじめの三、四マイル［四・八〜六・四キロ］緑濃き木陰を抜けてゆくと、道に蔓草《つるくさ》の絨《じゅう》毯《たん》が敷かれ、野生の花が星のごとく咲き、野苺《のいちご》の素晴らしい群生地が展開しました。苔に覆われた丸太造りの階段を登ると、神社の門や戸口に御幣《ごへい》（祭礼用紙片）が飾られ、さらに野《の》晒《ざら》しのまま祭壇が据えられた境内［御室浅間《おむろせんげん》神社］を通り抜けました。

ある神社［古御岳《こみたけ》神社］では、私たち一行の足音が近づくとほら貝ラッパを吹き、吊し太鼓をドーンと叩いて合図し、紫と白の上着に厚紙の黒烏帽子《くろえぼし》姿の神官たちが快活に出迎え、温かい麦茶をふんだんに出してくれました。私たちの依頼で朱の大文字が書かれた御札《おふだ》と、この二合目基地（現・五合目）の印を服に貼り付け、神社の紋章を焼印した正規の巡礼杖を売ってくれました。金剛杖《こんごうづえ》の値段を聞くと、眩《まばゆ》いほどの博識で外国流儀に精通している神官が流暢《りゅうちょう》な英語で、「一本につき一〇銭頂きます」と応じました。

神社を出ると、森林帯はまるで室内から外へ出たように突然終わり、ぐしゃぐしゃの露出溶岩の堆積《たいせき》や燃殻が切れ目なく上に広がって完全な円錐形の富士が目に入り、疾走する白雲の薄い切れ端と触れ合っていました。森の端と頂上の間には溶岩による土手や傷跡がはっきりと見え、また火山灰の大堆積岩は四角形の各休憩所から数マイルも離れているのに、各建物に危害を加えんばかりに突き出ています。

徒歩とは、全く忍耐そのものであることが、ますますはっきりしてきました。ここには、目も眩《くら》む絶壁も危険な岩壁も、手を交互にしてよじ登る苦労も、狭い岩棚も、つるつるした石の斜面もありません。ただひたすら、燃殻の道を踏みしめ登って行くだけです。森林限界線から上は、全天に広がる眺めをはばむものは何一つなく、ただ到着点だけが茫漠《ぼうばく》とした視界の中に存在します。

八合目

三合目を通過した後、疾走する雲が押し寄せ頂上を隠しました。まぶしい太陽が消えたことを祝しながら合間を縫い、広々とした溶岩傾斜地を避け無心に歩きました。四合目基地の山小屋は冬の閉鎖中に転がった石で屋根が壊れていたので、二棟ある隣の丸太小屋で休みをとりました。妻と赤ちゃんを連れたたくましい登山家が、夏の期間中九合目の山小屋を開くため登って行きました。赤ちゃんは父親の背中に革紐《かわひも》でおぶわれ、ぴったり合った産着《うぶぎ》から小さな爪先《つまさき》が剝《む》き出《だ》し、冷たい風が吹くと丸く愛らしい形になります。

私たち一行のうち、パイクス山［コロラド州ロッキー山脈の山］登頂を経験したベテラン二人は、はるか彼方《かなた》、濃いチョコレート色の斜面に白い点となって見えました。でも、残る全員も夕刻には、あの二人に追いつくつもりでした。

突然、漂っていた雲が襲いかかり、水蒸気のごとく黒い溶岩沿いに渦巻き、何もかも塗りつぶす灰色の霧となって体を包みました。同時に一陣の風が雨を勢いよく吹き付け、緊急避難のため閉鎖中の小屋の陰へ急ぎました。にわか雨の勢いは、ますます激しさを増し、防水服や雨傘を持ったポーターは前方に行き、霧の中に見えなくなりました。風雨を押し分け前進し、緩い灰の中を一〇〇ヤード［九一メートル］登った後、下山滑走道を発見しましたが、向こう見ずにも私たちは前進コースを選び、まっすぐ上を目指し登りました。すぐに堅い溶岩の割れ目に安全な足場を確保しましたが、しばらくすると雨水が滝のように網目状に流れ落ちてきました。快活な小柄のポーターが木綿着をずぶ濡れにしながら、私を励まし溶岩の角の周りにロープを張って一休みしました。それからはるか頭上には太陽が輝き、必ず晴れ上がっているものと確信し上を目指しました。ところが、傾斜した溶岩沿いの道を一瞥《いちべつ》した瞬間、太陽が照っているはずのあの空から、泡立つ波頭が落下してきました。奔流《ほんりゅう》が唸《うな》り押し寄せ、大惨事に巻き込まれる寸前、辛うじて落下ルートの横断に間に合いました。

目もくらむ雨、吹きまくる風の中、二時間もの厳しい登りの後、ようやく八合目の避難小屋に到着したときには、体はすっかり冷えきり疲労困憊《こんぱい》の体《てい》でした。この丸太小屋は巨大な溶岩の塊に接し、低い屋根はたくさんの丸石で押さえ付けられ、厚さ五フィート［一・五メートル］の壁に囲まれ、幅一二フィート［三・六メートル］、長さ三〇フィート［九メートル］のワンルームからなります。二つの戸口は険しい斜面に垂直向きで、要塞《ようさい》のような深い窓が壁の隅にあります。廊下の窪みに四角い囲炉裏《いろり》があって銅製大やかんが自在鉤《じざいかぎ》に吊された、また飯炊《めした》き釜《がま》用の竈《かまど》もあります。嵐の猛威に戸口は閂《かんぬき》がかけられ、つっかえ棒がされ、逃げ場のない煙で盲目同然になりました。囲炉裏の上の垂木《たるき》に、私たちの濡れた衣類やポーターの湿った木綿着を吊すと、衣服から滴《しずく》がゆっくりと垂れてきました。八合目の管理人はわずか五日前に、休憩所を開いたばかりでした。管理人は、外国人七名と随行一七名、下山途中暴風雨のため出港不可能になった東京築地の海軍兵学校［明治二一年江田島《えたじま》へ移転］の若い士官候補生四名、巡礼一四名の総勢四二人を賄《まかな》うため、仕事に慣れた若い息子と二人の従業員に応援させました。

体を暖め、ほつれたサンドイッチで息をついた私たちは、ベッドにつく嬉《うれ》しさだけで満足し、各人布団二枚をもらって敷布団と掛布団にし、バスケットの蓋《ふた》が枕に役立ちました。床は堅さに加えて冷たく、突風がピューピュー唸りながら小さく堅い山小屋を揺すり、先客の巡礼が吊した綿手拭いの列が隙間風ではためきます。絶え間ない風の悲鳴と唸り、狂ったような突風に身の毛もよだち、朝までこの小石のような箱小屋が持つだろうか全く不安でした。吊りランプ一個が青い布団に並ぶ頭に幻想的な光を放ち、やがて静寂が孤立した避難所に眠る七人を包みました。

第一八章　富士下山

嵐の三日間

土曜日から火曜日まで三日三晩切れ目なく渦巻く嵐は、私たちを暗く煙の充満した小屋の中に囚人のごとく拘束しました。最初の一晩だけは面白い体験のつもりの嵐は、その後堪《た》え難《がた》い生活日課を押しつけました。わがたくましき登山家も屋内片側の巡礼団も脱出は不可能で、観察のために閂《かんぬき》をちょっと外すと、今にも小屋がつぶされそうになりました。激しい洋上の大暴風でも、これほど恐ろしくはありませんが、結局、私たちの耳は風の唸り、ヒューという音、さらに建物を強打する突風に慣らされてしまいました。これに代わって食糧欠乏という重大局面を迎えました。私たちが持ってきた一日分の午餐《ごさん》食糧をすべて使い尽くした後、管理人が、四〇名あまりの滞在客に魚や米をどれだけ長く、公平に供給できるか疑問になったのです。

一心もとない外人一行に連れてこられた二人のボーイは、全く例外的日本人となってすっかり無気力になり、片隅であお向けになり布団を頭にすっぽり被《かぶ》って動きませんでした。高所、寒冷、ジレンマがボーイらの機敏な通常能力を麻痺《まひ》させ、ポーターも役立たずに近い状態となりました。私たちも陰気臭い梁《はり》の下でまっすぐ立つことができなくなり、また戸口を押さえるしんばり棒として床板があちこち剝《は》ぎ取《と》られたため、暗い部屋を歩くことさえ困難になりました。

しかし、この〝籠《かご》の鳥〟に我慢できない間も、愛すべき小柄の士官候補生四人は座ったり、布団の中で静かに横になったりしながら、何時間も希望に満ちた将来を快活に語り合い、それはまるで太陽の輝く明るさでした。しかも若者の着ている白いズック地の夏の制服は、八合目の恐るべき気象条件に強く、よくデザインされていました。

監禁中のポーターらは、布団の中で寝たり起きたり、食事中はできるだけ長く座っていたり、ときには子供じみたゲームに興じたり、さらに日給のほかに手当がいくらつくのか陰で数えたりしました。煙い囲炉裏でも、いくぶん暖かくなることが分かり、私たちはこの窪み暖炉の周りに座って灰に足を入れ、煙から目を守るためハンカチでしっかりと覆って暖をとりました。

私たちは親密な歓談の中で料理の秘訣を学び、鉋《かんな》で鰹節《かつおぶし》を削り、茸《きのこ》でシチューを作り、さらに調味料に醬油や日本酒を使うことに注目しました。この混合汁については、饗応《もてなし》上手の管理人から熱燗《あつかん》を勧められながら、健康促進剤の代わりになるほど体に良いものだと教えられました。彼は食事の最中に立ち上がり、神棚へわずかばかりの供え物をして帳簿に何かを書き込みました。それから今まで以上の愛想《あいそ》のよさと親密さを込めて戻ったことを、私は何

やら怪訝《けげん》に思いました⁉

食事には、大豆と大麦による赤い調合スープ［味噌汁］、日本人だけが食べられる匂いのよい二種類の混合物［漬物］、そして御飯を決して欠かしません。日に二度、褐色の大釜を竈《かまど》に置いて湯を半分沸かします。これが薪《まき》の炎で猛烈に煮えたぎると、洗って浸した笊《ざる》いっぱいの新鮮な米が中へ注がれます。半時間後、ふっくら雪のような穀物が大釜の最上部まであふれ出て、箸《はし》を持って待機する客に運ばれます。

毎晩、小屋の管理人は朝五時の天気を「晴れ」と予言し、そして毎朝、夕方五時の天気を「晴れ」と予言します。でも、相変わらず風はピューピュー唸り、霙《みぞれ》が雲海の中で吹きまくり、霰《あられ》が屋根や壁をうるさいほどガタガタ叩《たた》きます。

二日目の午後、頂上小屋の管理人が突然、窓に現れました。半分死んだような姿を見て、ポーターらは興奮して引っ張り込み、手足の傷ついた遭難者を介抱《かいほう》しながら、唇《くちびる》へ熱い酒を数杯注ぎました。富士頂上で為《な》す術《すべ》もなく吹き曝《さら》され、嵐と戦った彼の話は「晴れ」を待望している全員の気持ちをいっそう暗くしました。彼は米櫃《こめびつ》が空となり、食糧調達に決死の旅を試みたのです。すぐに私たちは、ここの管理人にも同じ絶望的努力が強いられると予感しました。

富士山頂

三日目の朝、避難してきた山頂の管理人と木こり四人が下山する決心をしました。戸口の閂《かんぬき》が外されると、淡い陽の光と静かな風が虜囚《りょしゅう》のいる薄暗い穴蔵に入り込み、晴れゆく天気を予想させました。雲が高く舞い上がると、数マイル先、広い緑の平原に湖沼がダイヤモンドのごとくきらきら光り、さらに濡れて輝く山が目に映り、この屹立《きつりつ》する海抜一万フィート［三〇〇〇メートル］の高所から見晴らす気分は感慨一入《ひとしお》でした。それは三日間も待った価値ある眺めでした。山頂はうっすら晴れ上がって接近し、わが西洋登山家らはわずか三〇分で二〇〇〇フィート［六〇〇メートル］を一気に駆け登り、残る私たちも高度に適応するよう慎重に隊列を組んで先発隊へ続きました。明るい黄の油紙帽や帽子を被ったポーターたちも、黒い溶岩周辺をカナリヤの群れのようにきらびやかに飾りながら、私たちの後ろで隊伍《たいご》を整えました。頂上の傍《そば》、噴火口の縁《へり》にある鳥居を潜り、険しい溶岩の階段を登ると、最終基地［十合目］へ到着しました。そこには吹き曝しの低く貧相な山小屋があり、戸口は一ヵ所で内部は暗くて狭く、一〇インチ［二五センチ］角の囲炉裏があって、私たちのために日本酒が温められました。

風が吹き始め、雲が立ち込める寸前に辛うじて山頂に到着すると、外界は再び濃密な雨の渦巻く海原と化《か》しました。噴火口の奥へ突き進んだ冒険家も、雲と霧のわき立つ火口の釜底へ土砂が襲ってくる恐怖から、こまめにロープを背中に這《は》わせ安全確保に努めました。たくさんの社《やしろ》がある噴火口の縁を一周する余裕も、火口底部の鳥居に飾られた小道をたどる余裕もありませんでした。私たちは神社の手続きを急ぎ、寒さに凍《こご》えた神官から金剛杖に焼印を押してもらったり、ハンカチや服にスタンプしてもらったり、さらに山頂登攀《とうはん》記念に挿絵入りの証明書をもらったりしました。

頂上から八合目へ向け、緩んだ燃殻を急流下りする無謀な滑降と突進が始まりました。八合目の基地で会計帳簿を作成し待っていた小屋の主人が、記録メモをたくさんめくり、三日間の外人部隊賄《まかな》い請求を読み上げました。あらゆるものが品目ごとに箇条書きにされ、好意で勧めたはずの日本酒や茸シチューさえも含まれていました。主人は本能的に頭をひょいと下げ、私たち七人に総額五八ドルの請求書を見せ、ひたすら言いわけを繰り返し、さらにポーターやボーイからの抗議、非難には一切耳を塞《ふさ》ぎ、日本語や英語の脅迫、毒舌を延々と続けました。シャイロック［シェイクスピアの戯曲「ベニスの商人」の登場人物］のごとき宿主は、ついに半額の三〇ドルで同意し、機嫌よく受け取る段となり、ようやく諍《いさか》いは終わりました。最後に取ってつけのお世辞たらたらと「サヨナラ」の言葉がありました。

ゴムや薄布地の雨コートは、旋風の中では無駄《むだ》であるよりも最悪で、ともかく急ぐことが第一目的でした。私の着ていたスカートドレスは、びしょ濡れになって鉛《なまり》の塊《かたまり》になりました。すぐに赤いナバジョー毛布［北米原住民の織物］に着替え、体をすっぽり包みましたが、脱いだドレスは富士サンの奉納物のごとく掲げ吊されて運ばれました。黄色い服を着たポーターが私をロープでしっかり結び、一緒に飛び込み滑走を開始しました。緩《ゆる》い燃殻の急流を転がり、濡れた灰の中に足首までつかり、まるで競技場の選手さながら駆け降りました。登りコースではたくさん時間を費やした区間をたった数分で滑り降り、途中温かいお茶を飲むため止まった休憩小屋はわずか数ヵ所でした。その間、雨はいっそう激しく降り、私たちはよろめきつまずき下ったのです。

英雄の帰還

馬返《うまがえし》には、滴《しずく》を垂らしたたくさんの登山団体が湯茶を求めて続々と集まり、やがて太陽が華やかに顔を出し、私たちの哀れなさまを笑っているかのようでした。突然暖かくなり、室内の湯気と温室効果は雲海の中を艱難辛苦した後だけに、とても心地よく感じました。須走《すばしり》では、辛うじて残った財産からよく乾いた服をいくつか出し、身につけました。輝く斑雲《まだらぐも》の空に青と紫の円錐富士の姿が茶屋の窓からくっきりと見え、それは額縁《がくぶち》に収まった風景画のようでした。日中は引き続き暑さが予想されるので、宮ノ下へ一気に進む決心をして夜通し走り続け、駕籠は蚤《のみ》の群れなす茶屋と同じ快適さでした⁉ また男性軍は、歩きながら自分の靴と衣服を乾かさざるを得ませんでした。ポーターたちには、嵐に襲われ雷がゴロゴロと鳴り救援を待っていたにせよ、まるまる三日間の監禁生活を無条件に楽しんだ(⁉)八合目の待機手当を十分支払いました。山頂から宮ノ下まで、帰り道四五マイル[七二キロ」の歩きは、彼らにとってさほど異例な遠さではありません。

御殿場《ごてんば》の茶屋で、同じ災難にあった仲間を見つけました。海軍兵学校の生徒たちです。私たちは茶屋でできるものは何でも御馳走《ごちそう》し、すっかり気の合った同志となりました。さらに象牙《ぞうげ》根《ね》付《つ》けのように黄色い皺《しわ》だらけの老婦人も同じ席に来て、私たちの登山体験とぼろぼろの衣装にすっかり興味を持ち、御飯、魚、カステラ、緑茶、日本酒を振舞ってくれました。五時間ほどたっぷり休憩をとってから、真夜中に駕籠かき人足を起こし、一五マイル「二四キロ」先の乙女峠を越える準備をしました。これに気づいた兵学校の生徒たちは障子をそっと開け、リリパット小人国風のバルコニーに立って私たち一行に合図をしました。生徒の一人が「これが、有名な富士の夜景です」といって、濃い菫色《すみれいろ》の円錐《えんすい》富士を指差しました。富士はかすかに雪の縞《しま》をつけ、黄色の月は小さくなって乙女峠の上にかかり、幻想的光景を醸《かも》し出《だ》し、さらに霊峰を皓々《こうこう》と照らしていました。

われらの最高司令官は馬の背に高く据えられた椅子式鞍《くら》に座り、踵《かかと》を馬の首元に休ませます。他の人は駕籠に乗り、これを担ぐ人足は底無しの泥濘《ぬかるみ》を滑ったり転んだり、もがきながらも帰り道を急ぎました。山間は全体に暗く静寂に包まれ、唯一聞こえる物音はポーター軍団のおしゃべりで、彼らは放課後の児童のようにふざけながら進みました。稲畑を覆う夜陰の大気はうっとうしく生温かで、窒息するような感じです。蛍《ほたる》が藺草《いぐさ》や竹藪《たけやぶ》の内外に漂い、数日前は一本の銀色の水糸だった水路は、ごうごうと深くいっぱいに流れています。ポーターたちは急流の中に辛うじて足場を確保し、腰まで深くつかって渡りましたが、私たちはどんな浅瀬でも溺死《できし》する恐怖に怯《おび》えました。

乙女峠の上で乗物から降り、ポーターも駕籠かきもみな、長い休息をとるため分散しました。聖なる山が夜明け間近の淡い灰色の中に明るくくっきりと見え、しばらく昇る朝日を見るため待機しました。急に海側からくすんだ茶の霧が押し寄せ、天高く照る月を横切り、あっという間に眼下の平野を消しました。乾パンやチョコレートで四時の朝食を済ませた私たちはブロッケン現象の影をそのままに、また駕籠に戻りました。復路の至るところで猛烈な嵐の痕跡に出合い、道は抉《えぐ》られて高い土手と一緒に深い溝へ押し流され、駕籠の通るたび、土手に咲く白百合の垂れた穂先を擦《こす》っていきました。山道を下る際、緑のパノラマが次第に広がる光景を半分居眠りしながら眺めました。

朝八時、宮ノ下の宿に着きました。興奮した姐《ねえ》さん方があっちこっち走り回り、応接ロビーにコーヒーやトーストを運んだり、風呂を準備したり、外の手荷物を運び入れたりしました。その間、従業員へ驚異の冒険談を何度も繰り返し丁寧に語って聞かせ、そして正午、文明人風の衣装に着替えて現れたとき、まさに私たちは宮ノ下温泉場の英雄となりました。

平地に戻って数週間後、私たちをさんざん苦しめた富士ヤマは、異常なほど晴れわたり間近にそびえていました。こうして眺めると、焦茶色《こげちゃいろ》の斜面に一、二本明るい雪の筋があるだけの〝夏の富士〟は、王冠輝く〝冬の富士〟に比べて美しさの点でいささか見劣りがするのは確かです。

ところで、わが母国のレーニア山［ワシントン州中西部の高峰・タコマ富士］も万年雪に覆われ、斜面の森林がピュージェット湾内に濃い緑の影を落とし、昔も今も変わらぬ愛すべき山です。しかし、私たち米国人がこのような壮麗な山、雪、岩、森を持っていても、日本のように詩歌《しいか》を好み自然を愛する国民を持ち合わせていません。夢と伝説の輝きに包まれ、あらゆる人に親しまれ心を和《なご》ませ、もう一つの富士を創造してきた日本民族の教養と伝統を、残念ながら私どもは育んできませんでした。

第一九章　東海道 I

東海道

駕籠《かご》が人力車に負けたように、人力車は蒸気機関車を前にして消えてゆきます。機関車は一里［三・九キロ］の距離を一町［一里の三六分の一、一一〇メートル］に短縮し、日本をありきたりの平凡な土地に変えながら普及しました。最初の鉄道は英国人技師によって建設され、英国式車両が配備され、これを日本人技師が模倣し、敷設した鉄道は日本人が管理しました。東海道本線は東京と京都を結び、上りも下りも二四時間以内で走ります。横浜・国府津《こうづ》間の四〇マイル［六四キロ］は一八八七年［明治二〇］に開通し、港横浜から箱根宮ノ下への一日がかりの長旅を三時間に短縮しました。長いトンネルをはじめ、富士山周辺の難所《なんしょ》や各河川の巨額な土木工事の必要性から、全線開通は一八八九年［明治二二］まで手間取りました。この〝鉄の馬〟が外人の居留する三つの地域［条約港］からさまざまな面白みを剝奪《はくだつ》するまでは、人力車による東海道の楽しい旅ができました。

東海道は、二大都市を定期的に大名行列が往来する公道であり、各地方にとって大事な郵便ルートでした。この街道沿いにある村や町はとても重要で、それぞれがあらゆる階層の旅人の便宜をはかってきました。世間では五十三次の名称で知られ、これにちなんだゲームに前進、退却を素早く繰り返す大衆的ゲーム［双六《すごろく》］があります。鉄道が接近したり、遠のいたりするに従い、たくさんの町が発展したり、衰えたり、さらに新しい町が生まれました。各村は特別視察に汽車を利用し、しかも東海道線に乗れば連続して国内の変化に富む地場産業が眺められます。あるところでは絹紐《きぬひも》だけを作り、また別なところでは酒の器や漆鉢《うるしばち》を包む美しい藁筵《わらむしろ》を織り、三番目のところでは藤蔓《ふじづる》のかご細工を編み、四番目のところでは硯箱《すずりばこ》に収める墨《すみ》を作っています。でも、交易や汽車交通機関が発展するに従い、これら地方の特産品の独自性が損なわれ、ある町の産業陳列品が他の町の製品と急速に類似してきました。

日本の五月は天気に恵まれ、陸路を行く旅人や巡礼にとって最良の月となり、まだ蚤《のみ》は主要街道の宿には発生せず、雨の季節はまだ先です。全地域がはつらつとした春の作物とともに庭園のようになり、並木道が濃い日陰を作り、その至るところに燃え立つツツジと純白の黒スグリの群生が境を接し咲き誇ります。どこの茶店も建て場も旅人の休憩は大歓迎で、独特の街道行進の群れ［巡礼団］を待ち構え、さらに居留地から離れるほど古き良きニッポンが数多く残っています。五月、至るところに茶畑《ちゃつ》が目立ちます。茶摘みが始まり、道沿いを荷車に積まれて行き、売られ、選り分けられ、梱包されてあらゆる町へ運ばれ、同時に魅力的な姐《ねえ》さんたちが小さな茶碗を盆に載せて街道に並びます。

箱根

東海道の旅のふりだしは宮ノ下のホテル［富士屋ホテル］からで、椅子式四人担《かつ》ぎの駕籠に外人女性二人［シドモア女史と母キャサリン？］が乗り、日本人ガイドを伴い出発。続いて一行の引率者である旦那さん［兄ジョージ？］は軟弱な趣向を笑われながらも、金剛杖、藁《わら》保安帽、赤褐色の靴といった出立《いでたち》で大きく足を上げ前進、同時に私たちの後に駕籠いっぱいの食糧箱と荷物が続きました［シドモア一家の弥次喜多《やじきた》道中と推定］。すぐに一行は竹藪《たけやぶ》に覆われた山道を登り、さらに草深い高地を越え箱根湖［芦ノ湖］へ向かいました。駕籠かき人足は歌いながら大股《おおまた》で歩き、息切れする登りものともせず、さらに芦之湯硫黄《いおう》温泉や箱根ブッダ［六道地蔵］を通過します。この石像は岩壁棚の表面に彫られた阿弥陀《あみだ》の大きな浅浮彫りです。孤独なブッダは瞑想《めいそう》する仏として適切に安置され、夏の太陽に焦《こが》されたり、冬の雪が石の顔に吹き寄せたりするのを防いでいます。ブッダの膝の小石の山は巡礼による祈禱《きとう》登録です。

箱根の村落、藁葺《わらぶ》き家屋の並ぶ一本道が箱根湖の水辺に接し、丘をまたぐ狭い山道が東海道の本道につながっています。石畳の街道は両脇に立つ太古の樹林で日陰となり、森の通路は短いながらも、日光の杉並木を彷彿《ほうふつ》とさせます。半島御用邸［恩賜箱根公園］の菊の紋の門扉はしっかりと閉められ、円錐形の富士が湖を取り囲む尾根の肩越しにちらりと姿を見せ、底なし湖の水面《みなも》に映っています。太古は噴火口だった湖も、今では全く火が消えています。

ここで、私たちは靴にワラジを被《かぶ》せて結び、東海道の滑らかな石畳に沿って歩くうち、再び上りとなって箱根峠へ導かれ、すぐ頂上に着き、そこから広い谷間を越え南方向に太平洋が眺められました。ぎこちない足にワラジを結んだ荷馬《にうま》が、石畳の道を青い仕事着姿の農民によって引かれて行きます。彼らは定番の青と白の木綿手拭いを被り、しかも人も馬もその足を同じようにワラジで覆い、つるつる滑る状態を防いでいます。

三　島

山あいの村、富士ノ平（富士の見晴らし台）から三島平野を眺めると、この日の旅の終わりとなる町が真下に見えました。笹原や三ッ谷《みや》の村落に着くと、東海道の緑の並木に代わって、道の片側一列に家が並んでいました。日本のどこの村も大勢の子供にあふれ、彼らは異人や見知らぬ人の姿に目を丸くします。

三島は小さいながら活気ある忙しい町です。派手な本通りや商店には、藁帽子、籠《かご》、敷物、雨具、傘など旅人や巡礼の必需品にあふれています。外国商品を売る店もたくさんあり、よく知られた事例として、〝デボエ社の日本向けピカピカ油、一五〇回実験〟といったたぐいの米国商品が、ウォーターベリー時計の広告写真を使って宣伝されています。さらに長い吊し広告看板には、米国の時計商社があれこれ長所を強調し自社製品を一個三円で売り込んでいました。東海道を走ることで私たちと商談した車屋の親方でさえ、こんな米国製時計を持っていて、日中の時刻を確認することがよくありました。

三島の最高級の茶屋は、かつて大名が休憩した宿「本陣《ほんじん》」です。これは極めて模範的な日本建築で、黒光りする柱、幻想的窓、小さな中庭があり、とても充実しています。私たちの泊まる部屋の一室に床の間があって、巨大な字で書かれた詩歌の掛軸《かけじく》がかかり、さらに見事な銅製の花瓶が置かれ、三本の芍薬《しゃくやく》からピンク色の芽が出ていました。もう一室には、家庭の福の神・福禄寿《ふくろくじゅ》の木彫りが笑い、卓上漆机には巻紙、硯箱《すずりばこ》、毛筆の入った大きな漆箱が置かれていました。しかも、これらの室内には、それぞれ柔らかな敷物、何枚かの絹布団、茶盆、煙草盆が備えられていました。ともあれ、この素晴らしい簡素な和室は、私たち米国人の持ち込んだ不似合いな旅行バッグや手荷物と無理に馴染《なじ》むまでじっと堪《た》えているようでした。やがて宿の主人が顔を出し、あり余るお辞儀《じぎ》と当惑気味の笑顔で挨拶をした後、贈り物としてとびきり上等な茎の長いジャクミュノウ紅バラを飾ったので、薫《かお》りがぱっと部屋全体に広がりました。

散策のため外出すると、三島の住民全員が近づいてきました。二〇〇人もの子供、さらに一〇〇人ほどの年長の付き添いがみな一緒になり、巨大な樹木に覆われ古い堀に守られた由緒ある神社「三島大社」へ向かいました。この三島旅団は私たちの後に従い、大きな蓮池《はすいけ》に架《か》かる石橋をガタガタ音を立てて渡りました。池にはフォンテンブローやポツダムの大都会に潜《ひそ》む背中に苔《こけ》のある大司教にも似た、老いた大錦鯉《おおにしきごい》が棲《す》んでいます。投げる煎餅《せんべい》に、鯉はまるで初めて御馳走にありついたかのごとく争いパクッと嚙《か》みつきます。さらに境内の奥には、尾を垂らした豪華な色彩の雄鶏《おんどり》と美しい鳩が神の使者として飼われています。歯のない老人が弾けた豆を鳥の餌として売り、細々と生計を営んでいます。ここの神社の雨乞い儀式は有名で、また効き目も十分です⁉ おかげさまで私たちは嵐でびしょ濡れになる寸前、辛うじて茶屋へ戻りました。それから、私たち全員旅館に拘束され、大歓待を受けました。

大きな敷物のある部屋、つまり玄関前のスペースは一度に事務所、ホール、ポーチ、食器室、貯蔵庫として使われます。片側には炭火の入った小さな石火鉢の列が並び、広い石畳の台所は、いつも何か蒸気を上げパチパチ音がし、コック長、コック助手、快活で愛らしいメイドが周囲でおしゃべりをしています。メイドたちは邪魔な袖《そで》を紐《ひも》で結び、井戸から水を汲み揚げ、変化に富む日本料理を晩餐《ばんさん》用の盆に盛りつけてゆきます。日本の宿には共同食堂はなく、食事の時間も決まっていません。客は昼でも夜でも、随時パーンと手を打ち食事を注文します。すると盆が部屋に運ばれ、床や膳（高さ約四インチ［一〇センチ］の食卓）に置かれます。御飯は一日か二日分もちこたえるに足る量が炊《た》かれます。御飯は求めに応じて温めたり、給仕後冷たくなった御飯には熱い茶を注いだりします。私たちの食事は、すべてガイドが料理をし、高い専用テーブルに並べ、階段を上り下りし料理を運ぶのを姐さんたちに手伝ってもらいます。事務所に通じる小さな部屋で、二人の少女が宿の主人に届いた地元の新茶を選別していました。彼女たちは床から数インチ高い広いテーブルに座り、端に積まれた薫りのよい葉っぱの山から、片側の漆塗テーブル面にほんの一摑《ひとつか》み薄く敷き散らします。巧みな指先で彼女たちは、この新茶の広がりの先端から最も美しい小さな葉っぱを選び取り別の片側へ滑らせます。かなり大きめに粗《あら》く生長した葉っぱを、見ているのが面白いくらいすべて他の方向へ迅速《じんそく》、かつ確実に滑らせます。事務所の一隅では、メイド二人が宿にある全部の枕に綺麗《きれい》な袋をかけていました。日本の枕は上部に小さい詰め物を巻いた木箱で、毎日新しい柔らかな白い桑《くわ》製の紙切れを被せます。

風呂場の珍事

この宿の浴場は、台所と同じように扉なしの出入り自由で、あるのはガラスの衝立《ついたて》だけです。そして中には三、四人一緒に湯浴《ゆあ》みの楽しめる大きな社交的湯船があります。ここは真夜中までバシャバシャ音がしたり話し声が聞こえたり、湯気が絶えず立ち込め客や従業員が代わる代わる出入りします。宿の主人は、事務所の奥の小部屋にある特別な風呂桶を使うよう我が外人一行代表の男性［兄ジョージ？］に勧めました。高さ約三フィート［九〇センチ］の折り畳み式屏風《びょうぶ》が事務所、廊下、庭、本通りなど人口稠密《ちゅうみつ》なところを隠すように立てられています。ところが、この遮蔽物《しゃへいぶつ》を元気旺盛な掃除人が倒し、風呂桶の中にいた外人男性の顎《あご》に当たってびっくり仰天、「ヘルプ・ミー（助けて）！」に、新茶の葉を選別していたメイド二人が飛んできました。そして外国のホテル従業員が、さりげなく暖炉の前へ火除《ひよ》けを置くような感じで、裸体の前に遮蔽物を立て直したのです。

昔、東海道に面する民家の風呂桶は、よく戸口上段に置かれ、入浴者は近くにいる人間に無頓着でした。今では極めて辺鄙《へんぴ》な地域以外、政府の規則と厳しい警官がこの素朴で無邪気な行為を取り締まり、とうとう〝東洋の牧歌人〟も命令どおり、イチジクの葉をつけざるを得なくなりました。けれども、暖かな天気には、できるかぎり服を脱ぎ裸《はだか》のまま農場で小麦の穂を打ち、さらに製粉所の中で足踏みを続けます。プライバシーを守る権利は低階層には理解されず、陽気のいい日は庶民の全生活が戸外で営まれます。玄関が開けっ放しの農家に暮らす彼らは、室内はもちろん、屋根の下にさえめったにいません。心地よい朝、女性は洗濯し、料理し、繕《つくろ》いものをし、糸を紡《つむ》いで巻き、広い道端で機織《はたおり》の糸を張り、ときどき不格好な木製機織を屋外に持ち出し糸巻を前後に引っ掛け、仕事をしながら近所や行き交う旅人に目を配ります。東海道沿いを数マイル走るだけで、すぐにこのような庶民の営みが目に飛び込みます。ともあれ、この街道風景画には、たくさんの興味ある暮らしが残らず描かれています。

三島の南から仰ぐ富士ヤマは最高に美しく、広い谷あいの端にそびえ、麓《ふもと》の丘の裾《すそ》が海側へ滑り落ちています。この広い吉原平野はすべて麦畑で、最初の収穫にあたる五月は一面黄《こ》金色《がねいろ》となり、さらに東海道本線が絵のように輝く松並木によってはっきり区別され、この並木は灌木《かんぼく》の花咲く低い鉄道築堤《ちくてい》に整然と立っています。村の小さな藁葺きの各民家には、葦《あし》で編んだ垣根の中にわずかながら芍薬《しゃくやく》、菖蒲の苗床、お決まりの菊苗を囲っています。背中に小さな子をおぶった子供らが追いかけごっこをしたり、転んだり、蛍《ほたる》を籠《かご》に入れたり、麦藁で筒編みや、謎《なぞ》の六角編みゲームに挑戦したりしています。照る日も降る日も関係なく、子供独特のあやふやなしぐさで、当てもなく道沿いを徘徊します。

清見寺

寂《さび》れ、よい匂いのしない吉原《よしわら》の町の向こうには、キイキイ鳴って弾《はず》む橋が、富士の雪と雨雲を水源とする川「富士川」の奔流《ほんりゅう》を跨《また》ぎ架かっています。昔、旅人は大きな川を渡るのに小さな四角い台「輦台《れんだい》」に座り、人足四人の肩に担がれ運ばれました。ときどき、人足は最も危険なところで止まり、渡し料金を釣り上げました。結局、脅《おど》された旅人は不当な要求の言いなりになり、ゆすり取られたのです。

川土手と反対の道は尾根の上りとなり、極めて小規模な水田のある谷あいを横断して行くと、数時間で太平洋側の断崖へたどり着きます。海側に張り出した絶壁の道には、古い松林の枝がアーチ状にかかり、連続画の趣を呈しています。太平洋に目をやると、波長の大きなうねりが渚や岩礁を打ち砕き、潮騒《しおざい》が大気にとどろきわたります。

夕暮れどき、険《けわ》しい絶壁の高台前面にある古刹《こさつ》・清見寺《せいけんじ》へ向かいました。私たち外人一行が城塞のような山門や鐘楼《しょうろう》を目指し参道を登ると、平和な僧侶の黙想をたちまち破りました。若い白衣《びゃくえ》の活動的仏教僧が案内役を務め、有名な庭園の中を飛び回りました。そこには棕櫚《しゅろ》、ツツジの映る小池や高い山壁から流れ落ちる美しい音色の小滝があり、背後はすべて群葉に覆われていました。将軍や大名が休憩に利用した絢爛豪華《けんらんごうか》な室内からは、鮮やかな緑の草木が眺められます。本堂に入ると石畳で、この天井の高いホールは華美な祭壇が目につく陰影に富む涼しい静かな場所です。境内の一角には敬虔な寄進者一〇〇名による一〇〇体の仏像が満ちあふれ、その石像はみな、苔《こけ》や地衣《ちい》類に覆われ祈願者の御札が貼られていました。

この周辺はどこを見ても最高で、あらゆる民家の庭の塀が、竹、藺草《いぐさ》、細枝、粗い麦藁《むぎわら》で作られ、編まれ、織り交ぜられ、縫われています。しかも器用に工夫されて結ばれ、形状や模様などは、数時間乗馬をしている間にすっかり取り換えられていることがあります。ここは画家や写真家にとって絶好の猟場で、土地のあらゆる風物、草の葉や粟《あわ》の穂さえも、絵画的構図を備え芸術的で趣があり、どの松林も掛物《かけもの》の勉強になります。茅葺《かやぶ》き屋根、大枝、小枝、藁で作られた猫背のアーチ橋は山水効果のみに存在しているかのようです。しかし、不運にもこのような昔の橋は徐々に消えてゆきます。このレースや襞《ひだ》付きの帆《ほ》で重そうに走るジャンク舟そっくりの橋は、一世代、あるいは二世代たつに従い、現在外人が感じているごとく、日本人にとっても見慣れぬ代物となるでしょう。

第二〇章　東海道 II

静岡の漆盆

かつて城下町として栄えた静岡は、今は農業県にあって単なる忙しい商業都市です。昔の城郭《じょうかく》［駿府《すんぷ》城］は完全に破壊され、この軍事四辺形は麦畑となっています。どっしりした石垣、張り出し絡《から》みあった松林、深い濠《ほり》が封建時代の名残《なごり》をわずかに留《とど》めています。最後の徳川将軍・慶喜《よしのぶ》は、外濠の向こうの黒壁に囲まれた構内に住んでいました。しかし、明治の近代精神は旧将軍の存在に頓着《とんちゃく》せず、一八八三年［明治一六］死去の際も、経済発展の最中《さなか》でほとんど事件にもなりませんでした［実際は大正二年没］。

町はずれにある荘重な神社［久能山《くのうざん》東照宮］は、羽目板に描かれた龍《りゅう》で有名です。笑顔で迎えた老神官が神殿に案内してくれました。靴を脱ぎ敷物に上がると、まず四方の雲龍《うんりゅう》を見上げるよう促されました。続いて八方の雲龍も見ましたが、位置をさまざまに変えても怪物の目は不思議と私たちの目と合います。神殿奥のアーチ状の的場で、われらの旦那さん［兄ジョージ？］はウィリアム・テル気取りで弓矢を試し、射撃の腕前は付添人も拍手喝采《かっさい》するほどでした。そのとき、皺《しわ》だらけの老女が赤黒い漆盆《うるしぼん》に龍型の菓子をのせてきました。盆底の透明な表面には、桜の影が濃く塗り込められていました。素早く鑑定家の青い目がその盆に注がれました。

この盆が「町で売られていた」との説明を老女から聞くや、私たちは人力車に飛び乗り、教えてくれた店屋へ急ぎました。ガイドは一分おきに通訳し、店の主人は一〇〇種類もの異なった色の漆盆を持ち出し、子供たちは家内作業場に駆け込み乾いたばかりの製品を見せました。午後いっぱい、この漆器店をくまなく探しました。結局、同じものはなく、老女の所蔵品を買うため先ほどの神社へ車夫を差し向けました。数時間して、彼はぞっとするほど悪趣味なサーモン・ピンクの新しい漆盆を持って戻り、「尊敬すべき異人さんへ、あんな古い貧弱なお盆を渡すわけにはいきません」との老女の伝言を添えました。

美しい静岡籠《かご》は、この土地以外どこにもないほど有名ですが、私たちの休んだ茶店の人は特に関心を払いませんでした。そんなわけで、雨にもかかわらずすぐ出発しました。平らで大きな油紙笠を広げ、滴《しずく》のたれる悪天候の中を飛ばして行きました。稲田や麦畑が濃い緑の茶の灌木の間に交互に現れ、さらにシーズン初の収穫・新茶を大量に積んだ荷車が市場へ向かっていました。降りしきる雨は愛すべき山水景観を損なうことなく、ずっと続いてきた平野が谷間の風景に変化し、道は次第に峡谷へ向かって狭《せば》まりながら上り始め、同時に渓流《けいりゅう》が私たちの傍を下ってきました。窪地で日陰となった小さな村落は、一幅《いっぷく》の書画のような佇《たたず》まいを見せ、通過中、蚕《かいこ》の仕切箱がそこここの民家から零《こぼ》れているのが目に入りました。

金谷の学校

ジグザクに風が吹き上げる中、宇津ノ谷《うつや》峠へ向かっていると、突然、道は長さ六〇〇フィート［一八〇メートル］のトンネルに入り、人力車の車輪がガラガラと鳴り響きました。このトンネル内では曇《くも》っている日にはランプが点《とも》り、また晴れた日は入口にある二枚の黒漆板から反射する太陽光線で明るくなります。この工夫は日本古来のものですが、似たような工夫が最近米国で特許になりました。それは船荷を取り扱っている間、暗い船倉を安上がりな方法で照らすというアイデアです。

岡部《おかべ》村に向かう宇津ノ谷峠の下り道は、ジグザグの風が激しく吹き下ろしていました。この村の特産品、粗い羊歯《しだ》の茎で作った茶色に磨かれた盆や箱は、お買得品として注目されています。私たちは謎《なぞ》めいた婦人からそれを買うことになりました。彼女は芝居の連続台詞《せりふ》のように注意点を講釈し、その夫も同じく芝居がかった口調で妻の言ったことを素直におうむ返しでしゃべり、まるで全場面があらかじめ下稽古《したげいこ》をよくした歌舞伎そのものでした。

道は山間部から豊かな茶所へと下ってゆき、山腹全体が小さくずんぐりした灌木の緑に彩られています。この収穫期、新茶を火籠で焙《ほう》じたり、粗く乾燥したりするために荷車が港の作業倉庫へ向け街道を塞ぎます。新茶が運ばれると、最終的に米国の緑茶愛好家の嗜好《しこう》に応えるため、鉄鍋で煎《い》って藍色《あいいろ》や石膏色《せっこういろ》に染めます。どこの町でも農民は、堅い茶入紙袋を持ち込んで商人と取引し、さらに各問屋は低いテーブルに座りながら、素早い手つきで茶の葉を等級別に分けます。

藤枝《ふじえだ》の宿に到着して、ようやく強まる雨を避けることができました。ところが雨音に代わって、茶屋の大浴場からは、昼から深夜まで泊まり客の入浴する湯水の音、ジャブジャブ、ドブンがひっきりなしに聞こえました。客が就寝した時刻、今度は宿の家族やメイドが入り続け、さらに早朝四時には早起き組が沐浴《もくよく》を始めます。しかも、薄い襖《ふすま》一枚で私たちの寝床を仕切る隣の肺病患者の僧侶は、一晩中髪の毛をしつこく繰り返し洗っていました。私たちは簡単に食事を済ませ、できるだけ早めに脱出。再び茶畑を通ったときは、正直な話、安堵《あんど》の念でほっとしました。

金谷《かなや》の宿は校舎の隣にありました。仕切り塀はなく、襖を全部はずした広い教室に机と椅子があります。先生はフランスの劇場でやるように、二本の指揮棒を叩いて生徒を集めていました。異人を盗み見した児童は、教師も黒板も忘れて目を丸くしました。先生は青い目の宿泊客の様子をよく確かめた後、丁寧に「グッド・モーニング」と会釈《えしやく》をし、注意散漫な子供らを罰《ばつ》せず授業を続けました。金谷峠を越えるのは一苦労で、ようやく山頂の小さな茶店に到着しました。そこの主人は、私たちの立っている真下の鉄道トンネルを貫通させた尊敬すべき紳士です。ひそやかな誇りを持って、掘削泥土の付着した記念の靴を何足か見せてくれました。

緑陰に覆われた四阿《あずまや》の傍に丸い大石［日坂《にっさか》の夜啼石《よなきいし》］があって入念に囲いがされ、敬虔《けいけん》な旅人にとても尊崇されています。伝説によれば、「夜になると、石が子供のように泣いた」ということです。その後、日本語アルファベットの考案者・弘法大師《こうぼうだいし》が、その上に経文を書いて永遠なる鎮魂《ちんこん》を祈禱《きとう》しました。この弘法大師の石に劣らず有名なのは、金谷茶屋の水飴《みずあめ》です。この焦茶色《こげちゃいろ》の甘い菓子は、土産としても全国の巡礼が夢中になるほど綺麗な小箱の中に入っています。

緑陰アーチの本通りから外れると、黒く艶《つや》のある茶の低木も、数マイル四方にわたる水田や麦畑に場所を譲っています。あちらこちら強烈な新緑の斑点《はんてん》は、すでに田圃《たんぼ》に移し代えたばかりの稲の苗を示し、ちょうど、小麦はどこかの倉庫へ蓄えられたところで、今は稲の若葉が別のいくつかの穀物に代わり陣取っています。この肥沃《ひよく》な大地の全農地では、年三回の収穫が得られるのです！

浜松のオタツさん

いくつかの村落では、遠江《とおとうみ》特有の突き出た屋根が見受けられます。さらに浜松の美しい茶屋は、何度か地方都市の貧弱な宿泊設備を経験しているだけに、私たちを完全に魅了しました。美しい前庭は涼し気な緑陰に包まれ、粗い縁石に囲まれた井戸には、緩やかな曲線を描く日傘のような高い屋根がかかり、屋内の高い階段は勾配《こうばい》が急ですが、二階の薄暗い長廊下は黒光りする欅《けやき》でできています。ここが私たちを歓待してくれる宿です。靴下でも、この燦《さん》然《ぜん》と磨かれた板の間を踏むのはいささか憚《はばか》られるほどでした。バルコニーからは魅惑的な庭が三分の一ほど見晴らせます。それぞれの小部屋の天井、床の間、障子は木造特有の美を漂わせ、また室内には奇抜な窓も付いています。

しかし、何といっても浜松の最も羨《うらや》むべき財産はオタツさんです。私たちが宿に到着すると、オタツさんは私たちの身につけている指輪、ピン止め、ヘアピン、時計、ビーズ飾りに好奇心いっぱいで夢中になりながら、二階へ手荷物を運んでくれました。笑顔満面で手を叩き、澄んだ瞳がキラキラ輝き白い歯がまぶしくこぼれるオタツさんは、まさに明眸皓歯《めいぼうこうし》の女性です。夕食の際、高さ八インチ［二〇センチ］の膳が置かれ、傍《かたわ》らに座った愛らしいオタツさんが仕切って給仕をしました。彼女の美貌《びぼう》だけでなく、魅力的率直《そっちょく》さ、無邪気さ、機敏さ、さらに優雅さが私たち全員をいっそう虜《とりこ》にしました。私たちの賞賛に美しき乙女は限りなく欣喜《きんき》し、しばらくしてから真新しい青と白の木綿着に着替え、町で買った最高級の髪飾りをつけ、華麗な黒縮緬《くろちりめん》と金紐《きんひも》で青黒くふさふさした髪を蝶《ちょう》の輪《わ》に結んで戻ってきました。少女は一本のしなやかな細枝とお面で、天照大神《あまてらすおおみかみ》にまつわる踊り手・鈿女《うずめ》、さらに伝説やメロドラマに登場する有名なヒロインを演じました。

そしてオタツさんの発案で小さな踊り子を招きました。

浜松の宿を去る際、優しく愛らしいオタツさんから私の写真を送るよう請《こ》われました。強く懇願する瞳に、私は流暢《りゅうちょう》な彼女の日本語を理解せずには済まされぬ衝動にかられました。彼女は走り去り、また戻ってきて私にとび込み、一八六五年［慶応元］当時の服装をした外国美人の安価な彩色写真を見せました。茶屋を出発するときが、とうとうやってきました。しばらくの間、オタツさんは人力車に付き添い、別れ際、愛らしい眼に涙を浮かべ手を握り、最後の「サヨナラ」の声は啜《すす》り泣《な》きに変わりました。

浜名湖

堅い貝殻街道を進むと、浜名湖畔に向けて風が吹き降ろし、長い高架橋が見えてきました。人力車はゴムタイヤを付けたような快適さで渡り、広大な湖の真ん中を横断する堤防《ていぼう》上を三マイル［五キロ］ほど走り抜け、同時に片側の雄大な太平洋から渦巻く波濤《はとう》を被《かぶ》りました。地山《じやま》に囲まれたこの湖は、隆起した長い砂州《さす》で太平洋から縁《えん》が切れていましたが、数百年前の地震［一四九八年参遠大地震］で砂州を振り払い塩水を引き込みました。

東海道本線は湖の高い堤防上を走り、堤防には芝生が敷かれ、藁束《わらたば》の格子細工で覆われていますが、これは鉄道の敷設される一年以上も前、割れ目に芝生の種子を蒔《ま》いた結果生えたものです。付近を通過しながら、でき上がった鉄道線路の断面を見ると、全線が石の基礎と砂利敷でしっかりと造られ、数世紀間はもちこたえられる構造になっています。日本人は公共工事をあまり急がず、鉄道建設でも変に熱狂的やり方で労働者を鼓舞《こぶ》したりしません。最後の細部仕上げや駅舎が完了するまでは、観光旅行のために鉄道本線を開放することはありません。本線は中部日本の最も肥沃《ひよく》で絵のような地方を通り、旧東海道に接しながら、常に富士山や太平洋を視野に入れて走ります。

午後の走行中、桑《くわ》の植樹帯が目に入ってきました。桑の枝や小枝の積荷が村へ運ばれ、葉っぱを買う養蚕業者や樹皮を使う製紙業者へ目方《めかた》売りされます。標高の高い平原を登ってから丸太小屋で休み、それから辺りを散策し、一面玉石で覆われた湾口に向けて一直線に波濤が砕ける様子や、大きく凸凹《でこぼこ》に浸食された崖の見事な風景を目にし、さらに果てしない大海原を眺めました。親切な人力車夫が張り出したバルコニーへ案内し、特別美しい景色を指差しながら、無頓着に上着を脱いで横木に広げ私たちを座らせました。それは朴訥《ぼくとつ》な日本人の優しさから生まれた無償の行為でした。

ガイドブックでは、止まり木の巣箱のような茶店の向こうの田園の広がりを〝不毛地帯〟と呼んでいます。しかし、乗馬しながら絶えず太平洋を目にし、時間をかけ未開拓の高原に生える松林や雑木林を抜けていくほど快適な散策はありません。岬《みさき》には女神・観音の堂「岩屋観音堂」が狭い断崖の根元にある塔のような岩の間に安置され、断崖の頂上には巨大なブロンズが天空高くそびえています。百年以上もの間、この青銅慈悲観音は敬虔な巡礼の旅の目的となっています。哀れなる私たちレディーが戸惑いながら固い岩盤に立っていると、私たちに向かって次から次へと巡礼が手を叩き、低頭拝礼してゆきました。なんと、三十三体観音像が、私たちの足元正面に刻まれてあったのです！

有松しぼり

退屈で生彩の欠く町・豊橋に到着しました。この町で旅人の群がる大きな茶屋を見つけました。私たちが通されたのは、鬱陶《うっとう》しい高塀に囲まれた庭のある二《ふた》部屋と中庭奥にある食堂でした。この食堂は、襖や障子を外してしまいたくなるほど小さく風通しの悪い部屋で、しかも廊下が大きな風呂場へ通じ、いつも五、六人がバシャバシャと音を立て騒々しくおしゃべりをし、しかも腕に着物を抱えた裸の紳士が、まるで美術学校の生物画専属モデルのように(⁉)、私たちの戸口前を行ったり来たりしました。入浴者の騒音は夜半過ぎまで盛り上がり、茶屋の中で寝ている人は誰もいない感じでした。朝四時頃になると咳払《せきばら》いをしたり、鼻をかんだり、唾《つば》を飛ばしたりする光景が私の泊まる前庭で展開しました。障子をそっと開け外の様子を見た私は、結局終わりまで覗《のぞ》くはめになりました。しばらくして十二、三人ほどの泊まり客が庭石、竹、棕櫚《しゅろ》のある四角い坪庭で歯を磨き始めました。単なる飾り物と思っていた石造や青銅の大壺で顔や手を洗いました。砂利庭は、使い捨てたたくさんの木製歯ブラシ、つまり繊維状の房毛の先が伸び切ったブラシや、砂混じりの歯磨粉の空箱で覆われました。

長い人力車ツアーの最終日は、やや暑い日でした。太陽が白く埃《ほこり》っぽい道をぎらぎら照らし、この辺りは退屈で面白みがなく、小さな町や村のどれもが他の土地以上にけだるく見えました。麦やアブラナが収穫され、乾燥するために広げられていました。農場では男女が脱穀し、殻棹《からざお》で穀物を叩き、さらに平たい掬《すく》い笊《ざる》を頭上高く持ち上げ原始的方法で篩《ふるい》にかけていました。むろん、誰も衣服を着けていません！　これに仰天する外人一行のけったいなさまに農民全員気がつき、いっせいに街道へ目を向け、人力車が逃げ去るまで金縛《かなしば》りにあったように立っていました。

有松《ありまつ》の村では、地元特産の珍しい木綿の染物《そめもの》［有松しぼり］が売られている商店街を通りました。数百年間、有松全村が木綿糸に数節の結び目をつけて結び、それをかせ（糸巻き）に巻き取り、さらに藍色に二重染した糸と一緒にその糸を規則正しく織り込み、それから沸騰した湯に浸し、織地を奇抜な線条《すじ》と斑星《まだらぼし》模様に染め上げてきました。かなり不格好なこの原始的染色法は、蒸気機織《はたおり》や印刷輪転機《りんてんき》のある今日では想像もつきませんが、有松はこの方法を頑固に守り、今も繁盛しています。

夕暮れどき、はるか遠く名古屋城の天守閣《てんしゅかく》が目に入りました。熟《う》れたアブラナと麦のそよぐ平野を横切った後、車夫団は恐ろしい速度で町を疾走しました。疲れ果て埃《ほこり》まみれとなった私たちは、呆然《ぼうぜん》としながらシュロキンドウ［城金堂？　名古屋で唯一の洋式ホテル・支那忠（中区栄町・広小路通）のことか？］の玄関口へ到着しました。運よく、ザクセン・ワイマール王国［ドイツ帝国の保護国］の王子ベルナール殿下の厚意で空《あ》けてもらった美しい部屋に落ち着きました。

シュロキンドウは、外国人が開拓した茶屋の中でも最も大きく立派な茶屋の一つです。屋内には迷路のような部屋や家具セットの備わった部屋があり、また美しい中庭の見えるバルコニー付き個室があります。壁、襖、天井、バルコニー手摺《てすり》は、この国最高の室内装飾として、手本になっています。三味線《しゃみせん》の泣き声と手拍子の協奏は、大晩餐会の盛り上がりを伝え、広い廊下を宿の浴衣を着た客が行きつ戻りつします。

賢い旅行者は小さな手荷物で旅をします。このような顧客に対し宿は風呂上がりや、寝るときに着る浴衣、つまり簡素な木綿着を用意します。これらの浴衣には宿の紋章とか名前が印され、巧妙かつ芸術的デザインで彩色されています。客はこの部屋着を身につけ町を散策するので、ごく自然に楓《かえで》の葉、菊、龍《りゅう》のマークの茶屋が宣伝されることになります。ガイドはもちろん、特に従業員は茶屋の制服を喜んで着用します。自分の服を汚すことを嫌う旅人は、堂々と裸で浴場へ行き一風呂浴びた後、廊下で浴衣に替えます。ところで、シュロキンドウの浴衣は、なんと、有松しぼりでした！　まるでインク壺に投げ込まれたような姿に啞《あ》然《ぜん》とし、お互い青黒いさまを覗き合ったのです。

人力車の親方

人力車による長距離ツアーは、終わるまで退屈を感じませんでした。毎日何かが起こる新しい刺激と好奇心が、単調な走行を紛《まぎ》らわせてくれました。

ようやく、シュロキンドウの玄関先で乳母車《うばぐるま》（!?）から降りた瞬間、疲労で目が眩《くら》みましたが、一方、全行程を走り続けた車夫団は、少しも疲れた様子を見せませんでした。この車夫十人組を指揮する親方は力強い若《わか》い衆《しゅう》で、その筋力、速度は、まさにヘラクレス並みで、耐久力では古代ギリシャの神もまずかないません。毎日の到着時の元気さは、出発時よりもはつらつとし、むしろ力強く見えました。ときおり、彼は一人で日中七日間ぶっ通しで一二五マイル［二〇〇キロ］走ることさえあります。行き先をガイドし、進路を示し、道路上の轍《わだち》、危険な石ころ、悪路の警告のため後続部隊へ大声を発して走ります。さらにチーム全体のためにスピードを緩めたり止まったり、交替合図を送りながら進みます。平坦地《へいたんち》では車夫団は縦に並んで走ります。一人は舵棒《かじぼう》の中にいて、もう一人が舵棒から綱を肩に渡して前方を走ります。丘を降《くだ》るときは前の走者が退き、舵棒を握ってブレーキ援護をします。丘を登るときは、前の走者が後ろに回って車を押します。

人力車夫は、農業従事者や大半の職人よりも高い報酬を得ています。私たちの場合、車夫には距離で基本運賃を支払い、さらに滞在日数に応じて食事と宿泊代金を一人当たり二五セントを払います。彼らは日平均一ドル一〇セント稼ぎますが、出費として車使用料と税金がありますす。二人組の車が一八〇マイル［二九〇キロ］を四日で走ったとすると、合計一三ドル稼ぎます。これは農業従事者が一年間に受け取る分よりも多い金額ですが、総じて車夫は酒好きの熱狂的賭《か》け事師《ごとし》で、放蕩三昧《ほうとうざんまい》のため裕福ではありません。ところが、私たちを乗せた親方は模範的車夫です。稼ぎを貯金し酒瓶を無視し、ひたすら資本である素晴らしい肉体への投資に心掛けます。彼が集計した勘定書を持って入室したとき、まるで大店《おおだな》の主人のようでした。清潔な絹の着物姿はさらさらと衣擦《きぬず》れし輝いていました。身なりのよい高貴な容貌《ようぼう》の人物が居間の襖を滑らせ、極めて上品に挨拶をしたとき、まさか青い木綿着をまとい膝《ひざ》剝《む》き出《だ》しで茸《きのこ》帽子を被り、私たちを乗せて走った本人とは、全く思いもよりませんでした。彼は「他の仲間は適当な服を持っていないため、温かい心付けに対するお礼に伺えない」旨説明しました。別れ際、丁寧に平伏した際、大切な米国製の時計がガッツンと絹帯から落ちました。しかし、何事もなかったふうに、いつも町でするように、時刻を名古屋城の午砲《ごほう》に合わせ、なめし皮ケースへ戻しました。

第二一章　名古屋

名古屋城

フランス様式の軍服、ガットリング機関砲、外国式戦術が主流の今日、一国の守備連隊［名古屋鎮台（第三師団）］を古い城郭に駐屯《ちゅうとん》させているのは名古屋だけで、この要塞は昔と変わらぬ城門や濠を残し、毎日ラッパの響きが古風な切妻造《きりづまづくり》の城塞周囲に谺《こだま》します。深い内濠の外にある広い閲兵《えっぺい》場には外国様式の兵舎と司令官舎が立ち、堅固な橋、巨大で重々しい屋根を持つ鉄の留金付きの門扉、堂々たる楼門《ろうもん》には、番兵として日除《ひよ》け型の帽子を被り、白いズック地の上着ズボン姿のずんぐり小柄の兵隊が立っています。封建時代であれば、当然門番は槍《やり》と弓《ゆみ》を手にした鎧《よろい》兜《かぶと》姿のサムライであるべきだし、警戒警報はしゃがれた調子の銅鑼《どら》や法螺《ほら》貝の音が発せられるはずでした。

時代が変わり、鎮台司令官は封建時代の名門から若手を起用して参謀に据えています。彼らは幹部必修課目として海外の士官学校でフランス語、ドイツ語、あるいは英語を習得し会話に不自由しません。染《し》み一つない手袋に飾紐《かざりひも》が精緻に施された白い軍服姿のきびきびした若い中尉が、橋を渡り深い濠に沿って案内し、立派な城門の下に行きました。石、木材、鉄の留金で作られたこの城門は、中世の戦いで一〇個師団以上の軍勢を阻《はば》んだということです。そして留学時代、敬愛し学んだという麗《うるわ》しき花の都パリを回想するダンディーな中尉さんの快活なおしゃべりが荘重な内門に谺しました。この変わり果てた息子の堕落《だらく》に、さぞや老いたサムライの幽霊《ゆうれい》は呻吟《しんぎん》していることでしょう⁉

威圧的城塞の下に昔の館があります。そこに家康の子息・初代尾張《おわり》公［徳川義直《よしなお》］が正式に居住し、将軍の使者をもてなしました。空いた部屋は長い間管理を怠ったため、かび臭く陰気ですが、美しい曲線と色彩の天井、襖、奥まった壁には極薄金箔地に著名な画家たちの絵が描かれています。

城郭の雄大な天守閣は五層切妻造で、天辺《てっぺん》は名古屋市民誇りの金鯱《きんしゃち》二匹が飾られています。二〇〇年前に造られたこの堅固な黄金魚は一匹八万ドルの価値があり、数々の伝説を産んできました。かつて貪欲《どんよく》な盗人《ぬすびと》が巨大な凧《たこ》に乗って舞い上がり、城の宝を盗みましたが、すぐに捕まり煮立った油の中で処刑されました。この黄金ペットの一匹が一八七三年［明治六］ウィーン万博の政府展示物として屋根から下ろされ、初めて海外出張し国家にしっかりと貢献しました。ところが帰りの航海で遭難し、蒸気船ナイル号とともに海底に沈んでしまいました。沈没数ヵ月後に引き上げられたとき、金鯱は昔の漆器《しっき》、陶磁器《とうじき》と同様、海水でも変化することなく無事でした。再び天守閣の高い止まり木に収められ、金鯱が太陽にきらめくと、今一度その美しさに、名古屋全市民は歓喜で涙しました。

天守閣は昔の建築様式の素晴らしい手本です。欅《けやき》のがっしりした梁《はり》は二〇もの連隊兵舎を建てることができます。天守閣内部には〃黄金の水〃と称される無尽蔵の井戸があり、包囲攻撃の際は、米蔵要塞として数年間もちこたえることでしょう。

最上階へ向かって、薄暗い巨大な木造階段を登ると、広々とした名古屋平野、青い湾岸、四日市のにぎやかな港町が展望でき、その先に神聖な伊勢地方も遠望できます。

瀬戸物

商業都市・名古屋は、素晴らしい陶磁器市場の中心としてたいへん有名で、特に尾張の瀬戸は、スタッフォードシャー［イングランド中部の州］と同じくらいに有名です。瀬戸の近郊では磁器粘土が見つかり、さらに数マイル離れたところではシリカ（無水珪酸）も大量に産出しています。天守閣から見ると、谷あい周辺の窯《かま》からは絶え間なく煙の線条《すじ》が立ち上り、全製品は全国配送のため、あれらの村から名古屋へ集まってきます。フランス製品と競争する極上美の卵殻磁器は、装飾用として外国向けに大量生産され横浜へ運ばれています。

〃瀬戸〃それ自体が陶磁器全体の名称となり、特に淡灰緑色の製品は日本の家庭でごく一般に使われています。緑がかった古い瀬戸物では、柔らかな濃淡と独特の光沢《こうたく》の二点が高い評価の対象となり、さらに堅い窯焼磁器の感触よりも、翡翠《ひすい》や漆器に似た肌触りを「良し」とします。大半の重たく平凡な磁器は、外国市場用にここで彩色され、老若男女が恐るべき色合いで機械的に奇怪な文様を繰り返し描きます。でも、これでは西洋人の好みを表現するのに、あまりにも無頓着すぎると思われるし、西洋世界から「なんだ、日本はこんな程度か……」と誤解されます。これは近代尾張にとってよいことではなく、少なくともオール・ジャパンを代表する日本製品とはなりません。しかし、皮肉にもこの滑稽な国産美術品によって、名古屋は毎年数千ドルの外貨を稼ぎ、当分奇怪な生産と輸出は続くことでしょう。

最近、瀬戸の陶器製造所が二重蓋や有孔蓋付きの大茶壺を一万個ほど生産しました。それには調子っぱずれの色が安手の鉱物質塗料で塗られています。外国産バラが登場するまで、バラは日本でよく知られていなかったにもかかわらず、太平洋を横断した大茶壺は〝日本のバラ壺〟と呼ばれます。海外に出かけた日本人は、このバラ壺や香料壺を見て、さぞやびっくりすることでしょう。しかし、名古屋や瀬戸は粗悪な装飾の磁器茶壺によって豊かになり幸せになりました。つまり、芸術が消えるということは、産業が潤《うるお》うということです！

三万もの名古屋市民は、毎年輸出する安価な七宝焼《しっぽうやき》の釉薬《うわぐすり》や船荷飾り板、それに鮮やかな淡青色を一本調子に下塗りした花瓶などの製造に従事し、さらに不出来な瀬戸物の破片からできる粉末を釉薬のもとに利用しながら、この二点の関連事業を効率よく連携させ仕事をしています。

名古屋の町、四日市湾の向こうには魅力的な万古《ばんこ》焼《やき》を豊富に作る店がありますが、その窯元は、まだ昔の長所を捨てず外国市場の要求にも迎合《げいごう》していません。万古の急須《きゅうす》は薄い粘土層から製作します。まず、その粘土層に圧力を加え、折りたたみ、切断し、さらに白いモザイク模様をつけたり、浅浮彫りの図案に釉薬をかけたりして仕上げた脆《もろ》い艶《つや》なしの作品こそが万古焼なのです。この焼き物は、これを購入して包む柔らかな彩色縮緬とは、ちっとも似ていませんが、憂うべき名古屋窯業《ようぎょう》界の悪夢の真っただ中にあって、この製造はとても嬉しいことです。

名古屋は旅行コースからやや外れているためか、極上品を陳列する骨董商は全くといってありません。ただ、尾張の諸侯《しょこう》が肥前《ひぜん》や加賀《かが》の大名と陶磁器コレクションを交換した際、偶然にも伊万里《いまり》や九谷《くたに》の逸品《いっぴん》が数点出回り、また名門一族の没落のときもそうでした。さらに外国製品や洋風ファッションの嵐は、上流階級の人たちに先祖伝来の家宝を手放すよう誘惑しました。

幸運にも私たちは、堅実な骨董商の恩恵に浴し、楽しい午後の時を過ごしました。彼らは嫉妬《しっと》されることを警戒し、ずっと隠してきた家宝を初めて公開したのです。名古屋の古老たちは、外国趣味の要求で民族工芸が堕落する以前に作られた古美術に、心の底から愛情を注いできました。客の知的関心に納得した所有者は、誇らしげに土蔵をいっぺんに開け、刀剣、漆器、磁器を見せ、さらに収納箱から取り出し、綿と絹の包みを解いて目の前に置きました。この老いた商人は全く過去に生きる人間で、黙想し長い間展示物に煙草の煙をかけ、もし適正な値段に同意すると契約確認として、厳粛にゆっくりと手を叩きます。

結局私たちは四回も、この名古屋最大の骨董商に通いました。最初、茶壺や茶箱のある玄関口に案内され、てっきり緑茶専門の問屋《とんや》かと思いましたが、たまたま、そこで特選高級茶を買ったところ裏庭へ来るよう勧められて見学すると、庭には二つの土蔵があり、古い陶磁器や漆器がぎっしり詰まっていました。近くに別の蔵もあって、内部には武器、鎧《よろい》、ブッダ像、祭壇備品、上人《しょうにん》像、肖像画、木彫、燭台、経典、法衣《ほうえ》、僧侶の調度品一式、さらに神社、武士、大名屋敷に関連する品々が床に積み重なり、天井高く吊り下がっていたのです。

名古屋祭

東海道の旅の最終日、車夫団は私たちの指示するスピード減速に懸念《けねん》を抱きました。年一度の名古屋最大の祭りを見逃すのではないかと心配したのです［東照宮祭（七月中旬開催）、戦前は名古屋一の祭り。現在は戦後始まった名古屋まつり（一〇月上旬）に代わる］。ところで、この城下町の創建者と守護神を崇《あが》め祝う祭りは、数世紀間豪華絢爛《ごうかけんらん》に執り行われ、その行列が通り過ぎるのに四時間もかかりますが、ありがたいことに宿の主人は本通りの靴屋で見物できるよう予約してくれました。

なぜか、下駄や草履《ぞうり》を履いているここの店主は、客には洋靴だけを売り、しかも看板には“SHOES THE SHOP”（この店に靴を履かせよ）と書いています。なるほど、なぜこの靴屋さんが外国製ファッションに押されぎみなのか、納得です！

店二階の雨戸が開けられ、鮮やかな赤毛布が手摺《てすり》に掛けられ軒下に広がり、他の家屋もすべて同じように開放され、提灯の列が軒や玄関の柱に掛けられていました。

靴屋の立派な毛布と提灯は、まったく近所と変わりないものでしたが、三人連れの外人が低いバルコニーに現れるや、群衆は立ち止まり、見慣れぬ風体《ふうてい》に口を開け、目をまん丸くしました！　それでも、私たちはできるだけ長くここに頑張《がんば》り、祭り見物を市民と一緒に楽しむ決心をしました。警官隊は、群衆誘導の義務と外人観察を楽しみたいというジレンマで困惑し、ますます混乱、さらに守備連隊派遣の兵士数百名も私たち外人をじっと見つめました。

警官隊は、兵士たちを田舎者や住民と同様上手に立ち去るように促しました。警官はある意味で兵隊よりも、かなり高い地位にあり、治安警備組織のほとんど全員が封建時代の特権階級・二本差しのサムライの子孫です。それに一般兵士は農村出身者なので、彼らより警官に対して、どれだけ庶民が深い敬意を払っているかは周知の事実です。

祭りの行進は、飾りつけられた木製の高い車（山車《だし》）で始まり、一本の樹木の塊から切り出された車輪を使って綱で引き、これに敬虔な氏子《うじこ》全員が手を貸すことになります。専門の人夫たちは、しっかりと操舵《そうだ》作業に従事し、さらに最初のターンに男らが太い棒を持って、扱いにくい車を梃子《てこ》で持ち上げ動かすとき、野性的歌を合唱します。山車の隅柱や上部手摺は黒や赤の漆が塗られ、さらに透かし細工の真鍮《しんちゅう》板や精巧な金箔彫刻で仕上げられていま

猩々《しょうじょう》

す。両脇には鮮やかな古錦織や、極彩色のカーテンが掛けられています。手摺のあるてっぺんには舞台があり、そこでからくり人形ショーや活人画が、神話や伝説から取ったシーンを演じます。ある山車は充電器を備え、赤いライデン（雷神）の背中周辺の小太鼓を震わせます。鈿女《うずめ》や巫女《みこ》たちは、天照大神《あまてらすおおみかみ》のこもった洞穴《ほらあな》の前で繰り返し神楽《かぐら》を舞います。中でも超人気なのが、滑稽なシーンを連続して演ずる一杯機嫌の老いた猩々《しょうじょう》です。鮮やかな赤い房毛と豪華な錦織姿で、浜辺の酒宴に海底から上がってくる怪獣は大衆から大歓迎です。彼らは深い壺から酒を柄杓《ひしゃく》で汲み出し、しまいには壺の口に逆さとなって、底から飲み干します。行列では、たった一二台の山車しか運行しませんが、それらは五〇フィート［一五メートル］ごとに止まり、その間、からくり人形が面白おかしく演じます。

山車に続いて大名行列が登場し、古風で趣ある中世衣装グループが先導し、古い時代の区切りごとにパレードが展開してゆきます。中国賢人、創始者、朝鮮人捕虜《ほりょ》、鷹匠《たかじょう》、僧侶の列が大名の後ろに付いて歩き、主役の大名はちょっと不格好な姿で古い馬飾りに覆われた馬に乗っています。隊列先頭の大名本陣を勤める絹の白装束と漆烏帽子《えぼし》姿の男たちは、地元名門の子孫で、数百年間代々にわたり本陣構成員として馬に乗り、名古屋祭のパレードに参加してきました。その後に鎧《よろい》兜《かぶと》や鎖帷子《くさりかたびら》を着た男たちの行列が絶え間なく続き、参加者のまとっているものは先祖伝来の家宝であり、社寺所有の潤沢《じゅんたく》な蔵からの供給品です。特に甲冑《かっちゅう》は骨董商の高級品も凌駕《りょうが》し、胸当て、兜の窪み、切り傷はいっそう古風な趣を呈します。

私たちは靴屋の主人、その家族と一緒に、午前一一時から午後三時まで二階に座り、たっぷり見物しました。両脇の人たちへ丁寧にお礼を述べて別れる際、ガイドが心付けをそっと渡しました。そのときの店主一家の謝辞と平伏ぶりは、いかほどの額を出したのか怪訝《けげん》に思うほど大袈裟《おおげさ》なものでした。

名古屋一の舞妓

名古屋の舞妓《まいこ》と芸妓《げいこ》は、断トツの優美、気品、センスで日本中に知れ渡り、芸妓の宴《うたげ》は古城の金鯱《きんしゃち》と同様、名古屋の宝です。私たちは歌や遊び上手の芸妓二人と華麗な衣装で踊る舞妓四人を予約し、日本人賓客を旅館に招待しました。晩餐《ばんさん》のもてなしは料理の魔術師であるわがガイド・宮下が担当し、名古屋の市場《いちば》とホテル・シュロキンドウの厨房《ちゅうぼう》から呪文《じゅもん》で呼び寄せたような盛《も》り沢山《だくさん》の料理を作り、洋式会食の準備をしました。

私たちスポンサー三名は、さっそく絹の儀式用ガウン、つまり背中と両袖に小さな白丸家紋の印された羽織（コート）を装い衣擦《きぬず》れをさせ入室しました。私たちの名古屋礼讃を通訳が繰り返すたびに、いちいち客人は高い椅子から降りて立ち丁寧にお辞儀をしました。テーブルのナイフとフォークの扱いは、箸《はし》が私たちに難《むずか》しかったように、客人には難しいようでした。でも、苦労しながらも威厳と気品をもってさばき、回ってくるコースすべてに臆せず挑戦しました。

食事が終わる直前、一人の少女が広いバルコニーに現れました。彼女の着物は淡青縮緬で豊富な菊にさまざまな色がつけられて刺繡され、帯は皺《しわ》のよった荘重な緋縮緬《ひぢりめん》で、湾曲し枝《し》垂《だ》れた部分には灰白色の鵜《う》の群飛《ぐんぴ》が覆《おお》い、さらに襟元《えりもと》の折り重ね［半襟《はんえり》］は目もあやに金糸の織り込まれた緋縮緬です。顔は白粉《おしろい》で白く塗り、髪は幻想的曲線と膨《ふく》らみで整え、緋縮緬の切れ端と金紐で結び、無疵《むきず》の銀の菊の頭飾りをつけていました。子供のような恥じらいと乙女らしい沈着さを混在させ、とても魅力的な微笑をたたえて前へ進み、その輝く衣装に興味を持つと、彼女も同じように私たちの骨董古着に関心を寄せせました。

ほどなくして、夜の闇を背景にもう一人、目の眩《くら》むような女性が登場しました。今日最も名古屋で人気があり、魂《たましい》を奪うほど魅惑的美妓《びぎ》と謳《うた》われるオイコト［お琴？］です。豪華絢爛な彩色縮緬、赤と金の縞帯、さらに銀の花冠をつけ光り輝いていました。オイコトさんは切れ長の目、エジプト女性に似た彫りの深い目鼻立ちで、手や腕の動きは絶妙ですが、それ以上に私たちを虜《とりこ》にしたのは柔らかな声、夢のような微笑み、ゆっくりと上げる瞼《まぶた》でした。オイコトさんと舞妓はテーブルの周りをひらひら舞い、さらにグラスに洋酒を注いだり、砂糖菓子をそっと摘《つま》んだり、質問に応えたり、あからさまな褒め言葉にはたとえようもない優雅さで頷《うなず》きました。続いて一段と輝く装いで美妓二人《ふたり》が、楽器を手にした二人の芸妓と一緒に現れました。静かに物憂《ものう》げな上品さと威厳をもって入室した芸妓の一人オスワさんはいまだに美形で、不思議な黒い瞳が美女たちに魔法をかけました。芸妓らが象牙の撥《ばち》で三味線を叩き、泣き叫ぶように合唱すると、艶《あで》やかな日本舞踊が始まり、扇の舞、桜の花の踊り、秋の踊りと続きました。うっとりする私たちの目の前で四人の光り輝く舞が披露され、滑り、進み、移動し、回転し、立ち上がり、そしてゆっくり身を沈めました。ある舞踊はいっそう軽快なリズムで展開し、踊り子も合唱しながら、柔らかく手を叩き、優しく腕を揺り動かして両袖を振ります。名古屋の三紳士も、桜の花と青い空への感謝の歌〝さくらさくら〟に加わり、律動的に歌詞を詠唱しました。さらに紳士の一人が軽歌劇に飛び入りし、上手に舞妓に合わせ数小節を優美な形で踊りました。終曲の踊りは舞妓による旋回、跳躍、素早い拍手と合唱を伴う紛れもないジッグ・ダンス［テンポの速い踊り］でした。ダンスが終わると突然、彼女らは手を前方に投げ出し、襖に向かって逆立ちをしました。日本人客が通訳を通して、「これは、ご存じのとおりダンスと呼んでいる外国の踊りです。あなた方もこれがお好きですか？」と私たちへ尋ねました。すると、わが旦那さんは呆《あき》れ顔《がお》で、「とてもお上手ですが、今このダンスはアメリカでは流行《はや》っていません」と応えました。

七通りの舞が済んだ後、舞妓はバルコニーの手摺に絵のように並び、夕食が運ばれるまで扇子《せんす》であおいでいました。歌舞団全員、低いテーブルにつくと、たくさんの茶碗、どんぶり、浅い小皿が置かれていました。それにしても、日本の御馳走は不条理なほど少量で、一人前がお人形さんのような食事です。

芸妓や舞妓の上品な演技にそぐわぬ別な営業サービスには、長さ一ヤード［九〇センチ］に及ぶ長い勘定書が渡されます⁉　ここでは舞妓一人当たり時間七五セントの料金が定められ、さらに二人の伴奏者［芸妓］と宴会場往復の人力車代が含まれます。また明文化されていない習慣として、各出演者には夕食、ささやかな御祝儀、御土産が必要となります。

最後に私たちは素晴らしい女性オイコトさんに写真を所望すると、誇らしげに一枚の写真が差し出されました。ところがなんと、この優美なる神の創造物は、外国衣装とボンネット帽を着け、見るも無残なホラー［ぞっとする姿］に変化《へんげ》していたのです！　それは、名古屋の写真家が得意先に配っている宣伝プロマイドでした。

第二二章　琵琶湖と京都

近江八景

これまで人力車のテンポに合わせ、のんびり走っていた名古屋発、琵琶湖・長浜行き列車が次第に目の眩むようなスピードを出して抜き去りました。一方、私たちの車は連続する登り坂の後に、ようやく眺めのよい高台へ出ました。この丘に立つと、鉄道線路が小さな谷間の連なりを横断し、山岳トンネルを突き抜け、松林や竹藪を切り開き敷設された様子がよく分かります。

長浜に着き、湖畔の建て場で休憩し壮麗な景色を満喫するうちに、有名な壁縮緬《かべちりめん》［浜縮緬］を探す意欲はすっかり消え失せました。それにしても、なんという素晴らしさ、山紫水明の琵琶湖！　水辺まで駆け下る長い斜面には樹木が鬱蒼《うっそう》と茂り、全水平線が周辺の山に塞がれていますが、この穏やかな水面と青空は長さ六〇マイル［九六キロ］の魅力的なヨット・コースを提供してくれます。遠く離れた松林の中には、小さな藁葺き屋根を見せる村や雄大な屋根を持つ切妻造の神社がそここに見え、彦根城の白壁が隆起した頂上を囲っています。この中世の城塞にはたくさんの伝説、数多くの有名な事件がまつわり、藩末期の大名

［井《い》伊《い》直弼《なおすけ》］は、大老として一八五八年［安政五］日米修好通商条約に調印した後、不満分子によって暗殺されました。

　低い湖尻にある大津、その高台にある壮麗な三井寺《みいでら》の堂塔伽藍《がらん》からは町並みや湖が見渡せ、さらに円柱の戦没慰《い》霊碑《れいひ》付近からは、扇子、掛軸、屏風によく描かれる湖の景観・近江八景が眺められます。この八景の一つが三井寺です［三井の晩鐘］。そこには、丈の高い並木の続く道、原始林の緑や黄の薄明かり、濠をめぐらした城壁、森に潜《ひそ》み呪文《じゅもん》を掛けられたいかめしい山門、太古の神殿、テラス、さらに〝弁慶《べんけい》の引摺《ひきず》り鐘〟伝説の発祥地、地衣類に覆われた鐘楼《しょうろう》［古鐘堂］があります。

　弁慶とは昔、湖の見渡せる比叡山で暮らしていた筋骨たくましい荒法師《あらほうし》のことです。周辺の寺の悪僧らは、三井寺の壮麗な鐘を盗みたいほど欲しがっていました。その鐘は、琵琶湖の底にある女人王国を脅《おびや》かす巨大な百足《むかで》の襲来に、俵藤太秀郷《たわらとうたひでさと》が敢然と戦って退治したので、お礼として女王から贈られたものです。悪僧らは弁慶の大好物・スープ料理をたくさん作ることを餌《えさ》に、釣鐘《つりがね》を盗ませました。彼は肩に担いで山頂へ運びましたが、釣鐘は冴えた音《ね》色《いろ》で「寺へ帰りたいよー」と毎日泣き続けました。怒った悪僧らは山の斜面に釣鐘を投げ捨てました。転がり落ちた鐘はあっちこっちに窪みや切り傷をつけて元の寺の鐘楼へ収まりました。そして現在、このすぐ近くに巨大なスープ鍋があり、悪僧らが弁慶のために作ったたという濃い混合汁が煮られ、今でも伝説にまつわるこの二つの遺物が散策コースに残ってい

唐崎の大松

るのです。この僧院の森の端には兵舎があり、いまだ太古の面影を感じさせる森林の中を、少年のような顔立ちの丸々した駐屯兵がアーチ状の並木道沿いを絶えず巡視しています。

琵琶湖の有名な風景・近江八景の一つに、唐崎《からさき》の松の老木があります。大津の向こう二、三マイル［三・二～四・八キロ］先に小さな岬が見え、そこに神社の森に囲まれた小さな村があり、老木が三〇〇年間にわたり立っています。幹は直径四フィート［一・二メートル］、高さが一五フィート［四・五メートル］で、大枝は横に柱で支えられ、まるでバンヤン樹［インド産樹木］のように見えます。枝々は、のたうち回る龍のごとく曲がりねじれて輪となり、一エーカー［一二三〇坪］以上もの大地を緑の天蓋で覆っています。大枝の先端は遠く外へ伸び、水辺を覆っています。感性の鋭い日本人は、雨の滴《しずく》が群葉の篩《ふるい》にかけられて湖へ落ちる音に特有の音楽性を感じます「唐崎の夜雨《よさめ》」。

松の大樹がそびえる可愛らしい神社で巡礼一行が手を打ち、祈るときには顔を正面に向けて腰を曲げ、立ったまま掌《て》を堅く合わせます。どっしりした石垣は、嵐や洪水による波のうねりから、森の精霊《せいれい》である老木を守っています。

木立に囲まれた村の住民グループが、素潜《すもぐ》り芸当の報酬として数セントの要求を身振りで仄めかします。誰もが帽子や手袋を脱ぐような煩わしさもなく、帯を一本解《と》き最後の木綿着も脱ぎ捨てます。一団は魚のようにくつろぎ、湖から出るのが嫌だと思えるくらいに水中でふざけ騒ぎ回ります。次から次へときりなく継続者を出すグループからようやく逃れ、大津を目指し、有名な琵琶湖の鱒《ます》を食べるため車を走らせました。途中、婦人が自宅の戸口上段で、ゆったり風呂桶につかっていました。しかも、落ち着いた様子で自分の体を米糠袋でごしごし擦《こす》りながら、隣人の様子、街道や湖水の風景をじっと眺めていました！

比叡山の荒廃した仏教伽藍《がらん》の傍に、異教の米国人宣教師たちが長期間にわたってサマー・キャンプを開設し、一種の日本版シャトークア・サークル［一八七四年ニューヨーク州の湖畔で行われた夏期講習会］としてテント生活を楽しんでいます。かつて三〇〇〇人の僧侶が住み込み、数百もの寺院のあった敷地に立っているのは、今や標識板だけです。

大津の東、古刹《こさつ》・石山寺からは有名な瀬田の橋と粟津《あわづ》が見えます。太陽が輝き風が吹くと、湖は銀色の不思議な光沢を帯び、ここでは有名な景色が三つ以上見られます「石山の秋《しゅう》月《げつ》、瀬田の夕照《せきしょう》、粟津の晴嵐《せいらん》」。石山寺境内には枯山水で有名な石庭があり、緑の全くない黒ずんだ岩と岩が奇怪な感じで積み重なり、不思議な光景を漂わせています。寺院の中に回転礼拝器［マニ車］があり、夏の間数千人の巡礼によって回されます。寺院の離れの小部屋に案内され、ある僧侶が紫式部の筆箱と硯《すずり》を見せてくれました。紫式部とは、一〇世紀に生まれた女流詩人で作家です。彼女の作品『源氏物語』は、その時代の傑作で貴重な古典となっています。そして残りの近江八景は、飛行編隊を組む雁《かり》、矢橋《やばせ》へ帰還する漁船団、比良《ひら》山頂に積もる冬の雪です［堅田《かただ》の落雁《らくがん》、矢橋の帰帆、比良の暮雪《ぼせつ》］。

京都ヤアミ・ホテル

大津から京都への山越えには汽車を使います。長い下り勾配《こうばい》を突進しトンネルを抜けて広い平野に出ると、そこには聖なる都市、旧日本の首都、中心、無比の京都、西京、都が座《ざ》しております。私たちは夕暮れの光の中に京都を見ました。西の山の斜面に紫の影が落ち、麓《ふもと》に延びる麦畑の広がりは純金の湖に変わっていました。将軍の居城だった白い城壁、古い御所の広大な屋根、寺院の棟が、灰色の民家の屋根の上に高くそびえ、最後の太陽の光が地平線を照らしていました。

近代東京が進めるものまねと安手の金ぴか化粧を尻目《しりめ》に、古都は常に一貫した不動の姿勢で威厳に満ちています。春の季節、真夏、真冬と長期滞在を終えた後、いつも京都は日本の中で最も印象深い都市として私の心に残ります。ヤアミ［也阿弥楼（東山区円山町）］、この京都の外人向けホテルには、急な段丘状の庭園、小ぶりの松、花咲く百日紅《さるすべり》があり、またさまざまな建物が敷地に立ち、外回廊の上をすいすい飛ぶ鳥影が見えたりして、よそでは味わえない魅力ある宿です。この絵のようなホテルの所有者ヤアミは、なかなかの人物です。彼と弟は、ここを経営する以前はプロのガイドとして働き、やがて利発な眼力は、この上ない幸運な事業〝京都の宿〟に目を付けました。ここで外人客はベッド、椅子、テーブル、ナイフ、フォーク、西洋料理に安心してありつけ、京都の東を塞《ふさ》ぐ丘・円山《まるやま》の傾斜地の途中にある老舗一力茶屋《いちりきぢゃや》にも心配なく入れます。一力茶屋は、かつて〝四十七名の浪人〟のリーダー大石内蔵助《おおいしくらのすけ》が、大酒を飲み酔いつぶれたところです。彼は主君の死に復讐《ふくしゅう》する以前、二年ほど京都近郊［山科《やましな》］に住んでいたのです。

ヤアミは、この茶屋と一緒に比叡山の寺の一つである隣の僧院を買収しました。この二つの独特の建物が拡張し改築を重ね、あちこち建物の袖《そで》部分が切り離され、まるで城塞のようになりました。そして今では白い建物の集合体が、円山の森の真ん中にひときわ高く白い旗を掲げています。一方、不快な国際条約［不平等条約］の下では、日本人に雇われた外国人以外は京都に住むことは許されず、旅券なしの旅行者はなおさらです。不都合解消のために政府はヤアミにホテル営業権を認め、京都に滞在したがる外人観光客に応えました。

ところで、ヤアミは順調にホテルを経営している兄弟の苗字《みょうじ》ではありません。彼らは絹の和服を着て、幅広の絹帯に重い鎖《くさり》付き金時計を巻き付けたスタイルで歩き回ります。子供のように無邪気な顔立ちですが、黒い瞳には聡明《そうめい》さをたたえています。ホテルの名称ヤアミは山阿弥陀《やまあみだ》（ブッダの山）が訛《なま》ったもので、兄弟の本名は井上といい、日本では英語圏のスミス姓ほど多い苗字ではありません。この薄暗い家屋の随所で、誰もが僧院時代の遺物や見事な腕前の屛風《びょうぶ》に遭遇します。さらに寺院跡には巨大な石畳の台所があり、そこでは奇妙な生《い》け贄《にえ》用の包丁を振り回しながら精進《しょうじん》料理を一生懸命作ります。真夏は誰も外見を気にせず服を脱ぎ、申しわけ程度にエプロン一丁だけつけます。

門番が門前脇の玩具《おもちゃ》小屋に、まるで蜘蛛《くも》の巣の主《ぬし》のように座っています。昔も今日も、大きな施設の門番は銅鑼《どら》を一打ちして客の到着を告げます。しかし、この独特な職務はパリの入市税《にゅうし》関役人に近いもので、門を通るすべての人が門番の恣《し》意的判断で通行料を支払うか、永久に締め出されるかが決まりました。同じことがヤアミ門前でも行われ、これに反発した車夫は、駿足同業組合に対する不当なゆすりに唾棄《だき》し撤回《てっかい》要求を突き付け、ついにヤアミ門前の貴重な通行権を獲得しました。ギルドや労働組合に関し、東洋は西洋よりも伝統ある賢い歴史を持っています。

円山の傾斜地全体が神々《こうごう》しい土地であり、さわやかな大地です。茶屋や浴場が社寺の間に点在し、祈禱の銅鑼《どら》や敬虔な柏手《かしわで》が、三味線や道楽者の歌に調子を合わせます⁉　ここは祈願と歓楽が一体です。丘の麓にある祇園社《ぎおんしゃ》［八坂神社］の前庭は、猿芝居《さるしばい》や弓矢を楽しむ射撃場としてぴったりです。乗馬クラブでは、冒険好きな人に数セントで馬を貸し随意に登ってもらったり、さらに鈴の音を鳴らしながら乗せるサービスもします。山道にはたくさんの荒々しい赤衣《せきい》の達磨《だるま》像が列をなし、この仏教聖人は朝鮮から藺草《いぐさ》の葉に乗って渡来したといわれ、しかも彼は面壁《めんぺき》九年対座して手足をすり減らし丸くなったそうです。現在、鉛《なまり》で重みをつけた達磨さんは、娯楽施設の球投げゲームの的《まと》となり、日本中どこでもその姿が見受けられます。

円山の風通しのよいベランダから見る市街地は、鳥瞰図《ちょうかんず》のように低く横たわり、鴨川《かもがわ》の間には長い橋がいくつも架かり、川が街を二つに分けています。それぞれの橋から一本道が、まっすぐ西へ走っています。日中、この大通りは灰色の堅い瓦屋根《かわらやね》平野の鋤跡《すきあと》のように見えますが、夜になると数えきれないランプや提灯《ちょうちん》が光り輝き、狭い道は松明《たいまつ》行進のごとく火の行列で波打ち、さらに鴨川は一本の広い光の帯となります。

祇園祭

私が初めて京都観光をしたのは、祇園祭《ぎおんまつり》の最終日［七月下旬］でした。祭りは、ひと月近くも続いていました。夕方になると、どの町も全住民が戸外へ繰り出します。黄昏《たそがれ》どき、音楽と人の声が入り混じり、騒音は木陰の坂道に導かれ、さらに大きな石鳥居を通り、ついに祇園社境内へと達します。

楽しそうな音につられて、私たちがヤアミ・ホテルを出ると、寂《さび》れた神社の前庭にぶつかり、さらに四条通に至る広い参道を進むと、目の眩《くら》むような祭りのにぎわいにぶつかり、大きな叫びやしゃべり声が耳をつんざきます。狭い通りには、大きな白い紙提灯が戸口や軒先に吊され一列になり、さらに提灯付き屋台が歩道の縁石に並んでいます。一方、身なりの粗末な行商人が揺らめく松明の下で小間物細工を広げています。群衆が波のように上下しながら押し寄せ、誰もが短い竹棒の先に付いた紙提灯（足元用ランプ）を握り、女性はさらに小さな提灯を持ち、子供は小さな蠟燭《ろうそく》を点《とも》した華美な色合いの角提灯を手にします。少年団は調子のよい聖歌を大声で唱えながら長い単縦列となって行進し、同時に人の群がる道を切り開き、巨大な提灯を回転させ、長い竿《さお》の先の松明をきらめかせます。

祇園の入口から四条大橋までの通りは、人の波とぎらぎらする光に満ち、掛け値なしの満員御礼となります。そして橋の袂《たもと》の狭い通りは演芸興行地区で、旗印、絵画、太鼓が目立ち、切符売場から盛んに呼び声がかかります。さらに群衆が密集し塊《かたまり》となって押し寄せてきます。

いちだんと騒がしい叫びと律動的合唱は、ブロブディンナグ巨人国「ガリバー旅行記に記述」にあるような松明を運ぶグループの先触れとなります。松明は巨大な竹竿の先で高々と猛烈に燃《も》え盛《さか》ります。松明持ちが四条大橋のそばや真ん中を走ると、群衆はこれを避けて土手裏へ殺到します。橋の上で松明持ちが燃え盛る竿をいっそう波立たせ、ほかの橋へ熱烈な信号を送る儀式によって正式な行進が始まるのです。そしてたくさんの松明と提灯、絹《きぬ》や紗《しゃ》の衣姿の僧侶の行列が動きます。僧侶団は奇妙な帽子を被り、奇妙な楽器を叩き、吹き鳴らしながら進みます。この祭り全体の象徴となる聖なる赤椅子［神輿《みこし》］は、祇園から遠く離れた神様の領域へと運ばれ、来年の祭りまで保管されます。

四条大橋から三条大橋まで京都の夏の河原は美しい野外劇場となり、祇園祭の間中、幻想的かつ魅惑的光景を醸し出します。川堤に面した茶屋には絵のような桟敷《さじき》が並び、浅く清らかな川のそばに低い食卓がたくさん置かれています。川の水は周辺をさらさらと流れ、心地よい清涼感がいっそう風流な気分を盛り上げます。庶民はグループとなって広い食卓を囲んで座り、パイプ煙草「キセル」を吸ったり、並んだ提灯の光の下で御馳走を食べます。広い河原はすべて灯火の輝きと松明で燃え立ち、乾いた砂利の空間にはたくさんの行商人、露店商、芸人が魅力あるテント小屋を立て、雑多な光線や照明を発しています。

橋の上では数百もの見物人が、きらびやかな夜景を堪能し褒《ほ》め称《たた》え、帰るのに躊躇《ちゅうちょ》し疲れ果てるまであちこちさまよいます。その代償として、こうした人間だけが退屈な日常生活から解放され、たぐい稀《まれ》なる錦絵巻の魔法にかかり、祭りの美と魅力を満喫できるのです。この壮大な祭りの夜、子供全員が特上の優美な晴着《はれぎ》を装い、さらに古都の雅《みやび》な婦人は、絹や紗の衣擦《きぬず》れをさせ、無帽のまま真っ黒の髪を幻想的曲線に美しく結い上げ簪《かんざし》を絡《から》め、この場の雰囲気にふさわしい艶《あで》やかな夢舞台を演出します。

見世物小屋

橋から離れ、私たちは河原の砂利敷や岩場を徘徊し、たくさんの厚板を踏み、さらに土砂の溜《た》まった洲から洲へ架けられた小橋を渡りました。河原には数えきれないほどの果物屋が並び、さわやかな清涼感と新鮮味を保つため巧みにメロンや桃へ小さな噴水がかかっています。銀の花簪をキラキラさせる小間物屋、さらに扇子、玩具、草花の店もあります。散策する間、通行人は終始私たちに目を向け、詮索《せんさく》好きな外人が店頭で屈託《くったく》なく面白がる様子に興味を示し、ぞろぞろ後に付いてきました。

カーテンの掛かった見世物小屋の入口にいる少女の可憐《かれん》さに魅《み》せられ、入場料を一セント払い中へ入りました。場内は空《から》っぽでしたが、貸切客を喜ばす日本国民の親切な性格はここでも発揮され、楽団はいっそう賑やかに楽器を打ち鳴らし、演奏はエスカレートしました。数匹のプードル犬が哀れな姿で二本立ちで歩き、さらに美少女の命令で別な方法による難しい歩行を演じました。彼女の不思議な優しい瞳と愛らしい顔立ちは、銀簪の髪飾りと入念な髪型でいっそう引き立ち、さらに灰色の絹衣にはたくさんの金ぴか糸がまつわり光線を反射します。私たち外人が日本人の顔と晴着姿に、催し物以上に興味を示すと、今度は日本人が私たちを眺めるのに夢中になったのです！　馬の曲芸は大胆で、しかもぞっとする怖さの馬の立ち乗りでした。さらにチップ一セントで円周コースを三度も回り、アンブル歩行［片側の脚を同時に上げて歩く方法」も演じました。

河川敷の端から端まで見世物小屋が掛かり、操《あやつ》り人形、奇術、からくり眼鏡と次から次へ私たちを誘惑しました。歩き疲れた私たちは、壮麗な提灯祭礼を改めて堪能するため橋に上がって名残を惜しみ、それからホテルへ帰るため円山の森をめざしましたが、結局、真夜中までうろうろ迷ってしまいました。

第二三章　京都の社寺

八坂の塔

夏の時節、京都の野外生活は生彩を放ち、充実感にあふれて最高です。太陽に焼かれ揺らぐ都会の広い平野を通ってみると、意外に暑さは他の都市ほど厳しくはありません。円山からの眺めはいつも魅惑的で、夜明けの空は夕暮れ以上に美的です。そのとき、丘の麓《ふもと》一体は涼しい緑の陰となり、反対の山壁はバラ色やライラック色のベールをまとい、灰色の瓦屋根平野より上の大気は、おぼろな霧や雲煙による小さな花環に覆われます。

観光に出かけるならば、日の出か早朝、少なくとも太陽が焼き付き猛威を振るう直前の一〇時までに出発すべきでしょう。優雅な旅行者なら人力車を頼み、気分よく座ります。涼しい薄暗がり、あらゆる庭園、山腹の林には藪蚊《やぶか》が群がっています。生《い》け贄《にえ》になりやすい人は、蚊帳《かや》へ逃げ込むまで団扇《うちわ》で扇いだり、平手で打ち続けます。また不幸にして狡猾《こうかつ》な蚤《のみ》からも逃げられない場合、その襲撃には「辛抱するか、立腹するか」二通りしかありません⁉日の出とともに京都の全社寺は、一番乗りの観光団のために山門を開きます。夜明けには聖なる場所への巡礼が始まり、まだ露で濡れている時刻の芳香と静寂に、平安と神々しさが加わります。

ヤアミから、八坂《やさか》の塔、清水寺《きよみずでら》の山腹まで、道全部が社寺や僧院の境内に入り込み、遊歩道は、緑陰を広げる並木、竹林、常緑樹の森に沿いながら参道へとつながってゆきます。幅広い石畳の参道と壮大な階段が、透かし細工の壁に仕切られた寺院や鐘楼《しょうろう》のある高台へと続き、さらに記念碑のような山門に近づくと、門は彫刻、金箔、彩色、金属の象眼《ぞうがん》、立派な瓦で優美に仕上げられています。ある社寺の境内から別な境内を横切ると、遊歩道は緑の美しい大地を抜け、額《ひたい》のように突き出た丘に沿い二マイル［三・二キロ］ほど延びてゆきます。荘厳な祖廟《そびょう》［親鸞聖人《しんらんしょうにん》の墓所］を持つ東大谷《ひがしおおたに》の公園のような領域がヤアミ・ホテルに隣接し、続いて気品ある並木道とともに高台寺《こうだいじ》が見えてきます。

高台寺境内の上部区域を横切ると一本の広い路があり、その端に曲線を描く五層切妻造の八坂の塔が古い風鐸《ふうたく》を吊し、アーチ状の緑樹の額縁の中に絵画のように収まっています。この雄大な五重塔は、壁面が驚異的な彫刻と腕木《うでぎ》に覆われ、霞《かす》んだ朱と変色した黄金に彩られ、しかも苔《こけ》や蔓草《つるくさ》で半ば覆われた屋根に灰白色の瓦を載せ、最頂部の棟は先細りの螺旋状《らせんじょう》鉄片［相輪《そうりん》］で締めくくられ、画趣を尊ぶ人を楽しませます。塔の屋根の角々に垂れ下がる風鐸にはひびが入り、舌《ぜつ》がないため、どんな風にも揺れて鳴ったりすることはありませんでしたが、かえってこの古く壮大な建造物は孤高の幻想的感動をもたらしてきました。五重塔の創建は六世紀にさかのぼり、しかも一二〇〇年間四方に面する祭壇は敬虔な仏教徒の祈りをじっと聞いてきました。早朝の光が東の壁面を金色に染め、豊かな彩りの日没は〝想像を絶する御殿〟を創出します。特に夕暮れどきは、私にとって最もお気に入りの光景が展開します。太陽が足早に、五重塔の背後の狭い急階段に沈む瞬間、オレンジ色に燃える空を背景にした優美かつ力強い塔の輪郭に魅了され、ただうっとりと見入ります。

五重塔周辺と清水寺近隣の傾斜地は、すべて陶器、安い磁器、土器の店でにぎわっています。御多分《ごたぶん》にもれず、巡礼や観光客はあちらこちらの社寺参観の途中で買い物をします。小高い場所はティーポット・ヒル［清水寺門前］として有名で、五条大橋から清水の仁王門まで続く道は起伏に富み、片側半マイル［〇・八キロ］に瀬戸物屋が並んでいます。買い物客は、そこで一時間に三六五個の急須《きゅうす》を買《か》い漁《あさ》ったり（!?）、ある客は一つも清水焼の土産なしで立ち去ったりします。ここには精緻《せいち》な名品、カンザン［尾形乾山《けんざん》？］やドウハチ［仁阿《にんあ》弥道八《みどうはち》］系統の倉庫があったり、延々《えんえん》と並ぶ露店商の魅力的品々があります。この清水地区は陶磁器製造業の中心になっていて、ファヤンス焼［粟田焼《あわたやき》］製造業者が一マイル［一・六キロ］先の粟田地区で直接販売の共同組合を作っているのと同じで、実際、小さな店の玄関や白壁の後ろには、忙しく作業をする工房や窯元《かまもと》があります。

清水寺

清水寺の創建時期は、はるか神話の世界に紛《まぎ》れ、その伝説は数多くあり混乱しています。

あらゆる日本の支配者、武士、将軍が、この場所でいろいろな行事を催し、境内周辺、山麓すべてに歴史が刻まれています。この寺院はとても人気のある庶民の寺で、［西国］三十三ヵ所霊場《れいじょう》として有名な観音［十一面観音］を祭っています。毎年たくさんの巡礼が参拝に集まり、極めて熱心な信仰の様子がうかがえます。息もできない山の急傾斜と石段を登りながら、参拝客は巨大な山門にたどり着きます。門前の陰には托鉢僧《たくはつ》が広い鉢を持ち、両肩の隠れる藁帽子《わらぼうし》を被り、薄黄と紫の衣姿で数珠《じゅず》を吊し立っています。ここには二つの仏塔、無数の石灯籠、堂廟があり、その上には祈禱の際投げた小石が積まれています。投げた石が上に残るならば祈願者の希望は叶《かな》えられ、巡礼は明るい気持ちで旅が続けられるのです。メイン・ホール（本堂）は最も古い建造物で、大半の参拝者は山の斜面で休憩をとりますが、ほかの人たちはがっちりした木材と絶壁にかかった足場に支えられた広い舞台［懸崖造《けんがいづくり》］で休みます。かつて、嫉妬《しっと》深い夫たちは妻をこの舞台から投げ落とすために利用しました。ぎざぎざの岩場へ一五〇フィート［四五メートル］も落下し、生き残った妻は不倫《ふりん》行為の無罪が証明され、死んだ人は有罪でした⁉ 本堂の階段には名札をつけた下駄の列もなく、内部には柔らかく清潔な敷物もありません。ホールは、いたって開放的で祭壇前［礼堂《らいどう》］には長椅子が置かれ、埃《ほこり》だらけの疲れた巡礼でも座って休み、祈ったりできます。奉納された蠟燭《ろうそく》が霊廟に運ばれ、頭上のほのかな輝きが絵馬を照らします。

ある幸運な午後、清水の祭りに参加する機会に恵まれました。ティーポット・ヒル全体が、まばゆい彩りの縮緬や紗を着た民衆、少女、子供たちで混雑し、飾り立てた家々は鮮やかさを競っています。天蓋付きの台にこぢんまりと座っている僧侶団が、喜捨《きしゃ》する信者を迎え銅鑼《どら》を叩き冴《さ》えた音色を響かせます。硬貨が気前よく僧侶の座っている毛布の上に投げられますが、これは現在使われている厚い銅銭ではなく、まして銀貨でもありません。小銭両替屋が拝礼順路沿いに小店を出し、信者の持つ一銭銅貨を古い小額貨幣一厘《りん》とか半厘に交換します。こうしてお布施《ふせ》を準備した巡礼たちが各僧侶集団に慎んで喜捨します。しかし、巡礼が上品な習慣に従い柔らかな紙切れに包んで献金する場合は、銀貨を投げようが銅貨を投げようが、僧侶らは一切文句を言いません！

寺院境内の建て場は、宴会客や大酒飲みの客で込み合い、果物屋には切り売りの西瓜《すいか》が山と積まれ、さらに清水の舞台を描いた扇子が両脇で売られています。

ホールに入ると冴えた銅鑼の音のみが漂い、履物をつかみ合う音も巡礼の不平不満の声も一切雑音が消えます。線香の煙幕《えんまく》に隠れ、長さ一九〇フィート［五七メートル］の覆いのある厨子《ずし》には、神々しい金箔観音像がおぼろげに見えます。この仏像は清水の特別な女人守護者であり、僧侶たちのシンボルです。俗事一切を忘れ熱烈に祈りを捧げひざまずく群衆の間を、こじ開けて進むことは容易ではありません。ある巡礼［シドモア女史］が休憩を終え混雑するホール前方へ進もうとしたとき、堂内全員による嘆願の念仏「南無阿弥陀仏」（偉大な主、ブッダよ、お聞き届けてください）が始まりました。その祈り声はテンポの早いつぶやきなので、間延《まの》びして「な、な、な、な、あ、あ」とだけしか聞こえません。同時に全員両手を堅く合わせ、手には数珠がしっかりと巻き付いていました。

愛の神社

二番目の寺院、阿弥陀堂は蠟燭、線香、僧侶、さらにひざまずく信者にあふれています。この堂から突き出た台地の端に、恋に悩む人を守る女神カンノスベ・ノ・カミ［神皇産霊《かんむすびの》神《かみ》］を奉《たてまつ》る格子窓付きの神社［地主《じしゅ》神社］があります。恋人との愛情を確実にしたい人は、神官から祈願印刷札を買って細い格子に巻き付けます。そのとき右手の親指と小指で愛の神の格子窓に結び、女神の力添えを懇願します。もし、他の指が結び目を作るため使われたり、御札に触れたりすると神通力《じんつうりき》は失《う》せ、女神は願いに耳を傾けません。たまたま、私たちは緋《ひ》縮緬の襦袢《じゅばん》に濃紺の繻子《しゅす》の着物姿の美しい女性を、そっと観察するチャンスに恵まれました。彼女は心配そうな面持ちで格子に顔を向け、とても恥じらいながら優美なしぐさで巧みに御札を内外に巻き付けました。続いて中年の車夫が何枚かの硬貨を投げ入れ、鈴を鳴らして手を打ち、神妙な面持ちで格子に向かい御札を結んだのです。

休日になると、民衆は舗装された広い遊歩道を上下して流れ、参道周辺をさまよったり、休憩所に集ったりします。同時に新たな群衆が祭りに加わるために石段を苦労して上がってきます。外に張り出した清水の舞台では聖なる舞が終日上演されます。

夕暮れ近く、緋《ひ》毛氈《もうせん》に覆われた低い食卓の周りにどこかの劇団が陣取り、絵のような美しい風情《ふぜい》となりました。その中に艶《あで》やかな姐《ねえ》さんたちが侍《はべ》ってかいがいしく応対し、豪華絢爛な幻想的絵巻となります。私たちも近くに座り、庶民の動くさまに見とれ、さらに太陽が、えもいわれぬ彩《いろど》りで雲海に沈むまで、眼下の町並みを眺めていました。やがて夕闇が迫り、きらめく灯火《ともしび》が各通りから這《は》い上《あ》がってきました。

清水の愛の神社

ティーポット・ヒルの道から、小道が一本分岐し深い竹林を抜けて、はるか向こうで羽の先のように再び交差し、緑色の黄昏《たそがれ》の光が無数の丸い細竹の根元を濾過《ろか》しています。ここの竹林は、最も美しい京都風物の一つで、夏の日にはこの涼しい緑陰は最高の恵みをもたらします。その向こうには有名な西《にし》大谷《おおたに》のめがね橋「円通《えんつう》橋」があります。低く巨大な石積みの二つのアーチは、曲がった眼鏡フレームに似ています。夏早朝、橋の架かる蓮池《はすいけ》「皓月池《こうげついけ》」周辺は、弁当を広げる観光団でいっぱいになります。一団は思い思いに座り、朝の最初の光によって茶碗の中に映り広がる見事な花に歓喜し、見学が終ると、この草花愛好家の一行は西大谷周辺を散策します。この辺りには壮麗な青銅楼門、龍神の守護する水槽が点在し、さらに大谷本廟「親鸞聖人の墓所」が静かな森に隔離されています。

寺院の連なりが南へ長く延び、これに沿って太古の森の中に入ると、巨大な玉石壁に囲まれた大仏の寺「方広寺《ほうこうじ》」に遭遇します。境内には大仏殿があり、巨大な金箔木像、落ちた梵《ぼん》鐘《しょう》が安置されています。記念石碑・耳塚《みみづか》には、数千人の耳の山が埋められています。この塚では、朝鮮出兵の際、秀吉軍の司令官らが勇敢な戦いぶりの証拠として、殺した敵から切り取った耳を塩漬けにし、本国へ運んだものを供養しています。

最後は三十三間堂《さんじゅうさんげんどう》、つまり三万三〇〇〇体仏像ホールで、背の高い金箔仏像が何段にも列をなす興味深い場所です「千手観音一〇〇一体と二十八部衆の像を安置」。しかし、ここは聖域というより、仏像の大規模な保管倉庫ぐらいにしか見えません！

知恩院の鐘

ヤアミ・ホテルから北に向かって、寺院の連なりが緑茂る山腹沿いに続いています。中でもいちばん立派なのが知恩院《ちおんいん》の伽藍《がらん》で、京都で最も豊かで古い巨刹《きょさつ》「浄土宗総本山」です。壮大な山門、長い並木道、雄大な石土手、テラス、階段、太古の森は、長い歴史の変遷と限りない栄光を物語っています。境内や僧房の黄色の壁は、周辺の地所と無関係に延びています。知恩院の祭壇ホール［御《み》影堂《えいどう》（本堂）］は、重厚な黄金霊廟を彫刻と金箔で包んだ装飾集合体で、しかも巨大な内部の天井や壁面はいまだ輝きを失っていません。ときおり、信者が念仏をつぶやきながら、広大な敷物のあるホールにひざまずきますが、通常は独り老僧だけが、橇《そり》型の大鈴に似た丸い木魚《もくぎょ》を熱心に叩いています。朝五時から夕方四時の閉門まで、ツンクツンクという辛抱強い機械音は決してやむことはありません。

　参観者が靴下でホールを巡る間、履物の世話をやく親切な老女がいます。彼女はあまりにも上手に自分の青木綿着に隙間なく継ぎ当てや繕《つくろ》いをしているので、修繕専門家に違いないと思ったほどです。その彼女が本堂正面の張り出した軒を指差し、この壮大な伽藍を作った大工の棟梁《とうりょう》がわざと残した日傘［左甚五郎《ひだりじんごろう》の忘れ傘］にプライドを持って説明します。本堂の裏手に回ると、会堂や連続する応接間［大方丈、小方丈］が何室かあり、襖や天井には有名な画家たち［狩《か》野派《のうは》一門］による装飾が施されています。また静かな隠れ家があり、時折そこに管長や僧侶が来て座り、絶妙な小庭園を眺めたりします。

　ところでもし、私が善良な仏教徒だったなら、知恩院の雄大な釣鐘にいくつも願掛《がんか》けをしたことでしょう。この高さ一八フィート［五・四メートル］にも及ぶ青銅の逆さ茶碗は、聴き手をぞくぞくさせるほど甘美な音を漂わせ、誰もこの快い音色を聞きのがすことがないほど、遠くまでよく鳴り響きます。この梵鐘は長い石段の上、日陰にぽつんと寂しく吊り下がっています。木製ハンマー（鐘突き棒）を外側から揺らして叩くと、軋《きし》みや金属音とは無関係の柔らかな音色を醸《かも》し出します。この巨大ハンマーは、稀《まれ》にある月の数日間、日の出時刻に止め鎖が解かれますが、夜明けの静寂な大気の中、どちらから響いてくる音なのか誰も見当がつきません。その音色は大気全体に波動して足元や体内をうずうずさせ、同時に恍惚的《こうこつてき》な調べを奏《かな》でながら、深い陶酔境《とうすいきょう》に誘《いざな》います。

南禅寺《なんぜんじ》の高くそびえる三門周辺には、茶畑の茂みが密集し、さらに近代土木技術による琵琶湖疏水《そすい》が古い聖殿［南禅院《なんぜんいん》］や墓所［亀山帝御陵《ごりょう》］、絵のような鐘楼の間を抜け、長いトンネルが建物の裏手の山腹を貫《つらぬ》いています。はるか遠くには、蓮池［弁天池］と青々とした共同墓地を有する永観堂《えいかんどう》があり、若王子《にゃくおうじ》神社の美しい庭園と小滝があります。さらに鹿ヶ谷、真如堂《しんにょどう》、吉田神社と続き、それぞれに特色ある魅力と趣を呈しています。

この神聖な場所から、道は粟田の陶器地区を通過し、突然平らな水田地帯へ出ます。この田圃《たんぼ》の真ん中から黒谷《くろだに》［金戒光明寺《こんかいこうみょうじ》］の仏塔と小森が島のようにそびえ、この付近はローマからカンパニアへ抜ける古代交通路にたとえられています。険しい山・黒谷は昔から美しい聖域で、山上には立派な仏塔が建ち、仏教徒の理想的埋葬地となっています。墓、石碑、灯籠、石や青銅でできた数百体の仏像が互いに対抗するように群がり、さらに僧侶や巡礼が絵画風景のごとく灰色の広い階段をひっきりなしに登り降りしています。

第二四章　門徒の寺院と大文字

本願寺

門徒宗［浄土真宗］の信者は、信仰の活力を顕示するため京都の南に新しく寺院を建て、その偉容を誇っています。この東本願寺（東の寺）は、巨額の費用で再建してから八年目になる日本最大の寺です［明治二八年再建落成］。廊下や屋根を守る角柱は、美しい細かい木目《もく》《め》の欅《けやき》で、数百年間塗装も修理もせずもちこたえています。黒い太綱の奉納物が棒から垂れ下がっています。これは敬虔な女性たちが金品を寄進するにはあまりにも貧しすぎたため、自分たちの髪の毛から太綱を作って献納したものです。最も大きな綱は直径五インチ［一二・五センチ］、長さ二五〇フィート［七五メートル］もあり、細麻の芯《しん》に毛髪が十数本撚《よ》り糸《いと》として巻かれています。これは越前地方三五〇〇人の敬虔な乙女や既婚女性によって寄進されたもので、巨大なケーブル［建材の牽引用毛綱《けづな》］のあちこちには、濃い黒髪に混じって物悲しい白髪の撚《よ》り糸《いと》もあります。毎年夏、金品に都合がつかない場合、信心深い男たちは数日間寺の勤労奉仕に参加しました。いくつかの地方から最も優れた木工職人、つまり木彫細工師の血統を引く名人たちが何年かの間羽目板に細工するためやってきて、堅い欅材に鳥や花、うねる波、勢い余る水煙を見事に彫り上げます。その作品はいずれも強い躍動感と生活感にあふれています。

この真宗（仏教門徒宗）は、組織が大きく最も財政豊かな宗門の一つです。この寺院は必ず都会の中心に建てられ、しかも西本願寺（西の寺）と東本願寺（東の寺）の一対となって、東京、京都、大阪にあります。京都の西本願寺の広大な内部は、黄金を下地にした彫刻、鍍《と》金《きん》、漆塗、ダマスコ細工、さらに絵画にあふれ、その祭壇は他のどの宗派よりも壮麗です。この本願寺は極めて裕福で、特別の保護者・秀吉から土地と鉱山が寄贈され、境内には太閤《たいこう》の遺品がたくさんあります。荘重な屋敷・法主邸が伽藍《がらん》に連なっています。何組かの応接間を飾るために、京都の南、秀吉の居城・伏見《ふしみ》から運び込まれたという華美な間仕切りや天井は、日本のどの宮殿よりも洗練された立派な芸術品です。彫刻され金箔で漆塗りされた天井、金箔下地の鮮やかな絵画、金銀をダマスコ細工風に嵌《は》め込《こ》んだ仕切り壁、広大な謁《えっ》見《けん》の間、個室、能楽堂、敵将の首が晒《さら》された中庭などすべて豪華《ごうか》絢爛《けんらん》です。境内の一角に秀吉の遊興地があり、草木の繁茂する中央に池が作られ、不思議なほど芸術的調和が保たれています。さらに絵のような橋が架かり、園亭の藤蔓《ふじづる》が曲がりくねった水面に垂れ下り、石灯《いしどう》籠《ろう》、夾竹桃《きょうちくとう》の群生、竹、松、棕櫚《しゅろ》、バナナの木、迷路内の二つの美しい小宮殿が池に映し出されています。松に覆われた築山《つきやま》には藁葺《わらぶ》きの四阿《あずまや》があり、そこには詩的な雄々しい甲冑《かっちゅう》姿の武者像が足元の盾《たて》を池に向け、木立の上にかかる月をじっと見つめ座っていました。

本願寺の拝礼儀式は、とても荘厳で印象深いものです。豪華な衣をまとった僧侶集団、読《ど》経《きょう》、線香、点《とも》る蠟燭《ろうそく》、鉦《かね》、さらに黄金霊廟の開帳と、あらゆる点でカトリックの拝礼儀式に不思議なほど類似しています。数珠《じゅず》を持ち敬虔な面持ちでひざまずき、感動に震えながら祈《き》禱《とう》します。この本願寺の気高い礼拝《らいはい》は、サン・マルコ寺院［ベニスの代表的ビザンチン建築］のミサとほとんど同じで、真宗のミサは毎朝五時に始まり、祈禱者は終日祭壇前にひざまずき祈ります。毎月一日と一五日の特別礼拝が午後二時に催され、さらに毎年一月には真宗の開祖へ崇敬を込めて七日連続祈禱がなされますが、その時日本各地の末寺から母なる寺［総本山］へ続々と集まります。

隔週午後の拝礼儀式は、紗の黒染の袈裟《けさ》をまとった十数人の僧侶による経典と日本語や中国語の聖なる散文詩を唱えることで構成され、内陣中央の祭壇の裏に隠れた大合唱団が加わって読経に呼応します。真紅と金色に輝く錦の袈裟をまとった法主《ほっす》が直接内陣に対座し、銅《ど》鑼《ら》代わりに吊られた拝礼用銅板に一定間隔で触れます。金色に輝く荘重な奥の間の黄金内陣、つまり厨子《ずし》には数えきれないほどの金の蓮華《れんげ》や枝状の飾り燭台を備え、細い線香が低い読経机に立てられています。詠唱礼拝の締めくくりに厨子の扉が開けられ、低く響く鉦の音だけが静寂を破り本尊が現れます。その瞬間、僧侶は縦列で退場し、続いて敬虔な信者が手《て》摺《すり》の後ろの空いた場所に集まり、さらに僧侶がいたところに数珠を擦りながら平伏し、恍惚状態のまま、「南無阿弥陀仏《なむあみだぶつ》（幸いあれ、偉大なる主ブッダ）」と熱く念仏を繰り返します。

寺院の階段の上には、寄付された円筒状の米俵《こめだわら》が豊作の象徴として積み重ねられています。この米は毎年貢物《みつぎもの》として日本のさまざまな地域から京都の総本山へ届けられ、米俵は各霊廟《れいびょう》の供物《くもつ》や僧侶の食糧となり、さらに貧しい人への施しものとして利用されます。現在の法主［第二一世・大谷光尊《おおたにこうそん》、一八五〇―一九〇三］は皇室よりも古い家系の持ち主で、同じ京都屋敷に住む直系が七三家族もいます。聖職上の地位に加え、彼は勲一等の華族として皇族に列し、ときおりモダンなブルーム型四輪馬車に制服姿の従者を伴い、街の西端、御所構内を出入りするのを見受けます。

法主は加持祈禱《かじきとう》に没頭するだけでなく、立派な単科大学［龍谷大学の前身］を運営しています。校舎では聖職者育成のために新人教育を行い、世俗の学生には進歩的宗教哲学を教授しています。図書館には膨大な仏典が蔵書され、シンネット［〝パイオニア〟編集者］、エドウィン・アーノルド卿［英国の詩人］など外国人の著作がきちんと本棚に収まり、これと向かい合わせに金の漆箱に入った絹や紙の貴重な巻物があります。この大学では、あらゆる欧州の語学に関する先生を雇用し、また欧州諸国へ布教活動家を派遣しています。その教授陣の一人である仏教徒・赤松連城《あかまつれんじょう》［西本願寺の改革者、一八四一―一九一九］氏は数年間英国で暮らし、比較宗教をテーマとした貴重な研究に専念しました。この賞賛すべき学者は、同時に賞賛すべき講演家でもあり、日本のすべての仏教学生が彼の膨大な〝知識の宝庫〟に頼ります。「はるか人知の及ばない一つの結論に向かって、万物は動いている」と説く赤松氏の寛容で自由な宗教観には、「あらゆる宗教の中に同胞性、類似性、さらに真理への収斂性《しゅうれんせい》が見られる」との卓抜《たくばつ》した哲学が脈打っています。新しい宗教規範を起草し翻訳し、しかも門徒宗の法話からいくつかのエピソードを紹介し、「これらには正確な仏教の教義が含まれている」と解明したのが、この赤松氏です。そして真宗教徒は仏教界のプロテスタントと呼ばれています。僧侶は結婚も可能で、さらに断食《だんじき》を強制されることもなく、苦行《くぎょう》もなく、巡礼もなく、肉食を慎むこともありません。彼らはブッダ信仰によって救済と究極の涅槃《ねはん》に到達するという、永遠に気高い魂の転生《てんしょう》を信じています。真宗の僧侶は、「キリスト宣教師の日常生活には庶民との差異はなく、またこの二つの宗教は戒律と慣習のわずかな違いだけである」という学究的、かつ知的見解を表明しています。

数百年間この宗教の指導者たちは、下層階級にとって仏教は優れた宗教であると確信して教義を実践してきました。大衆に優しく親切に、しかも我慢《がまん》強く布教し、彼らの魂に安らぎを与えてきたのです。キリスト教の成果を学ぶために欧州へ派遣された一僧侶からは「西洋社会は日本以上に悪徳、犯罪、窮状が酷《ひど》く、また西洋の宗教は東洋の宗教よりも邪悪を押さえる意志が薄弱に見える」という報告も届いています。しかも、門徒宗の僧侶は民族互恵や公平な伝道師交換に関し心の広い見解を表明しています。現在、英国の牧師や思想家は、セイロン［スリランカ］の僧院で仏教を研究し、数多くの聖なる儀式を体験することによって仏教戒律の容認を告白しており、いずれは門徒宗伝道師が英国や米国の国民を説教するといった時代が来るでしょう。しかも、京都の同志社［キリスト教主義の私立学園］の先生方を改宗させる苦労さえ厭《いと》わないでしょう。彼らはよき宗教を熱心に説き、看護婦のために病院や訓練学校で特別活動も行っています。

同志社

一八八五年［明治一八］、初めて米国宣教師団が京都を訪れたとき、この聖なる都市は条約範囲外にあったので、大学と病院は〝同志社〟の名前で運営され、仕事に従事する外国人は、表面上日本人の被雇用者となりました。この団体の代表・日本キリスト教会の後ろ盾は、財政豊かなボード伝道教団で、そこから資金が提供され、運営や事業方法が指導されます。同志社学園の各先生は本物の伝道師で、教室外では精力的に布教を続けています。校舎、病院、外人教師用の住宅すべてが御所の高い黄色の壁に対峙《たいじ》し、障壁や偏見を取り除き意義深い変化を促す拠点となっています。学校は受け入れ能力をはるかに越え、病院は患者であふれ、内科医は労働超過です。先生方は「学生全員がキリスト教徒であり、新しい宗教の布教に従い、民衆はとても熱心に神の教えを知りたがっている」と公言します。しかし、彼らは「仏教や古い宗教は死んでいる。われわれの職務の成功は説得し改宗させることにある」といった強行手段は控えています。

彼らは堅牢《けんろう》なレンガ造校舎や快適な住宅を建て、さらに全体的に永続性のある体裁を整えました。それが同志社の創立者や初期の教師陣に幸運をもたらしました。というのは災害に突然襲われたとき、そこを拠点にした救援活動によって学園の実績と名声が喧伝《けんでん》されたからです。その後、不幸な学園紛争を経て、同志社は本来の目的と路線に戻り、現在学校と病院による卓越した事業が続いています。

日本にいる外国の伝道団には、フランス・カトリック教、ロシア正教、英国国教会とこれと対立する英国カナダ教団があります。ところで日本駐在の米国ボード伝道教団は三〇〇名の神の代理人兼教師を擁《よう》し、そのほとんどが家族と一緒に住んでいます。

一方では、天皇は明白な神道の長として一九万一九六八の神社、一〇万一〇八五人の神官の頂点に立ち、さらに日本政府の影響力を駆使し、神道を国家宗教にしています。また、七万二〇三九の仏教寺院、一〇万九九二二人の仏教僧、そして一万三九二二人の学者が仏教信仰を表明し、同時に日本の名高い三十三ヵ所観音霊場を遍歴する巡礼の数も減っていません。ところが、国民の大部分が「何の宗教も信じていない」と告白し、その中には若い世代の貴族がたくさんいて、特に外国で勉強し暮らしてきた若者は、諸外国で流行しているような唯物論《ゆいぶつろん》や無神論、つまり不可知論を信条としています。ある熱心な米国の神知学者が寺院界隈《かいわい》を一巡りして神秘学を説いた際、日本国民は慇懃《いんぎん》なる態度でしたが、信奉者となって興奮したり感化を受けた人はいませんでした。あるユニテリアン教「キリストの神性を信じない一派」の代弁者は、首都最高の団体、優秀な哲学会の中で強い支持を受け、教養ある思想家や文学者に大きくアピールしています。
一般大衆は、無知な外国の民族同様、聖職者の説く宗教を全く理解せず、単なる習慣や盲目的因習として形式を尊重し、儀式の伴う飾り立てたイベント、祭り、記念日を祝いながら、深い意味を自ら説明できません。ある日突然、国旗や提灯の花が戸口の軒下沿い数マイルにわたって咲きます。これに対してあなた方観光客が「このお祝いの意味目的は何ですか」と店屋の主人に尋ねても、その人は「ワカリマセン」「シリマセン」と応えるだけです。するとある博学な人が「これは神武天皇の崩御記念日、つまり秋祭りです。この日、穀倉から最初の収穫・稲を、神に対し宮中の天皇から捧げたり、神官から神社や敬虔な家庭の祭壇に捧げたりして、特別な伝統行事が国の祭日として祝されるのです［春の神武天皇祭と秋の新嘗祭《にいなめさい》と混同？］」と応えてくれます。官公庁が日曜日を閉庁にし、国民に安息の日（日曜日）を設定したことは、とても実用的で便利な制度で、これは世界の安息の日が載る同じカレンダーを採用したり、外国をモデルにして近代的軍隊を設立した結果です。

大文字の送り火

庶民によく知られ、しかも京都全市を雄大な夏のイルミネーションで彩る最も注目すべき宗教的祭りの一つが、盆祭り（死者の祭り）の最終日に行われる大文字《だいもんじ》の送り火です［五山送り火（八月一六日）、昔は七月一六日実施］。仏教の信仰によれば、遠く離れた霊魂《れいこん》は真夏の三日間地上へ戻り、家族やこの世でよく出入りしたところを訪れ、三日目の晩に墓場へすーっと飛び去ります。その年に死者が出た家の正面には、盆祭り継続期間中、提灯や細長い紙が吊され、蠟燭が点《とも》され、食べ物の入った椀《わん》が家庭の小さな仏壇に供えられます。店屋の裏手、極貧の住まい、郊外の高級住宅、貴族の邸宅でも灯明《とうみょう》、供物、芳《かんば》しい薫《かお》りが死者の帰りを歓迎します。共同墓地の墓前の竹筒は、毎日新鮮な草花でいっぱいになり、霊魂の戻る晩は、静かな住宅街の至るところで明るく燃える提灯と油性蠟燭の光によって安息の地へ導かれます。幾百年の儀式により清めてきたこの美しい習慣は多少物悲しさを帯びますが、死者の祭りの最後の晩は壮大な提灯祭りとなり、華美で幻想的な長い夏の京都の最高の輝きとなります。

　私たちは、日本人紳士の厚意で大文字イルミネーション・ショーに招待され、街の中心にあるどの民家の屋根よりも高い仏塔のようにそびえる校舎の二階から見物しました。二〇〇名の生徒が教室の床でピーチクパーチクおしゃべりし、低い開いた窓のそばで丘の雄大な火炎シグナル・大文字焼の開始を熱心に待っていました。私たち外人の姿を見ると、すぐに全員踵《かかと》をぴったり合わせて整列し、静かに屈《かが》んで茣蓙《ござ》に座りました。続いて私たちも快活な子供たちの後ろに座ると、私たちに向けてコーラスが楽しそうに始まり、夏の夕暮れの間中、可愛らしい歌声が漂いました。

　夕闇が道を暗くするに従い、円山の向こうに塔のごとく立つ山の斜面に、松明《たいまつ》のうねりにも似た光の明滅を目にしました。次々と閃光が暗い大文字山の長い斜面を走り、その後、炎が結合し、さらに火の線が上方へ向かい、接触し、交差して、最後に巨大な文字「大」が英語の大文字《おおもじ》Aに似た輪郭で燃え上がりました。続いて市街地側の北斜面にジャンク舟のような形の火の輪郭が浮かび上がり、また別に神秘的な漢字［妙、法］が隣の山に燃え上がり、さらに北西に小さな「大」が最初の巨大な記号の影のように現れました。西側にも火炎の門柱・鳥居が大きく全体に輝きました。あらゆる建物の上から橋から熱狂的見物人の叫びでどよめき、私たちより低い位置で見ていた生徒たちも、巣箱からあふれた燕《つばめ》のようにさえずりました。数百年間、山寺の僧侶は教区の素朴な民衆に、集めた薪《まき》を適切な線上に並べることや、各仕掛けコースを明確にするためきちんと溝を掘ることを教えました。大きな方の「大」の長い線は半マイル［〇・八キロ］もありますが、その字は私たちの見物地点五マイル［八キロ］の距離からは、不均衡で歪《ゆが》んで見えました。この火の記号は燃え始めから半時間も波のように燃え続け、ずっと後になっても、これらの映像がいつまでも脳裏でゆらゆら動き、しかも暗闇を背景に幻覚となって燃えました。

市街へ下ると、群衆が提灯の吊された商店街通りをうねっていました。さらにその光景に、人びとの手持ち提灯の明るさが加わります。河原はすべて灯光のラインとアーチが交錯《こうさく》し、無数の裸火《はだかび》の点が水面に反射し、山の斜面はきらきら輝き、共同墓地の中は無数の松明で燃え盛っていました。このように町や山腹の墓石はすべて照らされ、仏教徒の霊魂は、楽しい来年の真夏の京都に呼び戻されるまで安らかに眠ります。

第二五章　御所と城

京都御所

京都は、伝統を忠実に守っており、東京を没我状態に陥れている外国ファッションの受け入れは極めて緩慢《かんまん》です。東京は一九世紀に政治混乱があり、扇動者や向こう見ずな学者、手に負えない若い壮士らが東京を不安定な状況に陥れ、しばしば旧来の両手で使う日本刀、さらに短刀、卑劣な爆弾による政治テロに走りました。しかし、京都は、古き秩序を守り平和な治世に努めたので、その間芸術がとても栄えました。

数千年も続く天皇や名目上の臣民である将軍が、この古き西京《さいきょう》を本拠地にしている間、京都の西半分は、この二人の統治者を中心にした支配構造が錯綜《さくそう》しました。昔の天皇は、もう一つの広大な領地の中心、巨大な御所《ごしょ》の囲みに隠れ、その黄色の壁は天皇の所有を示す五本の水平な白線でマークされていました。この宮殿集合体と公家屋敷《くげやしき》（貴族の邸宅《ていたく》）は、当時一つの外壁と濠《ほり》に囲まれ、壮大な皇族の居住地として独立した小都市を形成していました。しかし、ここ数年で外壁は壊され、通りが開放され、たくさんの空間が公園に変わりました。それでも御所の建物は一〇エーカー［四ヘクタール（一万二〇〇〇坪）］の敷地に立ち、さらに二六エーカー［一〇・四ヘクタール］の風致《ふうち》公園に囲まれています。

四方の黄色の築地塀《ついじべい》は、寺院のように威厳ある装飾豊かな屋根と切妻造《きりづまづくり》の楼門《ろうもん》を有し、梁《はり》の端、縁、軒先には金色の菊の紋章が飾られています。その立派な門［建礼門］は、天皇の臨幸《りんこう》のときだけ開かれ、聖上《せいじょう》［天皇］だけがこの中央通路を通ることができ、玉座《ぎょくざ》につく際は古い東洋の迷信に従い南に向いて座ります。絶えず北東［鬼門《きもん》］から脅かされる凶事《きょうじ》の影響には、御所の向こう側にあるたくさんの寺院によって守護されます。

過ぎ去った時代の荘重で堂々たる勝手口・台所門［清所門《きよどころ》］、西塀の鮮やかな切妻造の建築物だけが、目下使用されています。参観者は自国公使館から渡された東京宮内省発行の精緻な許可証を提示した後、京都当局の担当部署による許可証携帯者の個人的審査後にスタンプが押され、付添人の誘導で構内を回ることになりますが、その前に多数の老公務員があちこち駆け巡り、たくさんのスタンプが繰り返し押され記録されます。このような厳しい身元確認を受けても、古風な装束《しょうぞく》と剃髪《ていはつ》姿の厳格な老警護士たちは、私たち外人を侵入者と見なしています。

御所を、〝パレス（宮殿）〟と英訳するのは正確ではありません。この単語は大きな屋敷（広い家屋）のことを意味し、元首の住まいを表現しているにすぎません。御所には、小村落を形成するようにたくさんの木造平屋造《ひらやづくり》の独立住宅が集まっています。元首の生活をする部屋とか、家具付きの部屋は別個の建物にあり、外側には回廊とベランダがあり、内壁には板戸を滑らせます。各建物は寺院形式の雄大に延びた屋根を有し、特に天皇の実際の居住空間は、藁葺《わらぶ》き家屋や白木の神社と同じような素朴で厳格な神殿［清涼殿《せいりょうでん》］で、神聖な天皇の権威や神道上の指導的立場を高めています。この群がった家屋は、古いアジア遊牧民キャンプの遺物で、上向きに反《そ》った屋根の破風《はふ》は、まさに撓《たわ》んだテント幌《ほろ》を意味する普遍的様式です。宮殿は幾多の大火に遭《あ》い、最近では一八五四年［嘉永七］に発生しましたが、再建にあたっては、それぞれ原型に倣《なら》い、御所は数百年前と全く同じ姿をしています。慎ましい日本の家庭と同様、そこには畳、大きな炭火鉢があり、さらに大火災を招いた例の紙枠行灯《あんどん》もあって、相変わらず杜撰《ずさん》な感じで油皿が置いてありました。

外回廊周辺とこれにつながる柱廊を巡ると、優に一時間半はかかり、参観者はみな靴下のままで行くか、警護士のあつらえた奇妙なスリッパで進まなくてはなりません。夏の真っ盛りには、薄暗く涼しい場所にある奥まった部屋が利用されますが、冬になると厳しい寒さのため嫌われ不使用となります。宮殿には二つの玉座以外、家具らしきものは何もありません。絹縁《きぬふちど》取りの敷物、襖絵《ふすまえ》、木工細工全体に施された美しい金属板、不規則に傾いた奥の床の間、趣ある古風な窓、奇妙な格子模様、美しい天井羽目板が室内を装飾しています。素晴らしい掛軸《かけじく》、壺《つぼ》、骨董《こっとう》のすべては、天皇が京都を去る際、倉庫に保管され、それ以来封印されたままです。個室の襖には宮廷詩人や皇族の即興詩人によって書かれたたくさんの自筆の詩歌があります。のんびりとした古き時代、茶室や庭園の茶房は、いかに茶の湯の悠長《ゆうちょう》な儀式にとって重要であったかを暗示しています。

儀式用の大広間［紫宸殿《ししんでん》］の中庭は砂敷きの四辺形で、その表面は怪しい足跡を容易に探知できるよう、庭師の竹熊手《くまで》に掻《か》き撫《な》でられ美しい模様になっています。古い謁見《えっけん》ホールの前庭には一本の桜、一本の野生橘《たちばな》［左近《さこん》の桜、右近《うこん》の橘］、聖なる竹がすべて象徴的に広い階段の両側に植わっています。この庭を見下ろす広大な寺院風屋敷の中央には、過去数百年にわたる聖なる白の玉座、さらに四角いテント（白絹の天蓋《てんがい》）があり、折り重なったカーテンの裾《すそ》には鮮やかな赤の縁取りがしてあります。しかも玉座は二匹の古風な中国産狛犬《こまいぬ》に守られています。かつて、元旦あるいは時たま、天皇は看守人の将軍を臣下として扱い謁見を許しました。そのおり、閉じたテント内からは絹布団に座る天皇の肉声だけが漏《も》れ、それは能役者が演ずるような長々と震える口調でした。皇族諸公は玉座の片側に立ち、公家と高官は階段にひざまずき、さらに付添役《つきそいやく》である最下級の役人・地下《じげ》（非殿上人《てんじようびと》）は庭の砂敷きに平伏し、その間もの悲しそうに包み込んだ声で綸言《りんげん》が低く響いたのです。

一八六八年［慶応四］、維新後初めての謁見の際、天皇は木造円柱で天井の支えられた紫宸殿（謁見大ホール）の新しい玉座に着席されました［五箇条御誓文《ごかじようのごせいもん》の式典］。背面の壁の低い部分には、中国や朝鮮の賢人集団が描かれた古い板戸があります。杉板の床は磨き上げられ、玉座は先祖のものに似せて作られ、カーテンが正面と両側に巻き上げられています。玉座は高段にあり、戦利品として朝鮮から運ばれた中国産狛犬によって守られ、内部には素朴な漆《うるし》の椅子、聖なる刀剣、玉璽《ぎょくじ》用の漆台が置かれています。この一八六八年の謁見の後、天皇は金漆の乗り物・密閉型つり台［鳳輦《ほうれん》］で東京へ旅立ち、数百年前の絵巻のような装束や甲冑《かっちゅう》行列で警護されました。天皇ご自身は、だぶだぶの絹の礼服《らいふく》と硬直した漆烏帽《えぼ》子《し》姿で、忠実な臣下である公家は豪華な錦織《にしきおり》と絹衣で盛装しました。

一八七八年［明治一一］、天皇と廷臣が兵庫神戸港の鉄道開設式に臨むため京都に戻った際、陛下は欧州の元首のような服装をされ、公然と鉄道客車から下車されました。そして洋式の軍服姿に武器を持った軍隊に守られ、軽快な四輪馬車で御所へ向かわれたのです。

1868年の玉座

二条城

京都の城、二条城《にじょうじょう》は御所の南一マイル半［二・四キロ］のところにあります。将軍が富と権力を誇示した場所で、壮麗な封建時代の遺物です。広い濠、跳橋《はねばし》、堅牢な石垣、さらに塔のような楼門と隅櫓《すみやぐら》は一六世紀中頃［一六〇一年、二条城着工］に造られたと推定されます。最初の石垣内の壮大な楼門［唐門《からもん》］は、隅柱の燭台から棟柱まで手の込んだ金属装飾の塊ですが、たくさんあった徳川家の三葉葵《みつばあおい》は、どこも天皇家の菊の紋に取って代わりました。すべての部屋、特に壮麗な二つの謁見の間［大広間、小広間（黒書院）］は、各床の間の前に広い高座を持つ装飾美術の結集です。彩り豊かな金箔屛風《きんぱくびょうぶ》、精緻な絵画、鮮やかな金属細工、彫刻された素晴らしい欄間《らんま》、さらにくぼんだ天井羽目板には花環、紋章、幾何学模様がデザインされています。

しかし、なんという嘆かわしさ！　これらの儀礼会場には、忌《い》まわしきブラッセル絨毯《じゅうたん》、丸い中央テーブル、背のまっすぐな椅子など、応接セットが車座となって詰め込まれ、下品そのものです。まるで、それは官舎、事務所、大商店、さらに京都の茶屋のごとき安っぽい光景でした。

金閣寺・銀閣寺

将軍家は金閣寺、銀閣寺を所有し、また別に静養できる邸宅を郊外に持ち、そこで彼らの多くは出家し、住職や隠遁僧《いんとんそう》として一生を終えました。ちなみに天皇家は保養別荘として比叡山《ひえいざん》の麓《ふもと》に精緻な庭園・修学院離宮《しゅがくいんりきゅう》しか持っていませんでした。その後、明治維新によって、これまでの逆賊《ぎゃくぞく》の財産をすべて天皇へ返上させました。この金閣寺（金箔の別荘）や銀閣寺（銀箔の別荘）は市街とは逆方向にあり、それぞれ山水庭園に囲まれ、日本庭園のほとんどがこれに倣《なら》っています。双方とも足利将軍によって建てられ、現在は二つとも僧院に代わっています。

金閣寺は現在でも、かなり広い寺院ですが、たくさんの珍しい歴史的庭石と庭園装飾品が略奪される以前は、もっと広く壮麗でした。それでもここは依然として天国です。金閣寺を建てた足利《あしかが》三代将軍・義満《よしみつ》は、ここに隠居し生涯を終えるまで暮らしました。しかし、この優雅な一生は室町時代の数ある物語の中で無視されています。というのは、当時日本版バラ戦争［英国の王位継承の争い］ともいえる菊戦争［南北朝の対立］が熾烈《しれつ》を極め、公家とともに天皇は文字どおり窮乏状態に陥っていたからです。したがって、この贅沢《ぜいたく》な三代将軍の遺物はことごとく嫌われました。しかも、中国［明《みん》］へ貢ぎ物を献上し、その代償として、天皇を差し置いて中国から〝日本国王〟の称号をもらったから、なおさらです。

しかしながら、義満は多少の過失が容赦《ようしゃ》されるほど、豪華《ごうか》絢爛《けんらん》な芸術を育み開花させたのも事実です。池畔《ちはん》の黄金屋根と漆壁を持つ美しい小宮殿は、数百年の歳月に見事に堪えて、今もそっくりそのまま残っています。総門近くの僧院には、たくさんの素晴らしい掛軸や屏風が見られ、中庭にはジャンク舟を象《かたど》った松が緑の針葉を生き生きさせながら、船体、マスト、柔らかな帆《ほ》を見事に表現しています。根気ある庭師が悠々と何百年もの手間をかけ、いかなる方法で大枝小枝を曲げ、組み合せて結び、押さえて支え、このような優れた植木を生んだのか、とても興味あることです。

威厳に満ちた足利八代将軍・義政《よしまさ》は銀閣寺を創設し、黙想に耽《ふけ》るため隠遁しました。その後、僧侶の村田珠光《むらたじゅこう》、画家の相阿弥《そうあみ》とともに、精緻で入念な茶の湯礼法を発展させました。マルコ・ポーロの描いたジパングへ向け帆走《はんそう》するコロンブスの航海以前に、日本最初の儀式専用茶房に野晒《のざら》し欄干《らんかん》や美しい屋根［柿葺《こけらぶ》き］が作られたことで、日本人参観者の評価は最高です。銀閣寺へ向かう道には、古い僧院の高い壁や山門、無数の神社にそびえる鳥居、長い上り坂の緑陰並木、そして路傍《ろぼう》には竹林や段丘状の水田があります。

あなた方観光客が一〇銭で木札を買って小柄な見習い僧に渡すと、内部の入口を開けてくれます。このチイサイボンズサン（小僧さん）は二〇歳くらいかもしれません。最初見たときは、とても五歳以上には見えませんでしたが、短く刈った頭から下駄履きまで、まさしく縮小サイズの仏教僧でした。この僧シンカク［信覚?］は厳粛な面持《おもも》ちで池の方へ案内し、両手を前にきちんと合わせると、突然、前方からにぎやかな詠唱が沸き上がりました。そのコーラスは偉大な足利義政のために岩石や灯籠《とうろう》を寄進した人の名を朗唱しているのです。シンカクさんはみなに靴を脱がせ、銀閣寺の古い急階段を這《は》い上《あ》がっていき、黒ずんだ尊い阿弥陀《あみだ》像［観音像?］を拝観させてくれました。朝昼晩毎日、池畔の小さな古寺の祭壇で礼拝読経が行われ、この禅宗の仏事に際し、シンカクさんは線香をたき、聖なる教典を手渡し、皺《しわ》のよった高齢の僧たちを補佐します。僧院の裏手に蓮池《はすいけ》があり、見事なピンク色の花萼《かがく》が心地よい薫りを大気に漂わせ、毎朝、新鮮な蓮がブッダの祭壇に供えられます。

京都の西へ向って進むと、旅の人力車は水田を横切り、長い竹の生垣沿いに太閤時代の遺物、夏の宮殿・桂離宮が見えてきます。最近、ここには天皇の叔母が亡くなるまで住まわれていたので、当然この宮殿は永久保存となるでしょう。剃髪した絹装束の古風なサムライが十数回もお辞儀をし、数枚の御料地《ごりようち》訪問許可書を持って出迎えました。階段で靴を脱ぎ、参観者は金の襖や金箔斑点《はんてん》の天井を有する地味で精緻な魅惑的小部屋の迷路をあちこちさまよいます。不規則な棚のある床の間、各室内の違い棚、欄間、格子、窓は純日本的風情と工芸の完全な手本となり、さらに金銀銅の太閤の桐の紋章が備品すべてに付き、あらゆるところにその紋が彫られ彩色されています。風通しのよい部屋が美しい庭園に面し、平らな石畳の歩道が荒れ果てた小池、森林、茂み、小川を抜けていき、さらに地衣類に薄汚く覆われた古い石橋を越えると、池に張り出た絵のような茶房や四阿《あずまや》へ導かれます。石のブッダ像と石塔が日陰に立ち、小ぶりの松の下にある石灯籠が池のどの湾曲部にも影を映し、ここは理想的な日本庭園です。夏の朝露が蜘蛛《くも》の巣《す》全体に付着し、キリギリスの低い鳴き声だけが、唯一静寂《しじま》を破っています。

車夫の夏

旅行者の誰かが、大堰川《おおいがわ》の急流下りに一日過ごしたとなると、これは京都旅行の貴重な時間の無駄遣《むだづか》いであり、古都観光の趣旨からいっても、不調和な選択に見えます。たとえ五月に咲くツツジが峡谷を燃え立つ色に染め上げ、絶景になるとはいえ……。とぶつぶつ言いながら、かくいう私も興味半分、みなと一緒に舟に乗ってしまったのです。

平底ボートが投《な》げ槍《やり》のように七マイル「一一・二キロ」の谷間を貫いていき、次々と難破《なんぱ》の危機を乗り越え、奔流《ほんりゅう》を突進します。間一髪《かんいっぱつ》、船頭自身がすり減らしてきた岩礁《がんしょう》の穴に竿《さお》を合わせ、器用な竿さばきで乗客全員を救い、さらに嵐峡《らんきょう》を縫い飛沫《しぶき》を被《かぶ》りながら下ります。そして一時間余りの航海は嵐山《あらしやま》で終わります。ともあれ、ボートの床「板子《いたこ》」は、水の勢いによる浮き沈みに対して浅すぎ、憂慮《ゆうりょ》すべき点の筆頭に上げられます。

松、紅葉、桜に覆われる嵐山は、春や秋になると京都の重要な観光地となり、芸妓《げいこ》の歌や踊りのテーマにされている美しい景色が楽しめます。対岸の茶屋からは、険しい山の斜面全体に極めて緻密な群葉絨毯《じゅうたん》が目に入ります。川縁《かわべり》の鳥居、石段、灯籠の列が頂上の寺「大悲閣？」へと導き、柔らかくゆったりした梵鐘《ぼんしょう》の音が森を抜け下界へ漂います。この辺りの茶屋は魚料理で有名で、冷たい緑色の川からとれる鮮魚や海の幸・鯛《たい》は日本人だけが料理のできる御馳走です。さらに百合の根、ライス・サンドイッチ「寿司」、オムレツ、カステラは、いつも宴席をにぎわす美味です。

桂離宮は嵐山の真下にあり、ある朝、穏やかな緑陰と静寂に包まれたこの小宮殿で過ごした後、私たちを乗せた半裸の車夫《しゃふ》団は、まぶしい陽射《ひざ》しを抜け大堰川の冷たい水辺の茶屋へと走り、車から降りた乗客を裸のままで待ちました。

戻るまでの間、彼らは川へ駆け込み、笑い、ふざけ回り、堰堤《えんてい》を降りたり越えたりして、まるで蛙《かえる》の集団が飛《と》び跳《は》ねたり泳いだりしているようでした。その日の朝、焼ける太陽の下、彼らは汗を体から噴出させ、全旅程の半分の一〇マイル〔一六キロ〕を一気に走ったので、大喜びで川へ飛び込んだのです。同時に一張羅《いっちょうら》の木綿服を脱いで洗ったり、急流の中で涼んだりしました。さらに茶屋の休憩室で履物を脱ぎ、静かに横になったり、西瓜《すいか》や胡瓜《きゅうり》を食べたり、茶を飲み煙草を吸ったりしながら、コレラの流行《はや》る焼け焦げる夏、真昼の眠りへ吸い込まれてゆきました。

午後遅く、円山のホテルへ戻る時間となり長い走行が始まると、彼らは烏《からす》のように咳《せき》をし、嗄《しゃが》れ声《ごえ》になり、びっこを引き、さらに関節も筋肉も全く硬直し、力なく引っ張り、梶棒の中で死ぬのではないかと思うほどでしたが、すぐに牽引《けんいん》態勢を整え、痙攣《けいれん》し堅くなった手足を正常に戻しました。そしてこれまでどおり、車夫団は市内へ向け丘を越え、機敏な足どりで進みました。

車夫の暮らしぶりは、外人には興味深い研究対象ですが、時間がたつと誰しも、彼らの忍耐力や無鉄砲さに驚かなくなります。極めて激しい活動の後の車夫は、最後の一着まで脱ぎ捨て、彫り物で飾った肌を露《あら》わにし夏の憩《いこ》いをとります。焦茶色《こげちゃいろ》の生身の肌、背中、胸、両腕、両股に青、赤、黒の精緻な絵・刺青《いれずみ》をしているのをよく見かけます。彼らの服装に関する考えは単純です。気候が暑すぎるときは服を脱ぎ、羽より軽い藁《わら》の切れ端を足に付け、褌《ふんどし》と直径一ヤード［九〇センチ］の平らな大型帽子だけで足りるのです。衣類を買うお金がないときは豪華な錦絵を体に彫り、この隠しようのない刺青衣裳には、うるさい警察や国の規則も服装の不十分さを注意する余地はありません。

車夫の栄養補給源は御飯、酢漬魚、沢庵《たくあん》、緑茶だけで、日中の運動量、この途方もなく激しい肉体労働には全く不十分な食事です。それにもかかわらず、健康のお手本のごとく最高に磨き上げられた肉体を持ち、しっかりと足を踏ん張る姿は、常に懸賞付き拳闘《けんとう》試合に臨む選手のようです。これが外人だったら一週間と持たないでしょう。

ある暑い朝、いつもより私たちの出発が早まったため、朝食代わりの青りんごが食べかけとなった車夫が、いくらか追加料金を請求して、到着地の真如堂《しんにょどう》の荘重な楼門で休憩をとったことがあります。私たちが参観を終え、この空腹なポニー［車夫］の様子に目をやると、彼は仲間たちにたっぷり湯茶と西瓜をおごっていました。元気回復した彼が私たちのカメラと三脚を受けとり、肩に掛けて熱い石畳を下る際、なんと長さ四フィート［一・二メートル］の三脚の先を爪楊枝《つまようじ》代わりに、自分の歯をほじったのです！

第二六章　京都の絹産業

絹産業

長い間、国の中心機関がなかったにせよ、京都には工芸技術の故郷《ふるさと》が残っております。この都市は数百年間二つの王朝［朝廷、幕府］の贅沢《ぜいたく》に奉仕し、数多くの画家や工芸家を集め奨励し、今も旧家の子孫が暮らし働いています。京都の絹織物や縮緬《ちりめん》、さらに京扇子、磁器、ブロンズ、漆器《しっき》、彫刻、刺繡《ししゅう》は品質や評判を落とすことなく、他のどの工芸品よりも親しみがあり優れています。

絹は、日本が生産する最も貴重な輸出品で、毎年三〇〇〇万円相当の生糸《きいと》が海外の消費者へ送られ、同時に国内市場は約七〇〇万円相当の織物製品を買い入れています。京都・西陣《にしじん》地区や東京の北西・上州《じょうしゅう》（群馬）は日本の素晴らしい絹製品の中心地で、絹商人は縮緬を指で触れるだけで、競争相手の生産地を即答できます。

最近、東京の西、甲府、そしてすぐ二〇マイル［三二キロ］西の八王子も同様に絹織物業の重要な中心地となっています。絹の市況は経済変動や恐慌に影響され、また海外電報による日常相場があります。しかし、生糸は銀行の担保としてたいへんな価値を持っています。

絹の仲買人は西洋の株仲買人と同様、東洋の実業界の中では信用抜群の重要人物です。金貨や宝石に次ぐ絹は、その嵩《かさ》（体積）に比例して商品価値が大きくなり、汽船一隻《せき》分の絹船荷が、ときには金貨二〇〇万ドル分に相当したりします。合衆国は日本生糸の最大の消費者です。一八七五年［明治八］にわずか五三ベイル［梱《こり》］の生糸と繭《まゆ》を米国へ輸出したのが、一八七八年［明治一一］に二三三六梱、さらに一八八七年［明治二〇］には一万六八六四梱となり、一九〇一年［明治三四］の米国向け生糸輸出総計は四万七六六二梱となりました。米国向けの品は、ほとんどすべてニュージャージー州のパターソン商会へ販売委託されます。この海外貿易の拡大で、絹は日本人消費者にとって二〇年前より貴重品になりましたが、依然として儀式用衣服の需要があり、金持ちによく購入されています。その一方では、木綿、さらに羊毛が最近需要を広範囲に伸ばし、絹製品のシェアに食い込んでおります。

日本の至るところで蚕《かいこ》の飼育が盛んです。絹産業を持つ地域や村はたゆまず順調に繁栄し、きちんと生活が保障され、地域社会は無理のない形で競争をしています。各家庭の作業場は養蚕所と家内工場の二つからなり、たくさんの家族が全員で仕事にかかわっています。絹産業地区の労働賃金は一日一八時間当たり合衆国金貨八セントから二〇セントで、経験豊富なベテランには相応の高賃金が払われます。どの家も広々とし、清潔な環境が極めて入念に維持され、換気がなされ、温度も一定に保たれています。まるで紙やすりの砂粒のような卵の付いた紙シートから、ちっちゃな白い蚕が生まれ、数日で保育箱がいっぱいになります。新たな蚕のために桑《くわ》の葉を花粉のごとく切り刻み、毎日箸《はし》で清潔な箱へ摘《つま》み上《あ》げますが、この微妙な操作によって指先は荒れ、かさかさになります。ちっちゃな大食家は週に一度、這《は》い回《まわ》って食事をし、それから一昼夜睡眠をとり、この日課を五週間繰り返し十分な大きさになると、自ら繭《まゆ》の中でぐるぐる巻きになります。続いて大釜の煮立ったお湯と回転糸《いと》巻機《まきき》により、黄色い繭玉は大きな輝く絹かせ（糸巻）となり、生糸として国内や海外で撚《よ》じられ繋《つな》がれ織られるための準備が整います。一ピクル重量、つまり一三三・五ポンド［六〇キログラム］入りの梱《こり》に圧縮された生糸が市場へ運ばれます。またあるときは、標準一三インチ［三三センチ］の日本幅や、幅の広い海外用サイズが手織機《てしょつき》で織られ、改めて匁《もんめ》単位の目方で売られます。ちなみに一二〇匁は一ポンド［四五四グラム］に相当します。二五ヤード［二三メートル］の美しい白絹のネッカチーフは一五〇匁から二〇〇匁［五六〇〜七五〇グラム］の重さがあり、このような絹は一〇〇匁［三七五グラム］につき金貨六ドルから七ドルの値が付きます。

西陣

蒸気織機《しょつき》は、素早く西陣《にしじん》や上州の古い手織機の地位に取って代わりました。日本政府はリヨン［フランス中東部の絹工業都市、ジャカード織機の発祥地］へ人材を派遣して織機の使用方法を学ばせ、その機械を持ち帰らせ、今ではすべての絹産業地区の製糸場や工場にあります。民間企業は政府を手本に活動しています。官業の織工場では、外国機械の最初の展示会が機械操作の教育も兼ねて催されました。現在、ジャカード織機の快活なカタカタ音が、西陣地区の数マイルにわたる白壁の裏から、緩慢《かんまん》な手織機の低音を押さえ込んで聞こえてきます。次第に織工《しょっこう》は従来の原始的織機を見限ってゆきます。たぶん、これは欧州人が衣服を肌にまとわず洞穴に住んでいた時代、火薬が使用されたような革命的変化です。古い織機では、模様を作るために交替で一握りの糸を長い間、持ち上げていました。それがこの革命のおかげで、高い止まり木で歌いながら、これまで糸を手繰《たぐ》っていた見習工が、木から降りることになったのです。

　西陣の織物工場を見学ツアーしたのは八月の焼け焦げる日で、たくさんの原始的手織機を見ました。そこでは裸《はだか》同然の織工が絹機織《はたおり》の梭《ひ》や金糸を操り、彼らの地肌は磨き上げられた青銅のごとく熱気で輝き、全身円錐もぐさの灸《きゅう》の跡がありました。足の踏み場がないほど参考書がうずたかく積まれ、一〇〇年以上も昔の豪華な錦織の見本でいっぱいでした。どこへ行っても甘い菓子と生温い琥《こ》珀《はく》色《いろ》の緑茶で歓待され、一見その茶は水のように無害に思われましたが、あにはからんや夜になると、心地よい眠りがいっぺんに妨げられました。

　どの工場も以前と比べ、ずっと魅力的になり、新しい庭園も見られ、庭内のどの通路も仕事部屋兼台所、売り場兼居間につながっていました。婦人、子供、家族、職人、召使《めしつかい》は全員〝家庭と工場〟の主人に管理され、国家経済と家長支配に関して興味ある研究課題を提供してくれます。

天皇の錦織

天皇に続いて、皇后と宮廷貴婦人が、ようやく民族衣装に別れを告げた後、宮廷錦織《にしきおり》の織工界は一人の重要な人物・小林を残しました。彼の家は代々裁縫師として名門貴族専門の仕立屋を勤めてきました。私たちはこの芸術的独裁者の屋敷を訪ね、美しい庭の見える提灯の吊された縁側に座りました。茶をいただき親切なメイドに終始あおがれながら、品のある太った旧家の主人と日本政府の護衛官を交え語り合い、皇族や宮廷用に製作した錦織や絹の標本を見せてもらいました。たくさんの豪華絢爛な織物の中でも、特に燃えるような赤い錦織が純金の糸でしっかりと織られ、しかも巨大な帝国の菊模様と皇室の桐の紋で覆われた壮麗さに、すっかり目が眩《くら》みました。それから私たちは昔の天皇の儀式用装束［礼服《らいふく》］の文様を見ましたが、それは王者にふさわしい衣装として前皇后によってデザインされました。そのいくつかはたくさんの金糸で黄金色に織られ、またある文様の半分は大地に組まれた美しい竹垣で陽光がちらちら輝いていました。帝国の紋章が付いた壮麗な織物は、元首たる天皇の家族だけに織られ、さらに天皇家の家具カバー、織物類、馬車の内張りが銀行券（紙幣）のごとく大事に注意深く作成されてきました。金の菊が簡素に刺繡された超厚手の四角い赤絹は、国家の機密文書や全権公使の信任状の収納ケースとして外務省用に織られました。極上の白絹の巻物は、天皇の肌着を仕立てるために用意され、その肌着は一度と着用しないため、いつも仕立屋に在庫品を多量に保管させました。そして一度、聖上《せいじょう》に触れたこれらの着衣は、拝領された臣下にとって貴重な宝物となりました。

かの服飾芸術家・小林は、巨大な芍薬《しゃくやく》、美しい楓《かえで》の葉、それに円形状にのたうち回る龍などさまざまな絵柄で覆った炎のような色の絹織物を展示しました。特にこれらを選んで買うとすれば、たぶん一〇〇万ドル以上の出費となりますが、十六花弁の菊織物だけは、いかなる手段を講じても購入許可は下りません。服飾趣味に関する米国人の変わり身の早さを論議しながら、私が小林やスタッフに、「米国の大衆は、長く着ることのできる絹織物よりも、むしろ瞬間的に安手で気まぐれな衣装に目がいってしまう」というと、とても怪訝《けげん》そうな顔をしました。日本人は百年もの間、代々審美眼テストを受け、本当に良い品にこだわります。さらに日本女性は一生ものとして、また母親からの衣装として錦織を着ることに誇りを持ってきました。たとえ現在、めったに着ないとしても、華族にとって相続した儀礼用装束は、欧州家庭の金銀製食器や宝石類と同じくらいに貴重な家宝です。このような絹織物や錦織は、ときどき天皇や将軍から廷臣へ授与されました。日本の格言「ぼろは着てても、心は錦」は、これらニシキ（錦織）が古い時代から引き継がれ尊重されてきたことを証言しています。裏地にゆったりした虹《にじ》の横糸を持つ蝦夷《えぞ》錦は、外国の安っぽい貿易業界でもジャパニーズ・ブロケード（日本錦）として知られ、単調で特徴のない薄織物とは違い、別格扱いとなっています。

綴織

中国製品を手本にしたとはいえ、今や日本独特の重厚な絹の綴織《つづれおり》が、土手町の国立女子専門職業訓練学校［明治五年、中京区土手町通に設立された新英学校女紅場《にょこうば》、府立鴨沂《おうき》高校の前身］で盛んに織られています。この技術が廃《すた》れかかった頃、老齢の綴織工が学校に出向き、最も見込みある生徒のクラスで伝授されました。織物は手繰《たぐ》り織られ、模様は白縦糸で描かれて、機織シャトル（梭《ひ》）や筒糸巻で刺繍され、さらに糸は櫛で圧密されます。それぞれの模様布切れは単独に作られて、レース飾りのようにところどころブライド（交差糸）でつなぎます。この織物は優れた美しさと耐久性を考慮しているわりには、ゴブラン織やボーベー織［フランス中北部の都市ボーベーの綴織］の蛾《が》を招くがごとき派手な綴織に比べて高価ではありません。伝統ある古典的デザインはいまだ廃れず、昔からの染料が使われ、金糸も惜しげなく織り交ぜられています。

錦織や綴織を織るのに使われる金糸は、金の箔《はく》（金粉を塗った丈夫な細長い紙片）を巻いた鮮やかな糸とか、普通の金紙を巻いた糸のいずれかです。金糸の優美さと品質は、その中に入っている材料の価格に影響され、織物や刺繍布切れを注文する際、費やす金糸を細かく定めます。多額の費用がかかるという理由で、ロシア錦織の美しい金の針金はめったに利用されません。金糸の製造は公然の秘密で、しばしば婦人たちが大通りに出て、美しい黄金の繊維を延ばし、長さ二〇フィートから三〇フィート［六～九メートル］に撚《よ》り上《あ》げている姿を目にします。

ビロード織

日本の古参の染物師の中には、古参の織工と同じようにたくさんの名人がいます。かつて蝦夷《えぞ》錦の布切れを持って、これに匹敵する色具合を探すため、私はパリの服飾店や仕立屋を探し回り、無駄足を踏んだことがあります。店屋の示したものは、いずれも古い染料の柔らかい色調に合う代物ではありませんでした。ある有名な米国鑑定家が、古い日本製の漆箱《うるしばこ》に付いた紐《ひも》と房《ふさ》の複製を依頼するため、パリの紐作り工房へ持って行きました。従業員全員が注目し、責任者が染物師に撚《よ》り糸《いと》調査を依頼するため、紐を一本ほぐして長い糸を採取する許可を求め染物師に送りました。でも、約束の時期が数ヵ月過ぎても、原形のような色彩を再現することも、紐を編むことも、ましてほぐした日本紐を撚り戻す直すこともできませんでした。

ビロード織は古い技術の一つですが、それは最も原始的な骨の折れる方法でしか完成できず、外国製の冴《さ》えない下等なビロード織物は、特色ある日本の織機製品とは比べものになりません。しかも、京都の彩色ビロードは独創的で、この魅力的効果はビロードに彩色された柔らかな色模様から得られ、そのとき、ビロードはあらかじめ渦巻糸の中に収められた美しい針金と一緒に織られます。彩色された部分は後で針金がカットされ、カットされない下地は柔らかくぼかした浮き彫りとなります。

縮緬

現在、京都の縮緬《ちりめん》同業組合は錦織同業組合と同様、大きく有名な商工団体として活躍し、その組合員総数は製造業界の中でトップです。縮緬はすべて長さ六〇尺［一八メートル］の反物《たんもの》に織られ、二尺半［七五センチ］が一ヤードに相当します。原糸は織機によって光沢《こうたく》のある薄い織地になり、掛軸《かけじく》や扇子《せんす》の台紙に彩色される紗《しゃ》ほどの重さにはなりません。あまりにも柔らかで光沢があるので、誰も滑らかな縦糸や捩《よ》じった横糸があることや、表面を皺《しわ》にしている交互弛緩《しかん》にも気づきません。仕上げとして、織物を染色用桶《おけ》の煮立った湯に投じて糸を縮ませ、襞《ひだ》のある艶消《つやけ》し面を確保します。一度乾燥した反物は、かせ（糸巻）のように括《くく》られて山積みにされ、まるで無漂白のモスリン［厚手の綿布］に見えます。縮緬一反分を染めて延ばし、同時に湿らして無数の弓状の細長い竹に刺し渡し、突っ張りを支《か》います。湯桶の中で反物の幅は三分の一ないし二分の一に、長さは最小限一〇分の一まで縮みますが、縮めば縮むほど表面に皺が寄ります。最終的に反物は長さ一七ヤードから二四ヤード［一五〜二二メートル］の寸法となりますが、価格決定は長さではなく目方《めかた》で定め、秤《はかり》が物差しに代わります。

一方、中国人は重い横糸と堅い撚《よ》り糸《いと》で無類の広東クレープ［縮緬］を織り上げ、日本人とは異なる方法で一〇種類余りを生産し、さまざまな襞や皺を作ったり、織ったり、縮《ちぢ》れさせたりしています。有名な上州［群馬］でも、京都ほど多種類の縮緬は生産していません。西陣の織機は年々せわしく働き、紗のように軽くて薄い縮緬を織ったり、あるいはビロードのように柔らかく重厚に織ったりして、ある品はわずか一ヤード［九〇センチ］で三〇セントとか、四〇セントの値がつき、また別な品は腕丈《うでたけ》寸法で二、三ドルもします。

重厚で柔らかくうねった壁羽《かべは》二重《ぶたえ》は、かつて祭礼装束や貴族好みの贈り物として使われ、

壁羽二重

縮　緬

恵比寿縮緬

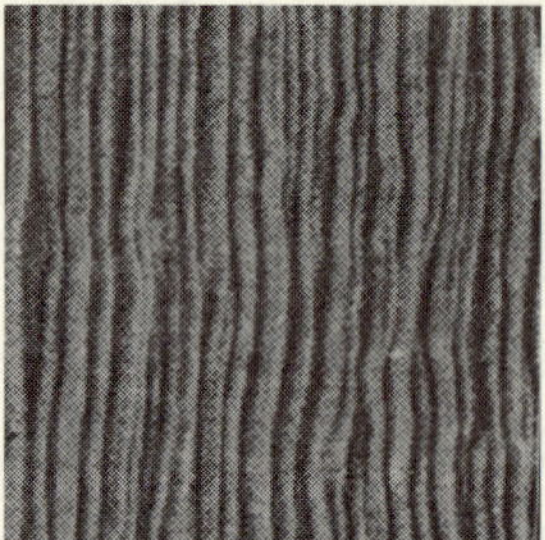
絹縮緬

他の縮緬よりも重々しい糸を持つ、並外れに皺のあるはなはだ贅沢な品物で、折り目がついたり縮んだりしません。普通のクレープ、つまり縮緬は糸の細さで異なり、織り方の密度で重さが増します。恵比寿《えびす》縮緬《ちりめん》は、表面が鱗《うろこ》のように凸面状に見えることから〃打出し細工〃と呼ばれ、織物として極めて魅惑的です。

ともかく、あらゆる織物の中で最も美的で精緻なのが、光沢に満ちた絹縮緬です。この縮《ちぢみ》絹織は唯一無二《ゆいいつむに》の美しい線形と平行するうねりを縦面に描いています。庶民は無頓着にこれを使い、浴衣《ゆかた》の帯［三尺《さんじゃく》］として結んだり、特に婦人はこのリボン・スカーフ［帯揚《おびあげ》］を荘重な繻子《しゅす》や錦織の帯の適正な位置にしっかり巻いて結び、着物に究極の芸術的色彩を添えます。絹縮緬は幅半分に縮んでいますが、浴室の湯にあたり縮んでなくなることはなく、幅一ヤード［九〇センチ］の反物は一八ドルから二八ドルの範囲です。鹿子《かのこ》縮緬《ちりめん》は、疣《いぼ》を付けたり、さまざまな色合いを工夫した普通の縮緬で、結果的に綿布《めんぷ》を染める有松《ありまつ》しぼりと同じ方法で生まれたものです。

国内市場でしか知られないヤママイ絹［山繭《やままゆ》織］は、とても芸術的織物で野生蚕の糸で荒くゆったり織られ、その蚕は樫《かし》の葉を食べて生きています。天然の黄色の繭を持つ山繭からの織物はリューマチの治療や予防に良いとされ、ときおり外国人内科医の指導で着用させられます。その感触は中国産ポンジー絹［繭紬《けんちゅう》］よりも優しく、山東ポンジー絹の粘土衣服のような重さはないにしろ、インドのタサー絹［柞蚕糸《さくさんし》から作る絹］に比べるとかなり重みがあります。これら三つの絹布は、全部同じ野生の樫の葉を食べる紡織工（⁉）の生産物なのです。

彩色縮緬

京都の彩色《さいしき》クレープ、特に子供の晴着や帯に使う彩色縮緬は、古都が専売権を持つ最高の芸術作品です。ある朝、この縮緬を彩色する骨の折れる全工程［友禅染《ゆうぜんぞめ》］を見学するため、西村呉服商を訪ねました。

最初、水で絞り平板の端に糊付《のりづ》けした正方形の白縮緬の上に、基本的模様の輪郭が藍色で描かれます。続いて輪郭線に糊付糸を注意深く被《かぶ》せ、これをニカワ球付きの棒でなぞり、同時に色付師はこの球を受けるようにして縮緬を回したり傾けたりします。この糊は西洋染物師からは〝レジスト（抵抗）〟と呼ばれ、毛細管現象による色の発散を防ぎます。そして織物に混合し溶け込む色調を興味深く研究する以外は、すべての色彩境界線が慎重に定められます。最初の色が乾くと、すぐに最初の糊状輪郭を洗い流し、さらに二番目の別な色を描きます。各レジストの除去後、四角い布は弓状の細竹に広げられ、火鉢で乾かされます。芸術家は意図的にデザインをひねり出しますが、それがあまりにも巧みで、山腹に燃える大文字の炎や燃え盛る提灯全体が、老若男女の人波や人力車のシルエットを三条大橋に映している構図だと気づくのは、最後の赤塗りタッチによって、ようやく分かるといった具合です。

　縮緬の反物全体に絵付けするときは、穴の開いた厚紙を通してたくさんの模様を刷ることになります。しかし、最高級の彩色縮緬の場合、全く反復模様はなく、端々までフリーハンドで適切に描かれます。大方、輪郭が描かれると、反物の両端が縫われローラータオルのようになって、これが二つの円筒で水平回転し一列に座った職人の目の前を通ります。各人各様が単色を加えたり、レジストを付けたり、次の工程に沿ってレジストを除いたりします。職人たちは足裏を膝上へ上向きに回し、体を自在に曲げ曲芸師も羨《うらや》むような姿勢で畳に座り、膝に火鉢を抱え自分の作品を乾かします。ほんとに手間暇《てまひま》かかる仕事です！

　霧の濃い空にぼんやり架かる虹、鳥の編隊飛行、樹木や藺草《いぐさ》の陰影、松の枝、花咲く細枝、滑稽な人物、動物、そして魅惑的妖怪《ようかい》、目に堪《た》えるかぎりの鮮やかな万華鏡《まんげきょう》の色彩配置。これら彩色クレープは他の製品をはるかに凌駕《りょうが》し、その結果、英国製やオランダ製のプリント地モスリンの愚《おろ》かしい模造品は、あっさり駆逐《くちく》されたのです。

　中国製品の手本に倣《なら》い後を追う京都の絹織物業界は、今や有名な北京製品に匹敵するほどの優秀な絹織絨毯を作っています。この美しい花模様と光沢は、昔の西アジア系祈禱用絨毯以上ですが、最初このデザインは、ある米国人家庭の提案で作られたもので、当初日本、トルコはもちろん、東洋に影響を及ぼすことは全くありませんでした。ところが今では、この厚く柔らかな絨毯は一平方フィート［九三〇平方センチ］当たり二ドルもして、ある地方では最高級の贅沢品と見なされています。そこでは大阪産の木綿や麻の絨毯が一平方フィート当たり数セントで売られ、中国北部産の天然ラクダ毛織絨毯は一平方フィート一八セントで売られています。

第二七章　刺繍と骨董品

当麻寺の曼陀羅

日本の刺繍《ししゅう》工芸は極限にまで高められ、独創的な方法と組み合わせ、変化に富む効果が縫針やわずかな彩色絹の撚《よ》り糸《いと》によって達成され、あっさり世界の刺繍工芸界のトップに躍り出ました。たとえ中国が刺繍の師匠《ししょう》として日本に教えたにせよ、デザイン、色彩、芸術性に関してははるかに中国を超えています。と同時に日本は、中国の最高級品の持つ魂《たましい》の欠く無表情な精密さと同じ緻密さをもって、機械的精巧な技術へ到達したのです。

日本人の器用な手や針なくしては、どれも不可能で、彼らは巧みに動物の毛や革《かわ》、鳥の羽毛、魚や龍《りゅう》の堅い鱗《うろこ》、果物の花、草花の露《つゆ》、体の筋肉、ちっちゃな顔や手、織物の襞《ひだ》模様、鮮やかな漆器《しっき》の反射光、磁器の艶《つや》、さらにブロンズの緑青《ろくしょう》に似せて作ります。ときどき彼らは重厚な疣《いぼ》状模様で下地全体を覆います。そしてこの独特の刺繍を金緞縫付《きんだんぬいつ》けと名付けます。ある裁縫職人は、釜糸《かまいと》「撚《よ》らない糸」、撚り糸、フランス結び、金銀の糸を使って異なった色をコーチングし、さらにコーチングされた絹太糸とコーチングを隠す絹細糸によって、色付師の意図するすべての色彩効果を実現します「コーチングとは、布上の太糸を細糸で刺し止める刺繡技法］。刺繡工芸家は、思うがままに絵筆を使ったり、図案に金粉を振り掛けたり、まき散らしたりします。さらに浮き彫り面の素晴らしいひな型を作り、造形美術を侵害することも気にせず、模造的外観で彫刻家と競い合います。刺繡工芸家の発明の才と器用さは無尽蔵《むじんぞう》で、この近代的職人は先祖からの技術を頑固に守り抜いています。日本最古の刺繡の布切れは、大和《やまと》の当麻寺《たいまでら》に保存されている尼僧曼陀羅《にそうまんだら》［中将姫《ちゅうじょうひめ》が蓮《はす》の糸で織った曼陀羅］です。伝説では聖なる観音に由来しているにせよ、八世紀の刺繡であることは明らかです。一様に古風で紛《まぎ》れもない布切れの数々が、奈良の伽藍《がらん》の封印された倉庫［正倉院《しょうそういん》］の中にあり、しかも、とても小さな宝として有名です。

　ところで一方、近代工芸美術の優れた業績、刺繡の極限を示す布切れの数々が、東京の皇室のために装飾羽目板や掛物として制作され、さらに一八八九年［明治二二］パリ万博で作品展示した同じ工芸家によって作られました。その展示品は日本政府の命令により京都の大きな絹商会・西村［友禅染呉服商］で制作されたものです。

西村商会に行くと、客は待つ間もなく店員に案内されます。堅固な茶色の壁、黒幕の垂れた戸口、さらに三つの六角形紋章［三つ盛り亀甲紋《きっこうもん》］があり、これが外から見える店構えのすべてですが、この紋章は通りの向こうや町角周辺の端々にくどいほど貼られています。後になって私は、この一つの呉服店によって、縮緬織工、色付師、ビロード織工、刺繡人の共同作業村落が京都の中心に設置されていることに気づきました。亀甲紋の主人は数えきれない褒賞《ほうしょう》や、内外から金銀銅メダルを獲得し、さらに京都・西村の下《もと》には政府の注文が絶えず舞い込み、あらゆる国内展示の招待作品に応えています。単調な外壁や通用口、卓上前に数名の会計係の座っている空疎《くうそ》な部屋からは、隣の部屋に宝の蔵と展示場があるなど想像もつきません。松板を鉋《かんな》で削った精緻な天井のある室内に掛軸、屏風、カーテン、袱紗《ふくさ》がうずたかく積まれ、同時に別な品が小柄な店員により頻繁《ひんぱん》に運ばれてきます。

惜しいかな、西村の評判や芸術的発展とは裏腹に、海外貿易の需要や家庭によくあるニッポン製と称する製品を欲しがる観光客に応えるため、下品で味気ない安手の商品を大量に生産しています。

古式ゆかしき刺繍、つまり華麗で絵のような習俗を持つ日本国民の遺産を探し出すには、買い手は古着屋とか地元の質屋を探さなくてはなりません。粟田《あわた》地区には大商人《あきんど》がいて、貴族、庶民、僧侶、俳優、聖人、罪人の土蔵から古着、帯、袱紗、袈裟《けさ》、寺院の掛物、錦織、刺繍を買い集めていますが、これらの購入には相当な資金を必要とします。並はずれた衣装持ちの芸者や役者は、派手な仕事柄、往々にして衣装簞笥《だんす》ごと手放さざるを得なくなり、古着屋には、そんな投げ売りした美しい純和風の衣装があふれています。

初めて来日した頃、私は粟田の質屋さんに出会いました。その店は暗く病人くさい古着商で、貧しい身なりで髪の毛の豊かな接客係が二人いました。ここのギルバートとサリバン［一九世紀末、オペラの共同創作で成功した英国の詩人と作曲家］は、意図せず幸運をつかみました。当初、この質屋は、これまで無関心だった外人買い物客が、なぜ突然この煤《すす》けた部屋に群がって倉庫まで空にし、自分らが新たな仕入れで慌《あわ》ただしくなるのか、全く理解できませんでした。

最初の訪問から三年後、そこは以前の汚い幽霊《ゆうれい》屋敷、青木綿〔風呂敷〕で荷造りされた怪しげな包み、天然痘《てんねんとう》、コレラなど伝染病の巣窟《そうくつ》とおぼしき身の毛もよだつ悪夢の倉庫に代わって、今や大きな建物が新築され、棚には衣装がうずたかく積まれていました。価格は三倍になっていましたが、以前ほど在庫品選びに戸惑うことはなくなり、手堅く繁盛しています。

この店で売り出される役者や芸者の豪華な衣装は、身分の高い貴婦人が祝祭日や宮廷で着る刺繡の豊富な装束よりも、はるかに数の上で勝《まさ》っています。ところで、西洋社会の応接室によく飾ってある豪華な衣装は、その由緒書《ゆいしょがき》の大半に疑問があります。由々しいことに、保管中の能装束でさえも間引かれて売却されるほど、選《え》りすぐりの古錦織は、昔の良質の刺繡に比べて、現在は極めて珍品です。僧侶の袈裟、外套《がいとう》、たくさんの布切れによる象徴的つぎはぎ細工、さらに僧院の食卓に使う四角い布や小物類は、長い時を経ながら金糸や彩色糸による精緻な網掛《あみがけ》金刺繡の小作品を生んできました。このような布切れの裏には、寺院へ奉納した敬虔な信者の歌、聖なる韻文、さらに熱烈《ねつれつ》な誓願がよく目につきます。

袱《ふく》紗《さ》

袱紗

数年前まで袱紗《ふくさ》の在庫は無尽蔵にあって、不快な臭いのする粟田地区で楽しく買い物したことが懐かしく感じられます。当時どんな袱紗五枚組物でも一枚あれば宝物でした。ところが現在、絵柄刺繡の五枚組袱紗が百種類以上あっても、良質なものにお目にかかることはまずありません。美しい最高級の作品には、四角い繻子《しゅす》と縮緬《ちりめん》が惜しみなく使われています。かつて礼儀として、袱紗は贈り物や文書を入れた箱の上に置かれ、箱と袱紗双方が十分鑑賞されてから贈り主に返されました。これらの儀礼用袱紗は、上流階級の嫁入り道具の一部として、旧家は借金をしてでもこの布地を手に入れました。最も上品な礼儀作法は、袱紗の選択にあたって季節ごと、贈り物ごと、贈る人ごと、受け取る人ごとに熟慮されて、特別な包装布が選定されることです。超偉大なる芸術家は、いろいろとデザインに工夫をこらしてきたので、かの有名な〝北斎〞の署名入り袱紗の何枚かは、欧州の蒐集家《しゅうしゅうか》にも珍重されています。封建時代の名門の紋章は、袱紗に常時繰り返し使われたので、多くの人たちに親しまれるようになりました。また数えきれないほど伝説上の題材や記号が絶えず再現されてきましたが、模様とか仕上がりに同じものは二つとありません。ただ時折、扱うテーマで同じに見える作品もあります。

長寿のシンボルとして、松、梅、竹、房毛甲羅《こうら》の千年亀、一〇〇〇年かかって熟す桃、コウノトリ、松の下で朝日を迎える老夫婦は、変わらぬ人気があります。いずれのデザインも贈り物を包む際、長寿への願いをこまやかに表現し伝えます。古薩摩焼の表面にも、龍や虎《とら》とともに暮らす素朴《そぼく》な老聖人と門弟が、コウノトリや亀や鯉《こい》に乗って空を飛ぶ仙人と遊んだり、竹林に聖なる巻物《まきもの》を広げている姿が見られ、絵柄の中に長寿願望が感じられます。さらに袱紗の上には家庭繁栄の神・七福神の姿もあります。

そこには笑う大黒《だいこく》――米袋を肩に小槌《こづち》と財布を手にする富裕の神。恵比須《えびす》――赤い小魚［鯛《たい》］を持つ豊漁の神。寿老人《じゅろうじん》――司教冠に白い顎鬚《あごひげ》、杖《つえ》を持ち鹿を連れた穏やかな長命の老神。学識豊かな福禄寿《ふくろくじゅ》――大衆の幸福と知恵の神。布袋《ほてい》――背中に袋、手に団扇の美徳と親愛の神、子供らが彼によじ登ったり、とんぼ返りをしています。黒い顔の毘沙門天《びしゃもんてん》――槍《やり》と模型の宝塔を持った戦争と軍隊の神。そして気品ある弁天様《べんてんさま》――リュート［ギターに似た楽器］を奏でる美の女神がいます。

宝船

宝船といわれる、見知らぬ国から贈り物を山のように運んでくる龍の嘴《くちばし》と絹の帆を持つ

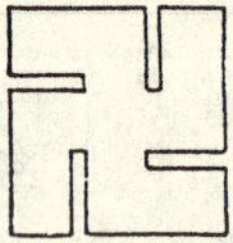

卍《まんじ》

幸運船、この新春のジャンク舟は、もう一つ別の日本国民お気に入りの画題です。新年の夜、宝船の絵を木の枕に敷いて眠ると、その年の日々の幸せと良い夢が約束されます。昔から幸運のシンボルとなっている古典的宝物は極めて意味深いものがあり、大黒帽子、小槌、鍵《かぎ》、蓑《みの》、袋や財布、聖なる宝石や真珠、巻物、丁子《ちょうじ》［熱帯常緑樹］、七宝《しっぽう》（七つの宝玉）、分銅《ふんどう》などがそうです。どこにでもあるこれらのシンボルは、花環や幾何学模様の空白部や下地に描かれ、いつも好感を持って歓迎されます。髪が赤くなるまで酒を飲む猩々《しょうじょう》、鼠《ねずみ》、二十日大《はつかだい》根《こん》［西洋大根］、神社太鼓に止まる雄鶏《おんどり》、達筆な詩文、あらゆる装飾袱紗、神秘的卍《まんじ》（鉤十字）や三巴《みつどもえ》（円内に曲がる句読点）が縁起物として頻繁に再生されます。

卍は、スヴァスティカと呼ばれるインド仏教の十字架です。それはピラミッドや地下埋葬場のフレスコ壁画、ギリシャ美術、古代エトルリア人［イタリア先史民族］の墓、中世欧州の刺繍や祈禱書、雷神《らいじん》の金槌で有名な北欧デザイン、古い英国紋章、〝栄誉牌〟と称する中国符号に数多く見られます。この卍は仏教とともにインドから中国を経て日本へ伝わったマークで、旧大名の五つの氏族の家紋に使われ、古い甲冑《かっちゅう》、軍旗、軍用鉄扇には必ず見受けられます。このマークは生命、四元素、永遠のシンボルであり、幸運の前兆、邪悪な霊魂に対する安全護符《ごふ》、全方角から襲来する脅威や危害に対する魔除《まよ》けを意味します。同時に単語卍は、中国語の一万を意味する〝マンセ〟に由来しています。

三《みつ》巴《どもえ》

三巴は、無数を意味する異次元宇宙のシンボルです。これは八つの旧大名の家紋に使われ、さらに神社太鼓、提灯、屋根瓦の先端、大黒様の木鎚に描かれています。三巴はほかにも、降りしきる雪、舞い上がる火炎、襲来する洪水、雲、武士の弓籠手《ゆごて》［鞆《とも》］、伸び切った羊歯《しだ》の葉、莢《さや》からの種子の落下、三大元素（火、大気、水）、さらに物質の起源、偉大なる自然の摂理、東洋の三位《さんみ》一体《いったい》を意味します。家瓦や棟柱にしるされますが、これは三つの邪悪（火事、盗賊、洪水）に対する守護を念じたものです。そしてこの二つの神秘的シンボルは、至るところで日本人と対面しています。

お香屋

京都は、骨董商にとても恵まれたところです。壮観な蓄積と選りすぐりの美術コレクションは、萬寿寺《まんじゆじ》［下京区万寿寺通］の片側半マイル［〇・八キロ］の道から始まって、池田、林、鳩居堂《きゆうきよどう》、高田の各骨董屋《こつとうや》、さらに円山《まるやま》の麓《ふもと》の青空市場にまで及んでいます。貴重品にあふれた美術博物館そのものといえる池田では、ダマスコ象眼細工や漆塗の作業過程が見物できます。果てしない労働と集中力、パトロンからの賃金保障により、良い漆器が以前と同じように今も製作できることが明らかとなりました。よく新製品に惑わされる鑑定家は、「これが本当の選り抜きの逸品《いつぴん》だ」と判断できるのは品質の点だけとなり、製作年代まで特定するのは「とても無理だ」とお手上げ状態です。しかし、新しいものでも入念に製作されているなら、古い作品同様、不滅の価値があるはずです。

ピン先や木炭の熱さ程度では、漆器に痕跡《こんせき》を残すこともなく、一夏の海水浴の日焼け跡ほどでもありません。アマチュア写真家は、漆《うるし》が現像液の酸や化学薬品に対して強いことを発見しました。水晶ガラスのように持ちこたえるこの物質は、不快臭のある黒ニス塗料として製品に何回も上塗りを重ねます。そして塗装された漆桶などが鉄やすりで磨かれ、黒々となるまで太陽に晒《さら》してあるのを町の通りでよく見掛けられます。

新しい漆器は有毒なので、好奇心でかなり離れたところから覗《のぞ》いても極めて危険です。そこで、職人は何重にも塗装してから、濡れた箱の中に漆器を入れてゆっくり乾かすことにします。それから何層にもわたり表面を研ぎ磨くうちに、漆器は金や宝石に似た外見と気品をほのかな光の中にたたえ、素敵な装飾美を増してゆくのです。

〝お香屋〟は骨董商の中でも厳選された純和風の店です。店舗は通りから見れば、ごくありふれた感じですが、店員は品物を買った同伴者のご機嫌をとった後、年代物の最高級品にあふれた部屋へ連れて行き、秘蔵の宝を披露します。店員は見事な香炉《こうろ》（お香燃焼器）で客を誘惑し、さらに店主は初級者向けに、旧大名が遊んだ二〇種に及ぶ香当てゲームを催しました。

彼は火鉢の燃える炭《すみ》に何やら黒っぽい葉、花、あるいは個性的形の小片を少々振りかけ、さらに緑や茶や灰色の微粒子をぱらぱら撒《ま》きます。そして円柱状に立ち上る薄青の煙を彎曲《わんきょく》した手で捕らえ、指を閉じて薫《かお》りを鼻に運び寄せるしぐさを無知な外人に見せて教えます。香当てゲームをするにあたり、参加者はどの香を選んだのか黙っていなくてはいけません。さらにどの乾燥粒が独特の薫りを有するのか、うっかり漏らしたりしてはいけません。この混合した煙の渦と大寺院の薫りに、何やら異人さんの鼻は困惑しますが、この様子を見て店主は面白そうにくすくす笑うのです！

京都には一般観光客に知られていない、もっと高尚なたぐいの確かな骨董商があり、それは日本人鑑定家や、趣味と鑑賞眼の点でまるっきり日本人のごとき著名な居留外人数名のためにとってあります。そこでは生粋《きっすい》の日本様式の急須《きゅうす》、古茶碗、硯箱蒔絵《すずりばこまきえ》が目を楽しませ、途方もない値段がつけられています。さらに錦織の袋から取り出された貴重な鉄瓶《てつびん》、龍文堂《りゅうもんどう》［江戸中期から続く京都の鋳金家《ちゅうきんか》・四《し》方《かた》氏の号］も鑑賞できましたが、それは手の込んだ象眼細工の青銅と鉄からなる古い作品で、ほかではお目にかかれない年代物の兜《かぶと》や刀剣に相当する逸品です。

美しい近代金属工芸に関して、東京や大阪のメーカーは、京都とライバルです。封建時代、この三つの大都市、富裕と贅沢《ぜいたく》に染まった中心地で、当時の武具師は武士の右腕として活動しました。京都の金具細工職を継ぐ子孫は、依然古い鍛冶屋《かじや》で働き、さまざまな町の作業場から忍耐の賜物《たまもの》のような驚くべき工芸品を生んでいます。古いデザインも新しいデザインも共に金属の新たなる結合美に奉仕してきましたが、今日の金具細工職人の技術はつまらないことに消耗されています。鎧や武器を装飾したり精緻な装飾品を作る代わりに、職人のセンスと才能は花瓶、漆器、置香炉、火鉢、水差し、水盤《すいばん》に浪費され、さらに無数の安手でつまらないものや、宝飾店の陳列《ちんれつ》見本が輸出向けに作られています。着色法、彫刻技法、青銅の象眼細工術に関して、日本人は他に追随《ついずい》を許しません。しかし、この偉大な日本金属工芸研究のために、民族美術研究家は個人コレクションや目利きの骨董商の宝を訪ね歩かなくてはなりません。

封建社会は貴重な財産となる刀剣や甲冑に投資し、武具師に高い地位を与えてきました。昔の刃《やいば》の鋭敏な鍛《きた》えかげんは、長いこと欧州人の賞賛の的となり、さらに刀の鍔《つば》、刀の柄《つか》、細かい柄装飾は、他との比較をはるかに越えていました。ところが一八七一年［明治四］の布告［散髪脱刀令］によって武器としての使用が禁じられたため、この伝説的情感をたたえ、かつ詩的栄光を有する洗練された刀剣は、むしろ遺物的価値が増し、無数の日本刀が骨董市場へ放出されました。裕福で高貴な士族の間では、とにかく刀剣は宝物になっていますが、諸外国の間でも同じように美しい日本刀のコレクションが見受けられ、村正《むらまさ》、正宗《まさむね》、明《みょう》珍《ちん》派の刀匠《とうしょう》の名は、ベンバント・セリィーニ［一六世紀イタリアの彫金《ちょうきん》工芸家］のごとく、どこの金属美術鑑定家にもよく知られています。

初期の非商業的時代でも、金属製品の価格を比較すると、ちょっとした値段差がありました。それは実用目的に適《かな》うだけでなく、装飾模様の濃淡や色調効果が工芸家の腕の見せどころになっていたからです。工芸家は一つの金属を別物のごとく簡単に細工しました。中でも鉄は優秀な腕にかかると粘土と同じで、気の済むまで捏《こ》ねくり、削り、ハンマーで叩き、さらに顔料のごとく簡単に銅、金、銀、鉄、錫《すず》、亜鉛、鉛、アンチモンを使って、画家が色を作るように結合させました。

よく知られた銅と銀の合金〝シブイチ（四分一）〟、そして鉄と銅と金の合金〝シャクドウ（赤銅）〟だけは、見事な一連の濃淡と色調のゆえに固有名詞が付けられ、その色彩もそれぞれ濃黄褐色から濃焦茶色や黒紫色に、白銀色から濃く暗い灰鋼色に及んでいます。柔らかな金属が堅い金属に象眼されるように、銀と金が鉄に象眼される一方で、金、銀、鉛の堅い塊が、金属融合の既存ルールに全く逆らう形で青銅に被せられることも知りました。ところで、今日《こんにち》も腕利きの驚くべき金属細工の技術が受け継がれ、古き良き伝統が残っています。しかし、現在、ほとんど価値のない工芸品に、これらの技法を浪費しているように見え、もったいなく感じます。

魔鏡《まきよう》が、依然として京都で製造されています。ときどき観光客が「そんなことあるもんか」と意固地《いこじ》になったとしても、無数の実例によって、良質の普通に磨かれた鋼鏡が裏面の浮き彫りにあるのと同じ文様を映し出すことが証明されています。誰もが、精緻な漆箱に収めた大鏡と同様、直径一〇インチ［二五センチ］の手鏡でも太陽光線ではっきりと裏の映像を壁や天井に投射することができます。裏面の凹凸《おうとつ》表面の圧縮、異なる金属の密度、さらに研磨効果のあらゆる要因が、この鏡に不思議な特性を与えています。ただ、最近徐々に、魔鏡はガラスに水銀を塗った外国製の鏡に置き代わっています。

第二八章　磁器と紙細工

清水焼

清水《きよみず》の陶磁器といえば、日本中どこにでもあるほど有名で、輸出貿易リストに当然のごとく数字が載り、ときには粟田地区で生産される装飾用ファヤンス焼［粟田焼《あわたやき》］の膨大な船荷と並び、海外からたくさんの需要があります。粟田地区のメイン通り［三条通］は、東海道の出発点となっていて、かなり大きな施設が付近に密集し、錦光山《きんこうざん》、タンザン、タイザンの店舗が順ぐりに客を誘惑します。格子塀に沿った簡素な入口から一連の展示室へと案内されると、その光景にしばし放心状態となります。稀《まれ》に訪れる外人観光客を思いやる気持ちは日本人特有の性格です。客は訳もなく心配事を店員に尋ね、小綺麗《こぎれい》で涼し気な木綿着姿の毛髪豊かな若い係員は、欲しいと思うものを客が決めるまで無理に勧めたりしません。それから係員は奥座敷を通って倉庫や二階へ案内します。そこには客の望む品が豊富に陳列されています。

錦光山の高級品は、ひび割れした光沢の美しいクリーム色のファヤンス焼です。多少装飾されるときは京焼とか粟田焼として、また炎のような彩色と金箔《きんぱく》で覆うと、けばけばしいほど豪華でモダンな作品・京都の薩摩焼《さつまやき》として米国へ船荷輸出され、荒削りの色合いも手ごろな焼物として親しまれます。しかし、教養ある日本人は、自分の家庭にこのような怪奇な焼物を置くことはしません。米国では、製造から六ヵ月もたち古くなった(!?)派手な花瓶や香炉が、古薩摩焼としてつかまされます。柔らかな色具合に簡素な装飾の本物の焼物に比べ、少しも似たところがなく、まるでそれはリモージュ焼庭園便器に付属したアンリ二世［一六世紀中頃のフランス王］王朝風の手洗い皿です。また錦光山では粗雑な七宝焼、つまりクロイゾネ［琺瑯《ほうろう》］を生産して、あるものはファヤンス焼に、またあるものは銅地塗用に向けます。

　青白色の着物の若い案内係が古風な庭園や倉庫に案内し、さまざまな陶磁器の製造工程と流れ作業を見せてくれました。陶工は風通しのよい奥まった小部屋で、それぞれ低いろくろと粘土の山を前にし座っています。ある老人が足を曲げて座り、右足は曲げた左膝にしっかり閉じ込め、左足は右腿《もも》に上向きに足の裏を置き、どんなブッダ像にも見られぬ信じ難い姿勢をとっています。褌《ふんどし》と梟《ふくろう》のような巨大な丸眼鏡以外何も身につけず、何時間でも好きな姿勢で働くこの禿頭《はげあたま》の痩《や》せた老人に、私は本人の作品と同じくらい興味がわきました。彼は目の前のろくろに灰色の湿った粘土を一つかみ置き、器用な手つきで回し、同時に粘土の塊をぶ厚く広い碗《わん》状に細工します。指と数本の棒切れですぐに碗を上向きに延ばし、頸部を狭《せば》め、先端をわずかに広げ平らにし、あっさり上品な花瓶にしてから持ち上げてはずし、他の花瓶と並べて棚板へ置きました。

ほかのところでは職人たちが粘土を擂《す》り潰《つぶ》したり、捏《こ》ねたり、また別なところでは釉薬《うわぐすり》を調合し塗っています。彼らの近くには作業場ごとに窯《かま》があり、さらに離れた庭では装飾グループが、それぞれ脇に筆と絵の具を置いて仕事をし、できた花瓶を傾きかげんの木製台に載せてゆきます。各製品が人から人へと移動し、淡い輪郭でデザインする人から始まり、外観を整える人のそばを通り、三番目の人が朱を塗り、四番目の人は菱形模様や網目細工を施し、さらに気前よく金粉を塗る人がいます。最後に二人の女性が濡れた瑪瑙《めのう》や紅玉髄《べにぎょくずい》「石英《せきえい》」で表面を擦《こす》り、ゆっくりと黄金色に磨き上げます。

ファヤンス焼の別な工房では、目新しい奇妙な模様と尋常でない色彩が次々と目に入り、純日本風の焼物がますます減っている様子が分かります。この粟田の陶工はほとんど全員、外国市場向けの仕事を担当し、新製品は見学者に見せず、しかもニューヨークやロンドン市場で人気が出るまで日本では売買しません。これら外国の貿易センターからは、新たな流行に向けて人気が出そうな形、色、デザインを研究するよう指令が飛び、陶芸家ははしたなくも、そんな外国の見本例に黙って倣《なら》います。

ところで、この地区に来る外人をとても混乱させることがあります。その訳は、まるでよその地方、町、県を連想させるような地名が焼物に付けられているからです。薩摩焼は薩摩のほかに三、四ヵ所もあり、貿易用の加賀焼は加賀以外ならどこにでもあります⁉　そして最近、無地の陶磁器を装飾するため船荷でフランスへ運ばれ、再び送り戻されています。その結果、至るところで質の落ちた模造品が出回り、外国まかせの悪影響が出ています。

衝立

屏風《びょうぶ》を運ぶ荷馬車や貨物列車が大きな港に集まり、船荷となって海外へ出て行きますが、京都でも幅の広い大きな屏風が造られています。屏風が純粋な日本の発明品であろうがなかろうが、またこの変種の蝶番戸《ちょうつがいど》を「自然界によくある落とし戸や、蝶番式罠のたぐいだ」と原始人［西洋人］に批評されようが、日本国民は明らかに屏風の使用にこだわります。いつも人力車に乗って開放的な小住宅街を過ぎる時、二〇種類以上ものさまざまな屏風が目に入ります。わが米国にも普及し、高級品と見なされる黒繻子《くろしゅす》地に荒目金糸の屏風を嫌う人は、まずいません。日本家庭によくある四曲や六曲の屏風面には、無地の絹布、和紙や金箔が覆われ、西洋人好みの鏡板や分割絵画の継ぎ板はなく、表面全体にわたる模様や絵画が大胆に描かれています。

重要な施設や僧院には衝立《ついたて》（固く平らな一枚物の仕切板）が、主要な入口や玄関内にあります。この中国風の遺物は、詮索《せんさく》好きな覗《のぞ》き見《み》趣味からの自衛よりも、邪悪な霊魂《れいこん》や怪獣《かいじゅう》から守ることを意図しています。ところで京都特有の屏風に燐光《りんこう》塗料を使ったものがあり、黄昏《たそがれ》の水田で明滅する蛍火《けいか》を主役にデザインした屏風が好まれています。部屋が暗くなると、いっそう蛍《ほたる》はきらきらと光ります。五〇年前、画家ギョクセン［京都の水墨画家・望月玉川（一七九四―一八五二）?］は、この燐光を発する蛍の絵で大きな評判をとりました。最近になって西洋市場の野暮《やぼ》な要求を満たすため、その仕上がりに粗雑《そざつ》さ、安っぽさ、品の悪さを付け加え、ど派手に俗化しながらこのアイデアが復活しました。

米国の名門一族が各自最高級の逸品を出展し、屏風が一堂に会するニューヨーク・ウィーク祭があり、市最大の広い通りでの陳列は、まさに美術博覧会でした。

日本の夏の暮らしには、各種の屏風が衣服よりも大切となり、しかも裸《はだか》同然の生活なので、その必要性が大いに高まります。小さな窓のある屏風は裸の当人を隠し、本人は街道の様子を一瞥《いちべつ》でき、また風の強い日はさまざまな棚や鉤《かぎ》のある屏風が台所の火鉢脇へ持ち込まれます。夏の仕切りには、当然のごとく使われるものが簾《すだれ》、つまり糸で結んだ葦《よし》のカーテンや竹ひごカーテンです。糸を通した簾の波打ち、チリンチリン鳴る音は、新鮮な微風《そよかぜ》を暗示させ、また日本人の美的想像力は、あちこち数珠《じゅず》繋ぎした水晶粒を涼しい雨の滴《しずく》に変え、滴が竹ひごカーテンを滑り落ちてゆきます。ところで、この簾は外人バイヤー（買い手）の趣味によってかなり俗化し、ときどき未熟なデザインで下品な色合いの悪夢を生み、数珠玉彩色ガラスの全面使用に重点を置いたり、さらに全く同じサイズの数珠玉を並べたりするのです！　町の通りの簾は、必ず店の商標として置かれ、縞《しま》模様のポールが西洋の理髪店を表すように、そこにはかき氷や冷たい飲み物があったりします。

扇

京都の扇《おうぎ》は有名ですが、今では他の都会で作られる扇に比べ、特に優れているとは思えません。ニューヨークでも日本扇が日本よりも安い値段で売られています。その訳は、輸出先からの膨大な注文に、長期契約した京都最高の扇絵師とメーカーが応じているからです。米国の輸入業者は翌年の扇を注文するために、毎春京都や大阪へバイヤー（買い手）を送り込みます。デザイナーやメーカーは数百種類の見本を提出し、バイヤーは色や形に関する提案を行います。このように大量注文をする人たちは、一般市民向けの商店や売り場を持っていることは稀《まれ》で、彼らの商会は貿易関係者だけが知っています。何十何百万ものオーギ（折りたたみ式扇）が毎年兵庫神戸港から米国へ渡り、また横浜からも数多く出荷しています。一方、ウチワ（柄付きの平扇）の数はもっと膨大です。米国のある鉄道会社では、宣伝用としてここ数年間季節ごとに一〇万枚の団扇《うちわ》を取り寄せ、それは一面無地のままで絵が描けるようになっています。

扇は、かなり古くから日本にあるたいせつな実用品で、蝙蝠《こうもり》の翼《つばさ》を手本にして神功皇后《じんぐうこうごう》が扇を発明して以来、夏になると、老若男女に子供らが当然のごとく帯の折り目に入れて持ち歩きます。扇は時季の如何《いかん》を問わず日常の贈り物となり、大きな扇はごく短い夏の間に配られ、大商店や茶屋はどこでも特別誂《あつら》えの装飾団扇を作り、買い物中の贔屓《ひいき》に配って評判を高め、さらに宴会の客人には無地の白団扇を配り、詩歌、スケッチ、サインを書かせます。

以前、京都の店では今以上にたくさんの種類の扇を陳列していました。その中には宮廷扇、つまり檜扇《ひおうぎ》があります。これは二五枚の広い板棒をつなぎ合わせ、華麗な絹紐《きぬひも》を巻いて作ったもので、民族衣装時代、皇后や宮廷貴婦人がこの重く役立たずの扇を持ち歩きました。スエヒロ（末広）は末広がりの僧侶用扇のことで京都・奈良の特産です。ニューヨークではスエヒロが結婚式や祝賀会の引出物によく使われ、現在使われている小さく奇妙な赤と金の紐付折紙「熨斗《のし》」と同じです。鉄や銅でできているグンバイ・ウチワ（軍配団扇）は重みのある武器扇のことで、揃いの甲冑《かっちゅう》に調和します。さらに僧侶から能楽師へ伝えられた長方形の大団扇とか、試合や競技で使う審判用の扇はすべて京都特産として有名でした。扇はかぎりなく多様な目的に沿って役立ち、日本の風土特有の言葉さえ発し、この助けなしの季節や生活は考えられません。農民は自分の穀物を扇で吹き分け、主婦は扇で炭火に空気を送り、庭師は無理な姿勢で何時間も座ったまま、満開になるまで半開きの花を優しくあおぎます。贈答用には特別な模様や色の扇が作られます。ある扇は愛の告白として貴婦人へ献上し、また別な扇は求愛拒否のサインを伝えます。日本人は、扇による特殊な言葉や作法をときどき間違える外人を見て面白がります。

ところで、日本の全都市にガス灯や電灯が普及し、さらに米国やロシアがランプの灯油を船に満載し入港しているのに、なぜか紙提灯の製造が急速に増えています。実は目下、地球の四分の一の地域からその需要が殺到しているからです。薄っぺらな枠造りは手品のような技法で行われ、しかもデザイン、文字、本体の彩色は、老練な提灯職人が太い絵筆で一気に仕上げます。

ともあれ、提灯の柔らかな明かりを鑑賞するには、日本で生活するのが一番で、夜ごとの惜しみない灯火の利用は、まるでお伽《とぎ》の国《くに》のような華麗な効果を生み、それはまさに、紙切れ、幾本もの竹ひご、紙灯心の周りの植物油から生まれる幻想芸術なのです。

見世物通り

京都では、綿製品が大々的に生産されています。鴨川《かもがわ》上流の広い砂利河原は、年中布地を晒《さら》し白くなっています。鴨川の水は日本のどこの河川水より優れ、茶を沸かすにも、御飯を炊《た》くにも、さらに染料を混ぜるにも適しています。しかも鴨川は布を晒すには最高の場所で、染物工場が土手沿いに延々と並んでいます。雄大な各橋の下に広がる河川敷は冬になると、夏の明るさに代わって荒涼とした無彩色の吹きさらしとなりますが、正月は格好の凧揚《たこあ》げ広場となります。秀吉時代の青銅欄干《らんかん》のある四条大橋（全道程を測る基準となる東海道の出発点・三条大橋の南にある橋）からは勇壮無比の空中カーニバルが観覧できます。数千の大凧《おおだこ》が空中に浮かび、巨大な鳥のごとく舞い上がり町の上空を円を描いて飛び回り、ブンブン音が大空に響きます。凧の格闘が空の真ん中で始まり、破砕ガラス付きの糸がほかの凧糸を切断し、半ば生き物のように紙の大鳥や鬼神を空中に放ちます。橋や通りの車夫は、垂れた凧糸を避けなければならず、また少年たちは勇壮なショーを見ながら互いに付いたり離れたりしながら走ります。ところで、誰もが目にする西洋出版物には凧揚げの元祖についてよく伝承的に書かれていますが、この日本の凧揚げを無視しているのは解《げ》せません。

同じ季節、少女たちがよく遊ぶものに羽子板《はごいた》で羽子《はご》を打つゲームがあります。羽子板は平らな木製櫂《かい》で、日本女性の姿が派手に装飾され描かれています。ゲームは美的で、少女たちはとても上品にプレーし、翻《ひるがえ》る振袖《ふりそで》や帯の端が独特の動きを見せ、交替しながら飛び跳ね競技する姿は、若き乙女をいっそう魅力的にします。

京都には必ず劇場「南座《みなみざ》」や演舞場「祇《ぎ》園甲部《おんこうぶ》歌舞練場」で催し物があり、観光や買い物に退屈した人たちをいつでも迎えます。ここのスターは中村「福助、二代目中村梅玉」という有名な役者です。演舞場は舞妓や芸妓の訓練専門学校を後援し、毎春、舞踊祭り「都をどり」の長期公演を行って桜の開花祝いを盛り上げます。大歓楽地帯、虚栄の市がちょうど橋を越えた三条通から四条通に至る狭い見世物通り「新京極《しんきょうごく》」にあります。この道全体に商店街、迷路のような市場、露店商、さらに屋台、劇場、見世物、覗《のぞ》きからくり、操《あやつ》り人形、蠟《ろう》細工《ざいく》、手品師、軽業師《かるわざし》、力士、調教された動物の芸、講談師、占い師が並び、入場口すべてがやかましい呼び込みやジンタの響きで客を鴨《かも》にします⁉ 人力車は、この通りを走るのを禁止され、朝も昼も夜も真夜中も徘徊する人や遊び回る子供であふれます。冬は吹きさらしの大通りを避け快適な避難所となり、夏は絶え間なく涼しい日陰を歩道に点在させ、さらに太陽の光と暑さは、中国風に広い日除けござを屋根の間の狭い路に渡して防ぎます。夜は河原と張り合う呼び物で京都一にぎやかな場所となり、道楽者が群がり、松明《たいまつ》がめらめら燃えて、太鼓《たいこ》や銅鑼《どら》が鳴り、興行師の声高な鼻音が粗筋《あらすじ》やプログラムの内容を単調に歌い上げ、さらに行商、巡礼、僧侶、老若男女、子供、外人が群れをなし、見世物小屋の戸口をくぐります。

一度だけテント小屋で巨大な女性を見物しました。彼女が姿を現したとき、見物人は八フィート［二・四メートル］の雄大な身長に畏敬《いけい》を覚えるよりも、その風変わりな格好に爆笑しましたが、同時に巨女の全身運動に新鮮なショックを受けました。そして観客は、まるで巨大な神の創造物を見にきた小物細工の根付《ねつけ》集団でした。彼女は棍棒《こんぼう》のようなへアピンをつけ、戸口の上り段のような大下駄を履き、手を組んで立ち、その間ピグミーのような観客が、大木に止まる蟬《せみ》のように巨女の肩によじ登ったのです！

いつも開いているここの市場で、国産の尾なし猫を買うことができます。孤独で元気のないこの動物は夜間、建物や室内に留《とど》まって決して真夜中うろつき回ることはありません。もし好《この》みなら、素晴らしく尾の長い土佐の雛鳥《ひなどり》［長尾鶏《ちょうびけい》］を丈の高い竹籠《たけかご》で飼うこともできます。この尾羽の長さは二二フィート［六・六メートル］に及び、優美な飾り物となります。これらは他の雛鳥同様に引《ひ》っ掻《か》き、うろつき回るため、購入の際は貴重な尾羽を新聞紙にくるんでもらい、損傷を防ぐようにします。日本スパニエル犬、つまり京都の狆《ちん》、この小さな黒と白の絹の耳を持つペットは、ぎょろぎょろ大きく涙ぐんだ眼、福禄寿《ふくろくじゅ》のような丸く気高い頭を持つ今流行の珍品で、国内どこも変わりなく一四五ドルから四〇ドルします。一段低い見世物通りの端につながる目立たない道［錦小路通］が、暗く冷たい石畳の場所、町の魚市場に導き、特別な買い物ができます。レンブラント風の不思議な光の中で京都のどこよりも絵画的に、美術グループが熱心に勉強しています。

日本風俗の写生の成功に夢中になっている外人画家には、この魚市場に題材を見つけることは無理だと思いますし、三流のテーマをつかむことはないにしろ最高傑作のテーマを見いだすことは困難でしょう。彼らの大部分の作品はすでに日本の写真家に先んじられ、迫力の乏しい見飽きた場面とテーマで骨の折れる西洋技法を繰り返しています。その技法は日本人には全く写真そのものに見え、少しも芸術的想像力を刺激しません！

第二九章　黄金の日々

七宝焼のナミカワ

世界で一番の七宝焼《しっぽうやき》工芸家ナミカワ［並河靖之《なみかわやすゆき》、一八四五―一九二七］は、粟田地区の閑静な一画に自分の家、仕事場、小庭園を持っています［東山区三条白川筋に居住］。並河は個人的に自分の作品を愛蔵していますが、めったに客を待合室から奥に招くことはありません。黒い卓上のある小さな床の間は、何か超越した気配と暗示をかすかに漂わせています。とても幸運な客人ら［シドモア女史一行］が主人の導きで奥まった暗いところを通り、両側が庭に面して開放された大きな部屋、さらに小池に張り出したバルコニーへ案内されました。彼が手を叩くと黄金の鯉《こい》が水面に浮上し、投げた餅《もち》をぱくぱく食べます。この小さな楽園、六〇フィート［一八メートル］四方あるかないかの庭園に丘、林、藪《やぶ》、島、岬《みさき》、湾、さらに竹林に隠れた井戸や祠《ほこら》があり、同時にいちばん奥の生垣の上には、円山の緑の斜面がそびえています。

並河について「京都で最高の日本人、最も面白い人物」と評する日本の友人がいて、この魅力的庭園の中で、一緒に茶を飲むよう勧めてくれました。最高に暑い京都の夏の午後でしたが、忍び寄る夕暮れの気配が私たちに暇乞《いとまご》いを促すまで、気温にも時間にも無関心でした。庭園の大気の中に昔の日本が蘇《よみがえ》ってくるようで、さらにここで演じた主人の素朴な茶の湯ほど完成された御点前《おてまえ》はありませんでした。古い作法に則り、日本の紳士は決して客人への茶点《ちゃだ》てを使用人にはさせず、まして美しく簡素でありふれた手順の技法を即席に教えることもありません。主人の前に運ばれた茶盆には、宝石のように可愛らしい古粟田焼の急須《きゅうす》がのっていました。質素なエナメル地の小さな七宝焼茶碗にはチューリップの花びらが描かれ、さらに小さな花輪も鮮やかな彩りを添えていました。これらと一緒にどこか米国のソース入れに似たような洋梨型小鉢や、綺麗《きれい》な青銅ミズツギ（お湯差し）があり、漆箱には美しい宇治茶の入った金属の茶筒《ちゃづつ》が置かれていました。主人は茶の葉の形の黄色い象牙《ぞうげ》の大匙《おおさじ》を取り出し、そっと葉を載せ急須に入れ、それから湯を少し冷ますために洋梨型小鉢にゆっくり注ぎ、次にその湯を葉の上にどっと注ぎました。手際よく、極めて淡い琥珀色《こはくいろ》の液を抽出し、各茶碗に半分ずつ入れ、それを葉の形の台、つまり金銀線象眼細工の金属の茶托《ちゃたく》にのせて、私たちに勧めました。茶をいただいたとき、ほどよい微温になって、まるで菫《すみれ》を蒸留したように繊細で絶妙な風味と、シロップのような濃い口当たりのよさを感じましたが、この茶の三度の啜《すす》りは最も強烈な興奮剤となりました。続いて茶点てについての講義があり、私たちの優れた日本人指導者は「わが国の快楽主義的茶人にとって、沸騰した湯は葉を枯らし最初の熱蒸気の煙で素晴らしい薫りを追い出し、若葉の甘さに代わって苦味《にがみ》を抽出するとして嫌われます」と解説し、さらに「中国産の野生灌木《かんぼく》からとれる粗雑な黒茶に、沸騰した湯を注ぐのは結構なことですが、日本で栽培された茶の繊細な葉には、その必要がありません」と愉快そうに語りました。

日本茶と一緒に、平らで大きな米ウエハース〔煎餅《せんべい》〕と極めて手の込んだ紫苑《しおん》〔キク科植物〕や菊の形をした幻想的砂糖菓子を勧められましたが、あまりにも芸術的なので良心の呵《か》責《しゃく》なしには食べられませんでした。茶碗には、全神経が鈴のように鳴る二回目の強い煎じ薬が再び満たされ、私たちはナミカワ創作の秘蔵の宝を待つだけとなりました。

箱から袋が出され、さらに絹袋から花瓶が現れると、その線形、色彩、光沢、壮麗で緻密な模様に輝く見事な造型美に、一瞬息をのみました。鈍いナポリ・イエロー〔イタリア・ナポリ産の黄の顔料〕、柔らかな黄緑、深緑に加え、鮮やかな真紅の下地に金銀銅の針金〔植線〕による最高の飾り模様が細工され、オニックスのごとく無疵《むきず》で華麗に磨き上げられた滑らかな表面に、しばし吸い寄せられました。

艶《つや》やかな松の白木の箱に入った小作品が、一つ一つ何点か室内へ運ばれてきました。並河は、それぞれ柔らかな綿布の塊《かたまり》を解き、次に定番の黄の布切れ包装を開け、最後に絹カバーをとり、優しい崇高《すうこう》な面持ちで天才の生んだ精緻な造形物を扱い、チーク材の低い台に置くと、どれも完全無欠に見えました。初めの二年間、彼の全精力はパリ万博に出展する高さ一六インチ〔四〇センチ〕の二つの作品に注がれ、さらに四年間、新宮殿用に皇室から注文された一組の作品に費やされました。それは帝国の象徴を表現し、龍が菊の中でのたうち回り、花環や唐草の伝統的模様をすり抜け、下地は壮麗な赤、緑、あずき色、金斑点《はんてん》、きらきら光る金の梨子地《なしじ》のエナメル塗［琺瑯《ほうろう》］で、これが並河の固執する秘法です。しかも、彼の作品には単に華麗なデザインだけでなく、完璧な構図と調和に加え、この偉大な芸術家の全ライバルに勝る宝石のごとき光沢があるのです。

ナミカワの工房

竹垣に隠れたもう一つの庭に小さな研究所がありました。仕事部屋で二〇名ほどの職人が互いに話し合いながら主人のデザインをもとに制作しています。ある人は銅の花瓶に模様をエッチング［銅板作図］し、並河の描いた繊細な輪郭線に倣《なら》います。別な人はエッチングした線上に針金［植線］を曲げてしっかり止《と》めます。三番目の人は赤い酸化物を添加してから燃焼させ、銅瓶に堅く針金を結束させます。他の人は細胞のような空間に鉛ガラスを点打したり、水桶に覆い被さって焼き上げた作品の表面を美しい石、木炭、鹿の角で研《と》いでいます。並河は師匠《ししょう》として修正を加えたり最後の窯焼《かまやき》を指揮しながら、これまでとは比較にならない究極の光沢を生み出し、さらに従業員は数週間かけて研磨作業を行います。職人たちは自分が気に入るまで行ったり来たりし、芸術の魂《たましい》が突き動かされるときにだけ働きます。こうして自分自身で創意工夫をしたときこそ、よりよい仕事ができると主人は信じています。彼らは全員芸術家であり、この熟練した技をナミカワ一門の財産として継承しながら長い歳月を巨匠《きょしょう》とともに過ごしています。最高のベテラン職人は一日一円の手当をもらいますが、これは質素な生活が当たり前の日本人には法外な報酬であり、彼らの持つ技術への高い評価を示しています。

数名の女性が研磨作業や単純な細部仕上げのために雇われ、彼女たちに注目すると、淡黄の下地に葉の茂る鮮やかな模様が覆った精緻なティーポットを磨き上げていました。この宝物は最初、高光度鉛ガラスの粗い詰め物が塗り込められているときに、ある鑑定家から注文予約を受けましたが、仕上げまでに予約客は一ヵ月待つことになりました。その期間中、ゆっくりした手順で蜂《はち》の巣《す》のような穴を何度も塞《ふさ》いだり、さらに窯焼《かまやき》したり、再び鉛ガラスを燃焼させたりすることが交互に続けられ、その後にはじめてこの研磨作業が始まったとの話です。

ナミカワの芸術

ナミカワは、主として小さな七宝焼を、年間五、六〇ほど制作していますが、それらは

三、四インチ［八～一〇センチ］の高さの花瓶、小箱、骨壺がほとんどで、一つにつき三〇円から九〇円の値がつきます。これ以上の大きな品は、小品の作製と並行して特別注文で制作します。

彼は商売のために作ることを好まず、骨董商の要求を拒否することで知られ、万一「転売用に購入するのではないか」との疑いを客に持ったときは、多額の代金を請求します。新しい所有者に対しては、貴重な作品を絹で包み、詰め物をして保つよう、さらに保管する前は、わずかな湿気も許さず丁寧に拭《ぬぐ》うよう条件をつけながら渡すことが彼の流儀です。展示室で貴重な作品の売買を行う際、エナメル塗装面に手を触れないこと、金属台と襟《えり》カラーは作品の安定のため捨てないよう購入客に注意します。二つの七宝焼は、互いに絶対ぶつけてはいけません。なぜなら磁器に比べこの焼物は、とても脆《もろ》いからです。

不思議なことに、この偉大な芸術家は自分のマークもサインも付けません。「もし、私の作品が存在感をアピールしないなら、私の印を付けても意味がなく自慢にもなりません」と語ります。なるほど彼の七宝焼は、日本から海外市場へ船荷される未熟な製品や平凡な輸出雑貨とは全く違い、わざわざネーム入りにする必要はありません。

並河は聖人、詩人の雰囲気が漂う温和で洗練された知的紳士で、華麗な作法と研ぎ澄まされた礼法は日本の文化的遺産です。しかし、若い頃は聖人でなく、むしろ詩人だったかもしれません。久邇宮《くにのみや》親王、小松宮親王の弟、さらに天皇の従兄弟の私的側近として、芸術的雰囲気と余裕ある古風な宮廷の中で育ちました。この優美で若い従臣は陽気さと無分別さゆえに注目の的でした。宮廷が北の都へ移動した際、彼は京都に残り、放蕩《ほうとう》はいっぺんにやみ、煙草パイプさえも捨てて、絶え間なくクロイゾネ（七宝焼）制作の試みに情熱を傾けました。彼の実験室には四角い飾り板があり、白地に粗い針金［植線］による菱形模様の青みがかった鳥が描かれていますが、それが最初の作品です。ほとんど中国風の粗野なこの作品と皇居の花瓶との間に、わずか一五年の歳月しかたっていないことに目を疑います。スタートから全知全能をかけ、この専門職に己の身を捧げました。夜中の孤独な実験室や作業場での絶え間ない実験、パリシー［一六世紀フランスの陶芸家］のごとく窯焼工房での情熱と忍耐が、この専門分野を制覇《せいは》しました。いまだに彼はとぎれなく研究、実験を繰り返し、庭の小さな窯《かま》のそばで長時間寝《ね》ずの番《ばん》をしながら、自分で作品を焼き上げています。

並河は急いだり、お金のために作ることを軽蔑《けいべつ》します。夢を持って庭をじっと見つめながら、彼は「大きな倉庫、大きな作業場はいりません。一〇〇人以上の従業員を持つ野心もありません。多量の依頼や商売上の注文を取ったり、与えられた時間内で制作をすることは御免です」と断言します。さらに「よい芸術、よい作品は、銭金《ぜにかね》の指図は受けません。それから従業員には急ぎ仕事はさせません。そうでないと、精緻さの欠けた作品となり、また急場仕事で負担がきつくなるからです」と語り、「どんな鑑定家に見せても恥ずかしくない出来栄えのよい作品のために、何年も時間をかけることは苦痛でなく、むしろ喜びです。そこから、まさに賞賛と名誉が得られるのです」とも言いました。これが彼の哲学であり、作品の仕上げ具合が遅くなればなるほど、金銭の高よりも価値が増し、彼はこれらの制作によって大きく夢を広げ、庭園の静寂《しじま》の中で至福の時に包まれるのです。

東京には、この京都の芸術家と並ぶナミカワ〔濤川惣助《そうすけ》、一八四七—一九一〇〕という人物がいます。この七宝焼工芸家は、並河とは全く異なった作風を持ち、質素なデザインが完璧な下地に大胆な形で描かれ、他のどの作品からも簡単に識別されます。しかし、残念なことに、濤川は直接儲《もう》け仕事にかかわり、最盛期には海外の骨董商とも契約し、その結果七宝焼の精巧な複製も作っています。さらに濤川様式の模造制作者も現れ、すぐに最高級品をモデルにしてたくさんの安手の模造品を作り、海外市場へ流出させてゆきます。

日本ガイドブック

京都にいて最高に楽しい暇つぶしとは、同じ場所へ再三再四通うことです。同じことを繰り返すことにより、急には望めなかった日本精神の面白い優れた深層へ到達します。時を忘れ、毎日が無制限にそっと過ぎていきます。春の日々、とても淡い薄靄《うすもや》の中、稲の若葉に恵みの雨が降るとき、また夏の昼下がり太陽が大地を焦《こ》がし、すべての人の眼球を焼くとき、この気持ちのよい隠れ家は、完璧で最高の安息をもたらし、長い余暇を快適にしてくれます。

靄に包まれ、熱波に揺れる都会の平野に立つヤアミ・ホテルのベランダに座りながら、私はグリフィス［米国人、教育家、日本文化研究者］、ドレッサー［英国人、装飾デザイナー］、ミットフォード［駐日英国公使館書記官］、モース教授［米国人、大森貝塚発見者］、そしてライン［ドイツ人、地理学者］など日本のあらゆることを書いた作家に恩義を感じます。

ムレー氏の荘重な案内書［チェンバレン、メイスン共著『ムレーの日本旅行便覧』］を挙げるまでもなく、重多音節の日本人の名前には初心者を驚きで包み込み、これを読んだ後、私は平家と源氏、秀吉と家康が征服王ウィリアム一世［英国ノルマン王朝の開祖、王の重臣スカダモアはシドモア女史の先祖］や米国の独立宣言と同じように、とても身近に感じるようになりました。ドレッサーの原文と挿絵は、疑問を説明したり、隠された問題を指摘しながら、尽きることのない興味と啓蒙にあふれています。モースの『日本の家庭』はこの国の神秘性を露わにし、垣根、屋根、横木、天井、壁のすべてが新たな特徴と表情を持って初心者に迫ります。ラインの本は百科事典的で記録者の記述に魅力がなく、私たちの見解とはすべて裏返しとなります。唯一学ぶ点は、真の価値と意義の得られる神聖な土地にいるという事実だけです。同時にパーシバル・ローエル［米国人、外交官、天文学者］の散文田園詩『極東の魂』は、日本の魅力を表現し説明している記述はなく、長く暇な日々を楽しむには全くふさわしくありません。そしてミットフォードの『日本昔話』は、読むとやめられない面白さがあります。

日本の言葉

日本に長くいる観光客は、この国の言葉を理解せずトンチンカンでいる状態を恥じ、「ぜひ、日本語をマスターしたい」と奮い立ちます。でも、文法を大雑把《おおざっぱ》につかむのがやっとで、一段飛躍するつもりが、いつも挫《くじ》けます。

日本のホテルの従業員が英会話をいくつか理解する程度に、日常使われる語句を聞きとることは簡単ですし、またどのホテルや商店にも通訳はいるし、社交界で出会う上流階級の人たちは、いつも英語、フランス語、あるいはドイツ語を話します。しかし、学者は言葉の精通に二〇年から三〇年かかると断言し、権威ある辞典編纂者《へんさん》は四〇年でも不十分であると控えめに語ります。ごく有名な少数例を除き、母国語以外日本語を学んだことのない外国人は、明解かつ正確に自己表現する慣用語法をいまだに習得していません。すべての言語の論理や構造は、欧州の会話とは非常に異なった形式を持ち、しかも正反対です。外人の頭脳は、これを把握するのに役立たないほど錯綜《さくそう》し、いい加減です。下流、中流、上流階層では、それぞれ異なる表現形式を持ち、各階層の女性はかなり簡素化した言葉を使います。宮廷言葉を覚えた人は、店主や店員に理解されることはありません。車夫から話し方を習った人は、車夫の使う下品な言葉や粗野な表現で、紳士を侮辱することになります。

ともあれ、慣用句や物の名称に関する丁寧語と普通語の相違が、少しも日本語を混乱させなかったように、皇族や従臣が宮廷で会話するとき、今でも特別な語彙《ごい》を使って美しく語り合っています。ライス・ブランディーである日本酒は、宮廷ではクコンと呼び、町にある蒸《む》し団子《だんご》は宮殿の門をくぐるとイシイシとなります。さらに下着（襦袢《じゅばん》）は天皇の背中でヘイジョウと変化します。育ちのよい女性は冷たい水をオヒヤといい、男性はいつもミズといいます。犬には決して敬称の接頭辞・オはつけませんが、犬を呼ぶときはちょうど子供に呼び掛けるように優しくオイデといいます。一方、命令的なコイコイ（カムカム）は他の獣《けもの》や動物にとってけっこう丁寧な言い回しです。子供は食べ物をウマンマといいます。でも、あなた方観光客は、これを訂正してオマンマといわないと、茶屋の姐《ねえ》さん方はこのベビー用語にくすくす笑い出します。

方言や訛《なまり》は、今もなお日本語の混乱を大きくしています。平戸《ひらど》の花瓶を、シラドの花瓶というように、京都の火鉢《ひばち》は横浜でシバチといいます。京都ではナンボといいます。あなた方は値段を聞く際、横浜では英語のハウマッチに相当するイクラは、京都では、東京の全周辺で、ングと発音します。つまりG鼻音や首都の鼻音の音調は、近代フランス語と一致する点があります。

日本の至るところで、極めて単純な事物に無数の名が付けられています。「米」に関して二三の同義語がありますが、可能なかぎり異なる語句がヘップバーン小辞典に載っています。成長段階ごと、収穫後の条件ごとに、「米」は全く共通語源を持たず個別の名称を持ちます。ともあれ、言葉による際限なき誤解は、どれも発音の不正確さにまつわっています。

数のイチ、ニ、サン、シ、ゴ、ロク、シチ、ハチ、ク、ジュウは簡単に記憶され、100まで数えることは、フランス数字と苦闘する子供の演習と比較されますが、97を数えるときに「20の四倍と10と7」という必要はなく、単純にクジュウシチ、つまり英語でナインティ・セブンといいます。20はニジュウ、30はサンジュウ、50はゴジュウと、ずっと一覧表どおりです。順序数詞は、ダイ（第）が前に付くか、バン（番）が後に付きます。「フォース」はヨバンです。ところで、イチバンは「ナンバー・ワン」を、ニバンは「ナンバー・ツー」を意味するので、町で堂々たる「ミスター・一番」「ミスター・二番」の英文看板を目にする米国人は、とてもびっくりします。これは米国二大都市で商売するような大きな日本商店が掲げる看板だと思うからです。明確な基本数詞と順序数詞を学んだ後、初心者はたくさんの動物を列挙するときに、音節ヒキ［匹］を付け加えることを覚えるべきです。人はニン、家はケン、船はソウ、人力車はチョウ、液体のあるグラスやコップはハイ、長く丸いものはホン、広く平らなものはマイ、手紙や文書はツウ、本はサツ、束にしたものとか鳥はワです。ちょっとしたルール違反でも意図する語句とは違った意味になります。さらにごくわずかな語尾の変化は、実質的語句の意味を全く変えてしまいます。

もし、あなたが三つの人力車を望むならば「車三挺」といい、五つの皿は「皿五枚」といいます。あっさりとサヨウ（イエス）とか、イイエ（ノー）と言い切ることは許されません。あらゆる報告書はたくさんの美辞《びじ》麗句《れいく》を以《もっ》て作成しなければならず、しばしば「……デゴザリマス」と紳士的会話の語尾で飾ります。
もし、骨董商から「香炉《こうろ》」を見たいのか、それとは違う「コーロ」を探しているのか聞かれたならば、あなたはヘップバーン博士の辞書「ヘボンの『和英語林集成』？」に頼りながら〝コーロ〟は、「頃《ころ》（期日、時間の終止符）」「コロ（重量物を動かす丸太）」「古老《ころう》（長老、老いた人びと）」「虎狼《ころう》（野蛮《やばん》、残忍なもの）」「固陋《ころう》（頑固、偏屈、狭量）」「行路《こうろ》（道、旅の行程）」「香炉《こうろ》（香をたく吊香炉）」「高楼《こうろう》（数階建ての家）」を意味することが分かります。同様に〝キク〟は、「菊《きく》」「規矩《きく》（磁石《じしゃく》、直角定規、規則、制定された慣例）」「機宜《きぎ》（ちょうどよい機会）」「危懼《きく》（不安、臆病《おくびょう》）」のほか一〇種類もの意味があることを知ります。言語の最上級は単純で、一定の発音規則があります。音節すべてに一様のアクセントがあって母音全体で音節を作り、すべて音楽的な欧州大陸の母音単語と同じように発音します。

書き言葉は、新たな生涯学習となります⁉ 書き言葉はベースに漢字を使用し、中国、日本、朝鮮の国民は、お互い会話ができないにもかかわらず、共通の漢字表記で理解し合います。中国や日本の労務者がごく自然に、空間や地面や掌《てのひら》に文字を書くのを見かけますが、この古典的記号の使用によって意思疎通《そつう》がよくなるようです。文字にはカタカナの四角い文字、ひらがなの草書文字があり、後者は簡潔で米国人の手書きや、流体筆致に相当します。

今では、学者の努力により日本語の表音や文字をローマ字にしたり、英訳したり、さらに発音綴《つづ》りをもとにして、ラテンやアングロサクソンに共通のアルファベットで言語を表現したりしています。あらゆる国家に共通の新世界語ヴォラピュックは、大きな困難を日本人にもたらしました。たとえば、この国際言語発明家シュライヤー［一九世紀中頃のドイツ人言語学者］は親切にも中国人が発音できない「r」を除きましたが、「l」を残しました。これは天性から言語学者でない日本人にとり、よけいな障害物と思われます。

第三〇章　千家と商人の晩餐会

茶の湯

千家《せんけ》家元、この茶の湯芸術の最も古い流派の宗匠《そうしょう》を紹介してもらうのに、二週間もの面倒な交渉と、京都ケンチョウ［府庁］の役人の機転の利く協力が必要でした。千家［表千家第一一代碌碌斎《ろくろくさい》、一八三七―一九一〇］は、茶の選定のために宇治へ行っている最中で、茶を交換したり、自分の蔵に風を通したりすることで忙しく、自ら指定した日をとりやめるため十数回の釈明の手紙を送ってきました。しかし、私は千家の弟子・松田宗貞［東京星ヶ岡茶寮の主宰者］に学んだことや、その松田先生が最初に学んだのが堀内流《ほりのうち》だったことを知って、堀内流の源泉を探り奥義を究《きわ》めたいこと、さらに千家流の正統的茶の湯の説明を受け、はっきりと自分の未熟さ加減を確かめたいとの要望が、この厳粛な宗匠に伝えられ、ようやく訪問許可がおりました。

千家は太閤《たいこう》秀吉の茶道の師であり、友人であった利休《りきゅう》の子孫です。二人は数年間一緒に〝普遍的価値〟のある茶道の実践に努め、互いに歌を作り、交流を深めてゆき、やがて太閤は利休の美しい娘に目をつけ賞揚しました。けれども、利休は太閤の要求を断り、そのため門内に自分の小さな木像を安置しました。その後利休は大徳寺に立派な楼門《ろうもん》を建て、当時の流行《はやり》として門内に自分の小さな木像を安置しました。ある日、行列を作って通り抜けた太閤サマは、頭上の彫像に気づきました。これは関白大将軍である自分に対する侮辱であると怒り、運命的な小刀（脇差《わきざし》）を利休へ送り付けました。そして偉大な茶道の師匠は名誉あるセップク（腹切り）によって生命を絶ちました。

中庭に出て、ここにまつわるたくさんの故事来歴を聞きながら、「それで、娘さんはどうなりました？ 太閤は利休の死後、彼女を意のままにしたのですか？」と私は尋ねました。西洋人の気持ちをとても乱す物語の結末に、友人は日本的冷静さで「ワカリマセン」と応えただけでした。

千家は御所《ごしょ》の築地塀《ついじべい》を越えた先に素晴らしい庭園を持ち、寂《さび》れた通りに沿って行くと白壁に守られた貴族風の屋敷に着きます。路地を横切り、私たちは大きな門のそばの小さな戸口を抜け、隠れ家へ入りました［表千家茶亭・不審庵《ふしんあん》（上京区小川通寺之内上ル）］。不揃《ふぞろ》いの石畳が柔らかな緑のビロード苔にまんべんなく覆われ邸内全体が青々とし、地面には斑《まだら》な影が映っていました。まるでテント屋根を水平にしたように、注意深く刈り込まれ仕立てられた楓《かえで》、桜、松の枝葉の天蓋《てんがい》からは、ときおり太陽光線が射し込んできます。静寂は乱されることもなく、この不思議な別天地からは絶妙にして簡素な十数軒もの茶室が見渡せ、しかも各茶室は互いに視界から隠れ独立しています。

全国各地から門人が千家へやってきますが、いかなるときも茶室内では、例の沈黙を守るしきたりがあります。何かが私たちを包み込むように心を和《やわ》らげ、さらに太閤作法による茶の湯最高の恩寵《おんちょう》に胸高まりながら、じっと待ち続け、やがて大きな茶室の冷たい微光の中へ案内されました。この屋敷は秀吉時代以降、二度焼失しましたが、そのつど正確に再建されました。かくして私たちは実質上、太閤が永い間座っていたところに座り、三〇〇年前秀吉が触れたことで神聖化した実物の茶碗、匙《さじ》、盆、茶入《ちゃいれ》に触れました。太閤の桐の紋章が室内の簡素な金箔斑点の屏風に描かれ、さらに自筆の歌の掛軸と青銅花瓶に差されたピンクの百合一輪が床の間を飾っていました。

千家の宗匠［碌碌斎］は七〇歳を越えた感じですが、今も数名の弟子を厳しく養成しています。伝統的茶道に専念している本人も、三〇歳くらいのハンサムな息子［第一二代惺斎《せいさい》、一八六三―一九三七］も維新以来この国に広がった奇妙な流行を全く無視しているわけではありません。

私たちは会葬者のような厳粛さで深々とお辞儀をすると、すぐに白いツツジ炭をくべて火をおこし白檀《びゃくだん》の切れ端数片を投入し、由緒ある鉄瓶で湯を沸かす宗匠の様子をスパイのごとく注意深く観察しました。それから饗応《もてなし》のためにたくさんの繊細なコース料理が運ばれ、茶、茄子《なす》の味噌汁、刺身に大根と新鮮な生姜《しょうが》のつま、海藻と茸《きのこ》の鯛汁《たいじる》、鮎《あゆ》の醤油焼、竹の子汁、四国産の干鮭《ほしざけ》、蒸した鳥肉、加賀胡桃《くるみ》の濃い糖蜜漬などが続き、このフルコースにライスが付いて麦茶で終わりました。古い鉄製の酒甕《さかがめ》と赤漆の浅い盃《さかずき》が、さまざまな料理と一緒に回り、私たちはもてなしてくれるホストと互いにおごそかな祝杯を交わしました。干魚がケンチョウ［京都府庁］の友人に運ばれると、箸《はし》で好きな分を数片つかみ、紙切れに載せて主人へ差し出しました。彼は切れ端を食べると袖《そで》の中に紙切れを入れました。饗宴《きょうえん》の終わりに床の間にいちばん近い上座の客が、自分の椀《わん》と皿を全部綺麗《きれい》に紙で拭き取り袖に入れ、私たちもこれに倣《なら》います。一三種類のコースのおいしい料理の皿を片付け、いったん庭園に退《しりぞ》き、古風な呼び鈴の柔らかな音が鳴るまで、そのまま待っていました。

再び入室すると、すでに部屋は掃除されて床の間の絵と花瓶が替えられ、千家もまた黒紗から淡青の縮緬《ちりめん》に着替えていました。それから彼はかぎりないほどの慎重さで茶会をおごそかに仕切り、茶杓《ちゃしゃく》二杯分のキニーネよりも苦い抹茶《まっちゃ》を点《た》て、この一つの緑粥《がゆ》入り茶碗を各人順番にとどこおりなく回しました。これが濃茶《こいちゃ》です。薄茶《うすちゃ》は簡素な茶事に出される濃さを抑えた煎《せん》じ薬で、各人が一つずつ茶碗を受け、これを啜《すす》って対応します。以前からの勉強のせいで、この老宗匠のあらゆる知的動作、親指や他の指、手、肘《ひじ》、手首の意味深長な位置が私たちの興味を引きました。あたかも〝普遍的価値〟の有する千家の気品と粋《いき》を、この神々しい茶の湯芸術家が例証しているようでした。適切な合間に、この茶会で使う道具一式の歴史について尋ねました。利休が所有していた棗《なつめ》は、紹鷗《じょうおう》型の楽焼小壺《らくやきこつぼ》といわれ、武野《たけの》紹鷗は利休の先生で、茶器の多彩な形式の裁定者でもあったという話です。その棗から抹茶を取り出すために先端を平たく曲げた竹の小枝「茶杓」は、利休自ら削って作った道具です。それは装飾も刻印もなく、何の変哲もない代物ですが、この陳腐な茶杓は大金二〇〇ドルを積んでも手に入れることはできません。

今上《きんじょう》天皇の父・孝明天皇は千家の長老から茶の湯を学び、その師匠に種々の肉筆、貴重な時代物の香箱《こうばこ》を遺贈しました。〝刷新と進歩〟の気概を貫き通している今上天皇は、ときどき茶の湯で静かなひとときを楽しみます。また茶事に極めて精通している皇后は、いつもホスト役として客人に歌を数首書くよう勧め、これを楽しみます。

さて、目下私たちが参加しているこの千家茶会でも、礼法への賞賛の念が一気に高まり、その瞬間日本の友人たちは即座に歌を書きまくり、まるで古式ゆかしい絹装束をまとい、伝統的しきたりに回帰したごとく歌を奔放《ほんぽう》に作る彼らの姿に、いやはや全く戸惑いました。でも、彼らの一人が「実は弱ったもので、この二週間というもの歌の心配ばかりしていました」とささやき、なぜかほっとしました。

名残を惜しみながら、茶入、茶碗、茶筅《ちゃせん》、茶杓を手にとり鑑賞し、再びこれらの茶器が見事な錦織袋に包まれて万事終了、私たちは心から敬意を表し暇乞《いとまご》いをしました。それにしても素晴らしい経験でした。あのときは、まる一日タイム・スリップし、まるでわが母国、わが惑星からそっと抜け、異次元の世界で過ごしたような特殊な感覚にとらわれました。このように茶の湯は、現代の不遜《ふそん》で功利的で強圧的社会にありながら、他の儀式とは全く異なる格別の趣があります。

日本茶を二、三杯飲み干した友人に、「この強い茶は神経を高ぶらせ、眠りを妨げ、〝茶に酔った〟状態、いわゆる緑茶中毒にかかりませんか？」と尋ねました。

「おぉ、そんなことはありません。私はそんなにたくさん飲みませんし、気をつけております。確かに、英語や外国の勉強を始めた友人で、外人さんから注意され、茶を飲むのをやめた人がいます。ともあれ日本人とは違い、英国人の神経にはとても触るらしく、おそらく緑茶自体に、彼らだけに作用する興奮剤的成分があるのでしょう」と応えました。

同じことを外国の先生方も指摘しており、禁煙を励行している同志社では、次のターゲットを、日本人の必需品・緑茶にするかもしれません！

真夏の夜の夢

京都の舞妓《まいこ》、芸妓《げいこ》の演技は、もちろんどこの都会よりも豪華絢爛です。立派な舞妓の習練学校が古典的伝統に沿って教え、毎春有名な京都の舞踊〝都をどり〟が、舞妓さんの華やかな隊列の登場で始まり、批評家や鑑賞家は歌舞練場へと参集します。

ある晩、私は〝真夏の夜の夢〟のような宴《うたげ》を経験しました。でも、その饗宴を信じてもらえるような一本の扇子とか、何か記念になる視覚上の証拠もなく、とても残念です。

京都市の大きな商工クラブが、東京の役人二名への表敬として晩餐会と芸者パーティーを企画し、私たち米国人も主催者側に仲間入りしました。その日の夕方は、京都の夏でも最高に蒸す暑苦しい日で、太陽が靄《もや》の海原に沈むと無数の蚊《か》が群がりました。やがて満月が銀の光を洪水のように浴びせ、月光は熱で揺らぎながら私たちの不自由な盛装姿をきらびやかに照らし、人力車は西大谷の長い通路を通り、暗い楼門へ向かう参道を見つけ進みました。広い石畳の道には巨大な樹木が並び、その間隙《かんげき》を照らす月光で道は白い大理石となり、高い石《いし》灯籠《どうろう》は幽霊《ゆうれい》兵に変わり、暑く静かな暗闇に蛍がボッと浮かびます。並木道の終点には、中空に静止しながら燃える赤い吊提灯の列が見え、まるで果物が黒い大枝に鈴なりになっているようです。月光の射す広々した祇園社《ぎおんしゃ》［八坂神社］の境内を抜け、巨大な鳥居をくぐって行くと、宴会のホストと茶屋の全従業員が待ち受け、広い玄関先で大歓迎してくれました。

この夜の主催者は私たちを含めて四四名となり、宮廷錦織師［小林］、彩色縮緬の大商人［西村］、無比の七宝焼工芸家［並河］、見事な陶磁器やブロンズを造る大家、さらに数名の画家が集まりました。私たちは三度四度と各紳士にお辞儀をし、紳士方はその倍も返礼しました。それにしても衣擦《きぬず》れする黒縞の絹衣と白足袋をつけ、穏やかで優雅な主催者たちのあまりにも新鮮で涼しげな着こなしには、正直いって驚きました。

二階の襖《ふすま》は全部はずされ、三方がこの夜のために開放されました。私たちは一方の端の座席に案内され、一同がもう一方に並べられた座布団に腰を降ろすと、絹呉服問屋の大商人で工場主でもある宴のホスト［西村］が正式に歓迎の辞を述べ、貧弱でつまらない食事（⁉）の饗応《もてなし》を受けるよう乞《こ》いました。誰もが三回お辞儀をして適切な応答をし、再び私たち全員がお辞儀をしてから、黒い絹着物の姐《ねえ》さんの列が小さな茶碗を運んできました。

続いて京都で最も有名な舞妓一〇名が登場し、まばゆい美妓《びぎ》たちは精緻な彩色縮緬の着物と旭光《きょっこう》を織り込んだ帯、頭に銀簪《かんざし》の宝冠をつけ、二人ずつ音もなく前方に進みました。全員同じ優雅さで緩やかに裾を引きずって近づき、湯飲み、茶碗、箸、ナプキンの収まっている膳《ぜん》（低い漆塗の食卓）の前で膝を折りました。続いて二人の小柄な舞妓が砂糖菓子の大皿を持ってくると、宴のホストが箸でつまんで取り、菓子の一部を私たちに配りました。それは扇型の尾をした金魚で、印象派の絵師が波立つ水面に突進する魚の元気な様子を砂糖菓子に描いたものでした。鍋島焼や尾張焼の皿、漆器や磁器の鉢に数えきれないコース料理、汁、オムレツ、百合の球根、鶏肉、小さな猟鳥の肉、ゼリー、多種多様な山海の珍味が運ばれ、次々と片付けられてゆき、ライスは美しい赤線入りの金漆櫃《びつ》から、六ペンス銀貨くらいの漆大匙《おおさじ》で盛られます。

日本のミニ・スター、鯛《たい》は、人気独占の宴会飾りです。しかもこの奇妙な骨格の魚は繁栄と富の象徴です。これに胡椒《こしょう》サラダが添えられ、さらにメイン・デッシュが出る前に鳥肉、竹の子の新芽、ナマコのシチューと続きます。

舞妓団が広い通路を進み、そのうちの二人がまだ息のある巨大な鯉《こい》を大皿に載せて運びます。鱗《うろこ》はたった今、河から釣り上げられたように光っています。宴のホストが進み出て、舞妓から皿を受けとって畳に置き、全員に見えるようゆっくり回して向きを変えます。舞妓が退席し、全員がこの高貴な鯉を見るため近寄ると、魚は本物の日本庭園の緑を背景にしたごとく杉苔や芥子菜《からしな》のベッドで震えながら横たわっていました。欧米では、生きた魚を宴会に出す風習はめったになく、これは日本の因習の残滓《ざんし》です。

ほどなく魚の切り身が、背中からつまみ上げられ一同に配られました。私たちにとって、この実演は、恐ろしい情熱にとりつかれた人喰《ひとく》い儀式の一種に見えましたが、美食家は切り身をつまみながら、「実に、おいしい」と感激あふれる声を発しました。皿を回していると、突然、不快音とともに鯉が、のたうち回ったのです。「オー、なんというショック！」この残酷な儀式を興味本位に容認し、その行為を黙認した罪悪感にさいなまれ、私たちは数日間ボーッとなりました。

続いてライスと鰻《うなぎ》が出され、さらに別な種類の汁物、豊富な鶏肉、次にカステラ、果物、そして追加のお茶で、フルコースの御馳走は終了しました。

数百年前、ポルトガル人は日本人にカステラの作り方を教えましたが、今ではこの道に秀でたニューイングランドの主婦の腕前すら乗り超えました。各コースに従い、恐れ入るほど入念な作法で盃の交換、無数の乾杯をしました。客人は差し出された好意の印を受けなければならず、お酒がなみなみと注がれると額《ひたい》に触れて飲み干し、盃を相手に戻して同じ作法を繰り返します。さらさらと衣擦れをさせながら各客人は座布団の周辺を移動し、ちょっとした雑談や盃の交換のため順繰り前へ座り、儀礼的な会話や応答がなされます。

芸妓グループは、宴会中ずっと琴《こと》や三味線《しゃみせん》の弦《げん》を鳴らし、彩色縮緬と錦織姿の舞妓団は合唱と伴奏に合わせ踊りました。彼女たちの広い帯は大阪流儀で結ばれ、小さな背中全体に、きらきら金色に光る輪を大きく蝶《ちょう》型に広げ着物にくっついていました。この愛らしい若き神の創造物は、ゆっくりとしたポーズで舞いながら、体を曲げ、揺らし、絶妙な優雅さで回転し、楽器の悲しい音と哀れな囃子《はやし》歌《うた》によってパントマイムを説明しながら調子を合わせ金扇を動かします。それは、えも言われぬ光景です。部屋全体が夏の夜のために開放されて真紅の提灯が吊り下げられ、丈の高い行灯《あんどん》からは柔らかな白熱光が発し、贅沢《ぜいたく》な絹の着物姿で座っている数列の暗がりの顔は、黄金衣装の舞妓団の魔境に誘われ陶酔し、幻想の世界へと迷い込んでゆきました。

晩餐を終え、踊りの合間、舞妓は機知や冗談を言って戯《たわむ》れながら客の前でお酌をしているうちに、一座はお世辞を含め女性グループを褒め上げました。落ち着いた感じのライハ「瀬波?」という芸名の舞妓が、「私たちの中で、いちばん異人さん好みの舞妓は誰でしょうか?」と尋ねました。私たちが考えている間に、何人かは妖艶《ようえん》になり、愛らしい気取ったしぐさと純日本風の優雅さにあふれました。でも、どんなに魅惑的視線を投げ嬌態《しな》を作っても、下唇に塗られた洋紅への露骨なタッチに、一瞬表情がこわばりました。最終決定で外人票のうち三票がライハに入りました。反対票の一人には日本の友人が「京都花柳界に君臨する超プロの舞妓です」と太鼓判を押したので納得しました。私たちは、舞妓さんたちの内面から滲《にじ》み出る奥ゆかしさ、独特の作法、銀糸の声、真摯《しんし》な瞳とさわやかな微笑が、その愛らしい顔よりもいっそう魅力的に感じました。

山腹から梵鐘《ぼんしょう》が優しく響きわたる真夜中、私たちは別れの挨拶を始めました。各自、三、四回お辞儀をするので、なんとお辞儀は合計一四〇回ほどに達しました⁉ それから主催者各人へ「サヨナラ」を述べ、さらに愛らしい舞妓団にも「アデュー」を告げ、茶屋の接客係の別れの言葉に感謝しました。靴を履くため玄関先に腰を降ろすと、茶屋の娘たちが扇をいっぱいに広げ惜別《せきべつ》の情を表し、その数に目が眩《くら》むほどでした。人力車の長提灯に導かれながら鳥居を抜け、八坂神社の暗い境内へ入るまで「サヨナラ」のコーラスが続きました。

第三一章　宇治を通って奈良へ

宇治の茶畑

早朝、縦列の車夫に引かれ人力車ツアー隊の出発です。荒っぽい疾走《しっそう》で街道、商店、神社、山門、城壁を抜けて、さらに数えきれない鳥居、提灯アーチを持つ狐《きつね》神社［伏見稲荷大社］を通過。この奥深い稲荷《いなり》の森の荘重な通景《つうけい》を見ながら伏見《ふしみ》を越え、平野へ乗り入れます［国道二四号ルート］。続いて、松の老木や緑の竹林に包まれ起伏に富んだ丘陵地帯、低い小塚状の茶畑のある広々とした谷あいや丘の斜面を進み、さらに砂だらけの白っぽい街道、澄んだ急流を走り抜けると、日本で最も上等な茶の産地・宇治《うじ》の中心に着きました。

茶畑で菅笠《すげがさ》をひょいひょい下げながら茶摘《ちゃつ》みをしていた集団が、茶袋や籠《かご》を手押し車に積込み運びます。どこの戸口にも緑茶の葉を炙《あぶ》る皿があります。大気にはバラのような微妙な薫《かお》りが漂い、どの村の婦人も子供も新茶の分類に忙しく、宇治は茶摘みの最盛期です。ここには二、三百年もの昔から、毎年一定の収穫を上げてきた緑茶の灌木地帯があり、ここの繊細な若葉は熱い太陽に焦《こ》がされたり、堅くなったりしないよう、丘の全斜面を日除け茣蓙《ござ》で大切に覆い、しかもここの若葉は天皇や身分の高い貴族の要求に応じる高価で絶妙な日本茶

茶摘み

になることが運命づけられています。さらに高くなった河床を横切るために、灌木で覆われた急勾配を苦労して進み、供給水が緑の平原へ流下し枯れてしまった水路や、そこにそびえる水門を抜けて進み、さらに村道に沿って絵のような建て場をたくさん通過すると、あるところには藤棚の格子を通し太陽に照らされた可愛らしい黄色のキューピット「石地蔵」が立っているなどさまざまな風景がありました。さらにツアー隊は伽藍《がらん》、森、五重塔のある有名な観光地・奈良に向け、絶え間なく変わる田園風景の真っただ中を進みます。

オー、奈良よ！　山腹は蔓草《つるくさ》や蔦《つた》の巻き付く巨大な森に覆われ、広い並木道は太古の樹林を縫い合わせ、斑点状に太陽の光が零《こぼ》れています。鹿は羊歯《しだ》の中で夢現《ゆめうつつ》に横たわり、石灯籠を覆う苔《こけ》は二重三重に連なって塊となり、緑の森の先端は濃い陰影で霞《かす》み、一二〇〇年も前の伽藍からボーンという鐘の音、そしてとぎれない水音が心地よく響いてきます。

オー、奈良よ！　古き都、仏教の発祥地、いまなお聖なる巡礼メッカ、この森の小径《こみち》には、敬虔なる信者の杖《つえ》からリンリン鳴る鈴の音、祈禱《きとう》のつぶやき、楼門《ろうもん》の賽銭箱《さいせんばこ》でカチンと鳴る音が谺《こだま》します。静寂と夢の場所、理想郷、そこには幼子と小鹿が一緒に戯れ、角《つの》のある鹿は人の手渡しで食べ、恐れもせず人間のような優しい瞳で見上げます。古い神社の巫女《みこ》が天照大神《あまてらすおおみかみ》の洞窟前で鈿女《うずめ》の舞を神聖な旋律で踊ります。そこにはブッダや観音も混在し輝く金箔蓮華《きんぱくれんげ》に安置され、壮麗な宗教儀式に灯明《とうみょう》、線香、鈴の音が伴奏します。

奈良の壮麗な遺風は、成金趣味のような将軍霊廟《れいびょう》のある日光の壮大さを彷彿《ほうふつ》とさせます。鉄道からはずれた二六マイル［四二キロ］という距離［京都・奈良間］は、急速な近代化の波と観光団の濁流から免れました。これは古き堂塔伽藍にとって幸運なことでした［ただし、明治二九年、奈良鉄道開通］。

奈良の鹿

奈良の始祖は、安住の地を選ぶため鹿に乗って山を巡ったので、それ以来鹿はずっとペットとなり保護されてきました。神鹿《しんろく》の集団は崇《あが》められるまま木立の下に横たわり、餌を求める群れは美しい尖《とが》った角《つの》の向きを変えながら観光客を捜しますが、雄鹿や小鹿は暗い羊歯の茂る谷あいに隠れています。どの森や境内にも小さな藁葺《わらぶ》きの店があり、緑茶や餌用のひき割りトウモロコシが、奈良の名物である小さな木彫りや鹿の角製の玩具《おもちゃ》と一緒に売られています。ところで、鹿の日本名が〝シカ〟という耳障《みみざわ》りな言葉であることは残念です。美しい生き物の後を追って両手を広げよちよち歩く幼子には、音感教育上よくありません。

餌をやるため両袖を結んだ地元のまるまるした娘たちの鹿を呼ぶ滑らかな声「こ！　こ！　こ！　こ！（カム！　カム！　カム！　カム！）」が夜明けから夕暮れまで聞こえてきます。ものすごく太った重量感のある雄鹿がドシンドシンと前へ進み、娘の両手から餌をもらいもぐもぐかじります。これらの鹿は硬直したぎこちない足取りでゆっくり動き、並み外れた巨体に見えます。しかも、跳躍したり、並木道へ飛び出したり、開墾地を横切るとき、とても優雅に見えます。奈良のペットの温和さは、もちろん日本民族に親しまれ、長いあいだ神々や庶民に愛され保護され、乱暴も受けずにきたことに帰されます。でも、たった一度だけ鹿は怪我《けが》をしました。なんと、若い日本のキリスト教改宗者が、鹿を異教のシンボルとして殴《なぐ》ったのです！

奈良の大気は穏やかに澄みわたり、典型的ニッポンの情景を漂わせます。神官は静やかな礼儀正しい老人たちで、愛らしい巫女《みこ》は柔らかな脚でゆっくりしずしずと高貴な姿勢を保ちながら舞います。春日大社《かすがたいしゃ》は真の神道カテドラルであり、たくさんの中庭には楼門がめぐらされ、開かれた扉の前には神聖な藁綱《わらづな》［注連縄《しめなわ》］と一緒に象徴的藁紙［四手《しで》］が吊され、神道の色・朱で明るく塗られた建物が多くあります。カリフォルニアの森林に匹敵し、尊重されている日本杉の森が、中庭の大地に控壁《ひかえかべ》のような大きな根を張り広げています。さらに曲がった老木の幹が一軒の藁葺き屋根にほとんど載った状態で休息し、優しく抱かれていま す。長年の生長で地衣類に覆われた太く瘤《こぶ》だらけの藤蔓《ふじづる》が、その巨大な花綱を木々から吊しながら曲線を描き地上で輪となり、背の高い松の先端に達し、この黒い常緑樹に咲く花のごとく淡緑の葉の房を垂れ下げています。一本の巨大な藤蔓の幹があり、そこから椿、桜、梅、野生の蔦《つた》、藤、南天の枝々を延ばしているのは永遠の謎《なぞ》です。森全体に藤蔓が奔放《ほんぽう》に走り、木から木へと絡《から》み、飛び、縛《しば》り、さらに巨大なとぐろを巻いているのです!

この素晴らしい風景の中で、春日大社の神官は理想的生活を享受しています。彼らは結婚し、家族を育て、そして可愛らしい娘らは一定期間社殿で神聖な舞を演じ、もし望むなら、子たちは聖職を離脱することも可能です。大社の神官全員が神道ルールに則《のっと》り、ゆったり流れるような紫の袴《はかま》、白紗のコート、兜型の黒烏《くろえ》帽《ぼ》子《し》をつけ、朝夕神様へ供物《くもつ》を捧げます。また年二回お祓《はら》い日の特別祭礼の指揮をし、神楽《かぐら》が捧げられるとき、古風な横笛と太鼓を奏して賛美歌を唱《かな》えます。詩的で哲学的で瞑想的《めいそうてき》な人間、あるいは怠惰《たいだ》な人間にとって(!?)、大社の暮らしほど意に適った生活はありません。いそぐ必要もなく、目新しさも、事件を追うせわしさも、この奈良近辺とは無縁です。奈良はどこにいても、いつも午後のまどろみの中に心の平安を感じる土地なのです。

参拝者の大部分は、鈴と数珠《じゅず》と杖《つえ》を持ち、遠く離れた地方からてくてく歩いてくる巡礼で占められ、白い上着、ワラジ、袖なし外套《がいとう》、笠のいでたちは数百年来の古い習慣です。信者の一団が口達者なガイドの世話で境内《けいだい》を巡り、ガイドは世間一般の同業者のやり方で場所の説明を詠唱します。いつも一、二名の老人が長い並木道をぶらぶら歩き、ときどき体を止め、どの神殿にも祈りを捧げ、聖地の賛美をつぶやきます。皺《しわ》だらけの顔は喜びで紅潮し、鹿を見つめながら憩《いこ》います。そして巡礼の鈴や杖の鉄輪の音は、いつも鹿にとっておいしいお菓子が約束されるのです。

奈良の大仏

古物蒐《しゅう》集家《しゅうか》にとって、奈良はとても面白いところです。七、八世紀に創設された伽藍《がらん》は日本最初の仏教聖地となり、インドから中国、朝鮮を経由してきた仏教は、帝《みかど》の都であった奈良を最初の中心地としました。四人の女帝と三人の帝が七〇八年から七八二年まで統治してきたこの土地は、すべて深い歴史に彩られています［帝都期間は七一〇～七八四年］。この平野に立った壮大な都《みやこ》は、帝政後数百年の間に田舎町に縮小しましたが、いまだに過去の面影を数多く残しています。春日大社は規則に従い二〇年ごとに建て替えられ、独創的建築物は毎回正確に複製され、完璧に新鮮な姿で復活するので、今でも一〇〇〇年前からあったように見えます。

仏教伽藍［東大寺］は焼失したり、再建されたり、ある時はほとんど見捨てられたり、さらに最近になって寺領が没収され、収入が圧迫されて厳しい状態になっています。奈良の大仏は世界最大の銅鋳造の仏像です。高さ六三フィート［現在は四九フィート（一五メートル）］の座像は、七四九年に蓮《はす》の花びらに鎮座《ちんざ》し、それから一度焼き討ちにあって首が落ち、二度目は寺が焼け仏像も溶けました。青銅仏を祭るこの寺は、現在荒れ放題で大きな隅梁《すみばり》や屋根の張り出しは木材で補強され、地震でもくると建物がひっくり返る感じです。

大仏殿の壮大な二階建山門［南大門］は一一〇〇年以上も立っています［実際は鎌倉時代に再建］。風雨に晒《さら》された画趣あふれる古い建築物で、外観上からも、さらに一〇〇〇年間自然の猛威に堪《た》えられると思われ、恐ろしい表情の巨大な仁王がその壁奥に保護され立っています。山門とつながる両側の塞《ふさ》がった回廊（欧州風カテドラルの回廊）を進むと、大きな緑の前庭に出ます。仏教黎明期《れいめいき》のとてつもない仏具の実例の一つ、巨大な青銅の灯籠《とうろう》［金銅八角灯籠］は、セイロンから運んだ聖火を長い間、点《とも》してきたと伝えられます。ところで、巨大なブッダ像そのものは、あまりにも身近で見るためかありがたみが感じられません。顔の長さは一六フィート［四・八メートル］、幅は九フィート［二・七メートル］以上あり、表情は涅槃《ねはん》ブッダのような穏やかで魂がこもった瞑想美《めいそう》はありませんが、おもおもしく厳しい非黙想的睨《にら》みの利いた表情を帯びています。かつて像を覆っていた金箔は時とともに擦り減り、ホッテントットの容貌に似て暗く色黒で、雄大な光輪に収まっているピグミーのような仏像群は、高さ一四フィート［四・二メートル］もあります。

このブッダの後方には寺院、開祖、パトロンを共通項でつなぐ古代博物館があります。ここには初めて東大寺が建てられた当時の大工道具が保存され、また門外漢には手がかりすらつかめぬ有史以前と思われる銅や鉄のかけらがあります。日本版ナイト・バヤード［中世フランスの模範的騎士］の楠木《くすのき》［正成《まさしげ》］が最後の戦いで敗退したとき、矢じりで辞世を記した館の扉があります。さらに像、彫刻、古い甲冑、武器、馬飾りがたくさん陳列され、日本人参観者を楽しませています。

正倉院

ところで、本当の大仏の宝は、奈良の歴代天皇の一人［聖武天皇《しょうむ》］によって残された遺品です。彼は堅固な丸太造倉庫［正倉院《しょうそういん》］を境内に建て、宮殿に収められていたすべての品を遺言で東大寺へ贈りました。この時代、宮殿は小さく家具もわずかでしたが、装束、皇室財産、亡くなった寄贈者の装飾品がこの倉庫へ運ばれ、しかもこっそりと横領されてゆきました⁉　毎年夏、雨季の終わり、宝物は空気に晒され財産目録が確認されてから、再び盗難に遭うのです。日本で最も偉い三人の貴族が、この奈良の遺物の世話をする管長と連携して、倉庫は帝の肉筆で伝達する詔 勅《しょうちょく》によってのみ開けられるようにしました。皇族や極めて特別な拝観者だけが特権を行使できますが、その際は護衛が付き、たいへんな煩《わずら》わしさと時間の無駄が生じます。これまで日本人は、紀元八世紀の暮らしに関する蒐集品や絵画の価値にはほとんど目もくれず、もっぱら黎明期の帝に所縁《ゆかり》のある神聖な品だけを崇《あが》めてきました。一八八八年［明治二一］、宮内省役人と美術鑑定家［岡倉天心、フェノロサ］は帝室委員会［臨時全国宝物取調局］を組織し、奈良と京都の寺の宝物を調査分類して目録を作成しました。前駐米公使の九鬼隆一《くきりゅういち》［帝室博物館総長、一八五二―一九三一］氏は、この委員会のリーダーとなり、天皇の宝物殿さえも開けて貴重な遺物の写真を撮りました。この用心深く閉鎖した聖域へ侵入した委員会スタッフは二〇名を越え、正倉院の老警護士らは大混乱し、あらんかぎりの抵抗を試みたそうです。

大仏殿より高い丘に別な仏教聖地があって、そこの二月堂と手向山《たむけやま》八幡宮は、女神・観音と軍神・八幡をそれぞれ祭っています。双方とも夏の巡礼団の集合地で、祈願の低い唸《うな》り声、柏手の音、硬貨投入のガラガラ音が四六時中聞こえます。石敷テラスや階段、苔むした石灯籠、緑陰に覆われた飲用泉水は歴史ある場所を絵画的にし、また壮大な台地が西側の禿《は》げた屏風のような山の連なりを越えて遠望でき、その山地は奈良と肥沃《ひよく》な水田地帯である大阪平野を分けています。前庭では案内図、木版画、巡礼が元気になるシナモンの小枝の束が売られ、さらに首輪付きの猿がグロテスクな道化を演じています。時折ここで、誓願達成のため信心深い巡礼が百遍《ひゃっぺん》歩く〝御百度参《おひゃくどまい》り〟をしている姿が目につきます。

森林公園に隠れた仏教寺院と神社の間には、なだらかな草深い山［若草山］があり、それは三つの尾根を持っていることから別名・三笠山《みかさやま》（帽子を三つ被った丘）と呼ばれています。敬虔な巡礼はみな、豊かな〝日本の中心〟大和地方を見晴らすために三つの岩場の頂きへ向け、緑のビロード斜面をさまようように登り、また〝日本の古戦場〟と称するたくさんの戦乱、合戦、包囲攻撃の歴史舞台を眺めます。大河のはるか流域まで見渡すかぎり水田が平らに広がっています。茶の灌木が厚く黒い葉の整った線列で起伏する大地に縞模様《しま》をつけ、竹林は柔らかく繊細な緑となり、特に松の色合いは全体を奥深い風景にしていきます。山麓《さんろく》の近くですが、見晴らしの十分きく高台の狭い道に小さな茶店と土産物を売る玩具屋が並んでいます。奈良は刃物類や墨《すみ》が有名で、刀剣、短剣、ナイフ、鋏《はさみ》も売られ、店員は刃の硬さを試すために突飛《とっぴ》な芸当を演じます。墨は幻想的な形に圧密《あつみつ》され、鹿の毛で作られた筆は巡礼の財布に注意深く結ばれ、また奈良の有名な小人形（木彫マスコット）も一緒に付けたりします。奈良人形では必ず伝説的僧侶や奈良の都を築いた偉人を彫《ほ》っています。この土地の芸術家は、まずナイフで木を削って粗い多面体にして、ちっちゃな表面に彫刻を施しながら素晴らしい才能を発揮します。

ここの茶店や商店は、仏教領域と神道領域の間にあって中立地帯を作り、俗界との仲立をしています。茶屋［武蔵野亭（現・むさし野）］の門からの道は、藤蔓のもつれた森へと曲り、人力車をいちだんと低い平地へ導いてゆきますが、巡礼はこれに代わって、四段になった長く粗い階段を降ります。古風で趣のある動く白装束姿は、絵のような美しさがあるというのに、怪しげな小売商が美観を損なうように階段の端をぶらぶらし、巡礼と一緒に丘を登り降りしています。

春日大社

階段の最下部に道路が再び現れ、暗く小さな山あいを美的にする高い橋があり、その下を狭い河床が横切っています。これを渡ると樹林が間近に迫り、太古の蔓草が輪になり結び合っています。ちっちゃな赤い祠や石灯籠の並ぶ小径は神道領域の始まりを表し、古代神道の聖地・春日大社の参道を点《とも》す石灯籠のある側は樹林が密集してそびえ、もう片側の林の間には空地が広がっています。何軒かの商店や茶店が石灯籠の柱列を壊して開店し、参道は見事な藤棚の天蓋に覆われ、泉水が木陰や苔《こけ》に半ば隠された石細工の鉢の真ん中から泡立っています。日中疲れた巡礼は、この大きな日陰に立ち止まって水を飲んだり、数時間体を休めたりします。

白い神馬のいる厩《うまや》［神馬舎］や、いくつかの明るい朱塗の木造建築を通って行くと、立派な中庭に入ります。そこには四方を囲むように何棟かの建物や回廊があり、軒からは青銅の釣灯籠が下がっています。また回廊の戸口を通して、たった一枚の鏡と藁綱［注連縄《しめなわ》］から垂れ下がるたくさんの折紙［四手《しで》］が見えます。この象徴的御神体に信者は満足し、その前で恭《うやうや》しくひざまずき、祈願の前奏曲に銅貨をチャリンと投げます。その神殿のそばには宝物殿があり、有名な刀剣、黄金をちりばめた英雄の鎧兜、貴重な書や絵巻の入った漆箱を所蔵しています。昔の祭りで鹿につけたという奇妙な鞍《くら》が保存され、数ヤードの絹布に描かれたロマンチックな絵は、古き時代の壮麗な行列の場景を表したもので、当時天皇はパレードに立ち会う代表者を送り込み、鹿まで参加させました。

森に点在する扉の閉まった神殿は、まさに聖域中の聖域との印象を与え、神道信仰の基本〝無と空〟が人の心を打ちます。また、一列に並ぶ四棟の朱の小本殿の内陣は、それぞれ美しい竹簾で隠されています。それから巡礼団は中央の拝殿［幣殿《へいでん》］を見学するため料金を払い、祈りながらぽつんと置かれた屏風の神話的動物画に目をやります。中庭にある屋根付き大休憩所［直会殿《なおらいでん》］は、かつて大名の祈禱専用に使われ、当時この敬虔な儀式には偉大なる君主の全家臣が帰依《きえ》を手伝い、壮観この上ない光景でした。別な休憩所では地元の人たちが豆を焼き、毎冬［節分の日］、邪鬼を追い払うため広い範囲に豆を撒きます。

二〇年ごとに神官は、将来の建て替え用木材に備えて苗木を植えます。ところで、春日大社の中庭には有名な古い日本杉が二本ありますが、この建て替え目的で伐採するには、あまりにも神々しすぎます。その一本には藤蔓がトグロを巻き、その偉容は奈良の中でも驚嘆すべき存在です。中庭から重厚な角材で作られた丹塗《にぬり》の楼門［南門］の外に出ると、二つの並木道に出会います。双方とも苔むした丈の高い石灯籠が次々と行列を作り、木々の濃い群葉がせり出し触れ合っています。一つの並木道は小さな神社［若宮神社］へ導き、もう一つの並木道は一直線に石段を下って右に曲がり、さらに長い傾斜道を下ると、赤い大鳥居［二ノ

春日大社の境内

鳥居」に向かって石灯籠の一個連隊が道端を飾っています。そこから堂々とした石灯籠で縁飾りされた道を四分の三マイル［一・二キロ］ほどたどると、壮大な鳥居［一ノ鳥居］が聖地境界と村道の始まりを印しています。さらに村道には別な灯籠行列、小径、階段が加わり、濃い樹木の天蓋や蔓草類の下、あるいは苔むした荒い玉石の中に青銅色の鹿が座り、清冽《せいれつ》な泉の水が花崗岩《かこうがん》の鉢《はち》へと注いでいます。

　春日大社の参道沿いには石灯籠が三〇〇〇基以上もあり、すべて大名、貴族、裕福な信者からの寄進で、神社が堅実で豊かに繁栄した時代は、毎晩灯明が点っていました。現代では、全部の灯籠に灯心と油皿が置かれるのは重要な祭礼期間だけです。それでも、およそ六〇基に灯明が点り、毎晩この世と思われぬ幻想的雰囲気を醸《かも》し出《だ》し、春日大社の門の傍、濃い森陰の中で明滅しています。

聖なる舞

春日大社の楼門《ろうもん》［南門］から上に向かう灯籠並木の道は、神道信仰黎明期の神を奉じている若宮神社へ導きます。この神社では昔から聖なる舞が伝統的に続けられ、若い巫女《みこ》のグループが、有史以前天照大神の隠れた洞穴の前で鈿女《うずめ》が踊った神楽を繰り返すため待機しています。可愛い奉仕者は、すべて九歳から一二歳までの女の子で、内気で優しくまるで森に迷い込み警戒している鹿のようです。少女たちの服装は古い宮廷衣装で、絵のように美しい長い衣とか、鮮やかな緋《ひ》のズボン式絹スカート［袴］に四角い袖《そで》の白装束をまとい、襟元は紅白交互に折り重ねて目立たせています。舞う際は、春日大社の藤の花の紋章に彩られた紗の白衣をゆったりと着用しますが、よく見るとこの紋は、赤い袴を半分ほど覆うあの紗の白衣の前面と、敷物に垂らして引きずる背中の布切れにあります。彼女たちの顔は、表情が全く消えてしまうほど厚く白塗りされ、さらに古い化粧法に従い眉《まゆ》を剃《そ》り、額《ひたい》の中央上に二つのちっちゃな黒い点を眉代わりに付けます。唇《くちびる》には紅がこってり塗られ、顔つきは人間の顔というよりは仮面そのものとなります。首の後ろに束ねた髪の毛は金紙の輪で結び、柔らかな和紙で包んで背中に垂らします。藤の花房と紅椿飾りの長い簪《かんざし》は、頭の先で交差し額を覆う角のように目立たせ、しっかり留《と》められます。衣装細部は特に美しい感じではありませんが、全体的には特異な輝きを帯び、絵のような趣があります。

　誰でも、金銭の支払い高に応じて聖なる踊り手を大勢頼んだり、舞を長く見ることもでき、儀式用の白装束と長い黒烏帽子を付けた二人の神官にお金を払うと、すぐに古風な太鼓の前に座って詠唱連打し、小さな巫女に合わせ悲しげに笛を吹きます。聖なる舞［神楽《かぐら》］はとても厳粛で、それぞれの巫女は扇と鈴の束を持ち、その鈴からは明るい色の細長い絹布を垂らしています。巫女たちは前進しては退き、右に左に滑るように進み、扇を上げ、聖なるベビー・ガラガラ［鈴］を振ります。一定の時間内にわずかな拍子の変化を伴いつつ同じ姿勢と動作を繰り返します。誰かがお金を追加すると、同じことをまた繰り返し、神官は時間のくるまで絶え間なく楽器を泣き奏《かな》でます。

　私たち外人にとっては、神楽は素朴で物珍しい民族風習ですが、数ヵ月間、また場合によっては数年間お金を貯めて参拝にきた敬虔な信者にとり、この舞は厳粛なる神事です。普段の生活ではめったに経験することのない美しい絵巻に頰を紅潮させ、目に涙を浮かべている老巡礼の姿は、もののあわれを誘います。この聖なる舞は目的地に到達した夏の巡礼のフィナーレを飾ります。

第三章　奈　良

平安の日々

六月最後の週、私たちのいるベランダから見える茶畑の経営者が、切り株だらけになった小さな灌木での二回目の茶摘みに案内してくれました。夜明けから夕暮れまで生垣《いけがき》を越えて子供たちのコーラスが続きました。精選した一番茶の収穫は、最初に蛍の飛び交う早い時期に集められましたが、今回は初収穫後の取り残しの葉を摘むだけで、このようなにぎやかな騒ぎとなりました。衣服のあちこちに明るい赤印を付け、大きな洗面器型の帽子を被った青や白の可愛らしい着物姿の優美な前景配置は、茶畑を美しい風景画に仕上げました。親方はイチジクの下に寛《くつろ》いで座り、言うまでもなくちゃんと衣服を身につけ、パイプ煙草をふかして子供らの仕事ぶりを眺めています。彼のところへ籠《かご》いっぱいの茶を苦労して持ってくると、親方は頑丈な棹秤《さおばかり》で目方を計るので、茶摘み隊は、ぎっしり植わった灌木の間を絶えず上下し、親方の周りにはかなりの人数が並びます。茶の葉は終日太陽の下に広げられ、夜になると大きな袋や籠に詰められ運ばれて行きます。

ある日、赤い上衣姿の可愛らしい巫女《みこ》二人と一緒に森を散策しながら、小さな村を訪ねま

奈良の巫女《みこ》

した。そこでは、例の茶摘みされたと同じ茶の葉が浅い紙紐《かみひも》製の籠に入れられ、炭火で焙《ほう》じられているのを見ました。同伴者が薫りのよい葉を採《も》んで弾《はじ》くと、すぐに国内市場に出荷できるほど十分乾燥しているのが分かりました。

世俗の商売が繁盛し、奈良の刃物や墨《すみ》が世間の圧倒的評価を受けているとしても、奈良の本来の姿は信仰生活にあります。毎日、巡礼や観光客が目の前を通過し、多種多様の服装をした旅人や巡礼の行列が絶え間なく行き交います。でも、この一ヵ月を通じて、欧州風のコートやズボン姿が聖なる参道に現れたことは一度もありませんでした。

毎朝複数の赤い礼装の可愛らしい巫女が手を携《たずさ》えやってきて、私の友人のイーゼル（画架）のそばで一、二時間過ごします。白衣に紫袴姿の老神官たちからは、とても丁重に厚遇され、滞在が長びくにつれて、神聖な共同体の一部を肌で感じるようになりました［当時の春日大社宮司《ぐうじ》は、水谷川忠起《みやがわただおき》氏（明治五年～大正一二年在任）］。

小柄な巫女たちが「わが家で、お茶を入れますからどうぞ」と誘ったり、神官たちも西洋画家の技法を研究している友人を連れてきたりしました。ときには、観光客、神社の参拝者、氏子《うじこ》の中に交じって、剃髪《ていはつ》の仏教僧が大勢訪れ黒や黄の紗《しゃ》の衣姿が目立つこともありました。信頼しあう双方の聖職者は親密に交わり、最高の思いやりをもって互いを遇《ぐう》しているように見えました。彼らの会話を聞いていると、宗教学上のどんな論争も起こり得ないほど常に紳士的で折り目正しく、会話は優美で敬語と丁寧語が泉のようにあふれていました。

またあるときは、何人かの尼僧《にそう》が春日大社の太古の森へ向け巡礼していました。この神の創造物は聖女風の優雅さからは外れ、極端に女性らしさと美的風采《ふうさい》に欠けています。彼女たちは全く男性僧侶のファッションと同じで、白衣に紗の上着を羽織って、これに合わせて襞《ひだ》のある袴をはき、例のごとく悔いのない発心《ほっしん》から頭を剃《そ》っています。薄黒の頭髪がないせいか両眼だけがとても目立ち、剝き出しの頭が奇妙な印象を与えます。しかも、目の中に異人を見る不自然で鋭い光がすぐに感知されます。奈良の近くにはいくつかの尼寺《あまでら》があり、京都にも一つありますが、そこも修行者全員、男と同じ法衣《ほうえ》を装い剃髪しているのです。かくして私たち外人は、日本仏教界の尼僧六〇〇人全員、一人残らず同じ似合わないファッションでいると邪推《じゃすい》しています！

奈良の町

奈良の小さな町の隅に大きな池［猿沢池《さるさわのいけ》］があり、ここには八世紀の宮廷ロマンスがあって、移り気な天皇との愛に泣く乙女［采女《うねめ》］が入水《じゅすい》したと伝えられています。この歴史的な池の向こうの上には美しい五重塔が建ち、点在する建物は、かつて壮大な堂塔伽藍《どうとうがらん》のあったことを示しています。この興福寺の創建は七一〇年［和銅三］にさかのぼりますが、焼けて再建され、再び繰り返し、またそれを再び繰り返したという話です。仏教徒である将軍が没落した後、天皇の権力復帰［王政復古］は、神道を権威ある宗教として確立し、神道復活へ専心する熱狂の嵐の中で仏教はほとんど禁止状態になりました。仏教僧は姿を隠し、仏教関連の絵画、彫刻、書籍も消えました。そのうえ外国様式への狂気的傾斜は、古い寺院や五重塔への蔑視《べっし》を誘発しました。興福寺の二つの建物がばらばらに引き裂かれ、内部の彫像も破壊されました。歴史ある美しい五重塔の周りにはロープまで掛けられ、文化財保護にパリ市民が真剣に協力しなかったバンドーム円柱碑［バンドーム広場のナポレオン記念碑］と同じ運命に遭遇しました。しかし、今日この平穏な時代、どんな宗教の日本人も、この仏教施設の歴史ある五重塔、古き梵鐘《ぼんしょう》、そして尊い建造物を奈良の誇りとして眺めています。

奈良の町は、手入れの行き届いた小さな田舎風の住宅地区なので、通り道はみな小綺麗《こぎれい》ですが、何の特徴も面白みもありません。でも、旅行者は〝黒い細工の神［墨］〟を見学しにやってきます。ここでは菜種油《なたねあぶら》と煤《すす》とニカワの練り粉を捏《こ》ねり、鋳型《いがた》にそれを押圧《おうあつ》して焼き上げ、最高級の毛筆墨として地方へ供給しています。ところで、日本墨は中国墨とは同じではなく、ものによってたいへん高価です。なぜ小指大の切れ端が、製造元で一、二ドルの価格になるのか、鑑定家は説明する義務があります。一方では、三、四倍の大きな塊《かたまり》で外見上は同じ材質の品が、なんと、高級品の一〇分の一の値段にすぎません！

奈良には数軒の古物骨董《こっとう》店がありますが、情熱的探索者を満足させるものはありません。それでも町自体は寺社観光や近郊を楽しく散策したり、聖なる山の森から景観を眺めたりできるよう一般の観光客に細やかな気配りをしています。

三笠山［若草山］の崖下に沿った小さな茶屋に滞在する旅行者は、奈良の本当の暮らしを味わい、快適な環境の中心にいることになります。庭に点在する独立した園亭や家屋にいると、私たちは日本人観光客の美的存在が際立つ光景に出逢います。回廊をめぐらした小さな家々の絶妙な簡素美、どの家も四方が大気と景観に開放され、庭の静寂は竹筒から青銅鉢や小池へ流れしたたる水の音だけに沈黙が破られ、理想郷がこの庭に再現されています。わずかな費用で、誰でも自分専用にちっちゃな家や、優美な茶の湯の離れ屋を一軒持つことができ、それぞれの建物には小さな台所が付きます。陽《ひ》当たりのよい日、絵のように愛らしい風景に、絶えず人間的興味を誘う泊まり客や同伴者の動く姿が加わり、庭は小さな楽園となります。雨の降る日はいっそう絵画的風情が増し、とても静やかな気分になります。雨の降る六月、頑《かたく》なに間断なく降る霧雨は、すべてをびっしょりと湿気で包みます。ときどき粋《いき》な夕立もあり、これが降ると奉公人は足駄《あしだ》を履き、裾《すそ》を捲《まく》って脚を剝き出し、頭上に大きな油紙傘［唐傘《からかさ》］をくるくる回しながら軒から軒へと私たちのいる庭の周りをぱたぱたと走り抜けます。夜になると、奉公人は雨戸をにぎやかに閉め、木綿を粗く織った緑色の蚊帳《かや》を吊るために来て、部屋と同じ寸法の緑の網を天井の四隅から紐でしっかりと留《と》めます。この蚊帳は日本の多くの品物に染み付いた古臭いかびの匂いを発散させますが、雨季にはこのかびから逃れようもありません。

日が暮れると、庭先の茂み全体から、蚊《か》の大群が発生するやら、昆虫《こんちゅう》学者だけが命名可能な訳の分からぬ羽虫が蠟燭《ろうそく》の炎に惑わされて飛び交うやら、絶え間なくあちこちから飛んできます。そして吹き飛ばせるほど軽い小昆虫から、ブラジル産に似た豪華な金緑色の甲虫《こうちゅう》や、黒い雄鹿の角を持ち鋭い力で人間を強打する巨大な甲虫まで登場します。夜中は、家の鼠《ねずみ》の自己主張タイムです。茶屋生活の妨害者、このやっかい者は、美しい木製天井裏と屋根部分との空間で騒ぎ回り、薄い木板は共鳴板のように鳴り響きます。跳び回り、競走し、これを追跡するイタチのドシンドシンは、毎日オールナイトの出来事です⁉　日本人自身、鼠や二十日鼠《はつかねずみ》に敵意がないように見えます。ヤアミや奈良のホテル支配人、スタッフが、大きな事務所や台所で静かに仕事をしている傍《かたわ》らで、この大黒サマの仲間は、台帳を越えて跳び回ったり、畳に群がったり、頭上の垂木《たるき》で競走したり、バランス芸当を演じるといった無法ぶりです。

私たちの泊まっている小さな家の仕切りの薄っぺらさは、濠に囲まれた敷地の無意味な城壁や城門と同様、盗人《ぬすびと》を誘惑しているように見えましたが、この理想郷には泥棒はいません。住居は広く雨戸を開け、何時間もそのままです。少なくとも好奇心で手に触れる光景は無数にありますが、それで不安になったり、物が紛失したことはありません。どの部屋の襖にも鍵《かぎ》をかける設備はなく、どんな盗賊《とうぞく》に対しても雨戸を頑丈に作ることはしませんし、またそんな防犯の必要性も感じません。これは国民性を考える上で大きな参考となります。姐《ねえ》さんも車夫《しゃふ》も幼い少年もみな、個性的でユニークな日本人ばかりで、外国の影響を身近に受けても染まることなく、止《や》むことなき生活の喜びにあふれています。来る日も来る日も、私たち自身劇場で暮らしているのではないかと感じるほど、あまりにも芝居的で絵画的で、奈良の山腹が巨大な回り舞台に見えてきます。私たちは、この澄みきった平穏な暮らしに、いともたやすく陥り、知らぬ間に奈良の環境に深く馴染《なじ》んでいたのです。やがて、イーゼル、カメラ、行李《こうり》を荷造りするときが訪れ、心の底から悲しさが込み上げてきました。そして愛情のこもった純朴な人たちとの別れぎわ、互いにとめどなく涙があふれ、ようやく「サヨナラ」が声になりました。

田圃の仕事

雨の降る朝、人力車に乗って奈良を離れて行く途中、灰色の空の下でも緑豊かな水田地帯がいっそう美しい日本風景を演出してくれました。男女とも田圃《たんぼ》の泥と水に膝まで深くつかって働き、若芽の周りで泥を掻《か》き混ぜたり、鉄鉤《てつかぎ》で水草を掻き揚げていました。ほかの穀物と比べ米ほど手数のかかるものはなく、最初の苗床《なえどこ》の移植から稲穂に育てるまで、田圃の泥の中で絶え間なくせっせと働きます。そこに住む蛙《かえる》の軍団、気味の悪いナメクジ、蝸牛《かたつむり》、蛭《ひる》、さらに人を刺すたくさんの害虫が互いに棲み分けながら活動し、虫に弱い農民を攻撃するので、これを防ぐためたくさんの綿布を脚に膝の高さまで巻きます。

人力車は平野をたどり、険しい［生駒《いこま》］山地を越える代わりに裾《すそ》沿いに水田地帯を抜けるコースをとり、奈良から大阪まで全行程二六マイル［四二キロ、奈良街道（国道二五号ルート）］を走ります。働く農民はみな、四角い畦《あぜ》のある小さな田圃を所有し、あるところでは最初の鋤起《すきお》こしが行われ、別なところでは水を土壌へ導き、遠くでは男女とも足首まで泥につかり、ちっちゃな緑の苗を並べています。あちらこちらで農民が低いところから高い平地へ水を汲み上げるために水車を踏んだり、井戸からゆっくり水を汲み出し遠くへ押し流しています。

奈良周辺には貴重な仏教寺院が七つあって、多からず少なからずみな衰退していますが、いずれも歴史的重要性と価値ある遺物を有しています。そしていくつかの寺院は城塞《じょうさい》のごとく山腹に無彩色の石垣を高々と連ね、中には繁栄し権勢を誇っていた頃の僧院生活の面影を残しています。これら聖なる隠れ家［信貴《しぎ》生駒の寺々］は、今までに五、六名程度の外人しか訪れたことがなく、遠くて近づきがたい場所となっています。

法隆寺

大阪へ向かう途中にある法隆寺は奈良最大の伽藍で、五重塔と金堂《こんどう》は日本最古の木造建築物です。双方とも六〇七年に完成し、一二〇〇年以上もの歳月に堪えるに足る無比の堅牢《けんろう》さを備えています。そこには仏教が中国から伝来した時代にさかのぼる経典、彫刻、絵画、遺物の宝の山があり、仏教探求者にとって法隆寺は、まさにメッカです。この古い金堂は、独創的ゆえに美術鑑定家の注目を集め、中には創建当時の朝鮮人画家によるフレスコ壁画が収められ、一例を除きこれは唯一日本にある本物のフレスコ壁画です。そのいくつかは画家が直立して描いたもので、通常、日本画、掛物、仕切板、天井区画、壁面を描くときは、床に板、紙、絹を置き座って描きます。法隆寺のフレスコ壁画は、ぼんやりと色褪《いろあ》せており、青白い亡霊と後光の射す聖人の絵の判断には、こちらが頭、あちらが衣の切れ端といった具合に連想する必要があります。最近数年この作品に注目が集まり、政府の命令で一人の画家がこれを模写するため東京から派遣されました。帝国美術委員会は、法隆寺の宝の調査と目録作成を目的とし、奈良美術の調査から誕生した組織です。そのとき、委員会の写真家・小川は、暗い金堂内部をフラッシュ光で晒《さら》しながら二日間壁画と暮らしたのです。法隆寺の聖なる遺物の中には、実際のブッダの目玉や、法隆寺を創建した摂政《せっしょう》帝王・聖徳太子の神聖なる遺産があり、各年代ごとに自ら手彫りした本人像も残っています。聖徳太子は生後四ヵ月でしゃべり、少したつと一度に八人と会話しました。それゆえ、この驚嘆すべき伝説は、一歳のときの話であったとか、さらに合掌《がっしょう》してナム　アミ　ダブツ！（幸いあれ、われらの願いを聞き届け賜《たま》え、偉大なるブッタ！）と独自の念仏を唱えながら東洋を巡り、また自らの手で貴重なブッダの遺物、遺体、眼球を見つけたという話もたやすく信じられています。ブッダの目玉といわれているものは、普通の蠣《かき》からとれる無彩色の小真珠《しんじゅ》にとてもよく似ているので、奇跡的逸話《いつわ》とはなりません。それでもブッダの目玉は、毎日真昼時に公開されます。特別な見学グループにはこの遺物の拝観中、ずっと僧侶のお経が唱えられ、法隆寺の宝の重要性とありがたみが数時間にわたり、繰り返し吹き込まれます。

儀式を執り行うため、かなり老齢の僧侶が僧院から招かれ、錦織《にしきおり》と紗の壮麗な法衣姿で登場し、小さな拝礼の間に入ってひざまずき、鉦《かね》に触れ銀の音色を響かせ、華麗な黄金の蓮《はす》飾りに包まれた扉の閉じた金箔霊廟《きんぱくれいびょう》の前で祈ります。それから老僧はゆっくりと祭壇の奥から大きな包みを手前に引き出します。それは豪華な赤と金の錦織で覆われ優雅な絹紐《きぬひも》で結ばれていました。それを恭《うやうや》しく祭壇前の低い机に据え、祈禱合唱団の詠唱のつぶやきに合わせて結び目を解き、古い錦織袋から黒袋を取り出しました。それぞれの袋には対照的彩りの絹が内張りされ、太い紐で結ばれていました。九回目の袋が開けられると直方体の箱が現れ、さらに錦織カバーから水晶の聖骨小箱を取り出して見せながら、老僧は受台代わりの黄金の蓮にそれを置きました。小箱は伝統的仏教徒の墓の形である立方体、球体、角錐が重なったもので、その無疵《むきず》の水晶体は全部一緒に銀の針金で補強されていました。空洞の球体の中に鈍い色の遺骨が収められ、回覧されると小石のようにカラカラ音がしました。やがて聖職者は祭壇から貴重な包みを取り上げ、解いてきた一〇枚の絹袋に順繰り入れ戻します。壁奥へ聖なる遺物を安置するまで、お経のつぶやきを一度も欠かすことはありませんでした。

建物の中の一つに、秘密の部屋があり、その床に奇妙な竃《かまど》型をした瘤穴があり、一二〇〇年間火事に遭った際の再建費用として、そこへ黄金の奉納品を落とし隠してきました。これらの貯蔵品は、懸念《けねん》される惨禍《さんか》の発生時以外には触れることはできず、帝国美術委員会から発せられた通告、「そこにあると思われる貴重な貨幣を調査するため、地下室を壊して開けたい」との要求に僧侶らは激しく抵抗しました。

数年前、法隆寺を訪ねたボストン美術館の鑑定家［フェノロサ、米国美術研究家、明治一七年夢殿《ゆめどの》開扉］が寺の窮状を知り、美術の宝の山の保護と修復の必要性を痛感し、基金をスタートさせ、さらに古くて貴重な屏風の修繕を自ら引き受けました。たくさんの価値ある絵画、ぼろぼろになった衣装、鋳型《いがた》製造物、かびに蝕まれた遺物が基金によって救われました。それ以来新たに四人の支援者が基金へ豊富な資金を提供しましたが、偶然にも彼ら全員ボストン出身だったという面白い後日談もあります。

境内の裏手の丘に、とても奇妙な八角円堂［西円堂《さいえんどう》］があり、健康回復を祈禱し、医者とは違った治療を教える僧侶たちへの奉納品でいっぱいです。外側の壁は、数百枚もの六インチ［一五センチ］角の板で半ば埋もれています。その板には治療を受ける病んだ巡礼の絵が描かれ、さらに狭い棚には聴覚の回復した聾啞《ろうあ》者《しゃ》の伝統的奉納品・錐《きり》がうずたかく積まれ、そのほか頭髪、小刀、短剣、鋼鏡、貨幣の飾り物が扉にぶら下がっています。石畳の堂内には古い彫刻や仏像がたくさん飾られた円形祭壇があり、周りには鍔《つば》、小刀、鋼の手鏡が折り重なっています。至るところに兜《かぶと》や鎧《よろい》の断片があり、さらに日本女性の使う長い貝殻製の簪《かんざし》が山盛り奉納され、幕やカーテンに織り込まれた絹紐が、幟《のぼり》のように祭壇の前や横側に垂れ下がっています。暗闇で見る限り、壁全体と垂木の隅から隅まで、ぎっしり短剣が並んで垂れ下がり、さらに鏡、鍔、弓、矢、奇妙な兵器、鎧の一部、貨幣、簪が折り重なっています。

この途方もない場所の近辺に尼寺［中宮寺］があり、剃髪し美的でないファッションの敬虔な女性集団が霊廟と仏像に毎日奉仕し、例の修行日課をあまねく厳守しています。

大阪平野

丘陵［生《い》駒《こま》山地］の最後の山脚を回り込んでから、大きな河［大和川］を横断すると、道は雄大な大阪平野に達します［奈良街道コース］。この平野は周辺の山脈と瀬戸内海沿岸の間に広く半円状に収まっています。巨大な沖積《ちゅうせき》平野の主要作物は今も米で、ここでできる日本酒は全国でも極上品《ごくじょうひん》といわれています。

エメラルド色の平野すべてが農作業の真っ最中で、大茸《おおきのこ》のような菅笠《すげがさ》があちらこちらに見え、農民が腰をかがめて仕事をすると、水田の中に深く沈みます。北米の大草原のように水平な田圃に素朴で巧妙な灌漑《かんがい》システムがあり、至るところで農民が境界内に水を張るため小さな土手を築き、この細い黒の線で広大な格子模様を平野に描き、田圃から田圃へ歩きながら仕上げてゆきます。どこまでも水平で、平面を壊すような囲いや高い障害物は一切なく、そこには不思議な考案品、原始的なペルシャ式水車とそれに付いた竿《さお》が二、三本あるだけです。水箱《みずばこ》の列を持つ水車は踏車《ふみぐるま》の形をし、これに乗って作動させます。箱は低い位置から水を掬《すく》い上げ、頂上の樋《おけ》の中へ水荷を放出します。そこから水がほとんど感知できないほどの勾配《こうばい》変化で田圃から田圃へ流れていきます。法律で裸《はだか》が禁じられ、最小限の衣服・褌《ふんどし》をつけた農民が、頭に青手拭《てぬぐ》いを被《かぶ》り、ときには大きな唐傘《からかさ》を長い竹竿にしっかり結んで日陰を作り、灼熱地獄《しゃくねつじごく》の炎天下に不平もいわずに踏車を踏み続けます。広大なエメラルド色の平野にぽつんと孤独で悲しげですが、絵のように美しい光景です。掘り抜き井戸の多い東洋では、茣蓙《ござ》や柄《え》の長い傘で覆って日陰を作り、同時にナイル河の跳《は》ねつるべに似た長い棹《さお》を使って作業をします。

この緑の海原《うなばら》に、遠く大阪城の砦櫓《とりでやぐら》と五重塔［四天王寺］の先端が島のようにそびえています。何時間進んでも、この風景へ到着するようには見えませんでしたが、わが駿足部隊は近郊で緑茶をちょっぴり飲み、最後の力を蓄えてから一気に街道を駆け下り、これまでとは比較にならぬ足並で、次々と橋を越えて行きました。

第三三章　大　阪

大洪水

大阪は日本最大の商業都市で、人口は三六万一〇〇〇人を越え、淀川が大阪湾へ到達する平野の縁には、灰色の屋根が数マイル四方にわたり広がっています。砂州《さす》や浅瀬が、この都市と連絡する大きな船舶の運航を妨げるため、湾弧二〇マイル〔三二キロ〕向こうにある兵庫神戸がこの地域を代表する海港となっています。都会を横断する支流、無数の運河の存在は貿易都市ベニスとよく似ているので、大阪は〝日本のベニス〟と呼ばれています。さらに、平野に広い運河と低い民家を擁《よう》し、とても絵画的とはいえぬ鈍い色合いから、幸薄き〝海の花嫁〟といったイメージも浮かびます。その一方、豚肉缶詰工場がなくても〝日本のシカゴ〟と呼ぶのは当を得た表現で、共同社会全体が活気にあふれ、全能の米国ドルに代わって、金貨を後ろ盾《うしだて》とする日本円流通には熱心で、大阪府庁の貿易局は日本の中でも、最も刺激的で忙しい役所となっています。

大阪は、古い時代から日本史上でいつも目立ち、維新期には朝敵《ちょうてき》である将軍が大阪城に立て籠《こも》り最後の抵抗をしました。また大阪年代記によると、これに続く大事件は一八八五年

［明治一八］の洪水で、日本で起きたこれまでの洪水と比較になりませんでした。雨季六月の最後の週、土砂降りの雨が一週間以上も続き、さらに台風が大阪一帯を襲い、隣接する県も氾濫《はんらん》しました。琵琶湖は通常水位よりもはるかに上昇し、河川幅は二倍となり、それがすぐに倍増して大阪平野全体が湖となりました。

灌漑用の溜池《ためいけ》の水位よりも不自然に上昇した河川は、激流で土手や堤防を溶かし去り、高さ二三フィート［七メートル］の奔流《ほんりゅう》が水田を覆って洗い流し、農家や集落はわずか一日で消滅し、被災者は舟や筏《いかだ》に乗ったり、角材につかまったりして身の安全を計り、自分の身とわずかな財産を守りました。高水位のまま連続する降雨が二週間も続き、ようやく洪水がしずまると、山のような残骸を呆《あき》れるほどさらけ出しました。わずか数名の農民が田圃《たんぼ》で植え替えたり、注意深く手入れして、その年の収穫をようやく確保しましたが、ホームレスや窮乏者が何千何万と生じ、大阪城内の空いた兵舎への避難や配給食糧の確保に追われました。

大阪の町自体は、城とわずかな商店通りだけが水面の上に残り、無数の家屋と倉庫が廃墟《はいきょ》になり、重い瓦《かわら》屋根の下の土壁は、急流の中でトランプカード崩しのごとく倒壊しました。一四六ヵ所の橋が流失し、しばらく舟が唯一の交通手段となりました。恐ろしいほどの被害と窮乏は、数多くの大阪産業を麻痺《まひ》させましたが、増水が沈静化すると短時間で仮橋や渡し舟が設置されました。そして見る見るうちに堤防は継ぎ当てされ、住宅は再建され、大阪はにぎやかな状態に戻りました。今では泥で汚れた壁、膨大な漂流物、屋根のてっぺんの壊れたごみ屑《くず》は綺麗に取り除かれ、私たちが石畳の通りを疾走しても、ほとんど天災の跡に気づきません。

毎晩、屋形船が幸せそうに歌う芸妓や舞妓を乗せて川を上下し、琴や三味線の音は深夜まで大気に鳴り響きます。風変わりなジュウテイ・ホテル［自由亭（北区堂島）］は、二階が外人用ホテルで、階下が日本人向け茶屋として作られ、相変わらず山海の珍味にあふれ、大阪庶民の回復力は、至るところで人を驚嘆させます［明治二九～四〇年、新淀川放水路建設］。

大阪城

お城は大阪の重要な観光資源で、雄大な城塞の中心［本丸《ほんまる》］にあった天守閣は、一八六八年［明治元］に焼失しましたが、見るべき遺物がたくさん残っています。敷地はどっしりとした外壁に囲まれ、濠は実に壮大で、砦《とりで》櫓《やぐら》や構造物が大阪平野の中にひときわ高く集合し、どんなところからも堂々と見えます。石垣の角度は軍艦の舳先《へさき》のように鋭く内側にカーブし、各コーナーには、何層にも重なり古風で趣ある反《そ》った黒屋根の白櫓《やぐら》が残っています。城の石垣は石工術の奇跡であり、横四六フィート［一四メートル］に、高さ一〇フィート［三メートル］とか一二フィート［四メートル］の単独石が重要な城門の片側に据えられています。ほかにも高さ二〇フィート［六メートル］の石があり、採石所から運ばれたように荒削りで、小型のエル・カピタン［米国カリフォルニア州ヨセミテ渓谷にある岩山］のような角度で立っています。これらの巨石のほとんどが特別な名称で日本人に知られ、それぞれの石に伝説がまつわっています［龍《りゅう》石、虎《とら》石、蛸《たこ》石、振袖《ふりそで》石など］。ところで、「昔の建築家は、いったいどんな方法でこのような大花崗岩《かこうがん》の塊《かたまり》を九州の島の採石場から運んだのか？」、また「蒸気機関や近代装置がないのに、このような石垣をどんな方法で積み上げたのか？」など外国人にとっては大きな謎《なぞ》です。

さらに内部へ進むと堅牢《けんろう》な三つの防御石垣が、うまい具合に周辺の兵舎や閲兵《えっぺい》広場を本丸跡から分離して囲い、三番目の囲みに司令部［大阪鎮台（第四師団）］があります。八月の焦げつく暑い朝、染《し》み一つない白い軍服姿のきびきびした若い陸軍中尉が、寺院のような司令部で私たち一行を出迎え、四番目の囲みへ案内し、古い城塞の見張台［小天守閣跡］に向かって広い石段を上がりました。伝令が双眼鏡をもって前方へ走ってゆき、その後に続いて私たちは街の上、三〇〇フィート［九〇メートル］の風通しのよい高台に立ち、広大な田園の広がり、さらに町の屋根のてっぺんを見晴らしていると、屋根から大気の熱波が振動しながら昇ってきました。朝の八時でも、この高い地点の空気は激烈な暑さとなり、石畳は脚を焼き焦がしました。さらに上へ登ると、波状攻撃を受け何度包囲されても、防衛軍に尽きることなく供給できるさわやかな冷水の湧《わ》く井戸がありました。

司令部に戻ると、組紐の白線がたくさん付き、まるで雪のごとく白い軍服姿の司令官に会見しました。これを見れば、誰でも白の制服をたんすにしまい、暗く冴《さ》えない冬の連隊服を着ていることを後悔します。私たちには東京の役人が二人付き添っていますが、彼らと司令官との間に交わされたお辞儀と礼儀正しい伝統的挨拶は、新時代になって多少修正されたとはいえ、古式ゆかしい魅力的ショーでした。涼しい陰のある部屋に入ると、緑茶とケーキとワインが待っていました。この部屋は秀吉が暮らしていた古い館の基礎に建てられたもので、内部は太閤が遠い城から運ばせた素晴らしい絵画や彫刻が板壁に嵌《は》められ、また天井にも張られていました。部屋の前には日本版ナポレオンの愛妾《あいしょう》［淀君《よどぎみ》］によって植えられた松の木が立っています。ここではジュディット・ゴーチェ［フランスの作家］の名作『簒奪《さんだつ》者《しゃ》』にあるごとく封建社会のきらめくドラマが演じられ、大阪城を壮麗なロマンで包みました。

続いて、城外にある大砲《たいほう》造兵工場［大阪工廠《こうしょう》］見学で焼け付く二時間を過ごしましたが、そこの機械類はドイツのケムニッツ鋳造工場製で、大砲はイタリア製をモデルに造られていました。外人技術者の姿はなく、機械はすべて日本人職工によって管理されていました。大阪は、この兵器工場に続いて造幣局《ぞうへいきょく》にも誇りを持ち、合衆国のどの造幣局よりも優れた大型機械を使って紙幣を印刷しています。大勢の制服姿の職工と女工が機械の番をし、溶かし、鋳造し、削り、刻印し、量《はか》る作業に従事して貨幣を造っていますが、日本の貨幣単位は円と銭なので、米国貨幣のドルとセントの勘定にぴったり一致します。また造幣局は素晴らしい貨幣コレクションに力を入れ、日本貨幣の黎明期からの完全セットは勿論《もちろん》のこと、世界のあらゆる国の貨幣や勲章《くんしょう》も蒐集《しゅうしゅう》しています。

大阪の産業

大阪には、もう一つ面白い官立機関があります。それは大阪産の工場製品の展示と売買のためのバザーです。日本の都会は、どこでも似たような展示市場を抱えていますが、このように大規模で素晴らしい品物でにぎわうバザーはほかにありません。そこでは退屈な作法手順や、靴を脱いだりすることや、欲しい商品を見せられる前に何時間も胡座《あぐら》をかいて待つこともなく、どんな工場が出店しているのか、どんな商人が営業しているのか一目瞭然《いちもくりょうぜん》です。全商品の値段は明確に数字で印され、固定価格の表示によって無用な値切り交渉やソロバン珠《だま》のカチャカチャ騒音を未然に防いでいます。そしてバザー組織を支えるために、数セントの入会金と全売上げの一パーセントを上納します。誰もが多種多様な大阪の企業を研究しながら、一日中この迷宮の中で過ごすことができ、あらゆる金銀細工、縮緬《ちりめん》、錦織《にしきおり》、漆器《しっき》、琺瑯《ほうろう》、磁器《じき》、はては食品調理用の肉切包丁、特許医薬品、外国模造品まで手にすることができます。造園の草花、昔懐かしい骨董《こっとう》、玩具《おもちゃ》、陶器の各コーナーがまんべんなくあり、この騒がしい都会で、あらゆる商品見本が作られ、売られ、使用されています。夕方には電灯がつき、軍楽隊が出動し、年中この産業博覧会は盛況で、儲《もう》かります！

大阪は優れた鉄、銅、青銅の美術工芸の中心です。工芸家たちは極上の鮮やかなデザインで素晴らしい近代薩摩焼を仕上げ、可愛らしい花瓶や香炉には大阪の印、ギョクセン［玉扇、澪標《みおつくし》?］マークが現代最高の模範商品として刻印されます。和泉《いずみ》の窯元《かまもと》の柔らかな黄色や豊かな色調の陶器が大阪中の市場に出回り、さらに花瓶や床の間の装飾備品用に黒檀《こくたん》を彫って作ったキャビネット、スタンド、宝石台は有名な大阪職工組合に独占されています。また組合の帳簿取引や織物売買は非常に大規模で、しかも純日本的絹織物を扱う老舗では京都機織の最高級品を陳列し、ほかで見つからなくても、そこだけは豊富な品揃《しなぞろ》えがあります。麦藁《むぎわら》製品も大きな取引をしていますが、藁紙《わらがみ》の商《あきな》いはもっと大規模です。扇は一〇〇万本近く大阪から輸出され、合衆国では国民一人当たり扇一本ずつ買っていくつもりです⁉型押《かたおし》皮革も大阪の重要な製品の一つで、主としてトリエステ［イタリア北部地方］へ輸出され、そこやベニスではポケットブック、書類入れ、名刺、煙草ケースが作られ、これらの商品を買うために米国の宝飾店や文房具店は、莫大《ばくだい》な代金を払っています。豊能《とよの》にある大阪最大の皮革工場を見学すると、四角い型押皮革の下地に描くカブト虫、鳥、魚など一〇〇種以上もの図案を私たちに見せてくれましたが、各皮革の大きさは二四インチ［六〇センチ］角で、一断片一、二ドルで売られています。金箔や色付きの精巧な図案を大きく型押したものや、壁化粧板に利用される貿易向けの大断片皮革は二五ドルに跳ね上がり、また皮革のサイズや品質に注文をつけたり、芸術家の作品を希望すると、もっと値が張ることになります。

押印を作る四角い大真鍮《しんちゅう》型枠の価格は平均一五〇ドルもしますが、昔はこの半額の値で、二フィート［六〇センチ］角の真鍮面全部に極上美の図案が彫られていました。これらの型が手で皮革に刻印され、その後職工が皮革を踵《かかと》に置いて図案に色づけします。

ポケット・ストーブ

大阪向きの特殊産業に綿《めん》や麻《あさ》の床敷物の製造があります。この大阪敷物は封建時代とても重宝され、大名は贈り物として独占的に利用しましたが、普通の時代になって商社や大工場が家庭へ供給し、さらに諸外国による安くて面白い製品の引き合いにも応じています。

日本で売られている懐炉《かいろ》の大半は、大阪の工場名がしるされ、寒い季節や病気のとき、懐炉の利用者は〝大阪の恵み〟と呼んでいます。懐炉は両脇に穴の開いた薄い小箱で、表面が滑らかな布で包まれています。懐炉炭は、美しい特上の柿の薄炭で三インチ［七・五センチ］角の紙袋に詰められています。紙の端に火をつけて懐炉に入れ、燃え上がるまで吹き付け、そっと蓋《ふた》をしてハンカチとか、特殊な袋で懐炉をくるみます。小さな棒炭は三時間ないし六時間は燃え、ずっと安定した温かさを保ちます。懐炉のサイズは豊富で、体にぴったり合うようさまざまな形に曲げられ、重みはほとんどありません。最も一般的な懐炉は縦約四インチ［一〇センチ］、横二インチ［五センチ］の大きさで、糊貼《のりば》りした布地の質に応じて三セントないし五セントし、炭の紙袋パックの値段は一袋一セント半です。

冬の日、懐炉を手にした日本人が帯に押し込み背中に回すのをよく見かけます。懐炉は主婦が押し入れに収納しているたくさんのリンネル製品の湿気を防ぐのにも便利で、夜間は湯たんぽ代わりになります。米国では単なる玩具、マフ［両手を保温する毛皮の筒覆い物］暖め器、あるいはポケット・ストーブと見なされていますが、病室での利用が最適で、何日も一定温度で湿布を続けたり、衣服を暖めたりできます。寒気、腹痛、リューマチ痛を安定した優しい温度で心地よく癒《いや》してくれ、神経痛で痛むところに巻くと気分が鎮静化します。懐炉は頭痛を解消することでも知られ、特に船酔いでは辛い悪寒《おかん》を克服し、苦痛を和《やわ》らげてくれます。いつも漏れたり、急に冷たくなったりする米国製の重いゴム温水袋は、この小さな懐炉に代わってもらうべきでしょう。

大阪には、小型美術館ともいえる古物骨董商があって、豊富で選りすぐりの日本古美術にあふれています。この豊かな商業都市は娯楽興行面でも東京や京都と張り合い、一マイル［一・六キロ］にわたる見世物通り［道頓堀《どうとんぼり》］があります。大阪の劇場、相撲《すもう》、舞妓《まいこ》と芸妓《げいこ》は、地場産業と同様有名で、人力車ランナーの速度も日本一といわれています。石畳の道、橋、街角周辺を恐ろしいスピードでくるくる回り、どこでも一時間六セントで済み、しかも最高においしい四角い大阪カステラを公園の茶店で半時間かけて食べるほどの十分なゆとりを持ち、鉄道駅の出発に間に合うよう客を乗せて走ります。この大都会・南区［ミナミ］の舞妓と芸妓は優雅、美形、さらに機知に富んでいることで知られ、帯の調和と髪飾りの趣味のよさ、新舞踊の独創性、そして夜間、川を上り下りする屋形船の提灯傘の下で見せる演芸は、あの素敵な饗宴の中でもユニークな存在です。

天王寺

大阪には、豪華《ごうか》絢爛《けんらん》な寺院がたくさんありますが、将軍や朝廷による庇護《ひご》が消えて以来、かなり苦労してきたようです。大阪、東京、京都の三大都市は、宗教上の三大中心地でもあり、大阪城から離れた地区にある仏教施設、黄の壁に囲まれた大規模な僧院や境内は大都市にふさわしいものです。街道を行き交う大勢の僧侶、無数の夏の巡礼、社寺の装飾具を扱うたくさんの店、祭壇仏具、数珠、守護神の祭礼棚に飾る錦織の三角旗は、忙しい都市であっても宗教尊重の確かな様子を伝えています。ある寺院［吉祥寺《きっしょうじ》（天王寺区六万体町）］は〝四十七名の浪人（忠臣蔵）〟に関連する遺品を豊富に所蔵し、毎年祭礼日に陳列されると寺院周辺は人だかりとにぎやかな青空市で歩行困難となります。東西双子《ふたご》の門徒宗は壮麗な建造物を誇り、ときどき京都の本願寺の僧侶が大阪の寺の儀式を手伝いにきます。

奈良から大阪へ近づくにつれ、天王寺［四天王寺］の屋根と五重塔が大阪城の砦櫓《とりでやぐら》と一緒に見えます。この五重塔は、観光客の昇降が許されている日本でも数少ない仏塔の一つです［昭和九年秋、大風で倒壊］。西洋様式に似せて造るため、今までの何倍にも及ぶ材木と粗い板が使われました。不格好な急階段や梯子は山登りよりも厳しく、登山客（!?）は這《は》い上《あ》がり、重い梁《はり》下をくぐり、さらに上へ向かうのに大きく腰をねじり、建築家の秘法を隠した暗い壁穴をときどき覗《のぞ》きながら進みます。観光客は「地震国なのに、どうして塔は無事に立っていられるの？」とか、「なぜ、このような細長い大建築物を、必ず襲ってくる地震を無視し建てたの？」と不思議に思います。ところが、中空の塔内最上部の梁から吊された壮大な舌《ぜっ》状物体、つまり振り子を見てみな「ナルホド！」と納得します。

この物体は、重い棒が一塊《ひとかたまり》にボルト締めにされて作られ、全建造物重量の約半分に等しいものです。これが底部付近に下げられ、地震で塔が揺れると、衝撃波で大きな振り子もゆっくりと振動し、塔の底部を安定させ安全サイドに働きます。

五重塔付近にある屋根の掛かった高い鐘楼《しょうろう》の中には、病気をしたり亡くなった子供の衣服を吊り下げているたいへん興味深い祭壇があります。内部全体が小さな着物や涎掛《よだれか》けであふれ、銅鑼《どら》の長い綱と一緒に頭上を覆い、小部屋では涙を溜めた婦人たちが僧侶の周りに集まり、絶え間なく祈禱《きとう》が祭壇前で続きます。前庭には休憩所の屋根に覆われた石造の大貯水池［亀ノ池］があり、階段の数段が水に沈み、石造の亀から水があふれ貯水池へとぎれなく流れています。水際では、信者が僧侶から護符《ごふ》や祈禱札《ふだ》を買って水に投じたり、札を持ち去ったりしています。ほかの参詣者は小瓶に水を満たし、いろいろな病いの特効薬として家に持ち帰っていました。池の周辺には数百の亀《かめ》が棲息《せいそく》し、木の台に登ったり甲羅《こうら》干しをしていますが、手を叩き、はじけた豆を周囲に撒くと、すぐに群れ全部が飛び込み、餌の贈り主に向かって泳いできます。

今も、天王寺全体は小型の濠、荘重な楼門を持つ黄色の壁で囲まれていますが、昔この一画は、独立した宗教都市として栄え、人口三万の別世界でした。

第三四章　神戸と有馬

神戸港

旅行者は東海道本線によって、東京から神戸（兵庫に隣接する外人居留地）まで、陸路で二四時間以内の旅が可能になったことに歓喜しました［明治二二年七月開通］。これまでは富士山や海岸線の美観にもかかわらず、いつも辛い海の旅を強いられました。絶えず変化する海、海流の横断、予測できない縦揺れや波動は、ベテラン船員でも戸惑います。神戸の海の旅は、しばしば乗客を横たわらせ、晴れやかな空と見せかけの滑らかな海は人を嬲《なぶ》りものにしている感じです。台風が襲来すると紀伊半島は、台風の吸い寄せ磁石と化し、恐ろしい波濤《はとう》が瀬戸内海の玄関を守る岬《みさき》周辺で荒れ狂います。

大阪や京都の専用港であり、しかも重要な茶所・山城の出口である神戸は、商業上重要な場所です。その成長ぶりは開港以来、横浜と同等以上で、一八六八年［明治元］、兵庫の町は一万人未満の住民からスタートし、一八八七年［明治二〇］に八万人を越え、一九〇〇年［明治三三］には二一万五七八六人に達しました。一八八八年［明治二一］の貿易総額は四二九七万一九七六ドルで、一九〇〇年には九七八〇万五二〇六ドルとなり、そのうち、輸入が六〇一四万四七六四ドル、輸出が三七六六万四四二ドルでした。万国から船が集まりあわただしく波止場に錨《いかり》をおろし、米国からも灯油を積んだ汽船がたくさん入港して、ぼろ布、樟脳《しょうのう》、骨董《こっとう》を積んで出港しますが、その船の雑貨リストには安価な磁器、漆器、扇、提灯、玩具、さらに貿易用に作られたつまらないものもあります。

神戸は、瀬戸内海の岬［和田岬］に位置し外洋から保護され、また背後の低い山並みによって陸地からも隠された港町で、外人居留地用に開かれたいくつかの新条約港の中でも、気候的に乾燥したとてもよいところです。土壌は砂質、位置は南向きで、冬の陽射《ひざ》しと夏の涼風が満喫できます。町の家並みは、険しい山壁や緑のビロードの谷間から始まり、海辺に向かって急傾斜し、そこからバンド（海岸通り）へ延びています。この長いバンドの一画に外人居留地、銀行、領事館が隣り合って並び、町の誇りになっていますが、この外人専用バンドは、地元の人間が住む兵庫バンドほどは画趣がありません。そこから離れた港に数百もの奇妙なジャンク舟が浮かび、夜になるとマストに優しくポーッと光る提灯が星座のようになり、同時に波止場や山腹全体に無数の灯火がまたたき、さらに軍艦の探照灯が電気閃光《せんこう》を発し、広く海岸風景を照らし出します。

兵庫バンドの政府庁舎の端で、道は行き止まりとなり、鉄道波止場や防波堤が湾内から遠く長く突き出て岬の先端まで続き、その岬［和田岬］の頂上には円形石塔の砲台と灯台があります。よく茂った並木が湊川《みなとがわ》のコースをしるしていますが、数世紀前は現在の水路からはずれ、高い堤防に沿って流れていました［明治二四年新湊川完成］。ところどころにある四〇フィート［一二メートル］の急斜面が運河堤防から平らな兵庫通りへとつながり、堤防には芝が張られ、松と巨大な楠《くすのき》の並木や茂みによって日陰ができ、菜園や絵のような茶店もありにぎわっています。乾いた河原は大勢の子供の遊び場となり、祭りのときは屋台や大道芸で大盛況となります。

歴史の地・兵庫

〝武器庫〟を意味する兵庫は、古い歴史の中でも際立った場所です。楠木正成《くすのきまさしげ》、この理想的英雄、騎士道的武勇の手本は、この地で菊戦争［南北朝の対立］の最後の決戦［湊川《みなとがわ》の戦い］に挑みました。後醍醐《ごだいご》天皇の政権が確立した一四世紀、楠木の武勇は至るところで崇拝され、特に兵庫の楠公《なんこう》神社［湊川神社］では御霊《みたま》を祭り、記念祭［楠公祭《なんこうさい》］は壮麗で絵のような趣を呈します。この重要な神社のほか、同じように重要な仏教伽藍《がらん》・真光寺《しんこうじ》があり、境内の外庭には巨大な青銅のブッダ像が穏やかに威厳のある表情で座り、蓮池中央の花崗岩台座は浮島のように立ち上がっています［能福寺《のうふくじ》の兵庫大仏（明治二四年開眼）と混同？］。

確かに、兵庫は湊川の古戦場ですが、旧兵庫を捨てて近代神戸がスタートしたこの土地で、死ぬべき運命のサムライに出会うことは、まずありません。神戸の本通り・元町は、湊川銀行から外人居留地まで狭い道がうねり、そこを越えると問屋、焙《ほう》じ茶《ちゃ》倉庫、外人居留地が続き、さらに条約上居留地として認可された狭い区域から外へ向かって縦横に道が広がっています。神戸には〝頭〟とか〝神の門戸〟の意味があり、たぶんそれは地理的位置が瀬戸内海の戸口であることに起因します。

一方、神戸には東洋の手本となる外人居留地があって美観を呈し、外国領事や日本の国家公務員の合同庁舎もあり、その中の市裁判諮問機関の公平な裁判は評判どおりで、疑問の余地はありません［明治一七〜一八年、兄ジョージも兵庫大阪副領事として神戸に在勤］。

居留地中心部から下にある美しい公園は、かつて兵庫死刑場でしたが、現在は楠の老木の豊かな緑陰に覆われ、生垣、棕櫚《しゅろ》の林、藁葺《わらぶ》きの四阿《あずまや》、鐘楼《しょうろう》で飾り立てられています。近くにあった小さな寺は焙じ茶の大倉庫に場所を譲り、地元の子供らは転がるようにして遊んでいますが、この場所で首切り役人が想像を絶した処刑を行い、高いポールに手足のない胴体や青ざめた頭部を縛って刑場の隅に晒《さら》しました。外人居留者用の公園や運動場は別にあって、湊川の対岸土手ぎわの一段高い河原にあります。

神戸丘陵のどの裂け目も、美しい小さな渓谷となり、斜面には蜜柑《みかん》畑が点在しています。緑の山峡には布引《ぬのびき》の滝があり、その清らかな渓流は花崗岩の険しい岩壁を下り、二筋に分岐して突進し、古い水車小屋を通り過ぎて二つの滝となり、泡立ちながら落ち込み、さらに傾斜地を越えて勢いよく内海へと流れて行きます。

〝月の寺〟［摩耶山《まやさん》の忉利天上寺《とうりてんじょうじ》］が、遠く険しい緑の山の頂きに白く点となって輝き、散策しやすい滝巡りコースと相並んで、観光団お気に入りの二大行楽地となっています。さらに遠く丘の山脚に沿って〝黄金球の寺〟がそびえ、派手な地元集会所にも見える白塗御殿は、屋根のてっぺんを黄金の球体で覆い、外見上からは仏教寺院を想起させるものは何もありません。これは誰にとっても目障《めざわ》りな代物《しろもの》ですが、地元住民は外国様式に真似て建立《こんりゅう》するため一生懸命寄進し、ついに怪奇でユニークな建物を完成させ感涙《かんるい》にむせんだのです。

この周辺には稠密《ちゅうみつ》な墓地があり、数百年間苔《こけ》に覆われた灰色の墓石がたくさん横たわっています。別なところには一族の墓碑が新しく建ち、埋葬された家族の名前は黒文字で付けられ、生きている人の名前は赤文字で書かれています。これは一見奇異な風習ですが、一族の墓を指差し、自分の赤文字に誇りを持つのは、日本人から見れば合理的であり当然だと思います。葬式では火葬が励行され、寺院裏手の狭い谷あいの上に小さな火葬場があり、この方法は簡素で費用がかからず、富める者も貧しき者も仲良く利用しています。旅行者は、ずっと亡骸《なきがら》に付き添いながら白い斎場の火に向かう葬式行列や、一族の集団が遺骨を持って最後の安息地である墓へ降りて行く姿に出会います。

茶店の屋並みが丘の崖上に集まり、松林に隠れている無数の神社が、森の端に細長い鳥居を見せています。別のところには、大きな米国伝道教団のミッション・スクールと住宅が全く独自に居留地を形成しています。

ダイヤモンド

神戸は、安手の海外向け商品にすっかり埋没しています。商店が並び、色鮮やかな磁器、ブロンズ、壁紙、珍妙な漆器にあふれ、まるで神戸貿易のお得意さん・米国の都会にいるのではないかと錯覚するほど、刺繡《ししゅう》工芸の茶番劇や色彩の悪夢を生んでいます。あるシカゴの商社は毎年こんな製品を大量に輸入し、欧州の中でも最も熟成した財政豊かな、あの人口稠密なベルギー王国の貿易額全体さえも越えています。

海外貿易用の粗悪品が増加するに従い、本物を扱う骨董商は減少し、残るのは、依然としてサムライの月代《さかやき》と丁髷《ちょんまげ》にこだわっている武家屋敷だけです。ある日、近代経営や宣伝看板を軽蔑《けいべつ》するサムライが、膨大な刀剣を無造作に玄関先に吊していました。その前を偶然通りかかった骨董趣味の常連［シドモア女史一行］が邸内に入ると、なんと宝の山が、がらくたのごとく積まれ、まる一日、部屋を漁《あさ》り庭を行き交い、わけの分からない露地をさまようはめになりました。

最近数年、この保守的な老人はやや心が打ち解けてきたので、顧客は以前より気軽にこの化物屋敷へ足を向けるようになりました。でも、相変わらず用心深く隠された宝の山を発見しては、胸がどきどき高鳴ります。土蔵の中は依然として古い鞍《くら》、儀式用駕籠《かご》、馬飾り、幟《のぼり》にあふれ、一角には槍《やり》、長槍、色鮮やかな軍旗がうずたかく積まれ、ある蔵には錦織法衣、軍服、霊廟壁掛けが詰め込まれ、数百体もの金箔ブッダ像、さらに多少傷《いた》み摩耗《まもう》した気高い観音像、古い秘蔵の陶磁器、漆器、ブロンズ、彫刻がありました。最後の蔵からは小さな庭園が見渡せ、定番の小池、石灯籠つきの石橋、さらに築山《つきやま》の斜面に発育の妨げられた松があります。庭の向こうの土蔵には鎧、貨幣、古物《こぶつ》がたくさん貯蔵され、さらに二階が二重構造となり、全体が天井の低い迷宮になっています。軍団がこの武器蔵で戦《いくさ》の準備をしたり、大聖堂の新築にブッダ、観音、仁王の彫像、さらに小さな神像、金箔仏像を一式調達することも可能です。これらの仏像はすべて奈良や比叡山の伽藍から持ち出されたことは証明済みで、それらの寺院は宗教関連物資が何でも賄《まかな》える驚異的供給源となっています。ハリ神［ヒンズー教の神ヴィシュヌ］の像を買った幸運な旅行者は、神の額《ひたい》の宝石が水晶ではなくダイヤモンドであることに気づき、その宝石刻面を研磨《けんま》すると数百ドルもの値打ちになりました。でも、この一件に関して老サムライはしゃべりたがりませんでした。気さくな息子が、話題を変えるため再び茶を入れ直し、掛軸《かけじく》をたくさん広げたり、「父の若い頃のものです」と言って刀剣や兜《かぶと》を見せてくれました。

有馬の籠細工

神戸を抜けると、西海岸地方には但馬《たじま》の彩色藁《わら》モザイク［花ござ］が目に付きますが、有馬の籠細工《かございく》も負けずに市場を広げています。有馬は神戸から一五マイル［二四キロ］ほど奥まったところにあり、私たちは人力車で行くことにしました。午前六時、夏の朝露と新鮮な大気の中を出発し、九時過ぎには茶店の庭に着き、太閤楓《かえで》の心地よい木陰で休憩しました。神戸近郊を抜けると次第に登りとなり、壮麗な緑の山壁に近づくに従い、オパールのように秀麗な湾岸風景が目に映ってきました。大型商船の黒い船体や軍艦の白い船体が浮かび、数百ものジャンク舟や漁船の四角い白帆が点在していました。道を曲がると突然、鋭い山の突出部の陰に入り、すぐ目の前に狭い谷間が現れ、片側の岩壁に道が張り付いていました。渓流に沿っていた道が未開拓の山峡へ入り込み、再びエメラルドの稲穂がそよぐ谷あいに出て走りました。

どの山道でも神戸に向け荷物を運ぶ素朴な牛の荷車に会いました。牛の先導人は自分も棒に重い荷物を等分に吊し、肩に渡して運んでいました。牛の角には風変わりな赤い布切れが巻かれ、足にワラジがありました。傾斜地では荷車に力いっぱいブレーキがかけられ、牛の管理にも役立つ長柄《ながえ》や棒を支えに、先導人の腕力が試されます。この重労働の飼い主と一緒にゆっくり穏やかに進む牛の姿は、古典的な街道風景画の傑作を何枚も提供してくれます。幼い少年は籠の塊や薪《まき》を肩に担ぎ、父親のすぐ後をてくてく歩き、女性たちも家族の荷物を分担して運びます。

有馬近隣の竹林や水田地帯を走ると、山腹周辺を不規則にうねる段々状の台地に田圃《たんぼ》が現れます。この光景は、イエローストーン［米国西部ロッキー山脈中の国立公園］の温泉地を取り巻く段丘集水池を彷彿《ほうふつ》とさせます。日本の農民は、鮮やかな緑の大輪郭線の中で農作業

農　民

を無心に繰り返し、あふれる水でモンタナの雪のような真っ白な貯蓄品〔白米〕をこつこつ育んでいきます。荒々しく渓流が突進し通り抜ける、険しい谷間の両岸に沿う有馬は、スイスの風景に似た画趣ある山村です。家々は狭くうねった道に軒を連ね、重々しく突き出た屋根が触れ合っています。石段は険しい斜面を緩和して村人を楽にし、下駄の音が軽快にカタカタ鳴ります。背負った草や藁の荷で体の大半を隠し、階段を上下する農民の姿は、イタリア北部の曲がりくねる山里を描いた風景画を彷彿とさせます。茶屋で私たちは入り組んだ庭を散策し、少し離れた休憩所の階段を上ると、バルコニーに椅子とハンモックがあり、前方は垂直の緑の山壁がボーッと浮き出て、麓《ふもと》の方は羽毛や水煙のように若葉の茂る竹林に霞んでいました。しばらくすると私たちを目当てに行商人がやってきて包みを解き、町で売っているあらゆる品物の見本を展示し、空間はたちまち竹細工の市場となりました。

午後の全部を費やし、険しい道を登ったり、狭い脇道を縫うように歩き有馬村を探訪しました。店々は白くまぶしい日光を避け、涼しい洞穴《ほらあな》の暗がりで店開きをし、そこには衣類籠から爪楊枝《つまようじ》まで竹で作るあらゆる製品であふれ、すべての品が二足三文で売られていました。極めて念入りに包装したもの以外、竹細工はほとんど目方なしですが、米国行き運送船などの船倉利用は場所をとるので、生産価格と同じだけ船賃がかかります。竹籠や藁細工を専業にしている有馬では、この特産物と生活必需品以外売り物は何もなく、家庭全体が籠細工の作業場となって、父母、子、加えて赤ちゃんまで(!?)籠を編んだり、青竹を手元に準備して竹製品だけを作っているのを見ると、形質遺伝学が再び自己主張します。これら籠作り一族の子孫は手品師同様の器用さで、せっせと仕事をします。有馬の家庭生活は、経済学上の素晴らしい研究対象です。

山腹は梵鐘《ぼんしょう》のボーンという音楽的音色に包まれ、さらに神道の銅鑼《どら》の音が谺《こだま》します。しかし、よそから来た多くの人たちは、寺院の前で祈るよりも、そのそばに泡立つ氷のような冷たいソーダ泉水を一口飲むため、困難もめげず上へと向かいます。数百年間も続く有馬温泉は病気治療に効くので、リューマチや皮膚病の患者が大勢集まってきます。政府は温泉を管理し、村の中心に大きな温泉浴場を作って維持しており、誰にでも大衆浴場を無料開放し、個人用の浴室も低料金で提供しています。

第三五章　茶貿易

得意先は米国

ペリー提督が世界に向け日本の門戸を開いて以来、米国民は年ごとに緑茶をますます消費し、合衆国とカナダは日本のいいお得意さんになっています。しかし、欧州の大消費国である肝心の英国やロシアは、見本程度の量も日本から買い付けていません。毎年、合衆国は神経を拷問《ごうもん》にかける日本茶に三〇〇万ドル以上も代金を払っています。この緑茶に加え、生糸と繭《まゆ》の輸入代金一三〇〇万ドルが日本へ行き、逆に米国には灯油五〇〇万ドル、未加工の綿一三〇〇万ドル、さらに小麦粉と機械一〇〇万ドル分の輸出代金が入っています。一八八九年［明治二二］の日本貿易は、米国との輸入総額が一九一〇万七九四七ドル、輸出総額は三一九五万九六三五ドルで黒字となるのに対して、英国との輸入は二二四一万八四九七ドル相当、輸出は五六三万五三八五ドルで、赤字です。この不均衡な貿易は米国商業界の自尊心を動揺させています。そうこうしている間にロシアの石油船荷が到着し、東洋最大の英国商社によって取り扱われ、スタンダード石油［米国籍商社］よりも安く小口販売業者に売られています。

誰もが知っているように、茶の植物はツバキ科の暖地性常緑樹です。厚くしっかりと密集して生長する灌木《かんぼく》で、しかも茂みが丸刈りされ大地にぴったりと植わり、規則正しく点々と茂みが接しているので、最初茶畑を見たとき、単純に柘《つげ》の木と間違えます。春になると新芽が若枝の先や小枝に突然現れ、ほぼ五月、灌木のてっぺんがすべて淡い金緑色の葉で覆われると、一番茶の茶摘みが開始されます。二番目の茶摘みは、六月の蛍《ほたる》の飛ぶ季節に始まり、盛大な盆祭りを過ぎた八月の終わりまでに収穫され、量的には一番茶より少な目です。選り抜きの良質の茶は輸出に回すことなく家庭で消費されます⁉ 火籠《ひかご》で焙《ほう》じた精選茶は、裕福で暮らし向きのよい日本人に飲まれ、一ポンド〔四五四グラム〕一、二ドルで売買されます。さらに手間暇《てまひま》かけて栽培し調合した特選銘茶があり、こちらの値段は一ポンド七ドルから一〇ドルもします。このような緑茶は、日除け茣蓙《ござ》で熱い陽射しを遮《さえぎ》り、丹念に手入れした特定の灌木から、特に若枝の先に付いた若葉や新芽だけを摘んだものです。合衆国やカナダ向けの船積みで売る並の日本茶は品質が最も下等で、日本貿易統計によると標準価格は一ポンド当たり一一セントと一定で、海外向け船積み品として輸出税がかけられます。ときどきニューヨークの競売で日本茶が船荷丸《まる》ごと一ポンド一五セントで売却されます。米国の食料雑貨商は、同じ銘柄の日本茶を一ポンド四〇セントないし六〇セントで米国家庭に売りさばいているので、消費者を鴨《かも》にし莫大《ばくだい》な儲《もう》けを貪《むさぼ》っていることが分かります。

かつて、日本茶は中国茶の安い代用品として市場に出回りました。その中国茶は私たちの祖母も愛好していますが、熙春《ヒーチュン》若葉茶やガンパウダー高級茶のことで、丹念によく揺すって注ぎ飲んでいます。欧州は嗜好《しこう》の違いから全く日本の緑茶を受け付けませんが、米国の輸入茶はほとんど日本産で、しかも大共和国［米国］では、紅茶嗜好の普及は極めて緩慢です。緑茶は葉が摘まれた後、すぐに熱い火で乾燥されますが、葉の成分の鋭敏な主犯格カフェインは元気旺盛、そのまま生き残ります！

紅茶用の葉が堆積《たいせき》の山の中で五日から一四日の間、萎《しな》びたり発酵したり、あるいは葉が赤く変色するにまかせると、カフェインの有害成分は部分的に崩壊します。中国南部産ウーロン茶は最も緑茶に近く、発酵は三日ないし五日程度で済み、一方、漢口《ハンコウ》、寧波《ニンポー》、基隆《キールン》［台湾］の中国北部産の風味豊かな紅茶は、ロシアや英国の市場に向けるため、その倍の発酵期間が必要となります。ロシア向け特上紅茶の一部は、ラクダの隊商《キャラバン》によって北京近郊の大運河終点・通州《トンチョウ》からシベリア鉄道の終着駅・イルクーツクまで運ばれ、大陸を横断してから汽船でオデッサ［ロシア黒海の貿易港］へ運送されます。その際、紅茶は徹底的に焙じられ、包装は密封され、キャラバンのラクダに揺すぶられようが船倉の中で縦揺れしようが、その後の煎じ液の品質に変わりありません。ともあれ、米国の大衆広告も〝キャラバン茶と同じ旨《うま》さの船積茶〟などと大宣伝します。

紅茶に関し、日本政府は伊勢の企業で実験をしましたが、満足できる結果ではありませんでした。いずれにしろ、中国のライバルになるまでには、そんな長い時間は要しません。日本は世界の緑茶供給地として輸出を続けることになるでしょうが、「このような興奮剤は断《た》つべし」との社会要求もあり、茶園労働者は深刻な雇用問題に直面することでしょう。

茶の検査

神戸と横浜は、大きな茶貿易港として広い区域を占有し、通りは夏中ずっと甘く焦げた日本茶独特の薫りが漂います。

神戸一三社の商社のうち二社が米国との茶貿易に従事しています。横浜には二八社の商社があり、その内英国向け一三、米国向け一一、ドイツ向け二、そして日本向けが二社あります。米国向け専用商社では茶を焦がして色づけする機械が考案され、無機質な鉄鍋に汗する労務者に代わって、葉っぱを揺すり裏返します。現在五、六社の商社が茶を乾燥させたり色づけしたりするために機械を採用しましたが、これらの商社でも相変わらず古い手作業で葉っぱを炭火鍋《すみびなべ》で炒《い》っています。数千人の男女、それに子供さえも五月から八月の多忙な最盛期に雇われ、四ヵ月間せっせと働きます。空想家の米国人が建てた蒸気製材所は、目下大工の手を煩わしながらも、商社専用の茶箱を製造し商売繁盛しています。茶箱を裏張りする鉛製のカバーや薄板は中国伝来のものです。また各商社は、ちょっとした美術印刷機を持ち、けばけばしいラベルを木版印刷し箱や缶に貼ります。ときどきある商社では、茶袋用に一〇〇種類の異なった挿絵付きラベルを刷りますが、それを貼って出荷する茶の種類は、なんと一種類だけです！ 各商社で委託販売品が作られ、茶缶サンプルが全国各地に郵送されると同時に、同じサンプルが海外輸出業者の手にも渡ります。

五月から六月上旬に茶摘みされる若葉は、最盛期の収穫の半分以上を越え、後に続く残りの葉の生育は粗雑で風味も衰えます。このような残りの葉は茶畑で女性や子供たちに摘まれてから、紙を敷いた浅鍋に置かれ炭火で大まかに乾燥され、それから国内の町や村の委託業者に売られます。業者は等級選別し、もう一度焙《ほう》じてから粗末な紙袋や箱や籠に詰め、船で条約港へ運びます。そのうちの何種類かの茶はジャンク舟で横浜にも運ばれてきます。

再三再四サンプルの煎《せん》じ液が試飲され、丹念に葉が検査されます。夏中、商社は白い茶碗を持つ試飲検査員の行列でにぎわいます。一定量の葉を各茶碗に入れて、沸騰した湯を注ぎ五分間そのまま待ちます。その間ベテラン検査員は液体の色や薫りに注意し、開いた葉を注意深く見つめ、瞑想《めいそう》に耽《ふけ》りながらゆっくりちびちび味わい鑑別します。試飲の影響は悲惨なので、検査員は気を付けてほんのわずかしか口にしません。検査員は規則どおり仕事をしますが、このような強力興奮剤の継続的試飲は、二、三年で神経や胃を激しく痛めてしまいます。もちろん、彼らの舌の鋭敏さと判定の確実さは驚くほどで、報酬が高額なのは当然です。その判定が日本茶の価格を決め、しかも委託業者の取引相場は、試飲検査員の評定《ひょうてい》によって常時安定します。

茶焙じ労働者

緑茶を焙じる作業倉庫の乾燥した葉は、干し草のようにうずたかく積まれ、堅く凝集した塊になると、専用ヘイ・ナイフで干し草のように切り離します。ほとんどの場合、茶焙じ作業は中国人買弁《ばいべん》（貿易ブローカー）によって管理され、日本人は助手として働いています。茶焙じ人は自弁の御飯弁当と土瓶を持ち込み、小休憩のつど元気回復に努めます。夜、仕事が終わって立ち去るとき、取り調べを受け、子供のような無邪気さで葉を隠し持ち、その場で捕まります。彼らの仕事は一日一三時間労働で、レンガ枠［竈《かまど》］に沈んだ丸い鉄製鍋に覆い被るようにして立ち、茶の葉を掻き回し放り上げます。しかも鉄鍋の下には炭火があり、終日この熱い鉄とレンガ枠に上体を曲げていなければなりません。

日本茶は長い船旅に出る前、完全乾燥のため念入りに焙じられ、同時に藍《あい》、プルシャン・ブルー、石膏《せっこう》で磨かれ色づけされ、そのため葉はとうてい長持ちしそうもない、くすんだ光沢を帯びますが、米国の緑茶愛好家はこれがお望みなのです。

二回目の茶焙じ作業では、葉を鍋に入れる前、肱《ひじ》まで藍に染まった従業員が作業ラインに着き、各鍋に染料の粉末を少々撒《ま》き散らします。続いて葉を放り上げ掻き回し、染料を完全に染み込ませ、そして全工程は監督によって調整され、葉の各山が完全に焙じられる瞬間を定めます。一定の動作で葉の乾燥加減を保つには、確かな習練と間断なき集中心が要求されます。

この熟練した労働者には、労働貴族が誕生するほど結構な賃金が支払われていますが、賃金表が示すとおり銀の価値が下がって物価が上昇し、国内の生活費は上がっています。忙しい最盛期の四ヵ月間、茶焙じ人には一日一三時間労働に対して合衆国金貨一四ないし一六セント相当が給付されます。二回目の焙じたり色を出したりするやや未熟な従業員には一日一二セントが支払われます。葉の選別や最終包装をする人、機械のごとく自動的に素早く作業する人は一日二〇セントの結構な賃金がもらえます。シーズン中、家族全員が茶焙じに従事すると、一年の残り八ヵ月分の生計を賄《まかな》えるほど稼ぎます。秋はほとんど茶焙じ作業はありませんが、倉庫が閉められる数週間前の注文であっても、全力集中で最短期間で仕上げます。夜一一時、海外電報で通知を受けると、中国人買弁は注文に応じるため、翌日まで大急ぎで茶を焙じなければなりません。夜明け前、四〇〇人の労働者に声が掛かりますが、その大多数は真夜中に七マイル［一一キロ］以上も離れた村から作業場へ参集します。この労働供給地区への神秘的地下連絡網は、東洋の驚異の一つです。

茶焙じ作業は朝六時に始まり、明け方、村人は下駄をカラカラ鳴らして横浜居留地へ向かい、終わると夕闇の中、家路につきます。早朝、参集した労働者が責任者の邸宅前で気長に待っていると、王侯貴族風の中国人が登場し、その日の必要人数を二〇〇人、三〇〇人、あるいは四〇〇人にするかどうかを決めます。東洋のどの同業組合も、優先順位のルールを確立し、各自の権利と立場をわきまえているので、押し合いへし合いの争いごとはありません。しかし、おそらく彼らはわずかな収入の獲得に必死なはずです。

夜明け前、作業倉庫近くに住んでいる外人は、労働者のおしゃべりに閉口《へいこう》しぶつぶつ不平を鳴らします。倉庫周辺は、数百人もの仲間同士の親密さを表す元気な声が騒音となって、終日ブーンと響いています。明るい太陽の下で、日本の下層階級は、とてもにぎやかなおしゃべり屋さんとなり、人力車の客待ち行列も、パリの赤鼻の辻馬車御者と同じように座っている間、決しておとなしくはありません。居眠りしたり新聞の三文記事を読んだりもしますが、絶えず互いに早口でしゃべっては笑い、ゲームをしたり、ふざけ合ったりしています。日中の熱く長時間の作業の間でも、茶焙じ労働者の多弁は少しも邪魔にはならず、夕闇が迫っても明け方同様、社交的です。

戸口、窓の枠下、日陰の多い縁石は、茶焙じ労働者にとってお気に入りの場所です。そこを休み場にされ、少々狂乱ぎみになった外人居留者は「一日中、あんなに口角泡を飛ばして論議しているテーマはいったい何だ？」と思い、探索させることにしました。外人の通訳は毎朝三時間三日連続うんざりしながら、おしゃべり十人組の話を盗み聞きし、「彼らは車座になり、今年の稲作の出来具合を根気よく楽しげに話し合っておりました」と報告しました。

茶焙じ労働者が人間として可能なかぎり希望を持ち、自己の運命に満足しているように見えても、博愛主義者が労働者の過酷な犠牲的生活に涙するのは至極《しごく》当然だと思います。

働く婦人や若い娘は、簡素な綿の青手拭いを頭に折り重ねることによって、かえって画趣に富む美しい姿となります。また日本女性の手は際立って美しく、葉の選別をする流れるような指捌《さば》きを見ているだけでも心地よくなります。女性たちが茶、御飯、魚の切り身のわずかな食べ物で、どうして炭火のじわじわ焼ける殺人的炎熱《えんねつ》地獄に堪えられるのか、怠惰《たいだ》な肉食外人には驚嘆すべき光景です。さらに痛ましい光景は、夕暮れどき、婦人たちが赤ちゃんを背にし作業倉庫から家路へとぼとぼ歩いて帰る姿です。赤ちゃんといえば、一日中倉庫の前庭で遊び回る兄や姉の背中で跳《は》ねたり、母親のいる炭火鍋に近い、片隅の安全なところに寝かせられたりします。

以前、とても教養のある婦人に「なぜ、託児所《たくじしょ》や全日保育の運営を慈善事業として考えないのですか?」と尋ねたことがあります。その答えは、「外人共同社会はあまりにも小規模なため、そのような制度を支えるのは財政的にとても無理です」とのことでした。各倉庫には大きな専用託児所を必要としますが、貧しい婦人たちは、稼ぎがわずかなため負担する余裕もなく、この問題は倉庫責任者自身が解決しなくてはなりません。

ティー・クリッパー

「人間はパンのみにて生きるに非《あら》ず」とはいえ、外人居留者の大半が、もっぱら高額な特上銘茶を飲んで贅沢《ぜいたく》すぎる暮らしをしています。それにしても、現在は初期の茶貿易のように大幸運をもたらした快速帆船《はんせん》時代ではありません。高速汽船、海底電信、貨物汽船の台頭《たいとう》によって、遠く去った茶貿易ロマンは、今や散文詩に綴られているだけです［一九世紀中頃ティー・クリッパーと呼ぶ高速帆船で中国茶を運搬し莫大《ばくだい》な利益を得ていた黄金時代があった］。現在、百戦錬磨《ひゃくせんれんま》の経験者だけが、この貿易の後継者として生き残り、そのような茶貿易商人が四月から一〇月まで帳場や倉庫でせっせと働きます。それから倉庫を全部閉めて鍵《かぎ》を掛け、いつものとおり米国視察に出かけ、儲《もう》け口《ぐち》や注文を捜します。

日本茶は決して品不足とならない農作物にもかかわらず、東洋の最遠市場であるとの不利な条件から、トウモロコシや木綿のような価格変動があり、さらに贅沢な海底電信による取引が市価を不安定にし、投機性を帯びたものとなります。スエズ運河経由でニューヨークへ行く早い茶積船でも五〇日はかかり、日本の輸出業者が品物の到着や請求書どおりの売却を確認する時点で、茶摘みシーズンが終わっていることもあります。大量輸送の場合には、スエズ運河経由コースをとりますが、小規模運送の場合は太平洋航路を使い、サンフランシスコから鉄道で米国大陸横断コースをとります。スエズ経由コースの方は、多少時間を要しますが、荷主にとってはコスト半減の節約となり、さらに船荷の片道扱いの便利さがプラスとなります。

そんなわけでシーズン最初の収穫物が焙じられると、できるかぎり発送を急ぎます。各茶積船はスエズ運河を通り抜けニューヨークへ向けて競争し、特別列車が合衆国大陸を驀進《ばくしん》して積荷を運び、まるで腐りやすい食糧を扱っているようです。太平洋航路のパシフィック郵船を除くと、日本茶全部が英国船や日本船によって米国へ運ばれます。ニューヨークで積荷を降ろした茶積船は、通常そこで英国リバプール行きの荷物を積み込み、二番目の茶摘み期間中にちょうど日本へ到着しますが、ときどき一《ひと》シーズン中にニューヨークへ二《ふた》航海したりします。日本茶の相場は、運送の最中に値上がりしますが、秋になると下落します。もはや、帆走船が茶を運んだりすることはなく、米国籍ティー・クリッパーの栄光は、東洋貿易の伝説とロマンの中だけにあります。米国最大の日本茶市場は、目下ニューヨークに代わり、シカゴが中心となっています。予言者的茶貿易商人の話では、「いずれサンフランシスコが本部となり、大きな配送基地になる」との期待を表明しています。

第三六章　瀬戸内海と長崎

宮　島

六回も瀬戸内海を巡る旅をしている私は、日光や月光に輝く渚《なぎさ》を四季折々眺めてきました。春の内海周辺は霞《かすみ》のかかる緑に覆われ、真夏は暑い靄《もや》に曇り、秋は熟した穀物や切り株畑の黄金に彩られ、さらに真冬は寒風が周りの山脈から吹きまくり、青空は肌を突き刺す極寒の中に澄み渡ります。私が初めてこの魅惑的内海を航行したのは、九月の祝日［明治一七年菊の節句（九月九日）、シドモア女史初来日の時期］で、ぼんやりした水平線と紫の光が秋の到来を告げていました。夜明けから夕暮れまで陰影の多い景色が広がり、穏やかな海辺を通過していくと、丘や島が次々と配列を変えながら歓迎してくれます。

南アラスカの海岸は、よく瀬戸内海に比較されますが、アラスカ水路の狭い海峡、野性的峡谷、山壁は、この理想郷と双子の兄弟にはなれません。陸地に囲まれた瀬戸内海は、長さ二〇〇マイル［三二〇キロ］に及ぶ広大な湖となり、島々を豊富に浮かべ不均等な海岸線に守られています。鮮やかな緑に包まれた鋸《のこぎり》状の山脈は、夢のような無風状態を乱すに足る野性味を帯びています。青々とした島がグループとなり、水路はどこも広く平らで、人間の営みと開墾《かいこん》達成の印がどの風景の中にもあります。海辺に沿い村落が連なって広がり、群がる屋根が石積護岸とともに延び、城郭や社寺が護岸より上にそびえ、時折ちらっと森の斜面から覗《のぞ》いたりします。稲や穀物の段々畑が丘の頂上まで畝《うね》を作り、さらに低地全体にも及んでいます。石灯籠や鳥居は共同墓地へ向かう小道を示し、墓地にあるみかげ石や青銅の古いシャカ像は、この社寺の森や小共同体が数百年も続いていることを証明しています。そしてジャンク舟やサンパン舟が船団を組んで錨《いかり》をおろしたり、海面をゆらゆら這い回ったり、小さな沿岸連絡船が島の間をぬったりしています。

海岸沿いの鉄道がたくさんの古い城下町に接して走り、中でも重要な都市は広島です。市内の立派な城塞には陸軍司令部［第五師団］があり、一八九四〜九五年の戦役［日清戦争］中、天皇統帥《とうすい》の大本営《だいほんえい》が置かれました。また呉《くれ》は日本の重要な海軍基地［鎮守府《ちんじゅふ》］で、数マイル離れたところには海軍兵学校のある江田島《えたじま》があります。

広島の正面にある神聖な島・宮島《みやじま》は、日本三景、つまり日本で最も美しい三大景観の一つです。宮島は、奈良以上に魅惑的かつ牧歌的なところとして、ほかのどこよりも多様な景観美、画趣たっぷりの築造物、歴史的伝説的面白みを観光客に提供します。ほかの三大景観には、［宮城県］仙台湾の数千本の松に覆われた島〝松島〟とか、［京都府］宮津《みやづ》湾の幻想的砂州、天国の橋〝天《あま》の橋立《はしだて》〟があります。

宮島では、人間が誕生したり、死亡したりすることは許されません。また大きな神社［厳《いつく》島《しま》神社」と回廊が海中の柱に支えられ、誰でも簡単に舟で海面の巨大な鳥居をくぐり参拝できるにもかかわらず、かつて女性は一歩も足を踏み入れることができませんでした。ところが、昔からそこには女神・厳島と彼女の妹二柱が祭られているのです！　数百の奉納灯籠が岸辺に並び、ときどき灯明が点され、神聖なる鹿が自由に歩き回っていて、どの森どの高台にも砲兵陣地が潜《ひそ》んでいるとは思えないほど牧歌的で平和的な場所です。もちろん、この軍事施設を写生したり、写真を撮ったりする行為はフランスやドイツと同様、堅く禁止されています。

長崎港

下関で瀬戸内海は終わり、船は最も狭い［関門《かんもん》］海峡を通過します。この海峡は激しい潮流で波立ち、かつて内海の小型船舶が横断する際は一本の鎖《くさり》に頼りました。一八六四年［元治元］九月英蘭仏米連合艦隊に砲撃された砲台は、新しい要塞に代わりました。この〝下関砲撃事件〟は、日本に対しキリスト教圏国の政策を押しつけた恥ずべき外交として、「弱い者いじめ国際年代記」の中で特に目立っています。ともあれ、合衆国は賠償金の分け前を返還し、不正行為に対する消極的陳謝によって、弱者からの略奪という恥ずべき行為を遅ればせながら反省しているようです。

世界旅行の増加に伴い、長崎港は絵のような特別美しい港として、世界に知られてゆくことでしょう。頂上まで段丘となった山並みには緑豊かな木が茂り、入江奥深く水路が切り開かれ、一方、絶壁のごとく険しい島の連なりが、曲がりくねった入江の門口を守っています。町並みが谷間から入江の先まで広がり、社寺、茶屋、外人居留地の別荘が山腹や高台の森に点在しています。

長崎港は、神戸港が開港すると数年で商業的地位を失いました。しかし、周辺には日本の重要な茶所があるので、以来瀬戸内海の終点地として茶貿易を扱い、一方、炭鉱と百万ドル乾《かん》ドックの存在が船舶の寄港を促し、毎年横浜港以上に大型船でにぎわっています。米国のフィリピン占領［明治三一年］、一九〇〇年［明治三三］の中国で起きた北清事変、シベリア大陸横断鉄道の伸長と完成［明治三五年］、そしてウラジオストクや大連の発展は、長崎全体の貿易を増大させ、今や長崎は日本中で最も忙しい混雑した港となり、全世界の艦隊に石炭と食糧を供給する基地に変貌《へんぼう》しています。米国海軍の水兵は投錨《とうびょう》すると、出鱈目《でたらめ》にドルをばらまき、また冬がくるたび、ロシア大居留団が凍りついた北部から南下してきます。長崎の絵のような美しさは、小説家や短編作家にもアピールし、どこかの別荘や茶屋はロマンチックな関心を呼んでいます。

長崎の住民は伝統を重んじ、古い慣習に固執しています。昔からの祭りは相変わらず盛んで活気に満ち、雨乞《あまご》いをする農民の荷舟が大喚声や太鼓の音を響かせ港を取り囲みます。一隻《せき》の長い船の舷《ふなばた》に二〇人の地元民が座り、インディアンの戦闘カヌーのように大軍勢となって櫂《かい》を漕ぎ、幟《のぼり》や房飾りのシンボルをなびかせ、狭いフィヨルドの波間を上下しながら突き進みます。

長崎の祭りの最中に行われる死者の祭礼［長崎盂蘭盆会精霊流し《うらぼんえしょうりょうながし》］は、京都の大文字焼きにも増して画趣があります。遠く離れたところに戻るよう運命づけられている長崎の精霊の最後の晩、すべての墓場で灯明がきらきら輝き、会葬者は供物《くもつ》を載せた小さな藁舟《わらぶね》を水辺へ運んで降ろし灯明を点《とも》して離します。潮流が儚《はかな》い小舟の船隊をあちらこちらと誘《いざな》い、最後に灯明船隊は迷宮を漂う星座となって外洋へ消えます。なお、これまで祭りの晩には、たくさんのジャンク舟や船桟橋が焼かれるので、当局は最近この蛮習《ばんしゅう》を禁止しました。

長崎は日本で最初に外国人に開港しましたが、現在、他のどこよりも外人居留者の少ない港町となりました。居留地の外にはキリスト教伝道団の大きな施設があり、領事や商人の住む自由地区もありますが、外国の軍艦が入港し水兵が上陸すると、なぜか、そこは立ち入り制限が厳しくなります⁉　高台の外人別荘はとても贅沢《ぜいたく》に作られ、そこからの眺めは絶美《ぜつび》で、狭いフィヨルドや外洋には声も出ません。

庶民生活や社会活動が眼下の港にあふれています。汽船、ジャンク舟、サンパン舟が行き交い、投錨地で鐘がいっせいに叩かれ合唱し、汽笛が響き、楽隊が演奏し、マストに上げ下ろしする国旗へ敬礼したり、合図したり、加えて模擬海戦まで展開し、艦砲射撃の轟音《ごうおん》が延々と谺《こだま》します。夜間は港の光が目をくらませ、海岸付近の全丘陵は頂上まで輝き、光彩陸《こうさいりく》林となり、さらに軍艦の探照灯による電気閃光《せんこう》が丘の断面、町、港の壁奥を照らします。光炎の離《り》たる光景となります。密集するジャンク舟のマストには金色に輝く球体が吊され、光炎の

ホランダーさん！

長崎の冬は歓喜にあふれ、澄み、輝き、陽《ひ》当たりのよい日々が交互に連続しながら過ぎてゆきます。でも、夏場は、なすがまま全くお天気次第です。空気は湿って重く、寒暖計が華氏九〇度［摂氏三二・二度］になると蒸気の充満した温室と変わり、近くの丘で素人植物学者が採取した羊歯《しだ》でも数百種がすぐ根付きます。この湿っぽい暑さは人類を消耗させ疲労させ、沈着と忍耐が試され、糊《のり》や衣服の人造襞《ひだ》は全滅します。人間活動の減退は襟《えり》カラーをするのも忘れ、たとえ日本中の風景が丘から見えたとしても、観光客はその景色を眺めに行く気にはなれず、パスすることでしょう。この時期万物にかびがはえ、夜に脱いだブーツは朝になると緑色のかびだらけになり、手袋には斑点《はんてん》がつき凝固《ぎょうこ》し、菌類《きんるい》はトランクに詰め込んだ衣装全部に付着し繁殖します。毎朝、バルコニーや物干綱には、かびだらけの衣類を吊し、陽に当て大気に晒《さら》すことになります。

そんな鬱陶《うっとう》しい時節、人をして諏訪《すわ》大社《たいしゃ》近くの高台の公園へ向かわせるのは、ひたすら懐かしい英雄への強い憧《あこが》れ、思慕の念です。公園にはグラント将軍［第一八代米国大統領］の植えた記念樹があります。将軍が長崎を訪問したおり、閣下夫妻はともに記念樹を植え、イ

ベントを記念して、将軍の書が二本の苗木の間の大きな自然石の正面に刻まれました。ところが、慎重に手入れしたにもかかわらず、記念樹の一本が枯れてしまい、植え替えられました。でも今では、二本とも豊かな緑陰を広げ、すこやかな生長を約束しています。

茶屋での盛大な和食晩餐会が県知事によって催され、料理コース中は舞妓、芸妓、手品師の演技でにぎわいました。はじめ彼ら出演者は廊下で静かに控え、著名な来賓が登場し着席すると、私たち米国人を歓迎するショーが華やかに始まりました。日本人にとってグラント将軍やペリー提督は米国そのものを意味し、私たちはこれに勝《まさ》る象徴的人材を日本へ派遣することは難しいほど、平和裡《へいわり》に日本を開国した立派な水兵「ペリー」と、人類の平和を守るために南北戦争で戦った偉大な兵士「グラント」を送ったのです。

一六、一七世紀、ポルトガル人もオランダ人も、長崎で活動していた記録が残っています。フランシスコ・ザビエルと彼を継承したイエズス会の神父らは、大勢の日本人をキリスト教に改宗させましたが、家康による迫害や拷問《ごうもん》によってキリスト教団は壊滅したと考えられました。それにもかかわらず、維新後の解放で長崎周辺すべての共同体に信者のいることが判明しました。彼らは信仰を維持し、イエズス会に教えられた特別の衣装をつけ、祈禱《きとう》や儀式を理解し十字の印を切ります。数ある殉教史の中で、これほど過酷な拷問や受難の記録はほかにありません。彼らは神の命ぜられるまま信仰を捨てることなく、紙に描かれたキリスト像を踏み付けることもしませんでした。

パーペンブルグ（Pappenberg［高鉾島《たかぼこじま》］）、この長崎港口の険《けわ》しい小さな島では、無数の改宗者が槍先《やりさき》で海の中へ押しやられたという伝説が広まっています。しかし、これに関して信頼に足る記録はなく、現在最高の学者や権威は、このぞっとする事件を疑問視しています。一六四一年［寛永一八］から、オランダ人は日本貿易を独占するため、囚人の暮らすような小さな島・出島《でじま》に、信じがたい制限と屈辱に甘んじながら住んでいました。現在、そこでは陶磁器バザーが開かれます。長崎の子供、さらに乞食《こじき》も最初に来た外人居留者の記憶から、いまだに大声で「ホランダーさん！　ホランダーさん！」といいながら、異人さんの後につきまといます。そして骨董屋《こっとうや》で見られる奇妙な時計や装飾品の存在は、たくさんのオランダ商品が日本人によって改作され、模造されたことを示しています。

伊万里焼の里

「ナガサキ骨董市場と呼ばれる港町は、長崎だけだ」という現実が物語るように、骨董相場は港に来るたくさんの商人や軍艦に合わせ、波のように上下します。港が船舶で満杯になると、住民は骨董屋へ行くことはしません。このような時期、価格は必ず急騰《きゅうとう》するからです。鼈甲細工《べっこう》は重要な地場《じば》産業ですが、磁器は今も変わらぬ県南の特産物で、この地方で最初に磁器製造技術が取り入れられました。鍋島焼《なべしまやき》や平戸焼《ひらどやき》として昔から有名な九州産は、日本の磁器の中でも美しさは秀逸で、特に青や白の色合は清楚《せいそ》で完璧です。朝鮮や中国から技術を伝えた陶工たちは薩摩や肥前に住みつき、鹿児島や有田の窯場《かまば》は今も燃え続けています。

オランダ人は、有田焼をヒゼン［肥前］と称して欧州へ運びました。この磁器は現在では、ごく普通に伊万里《いまり》と名付けられ、一方デジマ［出島］は近代的生産品に対抗した別称で、またナベシマ［鍋島］やヒラド［平戸］は貴重な焼物を鑑定する専門家に使われる誇り高き名前です。しかし、これらの名称は混乱を呼んで旅行者を迷わし、誰もヒゼンが地名であるとはすぐに理解できません。有田の町には陶工が生活し、窯場で仕事をし、伊万里の港で磁器が船に積まれます。ナベシマは朝鮮から陶工を連れてきた肥前藩の大名の名前です。そして平戸藩の大名は、有田に近い三《み》河内窯業場《かわちようぎようじよう》で大名仲間の垂涎《すいぜん》の的《まと》となる精緻な焼物を生産しました。

近代伊万里は、確かに心細い財布の持ち主にとって悩ましく魅惑的磁器です。しかし、鑑賞用に制作された精緻な古鍋島を溺愛《できあい》していると、磁器の特徴である下部［高台《こうだい》］の櫛目《くしめ》や幾何学的花文様に気づいたり、さらに平戸焼の比類なき〝七童子〟の快《こころよ》い絵柄に引き込まれ、とても心が和《なご》み恍惚感《こうこつかん》すら覚えます。しかし今では、遊ぶ七童子はもちろんのこと、五童子や三童子の絵柄の描かれた本物の古平戸の花瓶や皿は、めったに手に入らず、古いデザインを真似た複製品は、あまりにも粗雑で素人鑑定家でも騙《だま》されることはありません。

古薩摩も、かなり貴重な作品で、バイヤー（買い手）はロンドンよりも、むしろ日本国内で真贋《しんがん》を見分ける必要があります。それらの宝を手放す困窮した貴族の話、蔵に忘れられて再発見された話、さらに米櫃《こめびつ》がすっかり空になった貧しい親戚から平戸焼や薩摩焼を持ち去る裕福な叔父さんの話など尤《もっと》もらしい噂《うわさ》にあふれていることも確かです。しかし、目利きは、そんな器の嘘っぽい話に惑わされません。ところで、新来者や旅行者に比べ、居留者ほど軽率で無知な人たちはいません。彼ら外人は紛《まが》い物に警戒心を持たず何年も日本で暮らし、居間には天皇の菊の紋、徳川の三葉葵《みつばあおい》とか、薩摩の直角定規円形紋［丸に十の字］の焼物がやたらと目立っています。

素晴らしき近代薩摩、この極細微の装飾模様が施された小作品は、何人かの京都や大阪の美術家に色づけされ、その作品や署名は簡単に鑑別できます。並の薩摩、つまり大きな骨《こつ》壺《つぼ》、香炉《こうろ》、花瓶、皿は、薩摩や京都の粟田《あわた》で制作されていますが、これらは神戸、京都、横浜、東京で絵付けされ、安手の金箔塗できらめき外人を誘い喜ばせます。昔、海外向けに船荷された磁器、青銅器、漆器が二束三文で売られ、美しい釣鐘状の器が船舶バラスト［重《おも》し］代わりに役立ち、船料理の肉垂汁《ソース》用に本物の古薩摩の壺が使われましたが、今はそんな時代ではありません。

最近、古薩摩のコレクションが欧州に集められ、日本で売却されたときの五倍の値段で日本人バイヤーが買っています。日本芸術が世界芸術に革命を巻き起こして以来、日本が昔ながら持っていた小間物細工や見事な生活備品の宝が、この二〇年間野放図《のほうず》な流出に任《まか》されてきました。明治維新、薩摩士族の反乱、軍隊や宮廷での外国ファッション採用のたびに、珍品の洪水が骨董市場へ流れ押し寄せ、依然として国宝流出の厳しい時代が続いています。

今や、選《え》りすぐりの骨董は直接個人売買で投げ売りされ、オープンな市場に現れないことは、優れた蒐集家や鑑定家の常識です。政府は回収不能な国家の損失を憂慮《ゆうりょ》し、まだ残っている美術保護の必要性に気づき、国や寺の蔵に眠る全国の貴重な美術品を対象にして、目録と写真を作成しています。当局の保護委員会の立ち入り調査が始まると、たくさんの国宝が過失によって焼失してきたのも事実ですが、それ以外に寺の宝を必要にかられ、そのつどこっそり売ってきたことが露見すると悩んだ僧侶らが、寺に松明《たいまつ》を投げ火災を起こした話も伝わってきます。ともあれ、あらゆる仏教寺院が維新によって収入ストップに遭い、宝物の秘密処分だけが、大勢の僧を餓死《がし》から救っていたのです。

石炭積み

長崎は、オランダ人がいた頃も中国と盛んに貿易を行い、今も変わりなく干物《ひもの》の輸出で中国と大商いをしています。バンド（海岸通り）沿いに干物の匂いが満ち、大きな問屋の前庭では男女が陽射《ひざ》しの下で、クリケットの棒切れや古靴底に似た茶色の立方体を袋詰めしています。この堅い塊は鉋《かんな》で削りとろ火で煮て、御飯と食べる鰹節《かつおぶし》というもので、日中両国の食べ物の出汁《だし》の素になっています。これは以前、私たちが暴風雨で富士山［八合目］に閉じ込められ、出港不能になっている最中に分かったことですが、決してまずい代物ではありません。

中国、日本、さらに各国のアジア派遣艦隊に使われる石炭のほとんどは、フィヨルド地形の長崎の玄関口にある高島《たかしま》鉱山から産出されます。ここの石炭は、とても柔らかく薄汚れ、豪州石炭よりも劣る最下等の燃料ですが、儲《もう》けが大きいためサンフランシスコまで運ばれています。現在、高島鉱山と長崎乾《かん》ドックは三菱会社が所有しています。三菱は政府に汽船会社を売却した際、これらの所有権を取得し、特に炭鉱は年間二〇〇万円の収益をもたらしています。最も深い縦坑《たてこう》は一五〇フィート［四五メートル］も地下にあり、石炭は坑口から艀《はしけ》を使って、港に停泊中の汽船へ搬入します。

一八八五年［明治一八］、深刻なコレラ流行の年、鉱山労働者の住む村はほとんど全滅しました。波止場は寂《さび》れ、米国や英国のキリスト教伝道居留地も閉鎖され、宣教師と家族は比叡山へ避難しました。カトリック神父と修道女だけが現地に留《とど》まり、心配した県知事や役人は、退去するよう懇請《こんせい》したほどです。

中国へ向かう途中、コレラの猛威がピークに達した頃、私たちは長崎に寄港しましたが、上陸は許可されず、一日中、炭酸消毒液を浸した甲板《かんぱん》で過ごしました。石炭を船に積むのに正午から日没まで六時間も要し、その間この海上で特別カーニバルを見物しました。

最初に石炭を積んだ艀が接近すると、港町特有の涼しげな服装の男性が腰にロープを巻き艀側面から飛び込み、船尾へ泳いできました。水中で蹴《け》るさまは、まるで茶色の大蛙《おおがえる》でした。彼が滴《しずく》を垂らしながらタラップに上がると、職務に忠実な三等船室のボーイがバケツとブラシを手にしながら炭酸液を浴びせ消毒しました。艀《すみ》は速やかにロープで引っ張られて横付けし快活な男女が乗り込み、石炭積込作業が始まりました。作業は手渡しで行われ、船内を半ブッシェル［一八リットル］積の石炭籠が無数に通過しました。

それにしても、これ以上原始的運搬法は想像もつきません。というのは船内には滑車、荷揚機、巻上機、蒸気機関、補助機関があるというのに、これに代わって一〇〇本の人間の手による運搬作業が行われたからです。一時間ごとの区切りには息抜き交代がありました。女性の多くは若く美しく、そのうちの何人かは子連れで、空の籠を後ろに投げたり、列に沿って籠を手渡すのを手伝い、このような苦役《くえき》によって半日数セント稼《かせ》ぎます。見物していた船客は、粉塵《ふんじん》だらけの子供たちへ、ありったけの日本硬貨を投げました。船はゆっくり揺れながら港を離れ、元気で可愛らしい「サヨナラ」がずっと耳に残りました。

第三七章　終わりに

逆説的な国

ところで、外国人がこの魅力的日本国民に囲まれ数ヵ月数年間過ごした場合、彼らの暮らしにどんなことを発見するでしょう？　未来は日本をどのように運命づけるのでしょう？　ペリー提督は、どんな結末に向けて日本を一九世紀の紛争と動乱に巻き込む計画だったのでしょうか？　先祖の生《い》き様《ざま》に反抗した今の日本の世代に、先祖はどんな気持ちでいるでしょうか？　西洋世界は、完全に日本人を西洋化するつもりなのでしょうか、あるいは彼らこそわれら西洋人を徐々に東洋化していくつもりなのでしょうか？　どちらの文明が長続きし、どちらが良き文明なのでしょうか？　これらは、思慮深い観察者が絶えず直面する、いまだ未解決の宿題なのです。

日本人は今世紀最大の謎《なぞ》であり、最も不可解で最も矛盾に満ちた民族です。日本人の外見と環境は、一瞬、気取り屋の国民に見えるほど絵のように美しく、芝居じみ、かつ芸術的です。彼らにとっては世間のすべてが舞台であり、男も女も役者そのものです。軽薄で皮相《ひそう》で魅惑的なこの国民にとり、演劇的感動に浸る以外夢中になる世界はありません。

それはさておき、西洋人は、極めて優れた黄色人種の分派・日本民族の深い神秘性、天性の賢明さ、哲学、芸術、思想など名状しがたい知的洗練さの前には、まるで赤ちゃん同然です。この民族性を普遍化することも要約することも不可能です。というのは、日本人は全く類似点のないほど正反対の性格を持ち、かつ矛盾に満ち、ほかのどのアジア民族とも全く類似点がありません。日本人は最高の感受性、芸術性、人間的機知に富み、同時に最高に無感覚で因襲的で無神経です。また最高に論理的で博識で良心的で、同時に最高に不合理で皮相的で冷淡です。そして極めて堂々とし、厳粛で寡黙《かもく》で、同時に最も滑稽《こっけい》で気まぐれで多弁です。

西洋の歴史書は、日本人を侵略的で残酷で復讐的《ふくしゅうてき》な民族であると断定する一方で、経験に学んだ日本人は、謙虚で慈悲深く優しい民族であると検証しています。茶の湯の念入りな改良と工夫を行ってきた同じ世紀に、拷問《ごうもん》、迫害を黙認し、戦場では前代未聞《ぜんだいみもん》の殺戮《さつりく》に手を染めました。高潔なる黙想、俳諧《はいかい》に浸り、芸術を育成しながら人生の半分を過ごしてきた同じ人間が、人生の別な半分を快楽にうつつを抜かし、敵をばらばらに叩き切ったり、楽しそうにハラキリを見物したりします。日本人は夢想し、遅滞させ、万事当てにならないミョウニチ（明日）へ先送りしながら、突然嵐のごとく果敢《かかん》に行動し達成することで外国人を驚かせます。ペリー提督不在の三ヵ月間に品川砲台［台場］を築造した同じ精神が、ときには緩慢な小売商人や人夫さえも発奮《はっぷん》させます。

日本人の性格の意外性には際限《さいげん》がありません。外国人は彼らの中にいて長く暮らせば暮らすほど、この国民に対する理解が浅くなり、その実態をどんなに説明しても無駄骨《むだぼね》となります。彼らの本当の民族起源は謎で、アイヌ民族説は人類学者のつまずいた石です。幾百年にもわたり影響を受けずにきた純粋な共通因子を持つ、単一民族であるなどとは誰も信じないほど日本人の肉体的形質は異なり、広くさまざまな特徴を示しています。ある人夫は立派な彫りの深い顔立ちに完璧な模範的外観を呈し、しかもローマ皇帝のように堂々たる風采《ふうさい》をしています。反対に、ある貴族はスー族インディアンの喉仏《のどぼとけ》のような緩慢で鈍重な容貌《ようぼう》をし、しかも米国北西海岸の原住民に似た体型や肌合いで、日雇い人夫そっくりです。ある地方の子供はアラスカの村からやってきたと考えられ、また別な地方の子供は陽気なイタリアのリヒター漁民の子供と双子の兄弟ではないかと思ったりします。たまには耳障りなザラザラ音や子音を伴ったゴロゴロ音もありますが、どこでも快い音楽的言葉が使われ、イタリア人の会話のように美しく流暢《りゅうちょう》に奏でられます。

突然の近代化

日本人は、純朴な天真爛漫《てんしんらんまん》さによって、いかにも開放的であるかのように思わせ、同時に目に見えない克服しがたい神秘的障壁を、私たち外国人との間に設けます。西アジアに始まった生活と思考からの独立分岐点《ぶんきてん》［東アジア民族の発祥原点］の研究は、沈む太陽に源泉を求め信奉した民族［中国人］が対象にされ、以来長い歳月を経てきました。しかし、今日この原点の研究は、むしろ太陽の昇る民族［日本人］へ向けられています。

かつて日本に教訓、模範、教師を与えてくれた中国は、今や類似点よりも相違点の方が多くなっていますが、とうの昔、この弟子は師匠の伝統からはずれたといいながら、依然として旧秩序に甘んじる楽天的保守主義、無味乾燥な形式賛美、さらに因襲的崇拝《すうはい》を残存させています。ところで、中国にいる外人宣教師は、中国人の冷淡、剝き出しの敵意、過剰人口の恐るべき環境の中で戦いながら、とても日本人を褒めています。しかも極めて清潔で礼儀正しく学ぶことにたいへん熱心で、習得するのが早い友好的人間に交じり、美しい国・日本に住む伝道教団の同僚をとても羨《うらや》んでいます。

一方、中国にいる外国の商人や役人は、優秀な中華上流社会を賛美し、日本人を皮相で不真面目な民族と見なしています。でも、日本に暮らしていた外国人は、付き添ってきた日本人従僕が南京《ナンキン》の召使《めしつかい》に代わり、さらに黄海《こうかい》を横断し目的地・中国の港に入ると、新たなホームシックにかかります。日本人は大げさな感嘆詞的表現よりも、ずっと奥深い無意識の感情を表現しますが、その醸《かも》し出《だ》す神秘的魅力は分析不能です。

政治的にも社会的にも、日本人は西洋世界を手本にし、その結果による王政復古は、今世紀最大の驚異的政治問題を提示しました。古い秩序の突然の放棄、そして近代的秩序の出《い》で立《た》ちで武装する国民皆兵が、直面する危機解決の最も現実的永続的手段としてただちに導入された事は、少なくとも欧州の間ではたいへんな驚きでした。ともあれ、欧州が本気で〝アメリカ合衆国不動の一〇〇年「独立戦争から開拓時代までの発展期」〟に倣《なら》うことをしないなら、ここ数年の短い時間による異国・日本の成功に関し、理解するのは難しいでしょう。

不平等条約

〝憲法と議会〟は、専制下でも決して苛立《いらだ》つことなく代表権を要求した国民へ無償で与えられました。日本の陸海軍の創設、警察機構、行政組織は諸外国の最高例を範《はん》とし、また教育機関は完璧で、米国、英国、ドイツの制度から得た賞賛すべき最高結合体となりました。さらに郵便制度、灯台、電信、鉄道、病院も西洋と同じ方式を採用しています。すべてこれらは、緩慢な成長、遅鈍《ちどん》な発達、悠長《ゆうちょう》な必要性の所産ではなく、ほとんど自発的に日本帝国の魔術的指揮棒の一振《ひとふ》りで完成したものです。

新たなる国の誕生、この封建体制から立憲政府への突発的変化は、一九世紀の欧米とともに壮観無比の様相を呈しました。西洋の慣習による「数の多いものほど、素晴らしい善を約束する」との理由から、伝統ある貴重な遺産を捨て去り、特徴のない金太郎飴《あめ》を量産する前代未聞の努力をして、西洋諸国から賞賛、同情、気前のよい援助を得ようとした外国追従の惨《みじ》めな姿勢は、かえって西側世界の反発に遇《あ》いました。この脆弱《ぜいじゃく》な国民は光明に向かって手探りをし、悲惨な経験によって学びながらも、依然としてキリスト教圏諸国の意地汚なさに妨げられ、制限され、選択すべき道すら奪われて強要され、しかも欧米列強は圧倒的兵力と狡猾《こうかつ》さをもって傍若無人《ぼうじゃくぶじん》に振る舞ったのです。

日本人が抗議のできない時期、また条約運用の理解もできず予知もできない時期、不平等条約が強要されました。海軍の威力を後《うし》ろ盾《だて》にした列強の一方的条約は、小国家を圧迫し、恫喝的《どうかつてき》主張によって不公平な条約の改定は三〇年間拒否されてきました。今日の日本国内の状況や制度は、最初の交渉のときのように特別異質な国家体制ではないのに、依然この不平等条約は改正されないままの状態です。

市民や政治家は痛ましい国内闘争に駆り立てられる一方で、この気高い民族は国際政治の侮辱《ぶじょく》に甘んずるよう強《し》いられ、重大な戦争の危機に直面し、いまだに外圧による厳しい状況に立たされています。これら不当な条約によって国家歳入の制限「関税自主権の喪失」を余儀なくさせられている日本は、西側勢力との無鉄砲な軍事衝突さえ思いつきません。国民に対する洋式訓練の確保に努力している政府は、外国方式に対する無知をいいことに、金を巻き上げられ、欺《あざむ》かれ、さらに目隠しまでされています。

ある外国の不誠実な行為をしぶしぶ認めていた日本は、別な方向に作戦転換しました「条約励行運動」。その結果、列強は気まぐれと約束事の変節をひどく叱責《しっせき》され、米国、英国、ドイツ勢が、まず最初に連続して法廷に立たされ詰責《きっせき》され、居留地外での言動や習慣、続いて服装が槍玉《やりだま》に上げられました。これを語るのは、私たち米国の恥《はじ》となりますが、ドイツは他のどの国よりも日本の体面を重んじて妥協しました。したがって現在のドイツ権益確保の成功は、当然の結果なのです。

一方、このような問題にもかかわらず、東西融和《ゆうわ》へ向けたこの小国の野心、勇気、努力は素晴らしいものです。外国の不思議な言語、不思議な習慣、不思議な衣装と調和させる日本人の即時解決へ向けた奮闘ぶりは英雄的でした。中立的立場の批評家は、この平和革命を恋愛小説や外国ファッションへの一時的熱病のせいにし、「日本国民は、この流行にすぐに飽きるか、目標に達したとたんに見捨てる過渡的段階であるか、ともかく浅はかで気まぐれな変身ごっこにすぎない」と断言しました。でも、この気まぐれ根性は三〇年間同じ目的「条約改正」を追求している日本民族の大多数の性格ではありません。この知的で風雅な国民は、単なるもの珍しさで奇妙な西洋の風習を採用したり、固執したのではありません。すぐに批評家の消滅予言は面目《めんもく》を失い、今や全世代が成長し、新しい様式こそが彼らの確立した秩序となっています。

海外で教育訓練された日本の青年が、外国の教師や監督に代わって指導するため母国へ帰っています。年ごとに政府省庁や公共事業のお雇い外人の必要性は減少しています。今や〝日本人のための日本〟は当たり前のスローガンです。啓発と進歩への推進意欲は、ペリー提督の黒船が横浜の根岸湾に停泊するずっと以前から、国内に煮えたぎっていたパワーの結果であり、今も当時のままの旺盛な繁殖力を備えています。

伝統文化の誇り

今日、名誉と権力の道は、最も慎ましき日本国民に大きく開かれています。どの兵士の背嚢《はいのう》からも司令官の指揮杖が生まれ、どこの学び舎《まなや》からも国会議員のスターが誕生します。商人は華族に列し、サムライは天皇のテーブルに陪席《ばいせき》しています。部落民も他の市民と同等となって自由に闊歩《かっぽ》し、極貧《ごくひん》の小作人《こさくにん》さえも神聖な市民権を有します。

女性たちは用心深く隔離されたところから現れ、社会的存在、地位、法の平等を享受し、さらに教育チャンスも絶えず拡大しています。結婚法、離婚法、財産法は欧州女性が守られている以上に立派な権利を日本女性に保障しています。家族の生活と威厳は変わりなく保たれ、家庭プライバシーも油断なく守られ、外人は神聖な家族の中心人物が女性であることを見抜くことはできません。ただし、家庭の儀式や祭礼は、相変わらず堅苦しく見えます。華族や役人階層は欧州の社会生活に倣っていますが、保守的中間層や商人階層は、数百年間不動と思える旧秩序に依然執着しています。

日本の芸術は、あらゆるところに痕跡《こんせき》を残し、すでに西側世界には革命を誘発しています。日本人の理念と表現からの素早い盗用は、ルネサンス（文芸復興）と同じような鮮明さで西洋に一紀元を画しました。両手に山盛りいっぱい贈ってくれた恩恵に対して、私たちは芸術至上主義の日本国民にお返しするものがありません。西洋の手本や教育、貿易上の無知な注文は、島帝国ニッポンに芸術的荒廃をもたらしました。外国の指図に従っているところはどこも素朴な製品の質が低下して俗悪となり、しかも安っぽくなりました。今や民族芸術の堕落《だらく》を全力で阻止《そし》することが痛感され、かつ実行されています。教養ある日本人は西洋教育の結果にぞっとし、民族的傑作《けっさく》の研究や昔の技法の実践を美術家や工芸家に奨励《しょうれい》しています。これら公共心あふれる仕事は、政府の支援で上手に行われています。硬質鉛筆や石膏像《せっこうぞう》で教えた外人美術教授は、もはや過去の先生となりました。今日、日本の青年は自前の絵筆を持ち、昔の巨匠の傑作をもとに一筆、二筆、さらに三筆と腕を振るっています。

日本人が外国製の絵の具を使うと、美的センスや色彩感覚が奇妙なほど日本的情景から外れて見えます。生涯にわたり和服や家庭用品に調和のある色彩を組み合わせて利用し、着こなしてきたはずの国民が、昔の鮮やかな袱紗《ふくさ》の代わりに奇怪なベルリン毛織物を使ったり、粗雑な反対色を無頓着に身につけたりするような感じです。外国の服飾品や家庭用品の無分別な使用は、清潔な国民の衛生観念に関する熱意を殺《そ》いでいるように見えます。残念ながら、外国式経営に憧《あこが》れる茶屋は、ごみだらけ、無秩序、むさ苦しさにまかせ、全く気配りに欠けた非日本的な宿となっています。

外国文化と接する他の方面でも、よい結果を日本国民にもたらしてはいません。海外で教育を受けた息子や娘の行儀作法があまりにも粗雑で俗悪なために、慎み深い家庭は強い失望感にとらわれ、屈辱すら感じました。東京に住む多くの紳士は、このような理由から娘の留学をずっと拒否しています。ミッション・スクールでは、女学生のために茶の湯の師匠を招いて習わせる必要性を感じ、学園の責任で大和撫子《やまとなでしこ》風の身のこなしや行儀作法を学生に教える態勢をとりました。低階層の間では、外国の影響による礼儀作法の衰退は極端に早まり、特に条約港にいる生意気で図々しい車夫《しゃふ》や姐《ねえ》さんは、内陸部や港から離れたところに住む人たちとは、どう見ても同じ人種ではありません。

もしも、日本国民が自らの芸術、熟成した礼法、質素な暮らし、こまやかな家庭の魅力を失っていくならば、門戸開放のペリー提督は最悪の敵となるでしょう。もしも、かつて日本が中国からの渡来品を改良し工夫したように、西洋からの輸入品を洗練し変えていくならば、次の世紀、世界を凌駕《りょうが》することは不可能でしょうか？

海外旅行が、あらゆる地域を互いに親密にさせている今日、スイスは欧州から東西半球［全地球］へと影響を及ぼしています。世界の国々の遊び場やリゾートにふさわしいスイスは、立派な天職を持っています。しかし、すでに地球の美術工房となっている日本は、このスイス以上に世界融和の天職を持っているのではないでしょうか？

日本の扉を開けて入ったとたん、初めての旅行者に賛美の念、共感、さらに愛着を覚えさせる、この魅力的国民に待ち受けるものは、何かとても良い運命であることは確かです。

年譜　エリザ・ルーアマー・シドモア（Eliza Ruhamah Scidmore　一八五六〜一九二八）

西暦	年号	年齢	月日・事項
一八五六	安政三年	〇	一〇月一四日　米国アイオワ州クリントンで誕生。 父・ジョージ・ボーレス・シドモア（一八一七年頃、ニューヨーク州ハーキマーで誕生） 母・エリザ・キャサリン・シドモア（一八二三年一二月二二日オハイオ州カントンで誕生、旧姓スウィーニー） 兄・ジョージ・ホーソン・シドモア（一八五四年一〇月一二日アイオワ州デイビュークで誕生）
一八七三	明治六年	一七	オハイオ州・私立オベリン大学に入学し、二年間在籍する。ワシントンD.C.で新聞記者の見習いをしながらニューヨーク・タイムズ紙やセント・ルイス・グローブデモクラト紙に記事を書く。
一八七六	明治九年	二〇	兄、グラント大統領より領事館勤務を命じられ、英国リバプール領事館書記に就任。
一八七七	明治一〇年	二一	兄、スコットランドのダッフォマイル領事館の副領事に就任。
一八七八	明治一一年	二二	兄、パリ領事書記に就任。
一八八〇	明治一三年	二四	兄、パリ領事書記を解任。
一八八一	明治一四年	二五	四月二四日、兄、横浜港に到着。横浜領事館（海岸通り二三四番）の書記生に就任。
一八八二	明治一五年	二六	この年だけ、兄、横浜山手二〇七番に住む。
一八八四	明治一七年	二八	九月一一日、上海発の三菱商会・東京丸で、横浜へ初めて上陸（初来日と推

一八八五	明治一八年	二九	定）。 一一月、兄、兵庫・大阪副領事（神戸領事館、住所一五番）に就任。 『アラスカ、その南部海岸とシトカ群島 Alaska,Its Southern Coast and the Sitkan Archipelago』刊。 六月～一二月、兄、上海副総領事を務める。 六月二〇日、兄、三菱商会・広島丸にて上海から横浜へ到着。 一〇月二一日、兄、日本郵船・名護屋丸にて上海から横浜へ到着。 一一月一〇日（火）午後三時、赤坂仮御所の観菊御会（秋の園遊会）に招待される。 一二月、兄、神奈川領事館（本覚寺境内）の副総領事兼総領事代理に就任、一八九一年まで在任する。
一八八六	明治一九年	三〇	四月、浜離宮で観桜する。 この年、母と兄、横浜海岸通り五番のクラブ・ホテル Club Hotel（現・県民ホール）に居住。
一八八七	明治二〇年	三一	兄、講義要綱『UNITED STATES COURTS IN JAPAN』を東京イギリス法律学校（中央大学の前身）から出版する。 この年、シドモア女史も、母、兄とともにクラブ・ホテルに住む。
一八九〇	明治二三年	三四	この年、米国立地理学協会（National Geographic Society）に入会（その後、初の女性理事として活躍）。 『東から西へ From East to West』出版。
一八九一	明治二四年	三五	兄、横浜海岸通り七三番に居住。 一月、新渡戸（ニトベ）稲造『日米関係史』ボルチモア刊。 『シドモア日本紀行 Jinrikisha Days in Japan』（一八九〇年三月序文）

			ニューヨーク、ロンドン刊（ハーパー&ブラザーズ社）、一八九七、一八九八年重版、一九〇二年改訂版（同年三月序文）、一九〇四年再版。兄、国務省特別代理人として英領フィジー島派遣。
一八九三	明治二六年	三七	『アップルトン旅行案内・アラスカと北西海岸 Appleton's Guide-Book to Alaska and the Northwest Coast』刊。ブルーム文庫『西回り極東への旅 Westward to the Far East』（序文一月）をカナダ太平洋鉄道会社から出版。
一八九四	明治二七年	三八	兄、神奈川総領事代理に就任し、一九〇二年まで在任。八月一日、日清戦争勃発。八月九～一〇日、箱根宮ノ下・富士屋ホテル五三号室に宿泊（母は七日から五一号室に宿泊）。九月、小泉八雲『日本瞥見記（知られざる日本の面影）』ボストン刊。この年、母と兄、横浜海岸通り三八番に住む。
一八九六	明治二九年	四〇	三月、小泉八雲『心』ボストン、ロンドン刊。兄、この年から三年間、横浜に法律事務所を開設、母と住む（初め海岸通り一六九番、二年目に同一四番）。
一八九七	明治三〇年	四一	ローマ東洋会議の幹事を務める。『ジャワ、東洋の庭園 Java, the Garden of the East』ニューヨーク刊（一八九八、一九〇七、一九一二、一九二二年版あり）一一月号「The Century Magazine」（New York）に「一八九五年の会議でのアンドレー氏 Herr Andrée at Congress of 1895」、同誌一二月号に「驚くべき日本の朝顔 The Wonderful Morning-Glories of Japan」を掲載。

一八九八	明治三一年	四二	三月一八日、カリフォルニア州サンディエゴにて父ジョージ・ボーレス死去（八〇歳位）。
一八九九	明治三二年	四三	一二月、新渡戸稲造『武士道』フィラデルフィア刊。
一九〇〇	明治三三年	四四	この年、母と兄、横浜海岸通り三番（現・県民ホール広場）に居住。 四月号「The Century Magazine」(New York) に「中国世界の偉大なる奇跡 The Greatest Wonder in the Chinese World——The Marvelous Bore of Hang-Chau」を掲載。 五月九日、ロンドン日本協会（ハノーバー・スクエア二〇番のホール）で「日本の朝顔」を講演する。 八月、『チャイナ、老大帝国 China, the Long-Lived Empire』（マクミラン社）ロンドン刊。
一九〇一	明治三四年	四五	埴原正直、米国公使館書記官として赴任。一九一二年まで在勤。
一九〇二	明治三五年	四六	ハンブルグ東洋会議の幹事を務める。 兄、横浜総領事代理に就任。 ロンドン日本協会誌（第五号）に論文「日本の朝顔 Asagao (Ipomea purpurea), The Morning Flower of Japan」を掲載。
一九〇三	明治三六年	四七	『インドの冬に Winter India』ニューヨーク刊（一九〇四年再版）。
一九〇四	明治三七年	四八	二月一〇日、日露戦争勃発。 兄、東京の米国公使館の法律特別顧問に就任。 ロンドン日本協会誌（第六号）に論文「日本の矢ノ根 The Japanese Yano-Ne」を掲載。 六月一七日、兄、天皇皇后両陛下に謁見。
一九〇五	明治三八年	四九	四月二四日、京都ホテルにてニトベ博士、ミス・デントンと昼食をともにす

一九〇六	明治三九年	五〇	る。 一二月号「The National Geographic Magazine」（Washington）に「世界の偉大な狩猟 The Greatest Hunt in the World」を掲載。
一九〇七	明治四〇年	五一	この年、母と兄、横浜海岸通り三八-B番に住む。 三月三〇日、兄、長崎領事（長崎領事館、大浦・東山手一二番）に就任。 四月、『ハーグ条約の命ずるが如くに——日本でのロシア軍人捕虜の妻の日記 As the Hague Ordains—Journal of A Russian Prisoner's Wife in Japan』を無記名で発行（一九〇八年版には作者名明記）、ニューヨークのヘンリー・ホルト社刊。
一九〇八	明治四一年	五二	二月二一日、勲六等宝冠章を受賞。
一九〇九	明治四二年	五三	二月六日号「Harper's Weekly」（New York）に「紫禁城の秘密 Secrets Of Forbidden Palace」を掲載。 四月、タフト大統領夫人に、ポトマック河畔への桜の移植を勧める。 六月二日、兄、神戸領事（神戸領事館、明石町五番）に就任。 七月二日、外務省より東京市にワシントンへの桜寄贈を依頼。 八月二五日、東京市参事会で桜寄贈決定（第三八六〇号議決）。翌二六日、市長名で正式に外務次官・石井菊次郎へ通達。 八月二七日、兄、ソウル総領事として赴任。 一一月二四日、加賀丸に寄贈桜（二〇〇〇本）を積み、横浜出港。
一九一〇	明治四三年	五四	一月二八日、ワシントンへ届いた桜、病虫害のため全て焼却。 三月号「The Century Magazine」に「日本の桜——歓喜と詩のある季節 THE CHERRY-BLOSSOMS OF JAPAN, Their Season A Period of Festivity and Poetry」を掲載。

一九一一	明治四四年	五五	四月号「The National Geographic Magazine」に「奉天、満州の家庭とその偉大な美術館 Mukden, The Manchu Home and its Great Art Museum」を掲載。 四月二一日、再び東京市、外務省の要請により、桜寄贈を決定。 六月、農商務省、寄贈桜の苗木育成を快諾（静岡の興津園芸試験場で育成）。 ニューヨーク州サラトガ・スプリングズ市にスキッドモア女子大学（Skidmore College）が親類の Lucy Skidmore Scribner によって創立。
一九一二	明治四五年	五六	一月一九日、ニトベ夫妻、ワシントンD.C.M通り一八三七番N.Wのシドモア邸（現・イタリア料理店 Gusti's Restaurant）を訪問。 一月二〇日、シドモア邸でニトベ夫妻歓迎会開催。 二月一四日、寄贈桜（三〇〇〇本）、阿波丸に積み横浜出港。 二月二二日、珍田駐米大使夫妻赴任。 三月二七日（水）、ホワイトハウス前庭ポトマック公園での日本桜植樹式に出席。タフト大統領夫人と珍田駐米大使夫人による手植え。 四月二八日、ニューヨーク市ハドソン河畔クレアモント公園で日本桜の植樹式を開催（高峰譲吉博士より三〇〇〇本贈呈）。 五月七日、第九回万国赤十字総会（ワシントンDC）へ接待委員として参加。
一九一三	大正二年	五七	二月、知人スタンレー・ウォシュバンの著作『乃木 NOGI』（ヘンリー・ホルト社）ニューヨーク刊。 五月一七日号「Harper's Weekly」に、「中国へ試みる借款一億二五〇〇万ドル――北京を舞台に暗闘する国際金融団の影 Trying to Lend China $125,000,000――A Glimpse behind the Scenes in Peking where the International Money Tournament was Fought」を掲載。

一九一四	大正三年	五八	一一月二五日、兄、横浜総領事に就任。 七月、第一次世界大戦勃発。 一二月二三日号「The Outlook」（New York）に「プラトニックな日独戦争（青島の戦い）Japan's Platonic War with Germany」を掲載。 この年、母と兄、横浜海岸通り六番（現・ザ ホテルヨコハマ）に居住。
一九一五	大正四年	五九	一月一二日、ニューヨーク、アスター・ホテルでの英国派遣日赤救護班歓迎会に出席する。 五月、アメリカより桜寄贈の返礼として白ハナミズキが贈られる（大正五年に紅ハナミズキ、同七年にアメリカ石楠花カルミアが寄贈される）。
一九一六	大正五年	六〇	二月二五日、米国赤十字社のブダペスト派遣の帰国看護婦団一行にたいして、日赤を通して習志野捕虜収容所参観の便宜を計る。 同二六日、横浜の自邸で一行のために午餐会開催。日赤副社長松平乗承子爵、東郷昌武博士（通訳）、米国大使館参事官夫妻、兄シドモア総領事ら出席。 一〇月五日、母キャサリン（九二歳）、自邸（海岸通り六番）にて逝去。
一九一七	大正六年	六一	四月二八日、兄、日本海軍の巡洋艦吾妻によるガスリー駐米大使の遺体礼送告別式に参列。
一九一九	大正八年	六三	この年、兄、横浜山手二四六番（現・レストラン山手十番館の隣）に移る。
一九二一	大正一〇年	六五	一二月～翌二月、ワシントン会議開催（幣原、埴原全権ら出席）。
一九二二	大正一一年	六六	四月二二日、英国プリンス横浜来訪の奉迎式典で、兄日射病で倒れる。 四月二七日、スイス・ジャントウのニトベ邸訪問。 一一月二七日、兄ジョージ（六八歳）、横浜総領事在任のまま、自邸（山手二四六番）で逝去。

一九二三	大正一二年	六七	二月一八日、埴原正直、駐米大使として赴任。 九月一日、関東大震災。 一〇月三〇日、米国赤十字などの大々的支援活動（推定）に対し、ジュネーブ在住のニトベ夫人メアリーへ「Banzai（万歳）！」との葉書を発送する。
一九二四	大正一三年	六八	四月一〇日、埴原大使、排日移民法に関する書簡を国務長官ヒューズ宛送付。その中の「重大なる結果」の一句が米国議会で問題化。 五月一五日、ジュネーブ郊外のホテル・ベルビューでニトベ博士と昼食会。 五月一九日、同ホテルでニトベ博士と昼食会。 五月二六日、米国大統領、排日移民法案に署名する。 五月二八日、ロンドン日本協会（ハノーバー・スクエア二〇番地のホール）にて「日本の梅」を講演する。 ロンドン日本協会誌（第二一号）に論文「日本の梅 Ume no Hana, The Plum Blossom of Japan」を掲載。
一九二五	大正一四年	六九	三月二六日、マルセーユ港にニトベ夫妻を出迎える。 五月、ジュネーブに移住。 五月七日、ニトベ宅訪問（一四日付ニトベ博士発信の葉書にシドモア女史来訪の旨記述）。 七月三日、ニトベ宅訪問（スイス・ジャントウ）。 八月一一日、ジュネーブ市モンブラン湖岸通り三一番への居住許可書が下りる。
一九二六	大正一五年	七〇	二月二〇日、ニトベ宅訪問（スイス・ジャントウ）。 七月二三日、ニトベ宅訪問。 八月二八日、ニトベ宅訪問。

一九二七	昭和二年	七一	一二月六日、ニトベ博士、国際連盟事務局次長を辞任。 同日、シドモア邸の昼食会に、ニトベ博士出席。
一九二八	昭和三年	七二	二月一日、ニースからカンヌ滞在のメアリー夫人を訪問。 二月三日、ニトベ一家をマルセーユ港で見送る。 四月一六日、第一回ワシントン桜まつり開催（欠席）。 一一月三日（明治節）、ジュネーブの自邸で永眠。
一九二九	昭和四年		一一月三〇日午後三時半、横浜山手外人墓地にてミス・シドモアの納骨式を挙行（雨天）。米国代理大使、米国領事、英国領事夫妻、幣原外相代理、横浜市長、ニトベ夫妻、埴原元大使、宮岡弁護士、ドレーパー横浜ユニオン教会牧師の参列あり。

作成・外崎克久

エリザ R. シドモア(Eliza R. Scidmore)

1856～1928。米国の地理学者・文学博士・ジャーナリスト，写真家。女性として初めて米国立地理学協会の理事に就任し，東洋研究の第一人者として活躍。本書のほかに『ジャワ・東洋の庭園』『チャイナ・老大帝国』『インドの冬に』，また日本関連の論文などが多数ある。

外崎克久（とのさき　かつひさ）

1942年東京生まれ。(財)日本さくらの会事業推進委員。著書に『ポトマックの桜―津軽の外交官珍田夫妻物語』『ポトマックの桜物語』，訳書にシドモア著「日本の桜」など。

講談社学術文庫

定価はカバーに表示してあります。

シドモア日本紀行《にほんきこう》

エリザ R. シドモア／外崎克久《とのさきかつひさ》 訳

2002年3月10日　第1刷発行
2008年2月20日　第3刷発行

発行者　野間佐和子
発行所　株式会社講談社
東京都文京区音羽2-12-21 〒112-8001
電話　編集部 (03) 5395-3512
販売部 (03) 5395-5817
業務部 (03) 5395-3615

装　幀　蟹江征治
印　刷　豊国印刷株式会社
製　本　株式会社国宝社

ISBN4-06-159537-7

「講談社学術文庫」の刊行に当たって

これは、学術をポケットに入れることをモットーとして生まれた文庫である。学術は少年の心を養い、成年の心を満たす。その学術がポケットにはいる形で、万人のものになることは、生涯教育をうたう現代の理想である。

こうした考え方は、学術を巨大な城のように見る世間の常識に反するかもしれない。また、一部の人たちからは、学術の権威をおとすものと非難されるかもしれない。しかし、それはいずれも学術の新しい在り方を解しないものといわざるをえない。

学術は、まず魔術への挑戦から始まった。やがて、いわゆる常識をつぎつぎに改めていった。学術の権威は、幾百年、幾千年にわたる、苦しい戦いの成果である。こうしてきずきあげられた城が、一見して近づきがたいものにうつるのは、そのためである。しかし、学術の権威を、その形の上だけで判断してはならない。その生成のあとをかえりみれば、その根は常に人々の生活の中にあった。学術が大きな力たりうるのはそのためであって、生活をはなれた学術は、どこにもない。

開かれた社会といわれる現代にとって、これはまったく自明である。生活と学術との間に、もし距離があるとすれば、何をおいてもこれを埋めねばならない。もしこの距離が形の上の迷信からきているとすれば、その迷信をうち破らねばならぬ。

学術文庫は、内外の迷信を打破し、学術のために新しい天地をひらく意図をもって生まれた。文庫という小さい形と、学術という壮大な城とが、完全に両立するためには、なおいくらかの時を必要とするであろう。しかし、学術をポケットにした社会が、人間の生活にとってより豊かな社会であることは、たしかである。そうした社会の実現のために、文庫の世界に新しいジャンルを加えることができれば幸いである。

一九七六年六月　　野間省一

歴史・地理

武士の家訓
桑田忠親著

乱世を生き抜く叡知の結晶、家訓。戦国の雄たちは子孫や家臣に何を伝えたのか。北条重時、毛利元就から、信長・秀吉・家康まで、戦国期の大名二十三人の代表的家訓を現代語訳し、挿話を交えて興味深く語る。

1630

昭和天皇語録
黒田勝弘・畑　好秀編

昭和天皇の「素顔」を映し出す折々のことば。践祚の勅語から日航機墜落事故への感想まで、歴代最長となる在位期間中の発言の数々に、周辺の事情を伝える新聞記事等を添えて綴った、臨場感溢れる昭和天皇語録。

1631

王朝政治
森田　悌《てい》著

十世紀前後、摂関期の本格的な平安時代政治史。律令支配体制崩壊の中、試行錯誤の末、摂政・関白の制度を案出し、王朝政治が確立。藤原氏覇権獲得の経緯や財政、軍事、民衆の生活など王朝政治の実態を解明する。

1632

思想からみた明治維新　「明治維新」の哲学
市井三郎著

明治維新を思想史の系譜のなかで捉えなおす。自力による史上唯一の革命はいかにして成しえたか。前史的思想家山県大弐や維新思想の源流・松陰をはじめ、事の成就に力あったさまざまな人物の思想に光をあてる。

1637

アジアの海の大英帝国　一九世紀海洋支配の構図
横井勝彦著

アジアにおけるイギリス「海洋帝国」の全貌。一九世紀中葉、極西の島国イギリスが、なぜ東アジアの海までも制し得たか。海軍、海運、造船技術の歴史の検討を通じ、アジアでの海洋支配の構図の全体像に迫る。

1641

渤海国　東アジア古代王国の使者たち
上田　雄著

謎の国渤海と古代日本の知られざる交流史。七世紀末中国東北部に建国され二百年に三十回も日本に使者を派遣した渤海。新羅への連携策から毛皮の交易、遣唐使の往還まで、多彩な交流を最新の研究成果で描く。

1653

歴史・地理

古代朝鮮
井上秀雄著（解説・鄭　早苗）
中国・日本との軋轢と協調を背景に、古代の朝鮮は統一へとその歩を進めた。旧石器時代から統一新羅の滅亡まで、政治・社会・文化を包括し総合的に描き、朝鮮半島の古代を鮮やかに再現する朝鮮史研究の傑作。
1678

五代と宋の興亡
周藤吉之・中嶋　敏著
唐末の動乱から宋の統一と滅亡への四百年史。五代十国の混乱を経て宋が中国を統一するが、財政改革を巡る抗争の中、金軍入寇で江南へ逃れ両朝並立。都市が栄える一方、モンゴル勃興で滅亡に至る歴史を辿る。
1679

江戸城の宮廷政治　熊本藩細川忠興・忠利父子の往復書状
山本博文著
大名たちにとって江戸城大広間は戦場だった。大坂の陣、転封、島原の乱と藩主の急逝。うち続く危難に細川藩はどう対処したか。藩主父子の書状から、幕藩体制確立期の江戸城を舞台とした権力抗争を活写する。
1681

大久保利通
佐々木　克監修
明治維新の立て役者、大久保の実像を語る証言集。明治四十三年十月から新聞に九十六回掲載、好評を博す。強い責任感、冷静沈着で果断な態度、巧みな交渉術など多様で豊かな人間像がゆかりの人々の肉声から蘇る。
1683

流言・投書の太平洋戦争
川島高峰著
戦時下庶民の実像を流言蜚語や日記で解明。「先般の空襲は国民を脅かしたニセ空襲」と書かれた不穏投書や『特高月報』など治安史料を駆使して銃後の実態を描出。庶民の本音と不安で辿る異色の戦時下日本史。
1688

源　義経
角川源義・高田　実著（解説・野口　実）
文芸と歴史の間にたゆたう悲劇の英雄の実像とは。源平争乱期に突如現れ、消えていった源義経。その悲劇性は民衆に義経伝説を語り継がせた。日本人の心に今なお生き続ける稀代の雄に迫り、義経伝承を解明する。
1690